O chá-de-bebê de Becky Bloom

Outras obras da autora publicadas pela Editora Record

Fiquei com o seu número
Lembra de mim?
Menina de vinte
Samantha Sweet, executiva do lar
O segredo de Emma Corrigan

Da série Becky Bloom:
Becky Bloom – Delírios de consumo na 5ª Avenida
O chá de bebê de Becky Bloom
Os delírios de consumo de Becky Bloom
A irmã de Becky Bloom
As listas de casamento de Becky Bloom
Mini Becky Bloom

SOPHIE KINSELLA

O chá-de-bebê de Becky Bloom

Tradução de
ALVES CALADO

6ª EDIÇÃO

EDITORA RECORD
RIO DE JANEIRO • SÃO PAULO
2013

CIP-Brasil. Catalogação-na-fonte
Sindicato Nacional dos Editores de Livros, RJ.

K64c
6ª ed.

Kinsella, Sophie, 1969-
  O chá-de-bebê de Becky Bloom / Sophie Kinsella;
tradução Alves Calado. – 6ª ed. – Rio de Janeiro: Record,
2013.

  Tradução de: Shopaholic and baby
  ISBN 978-85-01-07929-9

  1. Ficção inglesa. I. Calado, Alves. II. Título.

07-3821

CDD – 823
CDU – 821.111-3

Título original inglês:
SHOPAHOLIC AND BABY

Copyright © Sophie Kinsella 2007

Todos os direitos reservados. Proibida a reprodução, no todo ou
em parte, através de quaisquer meios.

Projeto da capa original: Stephen Mulcaney/TW
Ilustração de capa: Peter Greenwood
Foto da autora: Henry Wickham

Direitos exclusivos de publicação em língua portuguesa somente para o
Brasil adquiridos pela
EDITORA RECORD LTDA.
Rua Argentina 171 – Rio de Janeiro, RJ – 20921-380 – Tel.: 2585-2000
que se reserva a propriedade literária desta tradução

Impresso no Brasil

ISBN 978-85-01-07929-9

Seja um leitor preferencial Record.
Cadastre-se e receba informações sobre nossos
lançamentos e nossas promoções.

EDITORA AFILIADA

Atendimento e venda direta ao leitor:
mdireto@record.com.br ou (21) 2585-2002.

Para Oscar

Agradecimentos

Gostaria de agradecer a Linda Evans, Laura Sherlock e às incontáveis pessoas maravilhosas da Transworld — um número grande demais para que todas sejam citadas, mas sinto-me realmente em dívida com todos vocês.

Gostaria de agradecer à minha agente, Araminta Whitley, sempre fabulosa e dando apoio, sem a qual eu não conseguiria funcionar. Um gigantesco muito obrigada a Lizzie Jones, Lucinda Cook, Nicki Kennedy, Sam Edenborough, Valerie Hoskins e Rebecca Watson.

Como sempre, um grande olá à diretoria e à minha família em expansão: Henry, Freddy, Hugo e Oscar. E, claro, ao Sr. Patrick Plonkington-Smythe; sem ele esses agradecimentos não estariam completos.

E, finalmente, obrigada ao verdadeiro obstetra "imprescindível", Nick Wales, que ajudou no parto do último bebê e do livro — e à "imprescindível" enfermeira da maternidade, Michelle Vaughan.

KENNETH PRENDERGAST
Prendergast de Witt Connell
Conselheiros de Finanças
Forward House
High Holborn, 394. Londres WC1V 7EX

Sra. R. Brandon
Maida Vale Mansions, 37
Maida Vale
Londres NW6 0YF

30 de julho de 2003

Cara Sra. Brandon,

Foi um grande prazer conhecê-la e ao Sr. Brandon, e estou ansioso para assumir o papel de conselheiro de finanças de sua família.

No momento, estou estabelecendo a situação bancária e uma caderneta de poupança para seu filho ainda não nascido. No devido tempo, poderemos discutir que investimentos a senhora e seu marido desejarão fazer em nome do bebê.

Estou ansioso para conhecê-la melhor nos próximos meses; por favor, não hesite em me contatar para falar de qualquer assunto, por menor que seja.

Atenciosamente,

Kenneth Prendergast
Especialista em Investimentos de Família

KENNETH PRENDERGAST
Prendergast de Witt Connell
Conselheiros de Finanças
Forward House
High Holborn, 394. Londres WC1V 7EX

Sra. R. Brandon
Maida Vale Mansions, 37
Maida Vale
Londres NW6 0YF

1º de agosto de 2003

Cara Sra. Brandon,

Obrigado por sua carta. Em resposta às suas perguntas: sim, haverá um valor de cheque especial na conta do bebê — ainda que, naturalmente, eu não esperaria que fosse usado!

Atenciosamente,

Kenneth Prendergast
Especialista em Investimentos de Família

KENNETH PRENDERGAST
Prendergast de Witt Connell
Conselheiros de Finanças
Forward House
High Holborn, 394. Londres WC1V 7EX

Sra. R. Brandon
Maida Vale Mansions, 37
Maida Vale
Londres NW6 0YF

7 de agosto de 2003

Cara Sra. Brandon,

Obrigado por sua carta.

Fiquei intrigado ao saber da "mensagem psíquica" que a senhora recebeu recentemente de seu filho ainda não nascido. Entretanto, creio que seja impossível acessar o cheque especial neste estágio. Ainda que, como a senhora diz, "o bebê deseje isso".

Atenciosamente,

Kenneth Prendergast
Especialista em Investimentos de Família

Um

Tudo bem. Não entre em pânico. Vai dar tudo certo. Claro que vai.

Claro que vai.

— Poderia levantar a blusa, Sra. Brandon? — A técnica em ultra-sonografia tem uma voz agradável, profissional, enquanto me olha. — Preciso aplicar um pouco de gel na sua barriga antes de começarmos o exame.

— Sem dúvida! — respondo sem mover um músculo. — O negócio é que... estou só um tiquinho... nervosa.

Estou deitada numa cama no hospital Chelsea and Westminster, tensa de ansiedade. A qualquer minuto, Luke e eu veremos nosso neném na tela pela primeira vez desde que ele era somente uma bolinha minúscula. Ainda não acredito. Na verdade, ainda não superei totalmente o fato de que estou grávida. Dentro de dezenove semanas, eu, Becky Brandon, *née* Bloom... serei mãe. *Mãe!*

Luke é meu marido, aliás. Estamos casados há pouco mais de um ano e este é um genuíno, cem por cento, bebê de lua-de-mel! Viajamos de montão na lua-de-mel, mas praticamente deduzi que o neném foi concebido quando estávamos num *resort* estupendo no Sri Lanka, chamado Unawatuna, todo cheio de orquídeas, bambus e paisagens lindas.

Unawatuna Brandon.

Srta. Unawatuna Orquídea-Bambu Brandon.

Hum. Não sei bem o que mamãe diria.

— Minha mulher teve um pequeno acidente nos primeiros estágios da gravidez — explica Luke em sua cadeira ao lado da cama. — De modo que está um pouco ansiosa.

Ele aperta minha mão, dando apoio, e eu aperto de volta. O meu livro de gravidez, *Nove meses da sua vida*, diz que a gente deve incluir o parceiro em todos os aspectos da gravidez, caso contrário ele pode se sentir magoado e isolado. Por isso estou incluindo o Luke o máximo que posso. Tipo: ontem à noite eu o incluí assistindo ao meu novo DVD, *Braços tonificados durante a gravidez*. De repente, ele se lembrou que precisava dar um telefonema profissional bem no meio e perdeu um pedação — mas o fato é que ele não se sente isolado.

— Você teve um acidente? — A técnica parou de digitar no computador.

— Caí de uma montanha quando estava numa tempestade, procurando minha irmã há muito perdida — explico. — Na época não sabia que estava grávida. E acho que talvez tenha dado uma pancada no neném.

— Sei. — A técnica me olha com gentileza. Tem cabelos castanhos meio grisalhos, presos num nó, com uma caneta enfiada. — Bem, os bebês são umas coisinhas resistentes. Vamos dar uma olhada, certo?

Pronto. O momento com o qual estive obcecada durante semanas. Cautelosamente levanto a blusa e olho para a barriga estufada.

— Poderia empurrar os colares para o lado? — acrescenta ela. — É uma bela coleção que você tem aí!

— São pingentes especiais. — Junto todos, chacoalhando-os. — Este é um símbolo asteca da maternidade e este é um cristal de gestação... e este é um guizo para acalmar o neném... e esta é uma pedra do parto.

— Uma pedra do parto?

— A gente a aperta num ponto especial da palma da mão e ela afasta as dores do parto — explico. — Vem sendo usada desde os tempos antigos pelos maoris.

— Humm humm. — A técnica ergue uma sobrancelha e espreme um pouco de gosma transparente na minha barriga. Franzindo a testa um pouco, ela pressiona o negócio do ultra-som na minha pele, e instantaneamente uma imagem turva, em preto-e-branco, aparece na tela.

Não consigo respirar.

É o nosso neném. Dentro de mim. Lanço um olhar para Luke, e ele está grudado na tela, hipnotizado.

— Ali estão as quatro câmaras do coração... — A técnica está movendo o aparelho. — Agora estamos olhando os ombros... — Ela aponta para a tela e franzo os olhos obedientemente, ainda que, para ser honesta, não esteja vendo nenhum ombro, somente curvas borradas.

— Ali está o braço... a mão... — Sua voz fica no ar, e ela franze a testa.

Há silêncio na sala pequena. Sinto um súbito aperto de medo. Por isso ela está franzindo a testa. O neném só tem uma das mãos. Eu sabia.

Uma onda de amor e proteção avassaladores sobe por dentro de mim. Lágrimas crescem nos meus olhos. Não me importa se nosso bebê tem apenas uma das mãos. Vou amá-lo do mesmo modo. Vou amar *mais* ainda. Luke e eu vamos levá-lo a qualquer lugar do mundo para os melhores tratamentos e vamos criar um fundo de pesquisas, e se alguém ao menos ousar olhar para o meu neném...

— ... e a outra mão. — A voz da técnica interrompe meus pensamentos.

— Outra mão? — Levanto os olhos, engasgada. — Ele tem duas mãos?

— Bom... tem. — A técnica parece pasma com minha reação. — Olhe, dá para ver aqui. — Ela aponta para a imagem e, para meu espanto, consigo vislumbrar os dedinhos ossudos. Dez.

— Desculpe. — Engulo em seco, enxugando os olhos com um lenço de papel que ela me entrega. — É um tremendo alívio.

— Tudo parece absolutamente ótimo, pelo que dá para ver — diz ela num tom tranqüilizador. — E não se preocupe, é normal ficar emocionada durante a gravidez. São os hormônios se agitando.

Honestamente. As pessoas vivem falando de hormônios. Tipo Luke ontem à noite, quando chorei durante aquele anúncio de tevê com o cachorrinho. *Não* estou cheia de hormônios, estou perfeitamente normal. Só foi um anúncio muito triste.

— Aí está. — A técnica batuca de novo no teclado. Uma tira de imagens em preto-e-branco sai da impressora e ela me entrega. Olho a primeira e consigo ver a silhueta nítida de uma cabeça. Tem um narizinho, uma boca e tudo mais.

— Bom, fiz todas as verificações. — Ela gira na cadeira. — Só preciso saber se vocês querem conhecer o sexo do neném.

— Não, obrigado — responde Luke com um sorriso. — Já conversamos muito sobre isso, não foi, Becky? E os dois achamos que, se soubermos, vai estragar um pouco a magia.

— Muito bem. — A técnica sorri de volta. — Se é o que vocês decidiram, não direi nada.

Ela "não dirá nada"? Isso significa que já viu qual é o sexo. Poderia contar agora mesmo!

— Nós não *decidimos* exatamente, não é? — digo. — Não é definitivo.

— Bem... decidimos sim, Becky. — Luke está perplexo. — Não lembra? Falamos disso durante uma noite inteira e concordamos que queríamos que fosse surpresa.

— Ah, certo, é. — Não consigo afastar os olhos da imagem borrada do bebê. — Mas poderíamos ter nossa surpresa agora! Também seria mágico!

Certo, talvez isso não seja exatamente verdadeiro. Mas ele não está desesperado para saber?

— É isso que você realmente quer? — Quando levanto os olhos vejo uma tira de desapontamento no rosto de Luke. — Ficar sabendo agora?

— Bem... — hesito. — Não, se você não quiser.

A última coisa que quero é chatear Luke. Ele tem sido tão doce e amoroso desde que fiquei grávida! Recentemente ando com desejo de todo tipo de combinações — tipo outro dia tive um desejo súbito de abacaxi e um cardigã cor-de-rosa. E Luke me levou às lojas especialmente para conseguir isso.

Ele está para dizer alguma coisa quando seu celular começa a tocar. Ele o tira do bolso, mas a técnica levanta a mão.

— Sinto muito, mas o senhor não pode usar isso aqui.

— Certo. — Luke franze a testa ao ver o identificador de chamadas. — É o Iain. É melhor ligar de volta para ele.

Não preciso perguntar que Iain. É Iain Wheeler, o chefão de marketing do Grupo Arcodas. Luke tem uma empresa de relações-públicas, a Brandon Communications, e o Arcodas é o novo grande cliente de Luke. Foi um tremendo feito quando ele conseguiu conquistá-lo, e isso deu um tremendo impulso à empresa — ele já contratou mais um monte de funcionários e por causa disso está planejando abrir um monte de novos escritórios no resto da Europa.

De modo que tudo está maravilhoso com a Brandon Communications. Mas, como sempre, Luke se mata de tanto trabalhar. Nunca o vi tendo de dar tanta atenção a alguém antes. Se Iain Wheeler telefona, ele sempre, *sempre* liga de volta em cinco minutos, ou mesmo no meio da noite. Diz que o ramo de serviços é assim e que a Arcodas é seu megacliente, e que é para isso que estão pagando.

Só posso dizer que, se Iain Wheeler telefonar enquanto eu estiver em trabalho de parto, o telefone vai voar direto pela janela.

— Tem alguma linha fixa que eu possa usar aqui perto? — pergunta Luke à técnica. — Becky, se você não se importa...

— Tudo bem. — Balanço a mão.

— Vou mostrar — diz a técnica, levantando-se. — Volto num instante, Sra. Brandon.

Os dois desaparecem pela porta, que se fecha com um *clunk* pesado.

Estou sozinha. O computador continua ligado. O negócio do ultra-som está ao lado do monitor.

Eu poderia esticar a mão e...

Não. Não seja idiota. Nem sei usar um ultra-som. E, além disso, estragaria a surpresa mágica. Se Luke quer que a gente espere, tudo bem, vamos esperar.

Ajeito-me na cama e examino as unhas. Posso esperar pelas coisas. Claro que posso. Posso facilmente...

Ah, meu *Deus*. Não posso. Até dezembro, não. E está bem ali na minha frente... e não tem ninguém perto... só vou dar uma espiadinha de nada. Bem depressa. E não vou contar a Luke. Ainda teremos a surpresa mágica no nascimento — só que não será *bem* uma surpresa para mim. Exatamente.

Inclinando-me, consigo pegar o aparelho de ultra-som. Encosto-o no gel na minha barriga — e imediatamente a imagem turva reaparece na tela.

Consegui! Agora só preciso mexer ligeiramente para chegar ao pedacinho crucial... Franzindo a testa em concentração, mexo o aparelho sobre o abdômen, inclinando para um lado e para o outro, esticando a cabeça para enxergar a tela. É muito mais fácil do que eu havia pensado! Talvez eu devesse virar técnica em ultra-sonografia. Obviamente levo jeito para isso.

Ali está a cabeça. Uau, é enorme! E aquilo deve ser...

Minha mão congela e prendo o fôlego. Acabo de ver. Vi o sexo do meu neném!

É um menino!

A imagem não é tão boa quanto a da técnica — mas mesmo assim é inconfundível. Luke e eu vamos ter um filho!

— Olá — digo alto para a tela, a voz embargando ligeiramente. — Olá, garotinho!

E agora não consigo impedir que as lágrimas rolem pelas bochechas. Vamos ter um menino maravilhoso! Posso vesti-lo com macacões lindinhos, comprar um carrinho de pedal, e Luke pode jogar críquete com ele, e vamos chamá-lo de...

Ah, meu Deus. Como vamos chamá-lo?

Imagino se Luke gostaria de Birkin. Então eu poderia conseguir uma bolsa Birkin para carregar as fraldas.

Birkin Brandon. É chique.

— Oi, nenezinho — cantarolo gentilmente para a grande imagem redonda da cabeça, na tela. — Quer se chamar Birkin?

— O que você está *fazendo*? — A voz da técnica faz com que eu dê um pulo. Ela está parada junto à porta com Luke, pasma.

— Desculpe — digo, enxugando os olhos. — Mas eu *precisava* dar mais uma olhadinha. Luke, estou falando com nosso bebê. É simplesmente... incrível.

— Deixe-me ver! — Os olhos de Luke se iluminam, e ele atravessa rapidamente a sala, seguido da técnica. — Onde?

Não me importo se Luke vir que é um menino e a surpresa ficar arruinada. *Tenho* de compartilhar esse momento precioso com ele.

— Olhe, ali está a cabeça! — aponto. — Olá, querido!

— Onde está o rosto? — Luke parece meio perturbado.

— Não sei. Do outro lado. — Balanço a mão ligeiramente. — Aqui são a mamãe e o papai! E nós amamos você muito, muito...

— Sra. Brandon — interrompe a técnica. — A senhora está falando com sua bexiga.

Bom, como é que eu ia saber que era a minha bexiga? Parecia um neném.

Enquanto entramos na sala do obstetra, ainda estou me sentindo com as bochechas quentes. A técnica me fez um discurso enorme sobre como eu poderia ter causado um dano a mim mesma ou quebrado a máquina, e só conseguimos nos livrar quando Luke prometeu uma grande doação para o laboratório.

E ela disse que, como eu nem havia chegado perto do bebê, era muito improvável que tivesse visto o sexo. Humf!

Mas, quando me sento diante do Dr. Braine, nosso obstetra, começo a me sentir animada. O Dr. Braine é um homem muito tranqüilizador. Tem 60 e poucos anos e um leve aroma de loção pós-barba antiquada. E deu à luz milhares de bebês, inclusive Luke! Para ser honesta, não consigo imaginar Elinor, a mãe de Luke, dando à luz, mas acho que isso deve ter acontecido, de algum modo. E assim que descobrimos que eu estava grávida, Luke disse que precisávamos descobrir se o Dr. Braine ainda exerce a medicina, porque era o melhor do país.

— Meu garoto. — Ele aperta calorosamente a mão de Luke. — Como vai?

— Muito bem. — Luke senta-se ao meu lado. — E como vai o David?

Luke estudou com o filho do Dr. Braine e sempre pergunta por ele quando nos encontramos.

Há silêncio enquanto o Dr. Braine pensa na pergunta. É a única coisa que acho meio irritante nele. O sujeito pensa em tudo que você diz, como se fosse da maior importância, quando na verdade você só estava fazendo alguma observação aleatória para manter a conversa. Na nossa última consulta, perguntei onde ele havia comprado sua gravata, e ele pensou durante uns cinco minutos, depois telefonou para a esposa, para verificar, e foi uma tremenda novela. E eu nem *gostei* daquela gravata idiota.

— David vai muito bem — diz finalmente, assentindo. — Mandou lembranças. — Há outra pausa enquanto ele examina o impresso da ultra-sonografia. — Muito bom — acaba dizendo. — Está tudo em ordem. Como está se sentindo, Rebecca?

— Ah, estou bem! — respondo. — Feliz, porque o bebê está ótimo.

— Continua trabalhando em horário integral, pelo que vejo. — O Dr. Braine olha para meu formulário. — Não é um trabalho pesado demais para você?

Ao meu lado, Luke dá uma fungadela abafada. Ele é muito grosseiro!

— Bom... — tento pensar em como dizer. — Meu trabalho não é *tão* pesado assim.

— Becky trabalha na The Look — explica Luke. — O senhor sabe, a nova loja de departamentos na Oxford Street.

— Ah. — A expressão do Dr. Braine afunda. — *Sei*.

Toda vez que conto às pessoas o que faço, elas desviam o olhar, embaraçadas, mudam de assunto ou fingem que nunca ouviram falar na The Look. O que é impossível, porque todos os jornais vêm falando dela há semanas. Ontem o *Daily World* chamou-a de "maior desastre do varejo na história britânica".

O único lado bom de trabalhar numa loja falida é que isso significa que posso tirar o tempo que for necessário para ir ao médico ou fazer aulas pré-natais. E se eu não voltar correndo, ninguém nem nota.

— Tenho certeza que as coisas vão melhorar logo — diz ele, encorajando. — Bom, vocês têm mais alguma pergunta?

Respiro fundo.

— Na verdade, eu tinha uma pergunta, Dr. Braine. — Hesito. — Agora que os resultados dos exames estão bons, o senhor diria que é seguro... o senhor sabe...

— Sem dúvida. — Assente o Dr. Braine, compreendendo. — Muitos casais se abstêm de ter relações no início da gravidez...

— Não quis falar de sexo! — digo, surpresa. — Estou falando de fazer compras!

— Fazer compras? — O Dr. Braine fica perplexo.

— Ainda não comprei nada para o neném — explico. — Não queria estragar as coisas. Mas, se tudo parece bem, posso começar esta tarde!

Não consigo deixar de parecer empolgada. Estive esperando e *esperando* para começar a fazer as compras do neném. E acabei de ler sobre uma nova loja fabulosa para bebês na King's Road, chamada Bambino. Na verdade, tirei uma tarde de folga especialmente para ir lá!

Sinto o olhar de Luke grudado em mim, viro a cabeça e vejo que ele está me olhando com incredulidade.

— Querida, como assim, "começar"? — pergunta ele.

— Ainda não comprei nada para o neném! — digo, na defensiva. — Você sabe que não.

— Então... Você não comprou um roupão Ralph Lauren miniatura? — Luke conta nos dedos. — Ou um cavalinho de balanço? Ou uma roupinha de fada cor-de-rosa com asas?

— Essas coisas são para quando a criança estiver *andando* — retruco com dignidade. — Não comprei nada para o *neném*.

Honestamente. Luke não vai ser um bom pai se não sabe a diferença.

— E o que faremos se for um menino? — pergunta Luke. — Vai vestir a roupinha de fada cor-de-rosa nele?

Estava planejando usá-la eu mesma. Na verdade, já experimentei e ficou muito esticada! Não que eu vá admitir isso para Luke.

— Sabe, estou surpresa com você, Luke. — Levanto o queixo. — Não achava que fosse preconceituoso.

O Dr. Braine acompanha nossa conversa, perplexo.

— Imagino que não queiram saber o sexo do bebê, não é? — intervém ele.

— Não, obrigado — diz Luke, decidido. — Queremos manter a surpresa, *não é*, Becky?

— Ah... é. — Pigarreio. — A não ser que o senhor talvez ache, Dr. Braine, que deveríamos saber por motivos bons, médicos, inevitáveis.

Olho intensamente para o Dr. Braine, mas ele não capta a mensagem.

— De jeito nenhum. — Ele ri de orelha a orelha.

Droga.

Passam-se mais vinte minutos antes de sairmos do consultório, três dos quais com o Dr. Braine me examinando, e o resto com ele e Luke recordando algum jogo de críquete na escola. Estou tentando ser educada e escutar — mas não consigo deixar de me remexer, impaciente. Quero ir à Bambino!

Por fim, a consulta acaba, e estamos saindo para a movimentada rua de Londres. Uma mulher passa com um antiquado carrinho de bebê Silver Cross, e eu o examino discretamente. Definitivamente quero um carrinho assim, com aquelas estupendas rodas que balançam. Só que vou pedir um acabamento em rosa-shocking. Vai ficar fabuloso. As pessoas vão me chamar de a Garota do Carrinho de Bebê Rosa-shocking. Só que, se for um menino, mando pintar com spray azul-bebê. Não... água-marinha. E todo mundo vai dizer...

— Falei com Giles, da corretora de imóveis, hoje cedo. — Luke interrompe meus pensamentos.

— Verdade? — Levanto os olhos, empolgada. — Ele tem alguma coisa?

— Nada.

— Ah. — Fico murcha.

No momento, moramos numa cobertura incrível que Luke tem há anos. É estonteante, mas não tem jardim, e há um carpete bege imaculado por toda parte e não é exatamente o tipo de lugar para um neném. De modo que há algumas semanas nós a pusemos à venda e começamos a procurar uma bela casa.

O problema é que o apartamento foi comprado imediatamente. O que — não quero contar vantagem nem nada — se deveu totalmente à minha decoração brilhante. Pus velas em toda parte, uma garrafa de champanhe no banheiro, e um monte de toques "de estilo", como programas de ópera e convites para acontecimentos sociais chiques (que peguei emprestados com Suze, minha amiga riquésima). E um casal chamado Karlsson fez uma oferta no ato! E eles podem pagar em dinheiro vivo!

O que é fantástico — só que, onde é que vamos morar? Não vimos uma única casa da qual tenhamos gostado e agora o corretor fica dizendo que o mercado está muito "seco" e "pobre" e: será que já pensamos em alugar?

Eu não *quero* alugar. Quero ter uma linda casa nova para onde levar o neném.

— E se não encontrarmos um lugar? — Olho para Luke. — E se formos jogados na rua? Vai ser inverno! Eu vou estar tremendamente grávida.

Tenho uma imagem súbita de mim mesma andando pela Oxford Street enquanto um coro canta "Bate o sino pequenino, sino de Belém".

— Querida, não vamos ser jogados na rua! Mas Giles disse que talvez devêssemos ser mais flexíveis nas exigências. — Luke faz uma pausa. — Acho que ele estava falando nas *suas* exigências, Becky.

Isso é tão injusto! Quando mandaram um Formulário de Busca de Imóveis, o papel dizia: "Seja o mais específico possível em seus desejos." E eu fui. E agora estão reclamando!

— Podemos esquecer o quarto de sapatos, aparentemente — acrescenta ele.

— Mas... — Paro ao ver sua expressão. Uma vez vi um quarto de sapatos no *Estilo de vida dos ricos e famosos*, e desde então morro de vontade de ter uma. — Então tá — digo humildemente.

— E talvez tenhamos de ser mais flexíveis com relação à localização.

— Não me importo com isso! — digo enquanto o celular de Luke começa a tocar. — Na verdade, acho boa idéia. Luke é que sempre gostou tanto de Maida Vale, não eu. Há *um monte* de lugares onde eu gostaria de morar.

— Luke Brandon falando — diz ele, de seu jeito profissional. — Ah, oi. Já fizemos o exame. Está tudo ótimo. — Ele se volta para mim. — É a Jess — diz. — Ela tentou falar com você, mas seu telefone ainda está desligado.

— Jess! — digo, deliciada. — Deixe-me falar com ela!

Jess é minha irmã. *Minha* irmã. Ainda acho o máximo dizer isso. Durante toda a vida pensei que era filha única — e então descobri que tinha uma irmã há muito perdida! A princípio a gente não se entendeu *exatamente*, mas desde que ficamos presas juntas numa tempestade e conversamos direito, somos amigas de fato.

Não a vejo há uns dois meses porque ela esteve na Guatemala, num projeto de pesquisa geológica. Mas telefonamos e trocamos e-mails, e Jess me mandou fotos no topo de um penhasco. (Usando um anoraque azul medonho, em vez da jaqueta maneira, de couro falso, que dei a ela. Francamente.)

— Vou voltar ao escritório agora — está dizendo Luke ao telefone. — E Becky vai fazer compras. Quer falar com ela?

— Shh! — sibilo, horrorizada. Ele sabe que não deve falar a palavra "compras" para Jess.

Fazendo careta para ele, pego o telefone e encosto no ouvido.

— Oi, Jess! Como vão as coisas?

— Fantásticas! — A voz está distante e cheia de estalos. — Só liguei para saber como foi o exame.

Não consigo deixar de me sentir tocada com a lembrança. Ela provavelmente está pendurada numa corda sobre alguma fenda em algum lugar, tirando lascas da face da rocha, mas mesmo assim se lembrou de ligar.

— Está tudo ótimo!

— É, Luke disse. Graças a Deus. — Posso escutar o alívio na voz de Jess. Sei que ela sente culpa por eu ter caído da montanha, porque fui lá para procurá-la, porque...

Bom, é uma longa história. O fato é que o bebê está ótimo.

— E aí, Luke disse que você vai fazer compras?

— Só algumas coisas essenciais para o neném — digo casualmente. — Umas... é... fraldas recicladas. No brechó. — Posso ver Luke rindo de mim, mas me viro depressa.

O negócio da minha irmã Jess é que ela não gosta de gastar dinheiro nem de arruinar a Terra com o consumismo maligno. E acha que eu também não. Acha que segui seu caminho e abracei a frugalidade.

Abracei mesmo, por uma semana. Encomendei um saco grande de aveia, comprei umas roupas na Oxfam e fiz sopa de lentilha. Mas o problema de ser frugal é que é muito *chato*! A gente enjoa de sopa, de não comprar revistas porque são um desperdício de dinheiro e de grudar sobras de sabonete para fazer uma bola grande e nauseante. E a aveia estava sendo tão usada quanto os tacos de golfe do Luke, de modo que acabei jogando fora e comprando um pouco de Weetabix.

Só que não posso contar a Jess, porque vai arruinar nosso lindo elo entre irmãs.

— Você viu a matéria sobre fazer seus próprios paninhos de limpeza do bebê? — ela está dizendo com entusiasmo. — Deve ser bem fácil. Comecei a guardar uns trapos para você. Podemos fazer juntas.

— Ah. Hum... é!

Jess vive me mandando exemplares de uma revista camada *Bebê frugal*. Tem títulos de matérias como "Tricote seu quarto de bebê por 25 libras!" e fotos de bebês vestindo velhos sacos de farinha, e fico deprimida só de olhar. Não *quero* fazer o neném dormir num cesto de plástico feito para roupa suja. Quero comprar um bercinho lindo com babados brancos.

Agora ela está falando de alguma coisa chamada "macacão de cânhamo sustentável". Acho melhor acabar com esta conversa.

— Preciso desligar, Jess. Você vai à festa de mamãe?

Minha mãe vai dar uma festa de 60 anos no fim de semana que vem. Um monte de gente foi convidada, haverá uma banda, e Martin, o vizinho, vai fazer truques de mágica.

— Claro! — responde Jess. — Não perderia por nada! Vejo você lá.

— Tchau!

Desligo o telefone e me viro, vendo que Luke conseguiu parar um táxi.

— Posso deixar você no brechó? — pergunta ele, abrindo a porta.

Ah, rá rá.

— Bambino, na King's Road, por favor — digo ao motorista. — Ei, quer ir, Luke? — acrescento, num entusiasmo súbito. — Poderíamos olhar uns carrinhos maneiros e tudo o mais, e tomar um chá em algum lugar legal...

Pela expressão de Luke, já sei que ele vai dizer não.

— Preciso voltar, querida. Reunião com Iain. Na próxima eu vou, prometo.

Não adianta ficar desapontada. Sei que Luke está trabalhando integralmente na conta do Arcodas. Pelo menos conseguiu arranjar tempo para acompanhar o exame. O táxi parte, e Luke passa o braço em volta de mim.

— Você está luminosa — diz ele.

— Verdade? — Sorrio de volta. Tenho de dizer que estou me sentindo muito bem, hoje. Estou usando meu fabuloso jeans Earl novo, de grávida, *espadrilles* de salto alto e uma blusa sensual, de gola alta, da Isabella Oliver, que franzi para cima, mostrando só um pouquinho de barriga bronzeada.

Nunca havia notado — mas estar grávida é um barato! Certo, a barriga cresce — mas é como *deve* ser. E em comparação as pernas parecem mais finas. E de repente a gente fica com um decote estupendo. (Do qual, devo dizer, Luke gosta muito.)

— Vamos dar outra olhada naquelas imagens do ultra-som — diz ele.

Enfio a mão na bolsa e pego o rolo de imagens brilhantes, e por um tempo ficamos olhando juntos: a cabeça redonda; o perfil do rostinho.

— Estamos começando uma pessoa totalmente nova — murmuro, com os olhos fixados. — Dá para acreditar?

— Eu sei. — Os braços de Luke me apertam. — É a maior aventura que jamais teremos.

— É incrível como a natureza funciona. — Mordo o lábio, sentindo as emoções subindo outra vez. — To-

dos esses instintos maternais surgiram. Eu sinto como...
se quisesse dar tudo ao nosso neném!

— Bambino — diz o motorista, parando junto à calçada. Levanto os olhos da imagens de ultra-som e vejo a fachada de loja mais fantástica, nova em folha. A pintura é creme, o toldo é de listras vermelhas, o porteiro se veste como um soldadinho de chumbo e as vitrines são como um tesouro para crianças. Há lindas roupinhas de bebê em manequins, uma cama de criança em forma de Cadillac dos anos 1950, uma roda-gigante de verdade girando e girando...

— Uau! — ofego, estendendo a mão para a maçaneta do táxi. — Será que aquela roda-gigante está à venda? Tchau, Luke, vejo você mais tarde.

Já estou passando pela entrada quando ouço Luke gritar:

— Espera! — Viro-me e vejo uma expressão de ligeiro alarme no rosto dele. — Becky. — Ele se inclina para fora do táxi. — O bebê não precisa ter *tudo*.

Dois

Como, *afinal*, consegui adiar tanto as compras para o neném?

Cheguei ao departamento de bebês da Bambino, no primeiro andar. O carpete é macio, há cantigas de ninar tocando no sistema de som e enormes bichos de pelúcia decorando a entrada. Um vendedor vestido como o Coelho Peter me dá um cesto de vime branco, e, quando olho ao redor, segurando-o, sinto o entusiasmo subir.

Dizem que a maternidade muda a gente — e estão certos. Pela primeira vez na vida não estou pensando em mim mesma. Estou sendo totalmente altruísta! Tudo isso é para o bem-estar de meu neném que ainda não nasceu.

Numa direção, há fileiras de berços estupendos e móbiles girando e tilintando. Em outra, posso vislumbrar o brilho cromado e atraente dos carrinhos de bebê. À minha frente há araras com roupinhas diminutas. Dou um passo adiante, em direção às roupas. Olha só aqueles lindos sapatinhos de coelho. E as minúsculas jaquetas de couro almofadado... e há uma gigantesca seção de Bebê Dior... e, ah, meu Deus, júnior Dolce...

Tudo bem. Calma. Vamos nos organizar. O que preciso é de uma lista.

Pego na bolsa o *Nove meses da sua vida*. Vou ao capítulo oito, "Fazendo compras para seu bebê", e começo a examinar a página, ansiosa.

Roupas
Não fique tentada a comprar muitas roupas para bebês pequenos. O branco é recomendado pela facilidade de lavagem. Três macacões simples e seis camisetas vão bastar.

Olho aquelas palavras por um momento. Na verdade, nunca é boa idéia seguir um livro muito à risca. Até dizia na introdução: "Você não vai querer seguir absolutamente todos os conselhos. Cada bebê é diferente, e você deve ser guiada por seus instintos."

Meus instintos estão dizendo para comprar uma jaqueta de couro.

Corro até o mostruário e examino as etiquetas de tamanho: "Bebê recém-nascido", "Bebê pequeno". Como vou saber se terei um bebê pequeno ou não? Até agora parece bem pequeno, mas quem vai saber? Talvez eu devesse comprar as duas, para garantir.

— É a roupa para neve da Baby in Urbe! — A mão com unhas impecáveis aparece na arara à minha frente e pega uma roupa acolchoada, num chique cabide preto. — Eu estava *doida* para achar uma dessas.

— Eu também! — digo instintivamente, e pego a última que resta.

— Sabe que na Harrods a lista de espera para isso é de seis meses? — A dona da mão é uma loura gravidésima usando jeans e uma blusa stretch turquesa. — Ah, meu Deus, eles têm toda a coleção Baby in Urbe. — Ela começa a empilhar roupas de bebê em seu cesto de vime branco. — E olha! Têm sapatos Piglet. *Preciso* comprar uns para minhas filhas.

Nunca sequer ouvi falar em Baby in Urbe. Nem em sapatos Piglet.

Como posso ser tão pouco chique? Como posso não ter ouvido falar de nenhuma dessas grifes? Enquanto examino as roupas minúsculas à minha frente, sinto um ligeiro pânico. Não sei o que é chique e o que é cafona. Não tenho a mínima idéia sobre moda de bebê. E só tenho uns quatro meses para me atualizar.

Sempre posso perguntar a Suze. Ela é minha melhor e mais velha amiga, e tem três filhos: Ernest, Wilfrid e Clementine. Mas com ela a coisa é meio diferente. A maioria das roupas de seus bebês é bordada à mão, passada de geração em geração e cerzida pela velha empregada de sua mãe, e os bebês dormem em antigos berços de carvalho da casa senhorial da família.

Pego dois pares de sapatos Piglet, vários macacões Baby in Urbe e um par de Jellie Wellies, só para garantir. Então vejo o vestidinho cor-de-rosa mais lindo do mundo. Tem botões de arco-íris, calcinha combinando e meias minúsculas. É absolutamente estupendo. Mas e se tivermos um menino?

É *impossível*, esse negócio de não saber o sexo. Deve haver algum meio de descobrir secretamente.

— Quantos filhos você tem? — pergunta a garota de blusa turquesa, em tom de bate-papo, enquanto olha dentro dos sapatos para ver os tamanhos.

— É o meu primeiro — indico a barriga.

— Que ótimo! Igualzinha à minha amiga Saskia. — Ela indica uma garota de cabelos escuros que está parada ali perto. É magra como um palito, sem qualquer sinal de gravidez, e está falando concentrada num celular. — Ela acabou de descobrir. É *tão* empolgante!

Neste momento, Saskia fecha o telefone e vem na nossa direção, com o rosto luzindo.

— Consegui! — diz ela. — Vou fazer com a Venetia Carter!

— Ah, Saskia! É fantástico! — A garota de blusa turquesa larga o cesto de roupas bem no meu pé e envolve Saskia com os braços. — Desculpe! — acrescenta, animada, para mim quando lhe entrego o cesto de volta. — Mas não é uma notícia fantástica? Venetia Carter!

— Você também está com a Venetia Carter? — pergunta a mim, com interesse súbito.

Estou tão por fora dos baratos de bebê! Não faço a mínima idéia de quem, ou o quê, é Venetia Carter.

— Não ouvi falar nela — admito.

— *Você sabe.* — A garota de blusa turquesa arregala os olhos. — A obstetra! A celebridade obstetra imprescindível!

Celebridade obstetra imprescindível?

Minha pele começa a se arrepiar. Há uma celebridade obstetra imprescindível e eu não sabia?

— A de Hollywood! — explica a garota de blusa turquesa. — Ela faz o parto de todos os bebês das estrelas de cinema. Você *deve* ter ouvido falar. E agora se mudou para Londres. Todas as supermodelos estão se consultando com ela. Ela dá chás comemorativos para as clientes, não é fabuloso? Todas levam os bebês e ganham umas bolsas de brindes fabulosas...

Meu coração está martelando enquanto ouço. Bolsas de brindes? Não *acredito* que estou perdendo tudo isso. Por que nunca ouvi falar de Venetia Carter?

É tudo culpa de Luke. Ele fez a gente ir direto para o velho e chato Dr. Braine. Nem chegamos a pensar em mais ninguém.

— E ela é boa em... bem... fazer partos? — pergunto, tentando permanecer calma.

— Ah, Venetia é *maravilhosa* — diz Saskia, que parece muito mais intensa do que a amiga. — Não é como esses médicos antiquados. Ela realmente *se conecta* com a gente. Minha chefe, Amanda, teve o mais fabuloso parto holístico na água, com flores de lótus e massagem tailandesa.

Massagem tailandesa? O Dr. Braine jamais sequer *mencionou* massagem tailandesa.

— Meu marido não quer pagar para eu ter o neném com ela — diz a garota de blusa turquesa. — É um pão-duro. Saskia, você tem tanta sorte!

— Como conseguiu uma consulta com ela? — As palavras se derramam antes que eu consiga impedir. — Você tem o endereço? Ou o telefone?

— Ah. — A garota de blusa turquesa troca olhares de dúvida com Saskia. — Você provavelmente está atrasada demais. Ela deve estar com a agenda cheia.

— Posso lhe dar isto. Você pode tentar. — Saskia enfia a mão na bolsa Mulberry e pega uma brochura na qual está escrito "Venetia Carter" em elegantes letras em relevo azul-marinho e o desenho de um bebê. Abro, e a primeira coisa que vejo é uma página de testemunhos resplandecentes, com nomes discretos embaixo. Todos famosos! Viro a parte de trás e há um endereço em Maida Vale.

Não acredito. Maida Vale é onde nós moramos. Ah, isso tem tudo a ver!

— Obrigada — digo, sem fôlego. — Vou tentar.

Enquanto Saskia e a amiga se afastam, pego o celular e aperto o botão de memória para ligar para o Luke.

— Luke! — exclamo assim que ele atende. — Graças a Deus você atendeu! Adivinha só!

— Becky, você está bem? — pergunta ele, alarmado. — O que houve?

— Estou bem! Mas escuta, temos de mudar de médico! Acabo de descobrir sobre uma brilhante obstetra celebridade chamada Venetia Carter. Todo mundo se consulta com ela e parece que ela é incrível, e o consultório é perto de nós! Não poderia ser mais perfeito! Vou ligar para ela!

— Becky, que diabo você está falando? — Luke parece incrédulo. — Não vamos mudar de médico! Nós temos um médico, lembre-se. Um médico muito bom.

Será que ele não escutou?

— Sei que temos. Mas Venetia Carter faz o parto de todas as estrelas de cinema! Ela é holística!

— Como assim, "holística"? — Luke não parece impressionado. Meu Deus, ele tem uma mente tão fechada!

— Quero dizer que todo mundo tem um parto fabuloso. Ela faz massagem tailandesa! Acabo de conhecer duas garotas na Bambino, e elas disseram...

— Realmente não vejo que vantagens essa mulher pode ter sobre o Dr. Braine — interrompe Luke. — Nós sabemos que ele é experiente, sabemos que faz um bom trabalho, é amigo da família...

— Mas... mas... — Estou pulando de frustração.

— Mas o quê?

Estou atarantada. Não posso dizer: "Mas ele não dá chás freqüentados por supermodelos."

— Talvez eu queira ser tratada por uma mulher! — exclamo, numa inspiração súbita. — Já pensou nisso?

— Então vamos pedir que o Dr. Braine recomende uma colega — responde Luke com firmeza. — Becky, o Dr. Braine é obstetra da família há anos. Realmente não acho que a gente deveria correr para uma doutora da moda, desconhecida, só porque duas garotas disseram.

— Mas ela não é desconhecida! Essa é a questão! Ela trata de *celebridades*!

— Becky, pára com isso. — De repente, Luke parece incisivo. — É má idéia. Você já está na metade da gravidez. Não vai mudar de médico e fim de papo. Iain está aqui. Preciso desligar. Vejo você depois.

O telefone fica mudo, e eu o encaro, lívida.

Como ele ousa dizer com que médico vou me consultar? E o que há de tão fantástico em seu precioso Dr. Braine? Guardo o celular e a brochura de volta na bolsa e começo a encher furiosamente o cesto com roupinhas de bebê Petit Lapin

Luke não entende nada. Se todas as estrelas de cinema se consultam com a mulher, ela tem de ser boa.

E seria muito chique. *Muito* chique!

Tenho uma visão súbita de mim mesma deitada num hospital, com meu novo neném no colo, e Kate Winslet na cama ao lado. E Heidi Klum na outra cama. Viraríamos amigas! Compraríamos presentinhos umas para as outras, e todos os nossos bebês ficariam ligados por toda a vida, e iríamos ao parque juntas e seríamos fotografadas pela revista *Hello!* "Kate Winslet empurra seu carrinho de bebê, batendo papo com uma amiga."

Talvez "com sua melhor amiga, Becky".

— Com licença, a senhora precisa de outro cesto? — Uma voz interrompe meus pensamentos, levanto os olhos e vejo um vendedor indicando minha pilha transbordante de roupas de bebê. Estive enfiando-as no cesto sem realmente notar.

— Ah, obrigada — digo, num atordoamento. Pego o segundo cesto de vime e vou até um mostruário de chapéus minúsculos em que está escrito "Estrelinha" e "Pequeno Tesouro". Mas não consigo me concentrar.

Quero me consultar com Venetia Carter. Não importa o que Luke pensa.

Num desafio súbito, pego de novo o celular e a brochura. Vou até um canto silencioso da loja e digito cuidadosamente o número.

— Boa tarde, consultório da Dra. Venetia Carter — responde uma voz de mulher muito metida a chique.

— Ah, olá! — digo, tentando parecer o mais charmosa que posso. — Vou ter um bebê em dezembro e ouvi dizer que Venetia Carter é maravilhosa, e fiquei imaginando se poderia haver alguma chance de eu marcar uma consulta com ela, será?

— Sinto muito — diz a mulher em voz firme mas educada. — A Dra. Venetia está com a agenda totalmente ocupada no momento.

— Mas estou realmente desesperada! E realmente acho que preciso de um parto holístico na água. E moro em Maida Vale, e estaria disposta a pagar acima do preço normal.

— A Dra. Venetia está absolutamente...

— Só gostaria de acrescentar que sou compradora pessoal, e ficaria satisfeita em oferecer meus serviços gratuitamente à Dra. Venetia. — As palavras saem num jorro. — E meu marido tem uma empresa de divulgação e poderia trabalhar como relações-públicas de graça para ela! Não que ela provavelmente precise, claro — acrescento depressa. — Mas será que você poderia perguntar? Por favor.

Há silêncio.
— O seu nome é? — diz a mulher, por fim.
— Rebecca Brandon — digo, ansiosa. — Meu marido é Luke Brandon, da Brandon Communications, e...
— Um momento, por favor, Sra. Brandon. Venetia...
— A conversa é cortada por um trecho animado de "As quatro estações".
Por favor, que ela diga sim. Por favor, que ela diga sim...
Mal posso respirar enquanto espero. Estou parada junto a um mostruário de coelhos de tricô brancos, cruzando os dedos com o máximo de força que posso, segurando os pingentes no pescoço, para garantir, e enviando preces silenciosas à deusa Vishnu, que me foi muito útil no passado.
— Sra. Brandon?
— Olá! — Largo todos os pingentes. — Estou aqui!
— É provável que a Dra. Venetia tenha um horário inesperado na agenda. Poderemos informar à senhora nos próximos dias.
— Certo — ofego. — Muito obrigada!

REGAL AIRLINES
Escritório Central
Preston House
KINGSWAY, 354 • LONDRES WC2 4TH

Sra. Rebecca Brandon
Maida Vale Mansions, 37
Maida Vale
Londres NW6 0YF

14 de agosto de 2003

Cara Sra. Brandon,

Obrigada por sua carta, pelos itinerários de vôo, o bilhete do médico e as imagens de ultra-som anexos.

Concordo que seu filho ainda não nascido voou muitas vezes pela Regal Airlines. Infelizmente, isso não se qualifica como milhas aéreas, já que ele não comprou passagem para nenhum desses vôos.

Lamento desapontá-la, e espero que a senhora escolha a Regal Airlines de novo em breve.

Atenciosamente,

Margaret McNair
Gerente de Atendimento ao Consumidor

Três

Não mencionei mais nada sobre Venetia Carter a Luke.
Para começar, ainda não é definitivo. E, para começar também, se o casamento me ensinou uma coisa, é a não puxar assuntos delicados quando o marido está estressado ou inaugurando escritórios simultaneamente em Amsterdã e Munique. Ele esteve fora durante toda a semana e só voltou ontem à noite, exausto.

Além disso, mudar de médico não é o único assunto delicado que preciso abordar. Também há o arranhãozinho muito pequeno no Mercedes (que não foi *minha* culpa, foi aquele poste idiota) e os dois pares de sapato que eu quero que ele compre na Miu Miu quando for a Milão.

É manhã de sábado, e estou sentada no escritório de casa, verificando o extrato bancário no meu laptop. Só descobri os serviços bancários pela internet há uns dois meses — e tem vantagens demais. Você pode fazer isso a qualquer hora do dia! Além disso, eles não mandam extratos pelo correio, de modo que ninguém (por exemplo, seu marido) pode vê-los espalhados pela casa.

— Becky, recebi uma carta da minha mãe. — Luke entra segurando a correspondência e uma caneca de café. — Ela manda lembranças.

— Sua mãe? — Tento esconder o horror. — Quer dizer, *Elinor*? O que ela quer?

Luke tem duas mães. Sua maravilhosa e calorosa madrasta Annabel, que mora em Devon com o pai dele e que visitamos no mês passado. E a mãe verdadeira, uma rainha do gelo, Elinor, que mora nos Estados Unidos e o abandonou quando ele era pequeno e, na minha opinião, deveria ser excomungada.

— Ela está viajando pela Europa com sua coleção de arte.

— Por quê? — pergunto, automaticamente. Tenho uma visão de Elinor num ônibus, com um monte de quadros embrulhados embaixo do braço. Não parece muito o estilo *dela*.

— Atualmente a coleção está emprestada à Ufizzi, depois vai para uma galeria em Paris... — Luke pára. — Becky, você não pensou que eu quis dizer que ela estava levando as pinturas para viajar de férias!

— Claro que não — respondo com dignidade. — Eu sabia *exatamente* o que você queria dizer.

— De qualquer modo, ela vai estar em Londres mais para o final do ano e quer que a gente se encontre.

— Luke... achei que você odiava sua mãe. Achei que você nunca mais queria vê-la, lembra?

— Qual é, Becky! — Luke franze a testa ligeiramente. — Ela vai ser avó do nosso filho. Não podemos afastá-la completamente.

Podemos sim, quero responder. Mas, em vez disso, dou uma involuntária encolhida de ombros. Acho que ele está certo. O bebê será o único neto dela. Terá o sangue dela.

Ah, meu Deus, e se ele *puxar* a Elinor? Sou atacada por uma terrível visão de um neném deitado num carrinho, num conjunto Chanel creme, olhando furioso para mim e dizendo: "Sua roupa é um horror, mamãe."

— Então, o que você está fazendo? — Luke interrompe meus pensamentos e, tarde demais, percebo que está vindo na minha direção. Direto para o meu laptop.

— Nada! — respondo depressa. — É só meu extrato bancário... — Clico, tentando fechar a janela que estou olhando. Mas ela congelou. Droga.

— Alguma coisa errada? — pergunta Luke.

— Não! — respondo, ligeiramente em pânico. — Quero dizer... vou desligar esse negócio! — Casualmente arranco o cabo de energia da parte de trás. Mas a tela continua acesa. O extrato continua lá, em preto-e-branco.

E Luke está chegando mais perto. Realmente não sei se quero que ele veja isso.

— Deixe-me tentar. — Luke chega à minha cadeira. — Você está no site do banco?

— É... mais ou menos! Honestamente, eu nem me incomodaria... — Posiciono a barriga na frente da tela, mas Luke está espiando por cima de mim. Olha o extrato por alguns instantes incrédulos.

— Becky — diz ele finalmente —, aí está escrito "Primeiro Banco Cooperativo da Namíbia"?

— Ah... é. — Tento parecer casual. — Tenho uma pequena conta lá.
— Na *Namíbia*?
— Eles me mandaram um e-mail com taxas muito competitivas — digo, em tom ligeiramente desafiador. — Foi uma grande oportunidade.
— Você responde a *todo* e-mail que recebe, Becky?
— Luke se vira, incrédulo. — Você também tem uma ótima seleção de substitutos para o Viagra?
Eu sabia que ele não entenderia minha brilhante nova estratégia bancária.
— Não fique tão estressado! Por que é tão importante o lugar onde tenho uma conta? O comércio ficou global, Luke. As antigas fronteiras sumiram. Se você consegue uma boa taxa em Bangladesh, então...
— *Bangladesh?*
— Ah. Bem... é... eu tenho uma conta lá, também. Só uma pequenina — acrescento depressa, notando sua expressão.
— Becky... — Luke parece estar com dificuldade para absorver tudo isso. — Quantas dessas contas on-line você abriu?
— Três — respondo, depois de uma pausa. — Umas três.
Ele me lança um olhar duro. O problema com os maridos é que eles acabam conhecendo a gente bem.
— Certo, então: quinze — digo rapidamente.
— E quantos cheques especiais?
— Quinze. *O que foi?* — acrescento, na defensiva.
— De que adianta ter uma conta sem cheque especial?

— Quinze cheques especiais? — Luke segura a cabeça, incrédulo. — Becky... você *é* a dívida do Terceiro Mundo.

— Estou usando a economia global em meu proveito! — retruco. — O Banco do Chad me deu um bônus de cinqüenta dólares só para abrir a conta!

Luke está atarantado demais. E daí, se tenho quinze contas de banco? Todo mundo sabe que a gente não deve pôr todos os ovos num cesto só.

— Você parece esquecer, Luke — acrescento, em voz altiva —, que sou ex-jornalista financeira. Sei tudo sobre dinheiro e investimento. Quanto maior o risco, maior o lucro, acho que você vai descobrir isso.

Luke não parece muito impressionado.

— Conheço os princípios dos investimentos, obrigado, Becky — diz ele educadamente.

— Bem, então. — Tenho um pensamento súbito. — Nós deveríamos investir a poupança do neném em Bangladesh, também. Provavelmente iríamos ganhar uma fortuna!

— Pirou de *vez*? — Ele me encara.

— Por que não? É um mercado emergente!

— Não acho. — Luke revira os olhos. — Na verdade, já falei com Kenneth sobre a poupança do neném, e concordamos em aplicar numa carteira de investimentos seguros...

— Espere um minuto! — Levanto a mão. — Como assim, você falou com Kenneth? E a *minha* opinião?

Não acredito que nem me consultaram! Como se eu não tivesse importância. Como se eu não tivesse sido uma especialista financeira na televisão e não recebesse centenas de cartas por semana, pedindo conselhos.

— Olha, Becky. — Luke suspira. — Kenneth ficou muito feliz em recomendar investimentos adequados. Você não precisa se preocupar.

— Essa não é a questão! — digo, indignada. — Luke, você não entende. Nós vamos ser *pais*. Precisamos tomar todas as decisões importantes *juntos*. Caso contrário, nosso filho vai começar a bater em nós e vamos acabar escondidos no quarto e nunca mais vamos fazer sexo!

— O quê?

— É verdade! Passou no *Supernanny*!

Luke está totalmente pasmo. Ele realmente deveria assistir mais à TV.

— Certo, tudo bem — diz ele finalmente. — Podemos decidir as coisas juntos. Tudo bem. Mas não vou colocar a poupança do bebê num mercado emergente de alto risco.

— Bem, eu não vou colocar num banco velho e tacanho onde o dinheiro não vai render nada! — retalio.

— Empatado. — A boca de Luke se retorce. — Então... o que o *Supernanny* recomenda quando os pais têm abordagens fundamentalmente diversas quanto ao investimento da poupança?

— Não sei se já abordaram esse assunto — admito. Então uma súbita onda cerebral me acerta. — Já sei. Vamos dividir o dinheiro. Você investe metade, e eu invisto metade. E veremos quem se sai melhor. — Não resisto a acrescentar: — Aposto que sou eu.

— Ah, sei. — Luke ergue as sobrancelhas. — Então isto é um desafio, é, Sra. Brandon?

— O mais ousado vencerá — digo, em tom casual, e Luke começa a rir.

— Certo. Vamos fazer isso. Metade para cada um, para ser investido em qualquer coisa que escolhermos.

— Fechado — digo, estendendo a mão. Apertamos sérios, enquanto o telefone começa a tocar.

— Eu atendo — diz Luke, e vai até sua mesa. — Alô? Ah, oi. Como vai?

Vou ganhar isso! Vou escolher um monte de investimentos brilhantes e tornar o bebê uma verdadeira *casa da moeda*. Talvez invista numa carteira de futuros. Ou ouro. Ou... arte! Só preciso encontrar o próximo Damien Hirst e comprar uma vaca em conserva ou algo assim, e depois leiloar com lucro gigantesco na Sotheby's, e todo mundo vai dizer como tenho visão e genialidade...

— Verdade? — está dizendo Luke. — Não, ela não comentou. Bem, obrigado. — Ele desliga o telefone e se vira para me encarar com expressão interrogativa. — Becky, era Giles, da corretora de imóveis. Parece que vocês tiveram uma longa conversa no início da semana. O que, exatamente, você disse a ele?

Merda. Eu sabia que havia outro assunto delicado a abordar. Realmente preciso começar a fazer uma lista.

— Ah, é, isso. — Pigarreio. — Só falei a Giles que estávamos dispostos a ficar mais flexíveis nas exigências. — Ajeito alguns papéis na minha mesa, sem levantar os olhos. — Como você disse, expandir um pouco a área de busca.

— Um pouco? — ecoa Luke, incrédulo. — Até o *Caribe*? Ele está mandando os detalhes de oito porcarias de vilas de praia e quer saber se gostaríamos de marcar os vôos!

— Foi você que disse que precisávamos olhar um pouco mais longe, Luke! — digo, na defensiva. — Foi sua idéia!

— Eu estava falando de Kensington! Não de Barbados!

— Você já viu o que podemos conseguir em Barbados? — contraponho, ansiosa. — Olhe isto! — Empurro minha cadeira até a mesa dele, abro a internet e acho uma página de imóveis no Caribe.

Os sites de imóveis são as melhores coisas *de todos os tempos*. Especialmente os que têm passeios virtuais.

— Está vendo esta? — Aponto para a tela. — Vila de cinco quartos com piscina para o infinito, jardim em plano inferior e chalé para hóspedes!

— Becky... — Luke faz uma pausa, como se pensasse em como iria me explicar a situação. — Fica em Barbados.

Ele está muito fixado nesse único detalhe!

— E daí? Seria fabuloso! O neném aprenderia a nadar, e você poderia mandar todos os e-mails a partir do chalé de hóspedes... e eu poderia correr na praia todo dia...

Tenho uma imagem fascinante de mim mesma com biquíni de listras, empurrando um daqueles carrinhos de bebê de corrida, ao longo de uma luminosa praia no Caribe. E Luke estaria todo bronzeado numa camisa pólo, tomando ponche de rum. Ele poderia começar a surfar e prenderia contas nos cabelos de novo...

— Não vou colocar contas nos cabelos de novo. — Luke interrompe meus pensamentos.

Isso é tão arrepiante! Como é que ele...

Ah, certo. Talvez eu tenha compartilhado minha fantasia caribenha com ele antes.

— Olhe, querida — diz ele, sentando-se. — Talvez daqui a cinco, dez anos, possamos pensar em algo assim. Se as coisas acontecerem de acordo com os planos, até lá teremos um monte de opções. Mas, por enquanto, tem de ser na área central de Londres.

— Bom, então o que vamos fazer? — Fecho irritada o site de Barbados. — Não há *nada* no mercado. Vai chegar o Natal e vamos estar na rua, e teremos de ir para um albergue de sem-teto com o bebê, e tomar sopa...

— Becky. — Luke ergue a mão para fazer com que eu pare. — Não vamos ter de tomar sopa. — Ele clica em seus e-mails, abre um anexo e aperta imprimir. Um instante depois, a impressora parte para a ação.

— O que é? O que você está fazendo?

— Aqui. — Luke pega as páginas e me entrega. — Foi isto que Giles conseguiu. Para o caso de "ainda estarmos pensando em Londres", como disse ele. Acabou de entrar no mercado, fica aqui na esquina. Na Delamain Road. Mas temos de ser rápidos.

Examino a primeira página, absorvendo as palavras o mais rápido que posso.

Elegante casa familiar... ideal para receber... grandioso hall de entrada... magnífica cozinha de luxo...

Uau, tenho de admitir que parece incrível.

Jardim com área de jogos projetada por arquiteto... seis quartos... quarto de vestir com closet para sapatos..

Prendo o fôlego. Um closet para sapatos! Mas isso é apenas outro modo de dizer...

— Tem até um quarto de sapatos. — Luke está me olhando com um riso. — Giles ficou bem satisfeito com isso. Vamos ver?

Estou tão empolgada com essa casa! E não só por causa do quarto de sapatos. Li e reli os detalhes um monte de vezes e posso me ver morando lá com Luke. Tomando uma chuveirada no cubículo "Rainjet" forrado de calcário... fazendo café na cozinha Balthaup com equipamentos de última geração... e então talvez caminhando para o jardim recluso, virado para oeste, com sua variedade de espécimes de arbustos maduros. O que quer que seja isso.

É mais tarde, no mesmo dia, e estamos caminhando pela arborizada rua Maida Vale para vê-la. Estou apertando as folhas com os detalhes na mão, mas nem preciso; praticamente sei tudo de cor.

— Vinte e quatro... vinte e seis... — Luke está espiando os números enquanto passamos. — Deve ser do outro lado da rua.

— Ali está! — Paro e aponto para o outro lado da rua. — Olhe, ali está a impressionante entrada com colunas e porta dupla com atraente bandeira em forma de leque! É fabulosa! Vamos!

A mão de Luke me segura quando estou para atravessar a rua correndo.

— Becky, antes de entrarmos, só uma palavrinha.

— O que é? — Estou puxando a mão dele como um cachorro tentando escapar da guia. — O que é?

— Tente ficar calma, certo? Não queremos parecer ansiosos demais. A primeira regra dos negócios é que você sempre deve parecer que vai recusar.

— Ah. — Paro de puxar sua mão. — Certo. Calma. Posso ficar calma.

Mas enquanto atravessamos a rua e chegamos à porta da frente, meu coração está martelando. Esta é a nossa casa, sei que é!

— Adoro a porta da frente! — exclamo, tocando a campainha. — É tão brilhante!

— Becky... calma, lembra? — diz Luke. — Tente não parecer tão impressionada.

— Ah, certo, está bem. — Adoto a melhor expressão não impressionada que consigo, no momento em que a porta se abre.

Uma mulher muito magra, de 40 e poucos anos, está parada sobre o piso de mármore preto e branco. Usa jeans brancos D&G, uma blusa casual que *eu sei* que custou quinhentas libras e um anel de diamante tão gigantesco que estou espantada em ver como ela consegue levantar o braço.

— Oi. — Sua voz tem um sotaque arrastado que imita o das classes trabalhadoras. — Vieram ver a casa?

— Sim! — Imediatamente percebo que pareço empolgada demais. — Quero dizer... é. — Finjo um tom casual parecido com o dela. — Pensamos em dar uma olhada.

— Fabia Paschali. — Seu aperto de mão é como algodão molhado.

— Becky Brandon. E este é meu marido, Luke.

— Bem, entrem.

Vamos atrás dela, com os pés ecoando no piso, e, quando olho ao redor, preciso conter a respiração ofegante. Este hall é *enorme*. E a ampla escadaria parece saída de Hollywood! Vejo uma imagem imediata de mim mesma descendo num fantástico vestido de noite enquanto Luke espera, admirando, embaixo.

— Já fizeram fotos de moda aqui — diz Fabia, indicando a escada. — O mármore é importado da Itália, e o candelabro é um antigo Murano. Está incluído.

Posso ver que ela espera uma reação.

— Muito bonito — diz Luke. — Becky?

Calma. Preciso ficar calma.

— É legal. — Dou um pequeno bocejo. — Podemos ver a cozinha?

A cozinha é igualmente incrível. Tem um enorme balcão para café-da-manhã, teto de vidro e cada geringonça conhecida pela humanidade. Estou me esforçando ao máximo para não parecer espantada demais enquanto Fabia expõe os eletrodomésticos.

— Forno triplo... chapa de chefe de cozinha... esta é uma área de corte rotativa com superfície múltipla...

— Nada mau. — Passo a mão pelo granito, com ar superior. — Você tem uma máquina de fazer sushi?

— Sim — responde ela, como se eu tivesse perguntado alguma coisa realmente óbvia.

A cozinha tem uma máquina de fazer sushi elétrica! Ah, meu Deus, é simplesmente espetacular. Assim como o terraço, com cozinha de verão e churrasqueira. E a sala de estar com prateleiras David Linley. Quando seguimos Fabia para o andar de cima até o quarto principal, estou praticamente desmaiando, tentando não exclamar diante de tudo.

— Aqui é o quarto de vestir... — Fabia nos leva a uma saleta cheia de armários de nogueira. — Este é meu closet de sapatos feito sob medida... — Ela abre a porta, e nós entramos.

Acho que vou desmaiar. Dos dois lados há fileiras e fileiras de sapatos, imaculadamente enfileirados em prateleiras forradas de camurça. Loubotins... Blahniks...

— É incrível! — deixo escapar. — E olha só, nós calçamos o mesmo número e coisa e tal... isso tem tudo a ver... — Luke me lança um olhar de alerta. — Quero dizer... é. — Dou de ombros, sem jeito. — É legal, acho.

— Vocês têm filhos? — Fabia olha para minha barriga enquanto nos afastamos.

— Estamos esperando um para dezembro.

— Nós temos dois no internato. — Ela arranca um adesivo de nicotina do braço, franze a testa para ele e joga numa lixeira. Depois enfia a mão no bolso dos jeans e pega um maço de Marlboro Light. — Agora eles ficam no último andar, mas os quartos de bebê ainda estão arrumados, caso vocês se interessem. — Ela acende um isqueiro e dá uma baforada.

— Quartos de bebê? — ecoa Luke, me olhando. — Mais de um?

— Dele e dela. Temos um de cada. Nunca conseguimos redecorar. Este é o do meu filho... — Ela abre uma porta branca.

Fico ali parada, boquiaberta. É como o país das fadas. As paredes são pintadas com um mural de colinas verdes, céu azul, bosques e ursinhos de pelúcia fazendo piquenique. Num canto há uma cama pintada na forma de um castelo; do outro lado há um trenzinho vermelho, de verdade, nos trilhos, de tamanho suficiente para sentar em cima, com um brinquedo em cada vagão.

Sinto uma pontada de desejo avassalador. Quero um menino. Quero *tanto* um menino!

— E o da minha filha fica aqui — prossegue Fabia.

Mal consigo me arrancar do quarto do menino, mas acompanho-a atravessando o corredor enquanto ela abre a porta — e não consigo deixar de ofegar.

Nunca vi nada tão lindo. É o sonho de uma menininha. As paredes são decoradas com fadas pintadas à mão, as cortinas brancas são presas com enormes laços de tafetá lilás e o bercinho é enfeitado com franzidos de bordado inglês como a cama de uma princesa.

Ah, meu Deus. Agora quero uma menina.

Quero os dois. Não posso ter os dois?

— Então, o que acha? — Fabia se vira para mim.

Há silêncio no corredor. Não posso falar, de tanto desejo. Quero esses quartos de neném mais do que jamais quis qualquer coisa, jamais. Quero a casa inteira. Quero morar aqui e ter nosso primeiro Natal aqui como uma família, e decorar um pinheiro enorme no hall preto e branco, e pendurar uma meia minúscula na lareira.

— Muito bonita — consigo dizer finalmente, dando um pouquinho de ombros. — Acho.

— Bem. — Fabia traga o cigarro. — Vamos ver o resto.

Sinto que estou flutuando enquanto prosseguimos por todos os outros cômodos. Encontramos nossa casa. Encontramos.

— Faça uma oferta! — sussurro para Luke enquanto olhamos o boiler. — Diga que queremos a casa!

— Becky, calma aí. — Ele dá um risinho. — Não é assim que se negocia. Ainda não vimos tudo.

Mas dá para ver que ele também adorou. Seus olhos estão brilhantes e, quando chegamos de novo ao hall, ele está fazendo perguntas sobre os vizinhos.

— Bem... obrigado — diz ele finalmente, apertando a mão de Fabia. — Faremos contato através do corretor.

Como ele consegue se conter? Por que não está pegando o talão de cheques?

— Muito obrigada — acrescento, e já estou para apertar a mão de Fabia quando há o som de uma chave na porta da frente. Um homem bronzeado, de 50 e poucos anos, entra, usando jeans, jaqueta de couro e carregando um negócio maneiro, tipo portfólio de arte.

— Oi. — Ele olha de um rosto para o outro, claramente imaginando se deveria nos conhecer. — Como vão?

— Querido, estes são os Brandon — diz Fabia. — Estiveram olhando a casa.

— Ah. Indicados pela Hamptons? — Ele franze a testa. — Eu teria ligado, se soubesse. Aceitei uma oferta há dez minutos. Pela outra imobiliária.

Sinto um choque de horror. Ele fez o quê?

— Vamos fazer uma oferta agora mesmo! — digo num jorro. — Vamos oferecer o preço que vocês pediram!

— Sinto muito. Já está feito. — Ele dá de ombros e tira a jaqueta. — Aqueles americanos que deram uma olhada hoje cedo — acrescenta para Fabia.

Não. Não. Não podemos perder nossa casa dos sonhos!

— Luke, faça alguma coisa! — Tento falar com calma. — Faça uma oferta! Depressa!

— Vocês não se importam, não é? — Fabia parece surpresa. — Vocês não pareciam tão a fim do lugar.

— Nós estávamos bancando os calmos! — gemo, deixando desaparecer qualquer aparência de casualidade. — Luke, eu *sabia* que deveríamos ter dito alguma coisa antes! Nós adoramos a casa! Adorei os quartos de neném! Nós queremos!

— Gostaríamos muito de fazer uma oferta acima do preço pedido — diz Luke, adiantando-se. — Podemos agir com a máxima velocidade e pedir que nosso advogado contate o de vocês de manhã...

— Olhe, pelo que sei, a casa já foi vendida — diz o marido de Fabia, revirando os olhos. — Preciso de uma bebida. Boa sorte na busca de vocês. — Ele segue pelo piso de mármore em direção à cozinha e ouço a geladeira abrindo.

— Sinto muito — diz Fabia, dando de ombros, e nos leva até a porta da frente.

— Mas... — insisto, impotente.
— Tudo bem. Se o negócio for desfeito, por favor, avise-nos. — Luke dá um sorriso educado e saímos lentamente para o sol do fim de tarde. As folhas estão começando a mudar de cor, e os raios baixos do sol brilham nas janelas do outro lado.

Eu simplesmente podia me ver morando nesta rua. Empurrando o bebê num carrinho, acenando para todos os vizinhos...

— Não acredito. — Minha voz está um pouco embargada.

— Era só uma casa. — Luke passa o braço pelos meus ombros caídos. — Vamos encontrar outra.

— Não vamos. Nunca vamos achar um lugar assim. Era a casa perfeita!

Paro, com a mão no portão de ferro fundido. Não posso desistir. Não sou uma idiota que desiste fácil.

— Espere — digo a Luke, dando meia-volta.

Volto correndo pelo caminho, subo a escada e planto um pé na porta antes que Fabia tenha a chance de fechá-la.

— Escute — digo, ansiosa. — Por favor. Fabia, nós realmente, realmente amamos sua casa. Pagamos o que você quiser.

— Meu marido já fechou o negócio. — Ela se encolhe. — Não posso fazer nada.

— Pode convencê-lo a mudar de idéia! O que posso fazer para convencer você?

— Olhe. — Ela suspira. — Não sou eu que decido. Poderia, por favor, tirar o pé?

— Eu faço qualquer coisa! — grito, desesperada. —

Compro alguma coisa para você! Eu trabalho numa loja de moda, posso conseguir coisas chiques...

Paro. Fabia ainda está olhando meu pé, enfiado na porta. Então olha para o outro.

Não é nos meus pés que ela está interessada, é nas minhas botas de caubói Archie Swann feitas de pele de bezerro batida e com um tira de couro para fechar. Archie Swann é a grande novidade em sapatos, e estas botas, exatamente, saíram na *Vogue* da semana passada, com o título "Mais Cobiçadas". Vi Fabia de olho nelas no momento em que chegamos.

Fabia ergue os olhos para os meus.

— Gosto das suas botas — diz ela.

Fico momentaneamente sem fala.

Vá com calma, Becky, vá com calma.

— Esperei um ano inteiro por estas botas — digo finalmente, sentindo que estou pisando em ovos. — Não são encontradas em lugar nenhum.

— Estou na lista de espera da Harvey Nichols — rebate ela.

— Talvez. — Forço um tom casual. — Mas não vai conseguir. Só fizeram cinqüenta pares e estão todos esgotados. Eu sou compradora pessoal, de modo que sei dessas coisas.

Estou blefando totalmente. Mas acho que está dando certo. Ela está praticamente salivando nas botas.

— Becky? — Luke vem voltando pelo caminho na minha direção. — O que está acontecendo?

— Luke! — Levanto uma das mãos. — Fique aí! — Sinto-me como Obi-Wan Kenobi dizendo a Luke Skywalker para não interferir porque ele não entende o alcance da Força.

Tiro minha bota esquerda, deixando-a sobre o capacho como um totem.

— É sua — digo — se você aceitar nossa oferta. E dou a outra quando assinarmos o contrato.

— Ligue para a imobiliária amanhã — diz Fabia, parecendo quase sem fôlego. — Vou convencer meu marido. A casa é de vocês.

Consegui! Não acredito!

O mais rápido que posso, um pé com uma bota e o outro só com meia, desço a escada na direção do Luke.

— Conseguimos a casa! — Envolvo seu pescoço com os braços. — Consegui a casa para nós!

— Que *porra*... — Ele me encara. — O que você disse? Por que só está usando uma bota?

— Ah... é só um pouquinho de negociação — digo, em tom superior, e olho de novo para a porta. Fabia já jogou longe sua sapatilha dourada e enfiou a perna com jeans na bota. Agora está se virando de um lado para o outro, hipnotizada. — Se você ligar para a imobiliária amanhã de manhã, acho que vai descobrir que o negócio está de pé.

Nem precisamos esperar até a manhã seguinte. Menos de duas horas depois, estamos sentados no carro, indo para a casa de mamãe, quando o telefone de Luke toca.

— Sim? — diz ele, atendendo. — É? Verdade?

Estou fazendo caretas para ele, tentando fazer com que ele diga o que está acontecendo — mas ele mantém os olhos firmes na estrada, o que é realmente irritante. Por fim desliga e se vira para mim com o sorriso mais minúsculo.

— É nossa.

— *Isso!* — guincho, deliciada. — Eu lhe disse!

— Eles vão para Nova York e querem se mudar o mais rápido possível. Eu disse que poderíamos resolver tudo até dezembro.

— Teremos nosso novo neném em nossa casa nova e linda a tempo para o Natal. — Dou um abraço em mim mesma. — Vai ser perfeito!

— A notícia é muito boa. — O rosto dele está reluzindo. — E o mérito é todo seu.

— Não foi nada — respondo com modéstia. — Só uma boa negociação. — Pego o celular e já vou mandar uma mensagem de texto a Suze avisando da boa notícia quando, de repente, ele toca.

— Alô? — digo, toda animada.

— Sra. Brandon? É Margaret, do consultório de Venetia Carter.

— Ah! — Fico rígida e olho para Luke. — Ah... olá.

— Queríamos avisar que temos uma desistência na agenda da Dra. Venetia. Ela ficaria muito feliz em recebê-la, e ao seu marido, se a senhora quiser, na quinta-feira às três da tarde.

— Certo — respondo, meio sem fôlego. — Ah... sim, por favor. Estarei lá! Muito obrigada!

— Não há de quê. Adeus, Sra. Brandon.

A linha emudece, e desligo o telefone com as mãos trêmulas. Consegui uma consulta com Venetia Carter!

Vou conhecer celebridades e receber massagem tailandesa holística!

Agora só preciso dar a notícia a Luke.

— Quem era? — pergunta Luke, ligando o rádio. Ele franze a vista para o mostrador digital e aperta alguns botões.

— Era... ah... — largo o telefone acidentalmente-de-propósito no chão e me abaixo para pegar.

Vai dar certo. Ele está de bom humor por causa da casa e tudo o mais. Só vou dizer e pronto. E se ele começar a dar o contra, vou objetar que sou uma mulher adulta e madura que pode escolher sua própria médica.

— Ah... Luke. — Sento-me de novo, com o rosto meio vermelho. — Quanto ao Dr. Braine...

— O que é? — Luke entra em outra pista. — Por sinal, eu disse à minha mãe que iríamos organizar um jantar com ele e David.

Um *jantar*? Ah, meu Deus, isso está piorando. Preciso dizer, depressa.

— Luke, escute. — Espero até ele diminuir a velocidade atrás de um caminhão. — Andei pensando muito e fazendo umas pesquisas.

"Pesquisas" parece bom. Mesmo que tenha sido apenas a leitura de uma matéria sobre "Tendências dos bebês em Hollywood" na fashionmommies.com.

— E o negócio é... — engulo em seco. — Quero me consultar com Venetia Carter.

Luke faz um ruído impaciente.

— Becky, não venha com isso de novo. Achei que tínhamos concordado...

— Consegui uma consulta com ela — digo num jorro. — Marquei hora. Está tudo resolvido.

— Você fez *o quê?* — Ele freia num sinal vermelho e se vira para mim.

— O corpo é meu! — digo, na defensiva. — Posso me consultar com quem eu quiser!

— Becky, nós temos muita sorte de ter um dos obstetras mais respeitados e renomados do país cuidando de você, e você está querendo se meter com uma mulher desconhecida...

— Pela milionésima vez, ela não é desconhecida! — exclamo, frustrada. — Ela é famosíssima em Hollywood! É moderna e está em contato com as novidades, e faz uns partos incríveis na água, com flores de lótus...

— Flores de *lótus*? Parece uma porcaria de uma charlatã. — Luke enfia o pé com força no acelerador. — Não vou deixar você arriscar sua saúde e a do bebê...

— Ela não é charlatã!

Eu nunca deveria ter mencionado as flores de lótus. Devia saber que Luke não entenderia.

— Olha, querido... — Tento uma abordagem diferente. — Você sempre diz: "Dê uma chance às pessoas."

— Não, não digo. — Luke não perde o pique.

— Bem, então deveria — respondo, irritada.

Paramos num cruzamento pintado com faixa de pedestres e uma mulher passa com um carrinho de bebê realmente chique, verde, de rodas altas e com aparência de era espacial. Uau. Talvez a gente devesse comprar um daqueles. Franzo a vista, tentando ver o logotipo.

É incrível, antes eu nem *notava* os carrinhos de bebê. Agora não consigo deixar de verificar, mesmo que esteja no meio de uma briga com meu marido.

Discussão. Não é briga.

— Escuta, Luke — digo, quando partimos de novo. — No meu livro diz que a grávida deve sempre seguir os instintos. Bem, meus instintos estão dizendo com força real: "Vá para Venetia Carter." É a natureza que está me dizendo!

Luke fica em silêncio. Não sei se está franzindo a testa para a estrada ou para o que estou dizendo.

— Poderíamos ir só uma vez, dar uma sacada — digo, em tom pacificador. — Só uma consultazinha. Se nós a odiarmos, não precisamos voltar.

Chegamos à casa de mamãe e papai. Há um grande estandarte prateado sobre a porta. Um balão de hélio, desgarrado, onde está escrito *Parabéns pelos 60 anos, Jane!*, pousa levemente no capô quando entramos.

— *E* eu consegui nossa casa — não consigo deixar de acrescentar. Mesmo sabendo que isso não é estritamente relevante.

Luke pára o carro atrás de um furgão em cuja lateral está escrito "Eventos Especiais Oxshott", e finalmente se vira para me encarar.

— Certo, Becky. — Ele suspira. — Você venceu. Vamos à consulta.

Quatro

Dizer que mamãe está empolgada com o neném é um certo eufemismo. Quando saímos do carro, ela voa pelo caminho de entrada, o cabelo arrumado para a festa, o rosto todo vermelho de animação

— Becky! Como vai o meu netinho?

Ela nem se incomoda mais em olhar meu rosto. A atenção vai direto para a barriga.

— Está aumentando! Consegue escutar a vovó? — Ela se curva mais perto. — Consegue escutar a vovó?

— Olá, Jane — diz Luke educadamente. — Será que podemos entrar?

— Claro! — Ela se liga de novo e nos leva para dentro de casa. — Venham! Ponha os pés para cima, Becky! Tome uma xícara de chá. *Graham!*

— Estou aqui! — Papai vem descendo a escada. — Becky! — Ele me dá um abraço apertado. — Venha, sente-se. Suze está aqui com as crianças...

— Já! — exclamo, deliciada. Não vejo Suze há *séculos*. Acompanho meus pais até a sala de estar e encontro Suze sentada no sofá perto de Janice, a vizinha dos meus pais. Seu cabelo louro está preso num coque, e ela está amamentando um dos gêmeos. Enquanto isso, Janice se retorce desconfortável, claramente se esforçando demais para não olhar.

— Bex! — O rosto de Suze se ilumina. — Ah, meu Deus! Você está fantástica!

— Suze! — Dou-lhe um abraço enorme, tentando não esmagar o neném. — Como vai? E como vai a Clemmie lindinha? Beijo a cabecinha loura.

— Este é Wilfrid — diz Suze, ficando meio cor-de-rosa.

Droga. Eu sempre erro. E, para piorar as coisas, Suze tem uma paranóia total achando que Wilfrid parece menina. (E parece mesmo. Em especial com aquele macacão de renda.)

— Onde estão os outros? — Mudo rapidamente de assunto.

— Ah, Tarkie está com eles — responde Suze, olhando vagamente pela janela. Acompanho o olhar dela e vejo seu marido, Tarquin, empurrando meu afilhado Ernie ao redor da tenda, num carrinho de mão, com Clementine amarrada ao peito.

— Mais! — A voz esganiçada de Ernie chega fraca através da janela. — Mais, papai!

— Aquele vai ser você daqui a alguns meses, Luke — digo, rindo.

— Ahã. — Ele ergue as sobrancelhas e pega seu BlackBerry. — Preciso mandar uns e-mails. Vou fazer isso lá em cima, se não tiver problema.

Ele sai da sala e eu me sento numa poltrona fofa, perto de Suze.

— Adivinha só. Aceitaram nossa oferta para a casa mais *perfeita*! Olha! — Pego na bolsa o impresso da imobiliária e entrego a mamãe, para ser admirado.

— Que linda, querida! — exclama mamãe. — Ela é isolada?

— Bem... não. Mas é realmente...

— Tem garagem? — Papai espia por cima dos ombros de mamãe.

— Não, não tem garagem, mas...

— Eles não precisam de garagem, Graham — interrompe mamãe. — Eles são londrinos! Vão de táxi a todo lugar.

— Quer dizer que nenhum londrino dirige? — pergunta papai, zombando. — Está dizendo que, em toda a nossa capital, nenhum morador jamais entra num carro?

— Eu nunca dirigiria em Londres. — Janice estremece levemente. — Sabe, eles esperam até você parar no sinal... e aí lhe dão uma *facada*.

— "Eles"? — exclama papai, exasperado. — Quem são "eles"?

— Piso de mármore. Minha nossa. — Mamãe levanta os olhos do papel e faz careta. — E o que vai acontecer com o pequenino quando estiver aprendendo a andar? Você poderia colocar tapete em cima, talvez. Um belo Berber pintalgado, para a sujeira não aparecer.

Desisto.

— E minha segunda novidade é... — digo alto, tentando trazer a conversa de novo para os trilhos. — Vou mudar de médico. — Paro para provocar efeito. — Vou me consultar com Venetia Carter.

— Venetia Carter? — Suze levanta o olhar de Wilfrid, pasma. — Sério?

Rá. Eu *sabia* que Suze teria ouvido falar dela.

— Sem dúvida. — Fico reluzente de orgulho. — Acabamos de saber que conseguimos uma consulta. Não é fantástico?

— Então, essa Dra. Venetia é boa? — Mamãe olha de mim para Suze.

— Ela é chamada obstetra de lista-A. — Suze começa habilmente a fazer Wilfrid arrotar. — Li uma matéria sobre ela na *Harpers*. Dizem que é maravilhosa!

Uma obstetra de lista-A! Isso *me* torna uma pessoa de lista-A!

— Ela cuida de todas as supermodelos e estrelas de cinema. — Não consigo deixar de alardear. — Dá festas, chás, bolsas de brindes de grife e coisa e tal. Provavelmente vou conhecer todas elas!

— Mas, Becky, achei que você estava com um médico respeitado. — Papai parece perplexo. — É boa idéia mudar?

— Papai, Venetia Carter é de outro nível! — Não consigo deixar de ser impaciente. — É o máximo dos máximos. Tive de implorar para conseguir uma consulta.

— Bem, querida, quando for famosa, não se esqueça de nós! — diz mamãe.

— Não vou esquecer! Ei, querem ver o ultra-som? — Enfio a mão na bolsa, pego o rolo de imagens e entrego a mamãe.

— Olha só isso! — ofega ela, olhando a imagem turva. — Olha, Graham! Nosso primeiro netinho. É *igualzinho* à minha mãe!

— Sua mãe? — retruca papai, incrédulo, pegando o impresso. — Está cega?

— Becky, tricotei umas coisinhas para o neném — diz Janice timidamente. — Uns conjuntinhos de pagão... um xale... um jogo da Arca de Noé... e fiz *três* de cada animal, só para o caso de o tamanho não caber.

— Janice, que gentileza! — digo, emocionada.

— Tudo bem, querida! Gosto de tricotar. Claro, sempre esperei que Tom e Lucy pudessem... — Janice deixa no ar, com um sorriso corajoso e luminoso. — Mas não era para ser.

— Como vai o Tom? — pergunto cautelosamente.

Tom é o filho de Janice. Tem mais ou menos minha idade e se casou há três anos, um grande casamento chique. Mas então tudo deu meio errado. Sua mulher, Lucy, fez uma tatuagem e fugiu com um cara que morava num furgão, e Tom ficou muito esquisito e começou a construir uma casa de verão no quintal dos fundos do pai.

— Ah, Tom vai muito bem! Agora está morando principalmente na casa de verão. Nós deixamos comida na bandeja para ele. — Janice parece meio sem jeito. — Diz que está escrevendo um livro.

— Ah, certo! — digo, encorajando. — Sobre o quê?
— O estado da sociedade. — Ela engole em seco.
— Aparentemente.
Há silêncio enquanto todos digerimos isso.
— Em que tipo de estado ele acha que a sociedade está? — pergunta Suze.
— Não muito bom — sussurra Janice.
— Tome outra xícara de chá, Janice querida. — Mamãe dá um tapinha reconfortante em sua mão. — Ou que tal um conhaque?
— Só um conhaquezinho — responde Janice depois de uma pausa. — Eu me sirvo.
Enquanto ela atravessa a sala até o armário de bebidas, mamãe pousa sua xícara.
— *Agora*, Becky — diz ela —, você trouxe todos os seus catálogos?
— Aqui! — Enfio a mão na sacola que eu trouxe. — Tenho da Blooming Marvelous, da General Little Trading Company, Little White Company...
— Eu trouxe da Jojo Maman Bebé — entoa Suze. — E Cashmere Italiano para Bebê.
— Eu tenho todos esses — diz mamãe, pegando uma pilha de catálogos no suporte para revistas. — Vocês têm Funky Baba? — Ela balança um catálogo em que há a foto de um bebê vestido de palhaço.
— Aah! — diz Suze. — Não vi esse!
— Pode ver — digo. — Vou ver o Petit Enfant. Mamãe, veja o Bebê de Luxo.
Com um suspiro feliz, todas nos sentamos para fo-

lhear imagens de nenéns sobre tapetes emborrachados usando camisetinhas lindas e sendo transportados em carrinhos chiques. Honestamente, vale a pena ter um bebê só pelas *coisas* lindas.

— Vou dobrar o canto da página se vir alguma coisa que você deva comprar — diz mamãe, em tom profissional.

— Certo, eu também — concordo, fixada num grupo de bebês vestidos de animais. Temos de comprar uma roupa para neve em forma de urso polar. Viro o canto e passo à próxima página, que está cheia de roupas para esqui em miniatura. E olhe só os gorrinhos com pompons! — Luke, acho que temos de colocar o bebê para esquiar desde bem cedo — digo quando ele entra na sala. — Vai ajudar no desenvolvimento.

— *Esquiar?* — Ele parece perplexo. — Becky, achei que você odiava esquiar.

Realmente odeio esquiar.

Talvez a gente pudesse ir a Val d'Isère ou algum lugar assim, usar as roupas lindas e simplesmente não esquiar.

— Becky! — Mamãe interrompe meus pensamentos. — Olhe este berço. Tem controle de temperatura embutido, show de luzes de acalanto e ação vibratória calmante.

— Uau — ofego olhando a foto. — É *incrível*! Quanto custa?

— A versão de luxo é... mil e duzentas libras — diz mamãe, consultando o texto.

— Mil e duzentas libras? — Luke quase engasga com sua xícara de chá. — Por um *berço*? Sério?

— É de última geração — ressalta Suze. — Usa tecnologia da Nasa.

— Tecnologia da Nasa? — Ele funga, incrédulo. — Estamos planejando mandar o bebê para o espaço?

— Você não quer o melhor para o nosso filho, Luke? — retruco. — O que acha, Janice?

Olho para o outro lado da sala, mas Janice não escutou. Está olhando as imagens do ultra-som e enxugando os olhos com um lenço.

— Janice... Você está bem?

— Desculpe, querida. — Ela assoa o nariz, depois toma um gole de conhaque, esvaziando o copo. — Posso pegar mais uma dose, Jane?

— Vá em frente, querida! — diz mamãe, encorajando.

— Coitada da Janice — acrescenta para mim e Suze num sussurro. — Está *desesperada* por um neto. Mas Tom nem sai de sua casa de verão. E quando sai... — Ela baixa a voz ainda mais. — Não corta o cabelo há meses! Quanto mais a barba! Eu disse a ela: "Ele nunca vai arranjar uma garota boa se não der um jeito na aparência!" Mas... — Ela pára quando a campainha da porta toca. — Deve ser o pessoal do bufê. Eu *disse* para eles usarem a porta da cozinha!

— Eu atendo. — Papai se levanta e todas retornamos aos catálogos.

— Acha que deveríamos comprar um assento de banho e um suporte de banho? — Olho para a página. — E uma banheira inflável para viagem?

— Compre isto. — Suze mostra a foto de um ninho de bebê almofadado. — São fabulosos. Wilfie *vive* no dele.

— Com certeza! — confirmo com a cabeça. — Dobre o canto!

— Esses cantos estão ficando meio volumosos. — Mamãe olha, avaliando o catálogo. — Talvez a gente devesse dobrar se *não* houver interesse na página.

— Por que não encomenda simplesmente todo o catálogo e depois devolve as pouquíssimas coisas que não quiser? — sugere Luke.

Bom, *esta* é uma boa...

Ah. Ele está sendo engraçado. Rá-rá-rá. Estou para dar uma resposta esmagadora quando a voz de papai ressoa no corredor.

— Entre, Jess. Todo mundo está tomando chá.

Jess está aqui!

Ah, meu Deus. Jess está aqui.

— Depressa, escondam os catálogos! — sussurro, e começo a enfiá-los atrás de almofadas, numa agitação nervosa. — Vocês sabem como é a Jess.

— Mas talvez ela queira dar uma olhada, querida! — questiona mamãe.

Mamãe realmente não saca Jess e o negócio da frugalidade. Acha que Jess só está passando por uma "fase", como quando Suze virou vegetariana durante umas três semanas antes de ficar totalmente fissurada e mergulhar de cabeça num sanduíche de bacon.

— Ela não vai querer — diz Suze, que ficou na casa de Jess e sabe como ela é. Pega o exemplar de Funky Baba com mamãe e empurra para baixo da cadeira de balanço de Wilfrid, no instante em que papai e Jess aparecem à porta.

— Oi, Jess! — começo, toda animada. E paro, perplexa. Não vejo Jess há uns dois meses e ela está absolutamente espetacular!

Toda bronzeada, magra, usando bermuda cargo que mostra as pernas longas e morenas. O cabelo curto foi descorado pelo sol e a camiseta verde, sem mangas, faz destacar os olhos castanho-claros.

— Oi! — diz ela, pousando a mochila. — Oi, tia Jane. Becky, como vai?

— Estou ótima! — Não consigo deixar de rir para ela. — Você está fantástica! Tão bronzeada!

— Ah. — Jess olha para si mesma com interesse zero, depois enfia a mão na mochila. — Eu trouxe uns biscoitos de milho. São feitos por uma cooperativa no norte da Guatemala. — Ela entrega a mamãe uma caixa feita de papelão áspero, e mamãe vira-a nos dedos, perplexa.

— Lindo, querida — diz finalmente, e a coloca ao lado do bule de chá. — Pegue um bombom de fondant!

— Uau. — Jess senta-se no pufe. — Olhe só a Cl...

— Ela pára quando eu falo sem som "Wilfie!" pelas costas de Suze.

— O quê? — diz Suze.

— Eu só ia perguntar... onde está a Clementine? — emenda Jess. — E nem posso acreditar no Wilfie! Ele está enorme!

Dou-lhe um sorriso minúsculo por cima da xícara de chá enquanto Suze responde. Meu Deus, quem imaginaria? Minha irmã e minha melhor amiga batendo papo.

Houve um tempo em que pensei ter perdido as duas definitivamente. Jess porque tivemos uma briga enorme e nos xingamos com palavras que fazem com que eu me encolha só de pensar. E Suze porque fez uma nova amiga chamada Lulu, que monta a cavalo, tem quatro filhos e acha que é superior a todo mundo. *Ainda* não entendo por que Suze gosta dela. Na verdade, é o único assunto que não abordamos.

— Tenho uma coisa para você também, Becky. — Jess enfia a mão na mochila e pega um punhado de trapos encardidos. Janice se encolhe com um gritinho de consternação.

— O que é isso, querida?

— Becky e eu vamos fazer toalhinhas de limpar bebê — diz Jess.

— *Fazer* toalhinhas de limpar bebê? — Mamãe olha, não entendendo. — Mas, querida, a Boots fabrica. A gente pode comprar três por duas pratas.

— Elas parecem meio... usadas — arrisca Janice.

— Só precisamos ferver e encharcar numa solução de óleo e sabão — informa Jess. — É muito menos agressivo para o meio ambiente. E para a pele do bebê. E são reutilizáveis. A longo prazo, você vai economizar várias libras.

— É... fabuloso — engulo em seco e pego os trapos, um dos quais tem impresso "Prisão Wandsworth HM" desbotado na lateral. De jeito nenhum vou ter um balde de trapos velhos e nojentos no quarto do bebê. Mas Jess parece tão entusiasmada que não quero magoar seus sentimentos.

— Vou ajudar você a fazer um carregador de bebê, também — diz ela. — A partir de uma calça jeans velha do Luke. É bem simples.

— Boa idéia! — consigo dizer. Não ouso olhar para Luke.

— E tenho outra idéia. — Jess gira no pufe para me encarar. — Você não precisa dizer que sim, mas talvez devesse pensar a respeito.

— Certo — digo nervosa. — O que é?

— Você toparia fazer uma palestra?

— Uma palestra? — estou perplexa. — Sobre o quê?

— Sobre como venceu o vício em gastar. — Jess se inclina para a frente, o rosto todo caloroso e fraterno. — Tenho uma amiga que é conselheira e eu estava contando a ela sobre você e o quanto você mudou. Ela disse que achava que você seria uma inspiração para muitos viciados do grupo.

Há silêncio na sala. Posso sentir o rosto empalidecer.

— Vá lá, Bex. — Suze cutuca meu pé. — Você seria fantástica!

— Eu vou assistir — diz Luke. — Quando vai ser?

— Não precisa ser formal — instiga Jess. — Só um papo amigável sobre como resistir à pressão do consumo. Em especial agora que você está grávida. — Ela balança a cabeça. — É *ridícula* a quantidade de lixo que as pessoas se sentem compelidas a comprar para os filhos.

— Eu culpo os catálogos — diz Luke, sério.

— Então, o que acha, Becky? — insiste Jess.

— Na verdade, não... — Pigarreio debilmente. — Não tenho certeza...

— Não fique sem graça! — Jess se levanta do pufe e vem se sentar ao meu lado, no sofá. — Realmente sinto orgulho de você, Becky. E você deveria ter orgulho de si mesma... — Sua expressão muda, e ela se ajeita no sofá. — Estou sentada em cima de quê? O que é isso? — Ela enfia a mão atrás e pega dois catálogos brilhantes, com todos os cantos dobrados.

Merda. E tinha logo de pegar o Bebê de Luxo, que tem na capa um bebê vestido com roupas Ralph Lauren, segurando uma mamadeira Dior e sentado num Rolls Royce miniatura.

— Becky não estava olhando isso — diz Suze num jorro. — Nem são dela. São meus. Eu trouxe.

Eu realmente amo Suze.

Jess está folheando Bebê de Luxo e se encolhendo.

— É chocante. Quero dizer, que bebê precisa de banheira inflável? Ou de berço de grife?

— Ah, eu sei. — Tento imitar seu tom de desdém. — É terrível. Se bem que eu provavelmente comprarei, sabe, *algumas* coisas...

— Dê uma olhada, Jess, querida! — diz mamãe, solícita. — Becky já achou um superberço para o neném! — Ela procura entre os catálogos. — Onde está? Tem show de luzes... e ação vibratória...

Fico rígida de horror.

Não mostre a Jess o berço de 1.200 libras.

— Aqui está! — Mamãe estende o Funky Baba.

— Jess não quer ver isso! — Tento pegar o catálogo, mas Jess chega primeiro.

— Que página? — pergunta ela.

— Mamãe? — Uma voz nos interrompe, e todos olhamos ao redor. Parado à porta está um cara com cabelos pretos desgrenhados e barba crescida. É alto, desengonçado, está segurando um livro de bolso velho e muito manuseado, e não faço idéia de quem ele...

Espera aí. É o Tom?

Cacete. Eu mal o *reconheci*. Mamãe está certa quanto à barba, parece que ele não vê um aparelho há dias.

— Papai precisa de ajuda com um dos truques de mágica — diz ele abruptamente a Janice. — O coelho ficou preso, ou algo assim.

— Minha nossa! — diz Janice, pousando seu copo.

— É melhor eu ir. Tom, cumprimente as pessoas com educação, querido.

— Oi, todo mundo. — Tom lança um olhar superficial pela sala.

— Você conhece Suze, a amiga de Becky, não é? — cantarola Janice. — E já conheceu a irmã dela, Jess?

— Oi, Tom! — diz Suze, animada.

— Oi — diz Jess.

Olho nervosa para ela, toda pronta para dar alguma palestra sobre por que gastar mil libras num berço é sinal dos tempos malignos e decadentes em que vivemos. Mas, para minha surpresa, ela nem está olhando o catálogo. Deixou-o cair no colo e está olhando para Tom, hipnotizada.

E Tom está olhando de volta para ela.

Os olhos de Jess baixam para o livro que ele está lendo.

— Isso é *Sociedade de consumo: Mitos e estruturas*?

— É. Você já leu?

— Não, mas li outra obra de Baudrillard, *O sistema dos objetos*.

— Eu tenho! — Tom dá um passo na direção dela. — O que você achou?

Espera um minuto aí.

— Achei o conceito de estimulação e o simulacro bem interessantes. — Jess fica remexendo no cordão da Tiffany que dei a ela.

Ela nunca remexe naquele cordão da Tiffany. Ah, meu Deus. Ela está a fim dele!

— Estou tentando aplicar o desmoronamento das hiper-realidades à minha tese sobre entropia capitalista pós-moderna. — Tom assente com intensidade.

Isso é fantástico! Eles são bonitos, rola química e estão falando em inglês, só que com palavras esquisitas que ninguém mais entende. É como um episódio de *The OC*, bem aqui na sala de mamãe.

Lanço um olhar para Luke, que levanta as sobrancelhas. Mamãe cutuca Suze, que ri de volta. Estamos todos completamente boquiabertos. Quanto a Janice, parece fora de si.

— Bom — Tom dá de ombros —, preciso ir...

Como um redemoinho, Janice salta em ação.

— Jess, querida! — exclama ela, saltando do sofá. — Nós não chegamos a nos conhecer de fato, não é?

Por que não vem tomar um chá, e você e Tom podem continuar com a conversinha?

— Ah. — Jess parece consternada. — Bem... eu vim visitar todo mundo aqui...

— Você pode ver todo mundo mais tarde, na festa! — Janice segura com firmeza o braço bronzeado de Jess e começa a puxá-la para a porta. — Jane, Graham, vocês não se importam, não é?

— De jeito nenhum — diz papai, tranqüilo.

— Bem, está certo. — Jess olha para Tom e um leve rubor aparece em suas bochechas. — Vejo vocês mais tarde.

— Tchau! — respondemos todos em coro.

A porta se fecha atrás deles, e nós nos olhamos numa alegria contida.

— Bom! — diz mamãe, pegando o bule. — *Isso* não seria ótimo? Poderíamos derrubar a cerca e colocar uma tenda nos dois gramados!

— Mamãe! Francamente! — Reviro os olhos. É a cara dela, pondo o carro na frente dos bois e imaginando todo tipo de ridículas...

Uuuu. O neném poderia carregar as alianças!

Enquanto Jess está na casa vizinha, Luke lendo o jornal e Tarquin dando banho nas crianças, Suze e eu ocupamos meu antigo quarto. Ligamos o rádio alto, tomamos banho de espuma na banheira e nos revezamos sentando na beira da banheira e batendo papo, como nos velhos tempos em Fulham. Então Suze senta-se na cama amamentando os nenéns enquanto eu pinto as unhas do pé.

— Você não vai conseguir fazer isso por muito mais tempo — diz Suze, me olhando.

— Por quê? — levanto os olhos, alarmada. — É ruim para o neném?

— Não, idiota! — Ela ri. — Você não vai conseguir alcançar!

É um pensamento estranho. Nem consigo me *imaginar* tão grande assim. Passo a mão pela barriga e o bebê me chuta de volta.

— Aaah! — digo. — Ele chutou com força!

— Espere até ele começar a dar joelhadas — diz Suze. — É muito pirante, que nem ter um *alien* dentro de você.

Está vendo? É por isso que precisamos de uma melhor amiga na hora da gravidez. Nenhum dos meus livros de bebê disse: "É muito pirante, que nem ter um *alien* dentro de você."

— Oi, querida. — Tarquin está à porta de novo. — Posso pôr o Wilfie para dormir?

— Pode, ele acabou. — Suze entrega o bebê sonolento, que se aninha no ombro de Tarquin como se soubesse que ali é o seu lugar.

— Gosta das minhas unhas, Tarkie? — digo, balançando os dedos dos pés para ele. Tarquin é um doce. Quando o conheci, ele era totalmente esquisito, cafona, e nem dava para ter uma conversa com ele, mas, de algum modo, foi ficando cada vez mais normal com o passar dos anos.

Ele olha inexpressivamente para minhas unhas.

— Maravilhosas. Venha, meu velho. — Ele dá um

tapinha nas costas de Wilfie. — Vamos viajar ao Condado da Cama.

— Tarkie ótimo pai! — digo, admirada, enquanto ele sai do quarto.

— Ah, ele é ótimo — responde Suze, orgulhosa, começando a dar de mamar a Clementine. — Só que fica tocando Wagner para eles o tempo todo. Ernie consegue cantar a ária de Brunhilda do início ao fim, em alemão, mas não consegue falar muita coisa em inglês.
— Sua testa se franze. — Na verdade, estou ficando meio preocupada.

Volto atrás. Tarquin ainda é esquisito.

Pego meu novo rímel e começo a aplicar nos cílios, olhando Suze fazer caretas engraçadas para Clementine e beijando suas bochechinhas gorduchas. Suze é uma graça com os filhos.

— Acha que eu vou ser uma boa mãe, Suze? — As palavras me saltam da boca antes que eu perceba que estou falando.

— Claro! — Suze me encara no espelho. — Você vai ser uma mãe brilhante! Vai ser gentil, vai ser divertida e vai ser a mais bem vestida do parquinho...

— Mas não sei nada sobre bebês. Quero dizer, honestamente, *nada*.

— Nem eu sabia, lembra? — Suze dá de ombros.
— Você vai pegar logo!

Todo mundo fica dizendo que vou pegar. Mas e se não pegar? Estudei álgebra durante três anos e nunca peguei *isso*.

— Você não pode me dar umas dicas de mãe? — Guardo a escovinha do rímel. — Tipo... as coisas que preciso saber.

Suze franze a testa, pensando.

— As únicas dicas que posso dar são as bem básicas — diz finalmente. — Entende, as que nem precisam ser ditas.

Sinto uma pontada de alarme.

— Tipo o quê, exatamente? — Tento parecer casual. — Quero dizer, provavelmente já sei...

— Bem, você sabe. — Ela conta nos dedos. — Coisas como conhecer um pouquinho de primeiros socorros... garantir que se tem todo o equipamento... talvez você queira marcar um curso de massagem para bebês... — Ela põe Clementine no ombro. — Está fazendo o Bebê Einstein?

Certo, agora pirei de vez. Nunca *ouvi falar* de Bebê Einstein.

— Não se preocupe, Bex! — diz Suze rapidamente, ao ver meu rosto. — Nada disso realmente importa. Desde que você consiga trocar uma fralda e cantar uma cantiga de ninar, vai ficar bem!

Não sei trocar fralda. E não sei nenhuma cantiga de ninar.

Meu Deus, estou com problemas.

Passam-se mais vinte minutos antes que Suze tenha acabado de amamentar Clementine e a entregue a Tarquin.

— Certo! — Ela fecha a porta e se vira com olhos brilhantes. — Não tem ninguém aqui. Me dá seu anel de casamento. Só preciso de um barbante ou algo assim.

— Aqui. — Remexo na minha penteadeira e pego uma velha fita de presente Christian Dior. — Isso serve?

— Deve servir. — Suze está passando o anel pela fita. — Agora, Becky, *tem certeza* de que quer saber?

Sinto um tremor de dúvida. Talvez Luke esteja certo. Talvez devêssemos esperar a surpresa mágica. Mas afinal... como vou saber a cor do carrinho para comprar?

— Quero saber — respondo, decidida. — Vamos fazer isso.

— Então sente-se. — Suze dá um nó na fita, me encara e ri. — Isso é um barato!

Suze é o máximo. Eu *sabia* que ela teria um modo de descobrir. Pendura o anel sobre minha barriga e nós duas ficamos olhando, fascinadas.

— Não está se mexendo — digo num sussurro.

— Vai se mexer num minuto — murmura Suze de volta.

Isso é arrepiante. Sinto como se estivéssemos numa sessão espírita e que, de repente, o anel vai soletrar o nome de uma pessoa morta enquanto uma janela se fecha com estrondo e um vaso despenca no chão.

— Está indo! — sussurra Suze enquanto o anel começa a balançar pendurado na fita. — Olha!

— Ah, meu Deus! — Minha voz é um guincho abafado. — O que ele diz?

— Está girando em círculos! É uma menina!

Ofego.

— Tem certeza?

— Tenho! Você vai ter uma filha! Parabéns! — Suze me abraça.

É uma menina. Estou meio trêmula. Vou ter uma filha! Eu sabia. Tive a intuição de que era uma menina o tempo todo.

— Becky? — A porta se abre e mamãe está ali parada, resplandecente com lantejoulas roxas e um batom igualmente espalhafatoso. — As pessoas vão chegar logo. — Seu olhar salta de Suze para mim. — Está tudo certo, querida?

— Mãe, vou ter uma menina! — digo, antes que consiga me impedir. — Suze fez o teste do anel! Ele fez um círculo!

— Uma menina! — Todo o rosto de mamãe se ilumina. — Eu *achei* que parecia uma menina! Ah, Becky, querida!

— Não é fantástico? — pergunta Suze. — Você vai ter uma neta!

— Posso pegar sua antiga casa de bonecas, Becky! — Mamãe está inundada de prazer. — E mandarei pintar o quarto de hóspedes de rosa... — Ela se aproxima e examina minha barriga. — É, olhe o formato, querida. É definitivamente uma menina.

— E olhe o anel! — diz Suze. Ela ergue a fita sobre minha barriga de novo e firma-a. Há uma imobilidade total. Então o anel começa a se mover para trás e para a frente. Por um instante, ninguém fala.

— Achei que você tinha dito que era um círculo — diz mamãe finalmente, perplexa.

— E foi! Suze, o que está acontecendo? Por que está indo para a frente e para trás?

— Não sei! — Ela espia o anel, com a testa franzida. — Talvez seja um menino, afinal de contas.

Todas estamos olhando para minha barriga como se esperássemos que ela começasse a falar.

— A barriga é alta — diz mamãe por fim. — Pode ser um menino.

Há um minuto ela disse que parecia menina. Ah, pelo amor de Deus. O problema das histórias de comadres é que, na verdade, são uma besteira completa.

— Vamos descer, queridas — diz mamãe, enquanto uma música começa de repente lá embaixo. — Keith, da Fox and Grapes, chegou. Está fazendo todo tipo de coquetéis chiques.

— Excelente! — diz Suze, pegando sua esponja de maquiagem. — Vamos descer num segundo.

Mamãe sai do quarto e Suze começa a se maquiar em alta velocidade enquanto olho, atônita.

— Que negócio é esse, Suze? Está treinando para as olimpíadas de maquiagem?

— Espere só — diz Suze, passando sombra brilhante nas pálpebras. — Você vai conseguir se maquiar em três segundos, também. — Ela desatarraxa o batom e passa. — Pronto! — Em seguida, pega o elegante vestido de cetim verde e veste, depois pega um prendedor de cabelo, com pedras, e torce o cabelo louro num nó.

— Que bonito! — digo, admirando o prendedor.

— Obrigada. — Ela hesita. — Lulu me deu.

— Ah, certo. — Agora, que olho de novo, não é tão bonito. — Então... como vai Lulu? — obrigo-me a perguntar educadamente.

— Está ótima! — O rosto de Suze está abaixado enquanto ela ajeita o cabelo. — Ela escreveu um livro

— Um *livro*? — Lulu nunca me pareceu do tipo livresco.

— Sobre cozinhar para crianças.

— Verdade? — pergunto, surpresa. — Bem, talvez eu devesse ler. É bom?

— Ainda não li — responde Suze depois de uma pausa. — Mas obviamente ela é especialista, com quatro filhos...

Há uma espécie de tensão na voz dela, que não consigo situar. Mas então Suze levanta a cabeça — e seu cabelo está tão terrível que nós duas explodimos numa gargalhada.

— Deixe que eu faço isso. — Seguro o prendedor, tiro-o do cabelo embolado, escovo todo e torço de novo, soltando alguns fiapos na frente.

— Fabuloso. — Suze me dá um abraço. — Obrigada, Bex. E agora estou *morrendo* de vontade de tomar um Cosmo. Venha!

Ela praticamente sai galopando do quarto, e eu a acompanho escada abaixo com entusiasmo ligeiramente menor. Acho que o meu será um Coquetel de Frutas Sem-álcool Não-sei-das-quantas.

Quero dizer, obviamente não me importo. Estou criando um lindo e novo ser humano e coisa e tal. Mas mesmo assim. Se eu fosse Deus, faria com que fosse legal as grávidas tomarem coquetéis. E os braços da gente não iriam inchar. E não haveria enjôos matinais. E o trabalho de parto não existiria...

Pensando bem, eu teria um sistema totalmente diferente.

Mesmo tomando coquetéis sem álcool, é uma festa fabulosa. À meia-noite, a tenda está cheia e tivemos um jantar maravilhoso. Papai fez um discurso sobre como mamãe é maravilhosa como esposa, como mãe e agora como futura avó. E Martin, nosso vizinho, fez seu show de mágica, que foi mesmo excelente! Afora a parte em que ele tentou cortar Janice ao meio. Ela pirou quando ele ligou a motosserra, e começou a gritar: "Não me mate, Martin!", enquanto ele ficava acelerando a serra como um maníaco de filme de terror.

No fim, deu tudo certo. Martin tirou a máscara e Janice ficou bem, depois de tomar um conhaque.

E agora a banda está tocando, e todos estamos na pista de dança. Mamãe e papai estão balançando juntos, as caras rosadas e rindo um para o outro, com as luzes brilhando nas lantejoulas de mamãe. Suze está dançando com um braço no pescoço de Tarquin e o outro ao redor de Clementine, que acordou e não quis voltar a dormir. Tom e Jess estão parados na beira da pista, conversando e ocasionalmente fazendo uma espécie de dança lenta e desajeitada. Tom está ótimo em black-tie, deu para notar — e a saia preta bordada de Jess é fantástica! (Eu tinha certeza absoluta de que era Dries van Noten. Mas parece que foi feita por uma cooperativa feminina na Guatemala e custou uns trinta centavos. Típico.)

E estou usando meu novo vestido cor-de-rosa de pontas e dançando (do melhor modo que posso, por causa da barriga) com Luke. Mamãe e papai dançam ali perto e acenam para nós, e eu aceno de volta, tentando não me encolher de horror. Sei que a festa é deles e coisa e tal, mas meus pais *realmente* não sabem dançar. Mamãe está balançando os quadris, completamente fora de ritmo, e papai está meio dando socos no ar, como se lutasse contra três homens invisíveis ao mesmo tempo.

Por que os pais não sabem dançar? Será alguma lei universal da física?

De repente um pensamento terrível me ocorre. Nós vamos ser pais! Daqui a vinte anos, *nossos* filhos estarão se encolhendo de horror diante de nós.

Não. Não posso deixar isso acontecer.

— Luke! — digo, ansiosa, acima do som da música. — Temos de ser capazes de dançar bem para não envergonharmos nosso filho!

— Eu danço muito bem — responde Luke. — Muito mesmo.

— Não dança, não!

— Fiz aulas de dança na adolescência, você sabe. Sei valsar como Fred Astaire.

— *Valsar?* — ecôo, com desprezo. — Isso não é legal! Temos de saber todos os passos de *street dance*. Olha só.

Faço umas duas manobras de cabeça e corpo, tipo nos vídeos de rap. Quando levanto os olhos, Luke está me espiando boquiaberto.

— Querida — diz ele —, o que você está fazendo?

— Isso é *hip hop*! É *street*!

— Becky, querida! — Mamãe abriu caminho por entre os convidados que estão dançando e veio me alcançar. — O que há de errado? O trabalho de parto começou?

Fala sério. Minha família *não* faz idéia das tendências contemporâneas de dança de rua.

— Estou ótima — respondo. — Só dançando.

Ai. Na verdade, talvez tenha distendido um ou três músculos.

— Venha cá, J-Lo. — Luke passa o braço em volta de mim. Mamãe vai falar com Janice, e eu olho para o rosto reluzente de Luke. Ele está de bom humor desde o telefonema de negócios que recebeu durante o café.

— O que era o telefonema? — pergunto. — Boas notícias?

— Acabamos de receber a aprovação para Barcelona. — Seu nariz se retorce, como sempre acontece quando ele está adorando a vida mas quer parecer tranqüilo. — Com isso, temos oito escritórios no resto da Europa. Tudo devido ao contrato com o Arcodas.

Ele nunca me disse que Barcelona estava nos planos! É típico do Luke manter segredo até o negócio estar feito. Se não tivesse acontecido, ele provavelmente jamais diria uma palavra a respeito.

Oito escritórios. *Além* de Londres e Nova York. É bem estupendo.

A música muda para uma faixa lenta, e Luke me puxa mais para perto. Com o canto do olho, noto que Jess e Tom penetraram mais na pista de dança juntos. *Ande*, insisto em silêncio com Tom. *Beija ela*.

— Então as coisas estão indo muito bem? — pergunto.

— As coisas, querida, não poderiam estar mais fantásticas. — Luke me encara, deixando de lado o tom brincalhão. — Sério. Vamos triplicar de tamanho.

— Uau. — Digiro isso por um momento. — Vamos ser quaquilionários?

— Pode ser. — Ele assente.

Isso é maneiro demais. *Sempre* quis ser quaquilionária. Podemos ter um prédio chamado Brandon Tower!

— Podemos comprar uma ilha? — Suze tem uma ilha na Escócia, e eu sempre me senti meio de fora.

— Talvez. — Luke ri.

Estou para dizer que precisamos de um jato particular, também, quando o neném começa a se revirar dentro de mim. Seguro as mãos de Luke e as coloco na barriga.

— Ele está dizendo olá.

— Olá, neném — murmura ele de volta em sua voz profunda. Em seguida, me puxa com mais força ainda e fecho os olhos, respirando o perfume de sua loção pós-barba, sentindo a música martelar dentro de mim como um coração batendo.

Não me lembro de ter estado tão feliz. Estamos dançando de rosto colado, o neném está chutando entre nós, temos uma casa nova e fabulosa e vamos ser quaquilionários! Tudo é simplesmente perfeito.

BECKY BRANDON

AUTOTESTE DE CANTIGAS DE NINAR

Boi, boi, boi
Boi da cara preta
Pega o neném
Que...

Nana, neném,
Que a cuca vai pegar
Papai foi
~~Pra Londres de limusine~~
Pra Roça...

Bicho papão
~~Caiu do telhado~~
Sai de cima do telhado
Deixa meu neném
~~Não ficar tão molhado~~

Se essa rua se essa rua fosse minha
~~Eu comprava~~
Ah, como é que eu vou saber, porra?

Cinco

Tudo bem. Esta é a minha roupa para a primeira consulta com uma obstetra celebridade imprescindível:

Kaftan bordado tipo Jemina Khan.
Jeans de grávida (com o elástico escondido nos bolsos, e não com um grande painel repulsivo de tecido que estica).
As novas roupas de baixo para grávida Elle MacPherson (lilás).
Sandálias Prada.

Acho que estou muito bem, espero. Repuxo o kaftan e sacudo o cabelo diante do reflexo.

— Oi — murmuro. — Oi, Kate. Oi, Elle. Meu Deus, que prazer encontrar você. Estou usando sua calcinha.

Não. Não mencione a calcinha.

Faço um exame pela última vez, acrescento um pouquinho de pó — e pego a bolsa.

— Luke, você está pronto? — chamo.

— Ahã. Luke põe a cabeça na porta do escritório, com o telefone enfiado embaixo do queixo. — Espere um pouco, Iain. Becky, eu preciso mesmo ir?

— *O quê?* — Encaro-o, horrorizada. — Claro que precisa!

Luke passa o olhar pelo meu rosto, como se avaliasse toda a extensão do meu humor.

— Iain — diz ele finalmente, virando-se de novo para o telefone —, isso é complicado. — Luke desaparece de volta no escritório e sua voz baixa até um murmúrio.

Complicado? Como assim, complicado? Nós vamos à obstetra, fim de papo. Começo a andar de um lado para o outro no corredor, furiosamente, ensaiando respostas na cabeça. *Iain não pode esperar nem uma vez? Toda a nossa vida tem de girar em volta do Arcodas? O nascimento do nosso neném não é importante para você? Algum dia você já se preocupou comigo?*

Bem, certo, talvez não esta última.

Por fim, Luke reaparece à porta do escritório. O telefone sumiu, e ele está vestindo o paletó do terno.

— Escute, Becky... — começa ele.

Eu sabia. Ele não vai.

— Você nunca quis ir à consulta com Venetia Carter, não é? — Minhas palavras se derramam. — Você tem preconceito contra ela! Bom, ótimo! Vá fazer seus negócios e eu vou sozinha!

— Becky... — ele levanta a mão. — Eu vou à consulta.

— Ah — respondo, aplacada. — Bem, é melhor irmos. É uma caminhada de vinte minutos.

— Vamos de carro. — Ele volta ao escritório, e eu o acompanho. — Iain está vindo da reunião do grupo no hotel. Ele pode nos pegar, teremos uma rápida reunião no carro e depois eu vou encontrar você.

— Certo — digo, depois de uma pausa. — Parece bom.

Na verdade, parece medonho. Não suporto Iain Wheeler, a última coisa que quero é estar num carro com ele. Mas não posso dizer isso a Luke. Já há uma ligeira confusão entre mim e o Arcodas.

Que não foi *minha* culpa. Foi de Jess. Há alguns meses ela me fez liderar um grande protesto ambiental contra eles, quando eu não fazia idéia de que eram o novo cliente importante de Luke. Luke transformou o negócio todo num exercício positivo de RP, e o pessoal do Arcodas fingiu que tinha senso de humor com relação a isso — mas não sei se fui realmente perdoada.

— E não tenho preconceito — acrescenta Luke, ajeitando a gravata. — Mas preciso dizer agora, Becky: essa obstetra vai ter de ser tremendamente boa para a gente cancelar o Dr. Braine.

— Luke, você vai adorar — digo, com paciência. — Sei que vai.

Enfio a mão na bolsa e verifico se o celular está carregado, depois paro quando vejo algo na mesa de Luke. É um recorte das páginas financeiras sobre um novo fundo de investimento, e na margem está rabiscado: "fundo do bebê?"

Aaah!

— Então você está pensando em colocar o dinheiro do neném num fundo rastreado? — digo descuidadamente. — Decisão interessante.

Luke parece perplexo por um momento, depois acompanha meu olhar.

— Talvez esteja — diz, em tom igualmente casual. — Ou talvez seja um blefe para enganar a espionagem da oposição.

— A oposição não precisa *espionar*. — Dou-lhe um sorriso gentil. — Ela tem suas próprias idéias brilhantes. Na verdade, se precisar de alguma dica, ficarei feliz em ajudar. Em troca de uma pequena quantia.

— Tudo bem — responde ele educadamente. — E então, está indo bem? O seu investimento?

— Brilhantemente, obrigada. Não poderia ir melhor.

— Excelente. Fico feliz em saber.

— É... aquele investimento recente que fiz em fazendas japonesas foi fantástico... — Aperto a boca com a mão. — Epa! Falei demais!

— É, Becky. Você me enganou mesmo. — Luke ri. —Vamos?

Saímos do prédio, e Luke me faz entrar na limusine preta de Iain.

— Luke. — Iain cumprimenta em seu banco junto à janela. — Rebecca.

Iain é um sujeito atarracado, de 40 e tantos anos, com cabelos grisalhos curtos. Na verdade, tem boa aparência, mas tem uma pele terrível que esconde com bronzeamento artificial. E usa loção pós-barba demais. *Por que* os homens fazem isso?

— Obrigada pela carona, Iain — digo, com o meu mais charmoso tom de esposa corporativa.

— Tudo bem. — O olhar de Iain vai até minha barriga grande. — Andou comendo tortas demais, Rebecca.

Rá rá.

— Algo assim — digo, do modo mais agradável que consigo.

Quando o carro se move, Iain toma um gole de seu café para viagem.

— Quanto tempo falta para o grande dia?

— Dezessete semanas.

— Então, como você preenche o tempo até lá? Não diga: aulas de ioga. Minha namorada se transformou numa doida por ioga — acrescenta para Luke, sem me dar chance de responder. — Uma tremenda besteira, se você me perguntar.

Francamente. Número um: ioga não é besteira, é um modo de canalizar o espírito através dos chacras da vida, ou sei lá o quê.

E número dois: não preciso de maneiras de preencher meu tempo, obrigada.

— Na verdade, Iain, sou Chefe de Compras Pessoais numa importante loja de departamentos em Londres. De modo que não tenho muito tempo para ioga.

— Loja de departamentos? — Ele gira no banco para me olhar. — Não sabia. Qual?

Eu realmente caí nessa.

— É... uma nova — digo, examinando as unhas.
— Chamada?
— Chamada... The Look.
— The Look? — Iain dá um risinho incrédulo e quase larga o café. — Luke, você não me disse que sua mulher trabalhava na The Look! Os negócios andam suficientemente lentos para você, Rebecca?
— Não é tão ruim — digo educadamente.
— Não é tão ruim? Nunca houve um maior fracasso no varejo em toda a história! Espero que você se livre de sua opção de ações! — Ele ri de novo. — Não está contando com um bônus de Natal, está?

Esse cara realmente está começando a me irritar. Uma coisa é eu ser grosseira com relação à The Look, eles são meus patrões. Mas outra totalmente diferente é as pessoas serem grosseiras.

— Na verdade, acho que a The Look está se preparando para uma virada — digo friamente. — Tivemos um começo difícil, admito, mas todo o básico está lá.

— Bem, boa sorte. — O rosto de Iain está franzido de diversão. — Quer um conselho? Eu continuaria procurando outro emprego.

Forço um sorriso — depois me viro para olhar pela janela, fumegando. Meu Deus, ele está sendo condescendente. Vou lhe mostrar. A The Look pode ser um sucesso. Só precisa... Bem, precisa de clientes, para começo de conversa.

O carro pára junto à calçada, e o motorista uniformizado sai para abrir a porta.

— Obrigada de novo pela carona, Iain — digo educadamente. — Luke, vejo você lá dentro.

— Ahã. — Luke assente, franzindo a testa enquanto abre a pasta. — Não devo demorar muito. E então, Iain, qual, exatamente, foi o problema com este esboço?

Enquanto o motorista me deixa na calçada, os dois já estão envolvidos nos papéis.

— Tudo bem para a senhora, a partir daqui? — O motorista indica a esquina. — A Fencastle Street fica ali adiante, só que não posso ir porque o trânsito é proibido.

— Não se preocupe, posso andar. Ah, só que esqueci minha bolsa... — Enfio de novo a mão no carro, onde Iain está falando.

— Quando eu quiser que esse tipo de decisão seja tomada, Luke, *eu* tomo, porra. — Seu tom áspero me pega de surpresa e vejo Luke se encolher.

É inacreditável. Quem esse cara pensa que é? Só porque é um figurão dos negócios acha que pode ser grosseiro com quem quiser? Sinto vontade de entrar de novo no carro e dizer exatamente o que penso dele.

Mas não sei se Luke gostaria.

— Vejo você logo, querido. — Aperto sua mão e pego a bolsa. — Não demore.

Cheguei um pouco cedo para a consulta, assim aproveito a oportunidade para retocar o batom e dar uma rápida penteada no cabelo. Então vou até a esquina e entro na Fencastle Street. Há um prédio de estuque, grande e impressionante, a alguns metros, com "Centro Holístico de Maternidade Venetia Carter" gravado no vidro. E do lado oposto da rua há um amontoado de fotógrafos, com as lentes apontadas para a porta.

Paro, com o coração batendo acelerado. São paparazzi. Todos estão clicando! Quem eles estão... o que eles estão...

Ah, meu Deus. É a nova Bond girl! Está indo para o prédio usando uma blusa Juicy cor-de-rosa sem mangas sobre jeans, com uma barriga óbvia aparecendo. Consigo ouvir os gritos dos fotógrafos dizendo "Para cá, querida!" e "Para quando é o neném?"

Isso é tão chique!

Tentando parecer casual, vou rapidamente pela calçada e chego à porta ao mesmo tempo que ela. Todas as câmeras continuam clicando atrás de nós. Vou sair em todas as revistas de fofoca com uma Bond girl!

— Oi — murmuro casualmente enquanto ela aperta a campainha. — Sou Becky. Também estou grávida. Gostei da sua blusa!

Ela me olha como se eu fosse uma imbecil, depois, sem responder, empurra a porta.

Bom, ela não foi muito amigável. Mas não faz mal, tenho certeza que as outras serão. Sigo-a por um elegante corredor de ladrilhos e entro numa sala grande com poltronas de veludo lilás e uma mesa de recepção; na mesinha de centro há uma vela Jo Malone acesa.

Enquanto vou até a recepção, atrás da Bond girl, faço um exame rápido da sala. Duas garotas de jeans, que poderiam *facilmente* ser supermodelos, estão lendo a *OK!* e mostrando fotos uma para a outra. Há uma garota tremendamente grávida vestindo Missoni sentada do outro lado, derramando lágrimas, com um marido que segura sua mão e diz ansiosamente:

— Querida, podemos chamar o bebê de Aspen, se você quiser, só não percebi que você estava falando sério.

Aspen.

Aspen Brandon.

Lorde Aspen Brandon, conde de Londres.

Hum. Não tenho muita certeza.

A Bond girl termina de falar com a recepcionista, depois se afasta e senta-se num canto.

— Em que posso ajudar? — A recepcionista está me olhando.

Sorrio.

— Vim me consultar com Venetia Carter. Rebecca Brandon.

— Sente-se, Sra. Brandon. A Dra. Venetia vai recebê-la. — A recepcionista sorri e me entrega uma brochura. — Um pouco de literatura introdutória. Sirva-se do chá de ervas.

— Obrigada! — Pego a brochura e me sento diante das supermodelos. Uma música suave, de flauta de Pã, toca nas caixas de som, e há fotos de mães e bebês grudadas nos quadros forrados de cetim. Toda a atmosfera é serena e linda. A milhões de quilômetros da velha e tediosa sala de espera do Dr. Braine, com suas cadeiras de plástico, o carpete horrível e os cartazes sobre ácido fólico.

Luke vai ficar impressionado demais quando chegar. Eu *sabia* que era a decisão certa! Toda feliz, começo a folhear a brochura, captando os títulos aqui e ali. *Parto na água... Parto com reflexologia... Hipnoparto...*

Talvez eu faça um hipnoparto. O que quer que seja isso.

Estou olhando a foto de uma garota segurando um bebê no que parece uma enorme banheira de hidromassagem quando a recepcionista me chama.

— Sra. Brandon? Venetia vai recebê-la agora.

— Ah! — Pouso a brochura e olho o relógio, ansiosa. — Meu marido ainda não chegou. Ele deve chegar em alguns minutos...

— Não se preocupe. — Ela sorri. — Eu o mando entrar quando ele chegar. Por favor, aqui.

Acompanho a recepcionista pelo corredor acarpetado. As paredes são cobertas de fotos assinadas de glamourosas mães-celebridades com bebês recém-nascidos, e minha cabeça gira enquanto ando. Realmente preciso pensar no que usarei para o parto. Talvez peça algumas dicas a Venetia Carter.

Chegamos a uma porta pintada de creme, e a recepcionista bate duas vezes antes de abri-la e me fazer entrar.

— Venetia, esta é a Sra. Brandon.

— Sra. Brandon! — Uma mulher de beleza estonteante, com cabelos ruivos compridos e vívidos, se adianta com a mão estendida. — Bem-vinda ao Centro Holístico de Maternidade.

— Oi! — sorrio de volta. — Pode me chamar de Becky.

Uau. Venetia Carter parece uma estrela de cinema! É muito mais nova do que eu esperava, e mais magra.

Está usando um terninho Armani justo e blusa branca impecável, e o cabelo está afastado do rosto com um chique arco de tartaruga.

— Estou muito feliz em conhecê-la, Becky. — Sua voz é toda prateada e melodiosa, como a Bruxa Boa do Norte. — Sente-se e vamos bater um belo papo.

Está usando escarpins Chanel vintage, noto ao me sentar. E olhe aquele estupendo topázio amarelo pendurado no pescoço com um fio de prata.

— Quero agradecer por conseguir me encaixar num estágio tão avançado — digo rapidamente enquanto entrego minha ficha médica. — Agradeço de verdade. E adorei seus sapatos!

— Obrigada! — Ela sorri. — Então vamos dar uma olhada. Você está grávida de 23 semanas... primeiro bebê... — Seu dedo manicurado está passando pelas anotações do Dr. Braine. — Algum problema com a gravidez? Há algum motivo para ter deixado o médico anterior?

— Eu só queria uma abordagem mais holística — digo, me inclinando à frente, séria. — Estive lendo sua brochura e acho que todos os seus tratamentos parecem incríveis.

— Tratamentos? — sua testa clara se franze.

— Quero dizer, partos — emendo depressa.

— Bem. — Venetia Carter pega uma pasta de papel creme numa gaveta, uma caneta-tinteiro de prata e escreve "Rebecca Brandon" na frente, numa letra floreada. — Há muito tempo para decidir que abordagem ao parto você deseja. Mas, primeiro, deixe-me descobrir mais sobre você. Você é casada, não é?

— Sim — confirmo com a cabeça.
— E seu marido vem hoje? É o Sr. Brandon, não?
— Ele já deveria ter chegado. — Estalo a língua num tom de desculpas. — Está tendo uma rápida reunião de negócios lá fora, no carro. Mas vai chegar logo.
— Tudo bem. — Ela levanta a cabeça e sorri, todos os dentes perfeitos e brancos brilhantes. — Tenho certeza de que seu marido está muito empolgado com o bebê.
— Ah, está sim! — Estou para contar tudo sobre nosso primeiro exame de ultra-som quando a porta se abre.
— O Sr. Brandon está aqui — diz a recepcionista, e Luke entra, dizendo:
— Desculpe, desculpe, sei que estou atrasado...
— *Aí* está você, Luke! — digo. — Entre e conheça a Dra. Venetia.
— Por favor! — Ela ri de novo. — Pode me chamar de Venetia, todo mundo chama...
— Venetia? — Luke parou no ato e está olhando para Venetia Carter como se não pudesse acreditar nos olhos. — *Venetia?* É você?
O queixo de Venetia Carter cai.
— Luke? — pergunta ela. — Luke Brandon?
— Vocês dois se *conhecem*? — pergunto, atônita.
Por um instante, nenhum dos dois fala.
— Estudamos juntos em Cambridge — diz Luke finalmente. — Há anos. Mas... — Ele coça a testa. — Venetia *Carter*. Você se casou?
— Troquei o sobrenome na justiça. Você não trocaria?

— Qual era seu nome, antes de trocar? — pergunto educadamente, mas nenhum dos dois parece ouvir.

— Quantos anos faz? — Luke ainda está surpreso.

— Muitos. *Demais*. — Ela passa a mão pelo cabelo, que cai de volta no lugar numa perfeita cachoeira ruiva. — Tem visto alguém da velha gangue dos Browns? Tipo o Jonathan? Ou o Matthew?

— Perdi o contato. — Luke dá de ombros. — E você?

— Continuei falando com uns deles enquanto estava nos Estados Unidos. Agora que voltei a Londres, alguns de nós nos encontramos sempre que podemos...

Ela é interrompida por um bip saindo do bolso. Pega um *pager* e o desliga.

— Com licença, preciso dar um telefonema. Vou para a sala ao lado.

Quando ela desaparece, olho para Luke. Seu rosto está todo iluminado, como se fosse Natal.

— Você conhece Venetia? — pergunto. — Que incrível!

— É, não é? — Ele balança a cabeça, incrédulo. — Ela fazia parte de uma turma que eu conhecia em Cambridge. Claro, na época ela se chamava Venetia Grime.

— Grime?* — Não consigo evitar um risinho.

— Não é o melhor nome para uma médica. — Ele ri de volta. — Não fico surpreso por ela ter trocado.

— E você a conhecia bem?

Grime, em inglês, significa "sujeira". (*N. do T.*)

— Éramos da mesma faculdade. — Luke assente. — Venetia sempre foi incrivelmente brilhante. Extremamente talentosa. Eu sempre soube que ela iria se dar bem na vida... — Ele pára quando a porta se abre e Venetia retorna.

— Desculpem! — Ela vem e se senta na frente da mesa, com uma comprida perna vestida de Armani cruzada casualmente sobre a outra. — Onde é que estávamos?

— Eu estava dizendo a Luke como é uma coincidência! — exclamo. — Você e ele já se conhecerem.

— Não é extraordinário? — Ela dá um riso prateado. — Dentre todas as centenas de pacientes que já tive, nunca tive uma que fosse casada com um ex-namorado!

Meu sorriso se congela ligeiramente no rosto.

Ex-namorado?

— Eu estava tentando me lembrar durante quanto tempo nós namoramos, Luke — acrescenta ela. — Um ano?

Eles namoraram durante *um ano*?

— Não me lembro — responde Luke, com tranqüilidade. — Faz muito tempo.

Espera aí. Espera só um minuto. Rebobinar. Acho que perdi alguma coisa.

Venetia Carter era namorada de Luke em Cambridge? Mas... ele nunca falou nela. Nunca ouvi falar de uma Venetia antes.

Quero dizer... não que isso *importe* nem nada. Por que importaria? Não sou o tipo de pessoa que fica toda alterada com velhas namoradas do passado. Sou naturalmente uma pessoa muito não ciumenta. Na verdade, provavelmente nem vou mencionar isso.

Ou talvez mencione, só casualmente.

— Puxa, querido, não me lembro de você ter falado sobre Venetia — digo a Luke com um risinho relaxado. — Não é curioso?

— Não se preocupe, Becky. — Venetia se inclina para a frente com um ar confidencial. — Sei muito bem que nunca fui o amor da vida do Luke.

Sinto um brilho quente de deleite por dentro.

— Ah, certo — digo, tentando parecer modesta. — Bem...

— Era a Sacha de Bonneville — acrescenta ela.

O quê? *O quê?*

O amor da vida do Luke não era a porcaria da Sacha de Bonneville! Era eu! Sua *mulher*!

— Afora você, claro, Becky! — exclama ela, com uma cascata de risos em tom de desculpa. — Eu só estava falando sobre aquela época. Na turma dos Browns. De qualquer modo — Venetia joga para trás o cabelo radiante e pega de novo a prancheta e a caneta —, voltando ao parto!

— É — digo, recuperando a compostura. — Bem, eu estava pensando em talvez fazer um daqueles partos na água com flores de lótus...

— Você deveria aparecer uma noite dessas, por sinal, Luke — interrompe Venetia. — Para ver o pessoal da antiga.

— Eu adoraria! — diz Luke. — Nós adoraríamos, não é, Becky?

— É — respondo depois de uma pausa. — Idéia fabulosa.

— Desculpe interromper, Becky. — Venetia sorri para mim. — Continue. Um parto na água, você estava dizendo?

Ficamos ali durante mais 25 minutos, falando de vitaminas, exames de sangue e um monte de outras coisas. Mas, para ser sincera, minha mente não está de fato no assunto.

Estou tentando me concentrar, mas um monte de imagens fica aparecendo na cabeça e me distraindo. Tipo Luke e Venetia vestidos com roupa de alunos de Cambridge, beijando-se apaixonadamente num bote. (Eu quis dizer um bote? Ou uma gôndola? Aquele tipo de barco com um pau comprido, quero dizer.)

E fico visualizando-o passando as mãos pelos cabelos compridos e ruivos dela. E murmurando: "Venetia, eu te amo."

O que é simplesmente idiota. *Aposto* que ele nunca disse que a amava.

Aposto... mil pratas.

— Becky?

— Ah! — Volto a mim e percebo subitamente que a consulta acabou. Luke e Venetia estão de pé, me esperando.

— Então você vai fazer um plano de parto para mim, Becky? — pergunta Venetia enquanto abre a porta.

— Sem dúvida!

— Nada complicado demais! — sorri ela. — Eu só gostaria de ter uma idéia geral de como você visualiza o parto. E Luke, vou ligar para você. Sei que o pessoal antigo adoraria encontrá-lo.

— Fantástico! — O rosto dele está animado enquanto beija as duas bochechas dela. Então a porta se fecha e estamos voltando pelo corredor.

Não sei bem o que Luke está pensando.

Não tenho toda a certeza do que *eu* estou pensando, para ser honesta.

— Bem — diz Luke finalmente. — Muito impressionante. Muito, muito impressionante.

— Ah... é!

— Becky. — Luke pára subitamente. — Quero pedir desculpa. Você estava certa e eu estava errado. — Ele balança a cabeça. — Desculpe ter sido tão negativo quanto a vir aqui. Você está certa, fui preconceituoso e idiota. Mas você tomou a decisão totalmente correta.

— Certo. — Assinto várias vezes. — Então... então você acha que a gente deveria ficar com Venetia?

— Sem dúvida! — Ele ri, perplexo. — Você não? Não é o seu sonho realizado, vir aqui?

— Ah... é — digo, dobrando em partes cada vez menores meu folheto de Opções Alternativas de Alívio da Dor. — Claro que é.

— Meu doce. Querida. — De repente, Luke franze a testa, preocupado. — Se está se sentindo ameaçada por causa de meu antigo relacionamento com Venetia, quero garantir...

— Ameaçada? — interrompo-o, cheia de animação.
— Não seja ridículo! Não me sinto *ameaçada*.

Talvez eu me sinta um pouquinho ameaçada. Mas como posso dizer isso a Luke?

— Que bom, vocês ainda estão aí! — A voz prateada de Venetia viaja pelo corredor, e eu me viro, vendo-a se aproximar com uma prancheta na mão. — Você precisa pegar seu pacote de boas-vindas antes de ir, Becky! Temos todo tipo de brindes para você. E havia outra coisa que eu queria mencionar...

— Venetia. — Luke a interrompe no meio do jorro. — Deixe-me ser franco. Nós estávamos discutindo o fato de... do nosso relacionamento anterior. Não sei se Becky se sente confortável com isso. — Ele pega minha mão e eu agarro a dele, agradecida.

Venetia exala e assente.

— Claro — diz ela. — Becky, eu entendo *completamente*. Se você se sente desconfortável, certamente deve considerar a hipótese de procurar outro médico. Não ficarei ofendida! — Ela me dá um sorriso amigável. — Só posso dizer que... sou uma profissional. Se você decidir permanecer sob meus cuidados, vou ajudá-la a ter a melhor experiência de parto que eu puder. E, só para o caso de você estar *realmente* ansiosa... — Seus olhos brilham para mim. — Eu tenho um namorado!

— Não se preocupe! Não sou *tão* insegura assim! — digo, acompanhando seu riso alegre.

Ela tem um namorado! Está tudo bem!
Não sei como pude pensar que fosse outra coisa. Meu Deus, a gravidez está me deixando paranóica.

— Então — está dizendo Venetia Carter —, pensem nisso, vocês têm o meu número...

— Não preciso pensar. — Sorrio de volta. — Só mostre onde estão meus pacotes de boas-vindas!

KENNETH PRENDERGAST
Prendergast de Witt Connell
Conselheiros de Finanças
Forward House
High Holborn, 394. Londres WC1V 7EX

Sra. R. Brandon
Maida Vale Mansions, 37
Maida Vale
Londres NW6 0YF

24 de agosto de 2003

Cara Sra. Brandon,

Obrigado por sua carta. Sei da "aposta" de investimento entre a senhora e seu marido. Por favor, esteja tranqüila, não revelaremos a ele nenhuma de suas estratégias de alocação de bens, nem vamos "nos vender a ele como um espião russo".

Em resposta à sua pergunta, acho que um investimento em ouro seria uma escolha sensata para seu filho. O ouro tem rendido bem nos últimos anos e, na minha opinião, continuará a render.

Atenciosamente,

Kenneth Prendergast
Especialista em Investimento de Família

Seis

Meu Deus, o trabalho está deprimente.

É o dia depois de nossa consulta com Venetia Carter, e estou sentada à minha mesa na área de recepção do departamento de Compra Pessoais. Jasmine, que trabalha comigo, está afundada no sofá. Nossa agenda está vazia, o telefone está silencioso e o lugar continua morto como sempre. Olho ao redor. Nenhuma cliente. O único sinal de movimento no andar é Len, o segurança, fazendo suas rondas usuais, e ele parece tão chateado quanto o resto de nós.

Quando *penso* em como era na Barneys, em Nova York, toda luminosa, cheia de conversas e pessoas comprando vestidos de mil dólares! Esta semana só vendi um par de meias arrastão e uma capa de chuva fora da estação. Este lugar é um desastre. E só inauguramos há dez semanas.

A The Look é bancada por um grande magnata, Giorgio Laszlo. Deveria ser uma loja de departamentos fabulosa, movimentada, de alto conceito, que suplantaria a Selfridges e a Harvey Nichols. Mas as coisas começaram a dar errado desde o primeiro dia. Na verdade, o lugar é uma piada nacional.

Em primeiro lugar, todo um armazém de estoque pegou fogo e a inauguração teve de ser adiada. Depois uma luminária caiu do teto e provocou uma concussão numa esteticista, bem no meio de uma demonstração de maquiagem. Em seguida houve uma suspeita de surto de doença dos legionários e todos fomos mandados para casa durante cinco dias. Acabou sendo um alarme falso — mas o dano estava causado. Todos os jornais publicaram matérias sobre como a The Look era amaldiçoada e charges mostrando os clientes desmaiando e com pedaços do prédio caindo em cima deles. (Na verdade, eram bem engraçadas, mas não temos permissão de dizer isso.)

E ninguém voltou desde que reabrimos. Todo mundo parece pensar que a loja continua fechada, ou infecciosa, ou algo assim. O *Daily World*, que é total inimigo de Giorgio Laszlo, fica mandando fotógrafos disfarçados para tirar fotos da loja e publicando-as com manchetes como AINDA VAZIA! e QUANTO TEMPO ESSA LOUCURA PODE DURAR? Os boatos são de que, se as coisas não melhorarem logo, a loja vai fechar.

Com um suspiro funesto, Jasmine vira uma página e começa a ler os horóscopos. Esse é o outro problema: é difícil manter os funcionários motivados quando os negócios estão por baixo. (Jasmine é minha funcionária.) Antes de eu começar neste trabalho, li um dos livros de administração de Luke, para ter algumas dicas de como ser chefe — e nele dizia que "é crucial elogiar sua equipe nos tempos ruins".

Já elogiei o cabelo, os sapatos e a bolsa de Jasmine. Para ser honesta, não resta muita coisa.

— Gosto das suas... sobrancelhas, Jasmine! — digo, animada. — Onde você faz?

Jasmine me olha como se eu tivesse pedido para ela comer filhotes de baleia.

— Não vou dizer!

— Por quê?

— É meu segredo. Se eu contar, você vai lá também e vai pegar o meu look.

Jasmine é magra, com fios de cabelos louros oxigenados, um brinco no nariz e um olho azul e um verde. Não poderia se parecer menos comigo, mesmo tentando.

— Não vou pegar o seu look! — retruco, em tom leve. — Só terei sobrancelhas boas! Ande, conte.

— Ah-hã. — Ela balança a cabeça. — De jeito nenhum.

Sinto um jorro de frustração.

— Quando você perguntou onde eu faço o cabelo, eu contei — lembro. — Dei um cartão, recomendei o melhor cabeleireiro e consegui dez por cento no primeiro corte. Lembra?

Jasmine dá de ombros.

— Isso é o cabelo.

— E isso são sobrancelhas. É *menos* importante!

— É o que você pensa.

Ah, pelo amor de Deus. Estou para lhe dizer que não me importa onde ela faz suas sobrancelhas idiotas (o que é mentira, já que agora fiquei obcecada com elas) quando ouço passos. Passos firmes, pesados, do tipo da alta administração.

Rapidamente, Jasmine joga a revista *Heat* sob uma pilha de suéteres, e eu finjo estar ajeitando a echarpe de um manequim. Um instante depois, Eric Wilmot, o diretor de marketing, aparece na esquina com dois caras em ternos elegantes que eu nunca tinha visto.

— E este é o departamento de Compras Pessoais — diz ele aos homens, com um ar falsamente jovial. — A Rebecca, aqui, trabalhou na Barneys, em Nova York! Rebecca, quero que conheça Clive e Graham, da Consultoria Primeiros Resultados. Vieram trazer algumas idéias. — Ele dá um sorriso tenso.

Eric foi promovido a diretor de marketing na semana passada, quando o anterior se demitiu. Ele realmente não parece um sujeito que esteja gostando do cargo novo.

— Não temos nenhuma cliente há dias — diz Jasmine, com a voz monótona. — Isto aqui parece um necrotério.

— Ahã. — O sorriso de Eric fica tenso.

— Um necrotério vazio, sem nenhum morto — esclarece ela. — É *mais morto* que um necrotério. Porque pelo menos num necrotério...

— Todos sabemos da situação, obrigado, Jasmine — interrompe Eric rapidamente. — O que precisamos é de soluções.

— Como fazemos as pessoas entrarem pelas portas? — Um dos consultores está se dirigindo a um manequim. — Esta é a questão.

— Como mantemos a lealdade deles? — entoa o outro, pensativo.

Pelo amor de Deus. Acho que *eu* poderia ser consultora, se tudo que eles fazem é usar terno e fazer perguntas totalmente óbvias.

— Qual é a especialidade nas vendas? — acrescenta o primeiro.

— Não existe — digo, incapaz de manter a boca fechada por mais tempo. — Temos o mesmo velho estoque de todo mundo. Ah, aliás, você pode ficar doente ou quebrar a cabeça se fizer compras aqui. Precisamos de um diferencial!

Os três homens me encaram, surpresos.

— A percepção pública do perigo é obviamente nosso maior desafio — diz o primeiro consultor, franzindo a testa. — Precisamos contrapor a mídia negativa, criar uma imagem positiva, saudável...

Ele está deixando de perceber totalmente minha questão.

— Não faria diferença! — interrompo. — Se tivéssemos alguma coisa especial, que as pessoas realmente *quisessem*, elas viriam de qualquer modo. Tipo, quando morava em Nova York, uma vez fui a uma venda de mostruários num prédio condenado. Havia um monte de avisos do lado de fora dizendo NÃO ENTRE, PERIGO, mas eu tinha ouvido que estavam vendendo sapatos Jimmy Choo com oitenta por cento de desconto. Então eu entrei!

— E estavam mesmo? — pergunta Jasmine, levantando os olhos.

— Não — respondo, lamentando. — Todos tinham sido vendidos. Mas encontrei um *trench coat* Gucci fabuloso, por apenas setenta dólares!

— Você entrou num prédio condenado — Eric está me olhando com olhos arregalados — por causa de um par de sapatos?

Algo me diz que ele não vai durar nesse emprego.

— Claro! E havia umas cem outras mulheres, também. E se tivéssemos alguma coisa fabulosa e exclusiva na The Look, elas viriam aqui feito loucas! Mesmo que o teto estivesse caindo! Tipo alguma linha exclusiva de um estilista realmente maravilhoso.

Isso vinha cozinhando na minha mente há um tempo. Até tentei falar com Brianna, a compradora chefe, na semana passada. Mas ela só balançou a cabeça e perguntou se eu poderia lhe levar o vestido de strass Dolce, porque ela ia a uma estréia naquela noite, e o Versace vermelho era muito apertado na bunda — o que eu achava?

Deus sabe como Brianna conseguiu o emprego. Bem, na verdade, todo mundo sabe. É porque ela é mulher de Giorgio Laszlo e já foi modelo. No material de imprensa, quando a The Look abriu, dizia que isso a qualificava perfeitamente para ser a compradora chefe, já que ela tem o "conhecimento e a sensatez de alguém de dentro do mundo da moda".

Não acrescentava "infelizmente ela não tem nenhum neurônio".

— Linha exclusiva... estilista... — O primeiro consultor está rabiscando em seu caderninho. — Deveríamos falar disso com Brianna. Ela deve ter os contatos certos.

— Acho que ela está de férias no momento — diz Eric. — Com o Sr. Laszlo.

— Bem, quando ela voltar. Vamos trabalhar nesta idéia. — O consultor fecha o caderno. — Vamos em frente.

Todos saem de novo, e eu espero até terem virado a esquina para soltar um bufo de frustração.

— O que há? — pergunta Jasmine, que afundou de novo no sofá e está mandando uma mensagem de texto para alguém pelo telefone.

— Eles nunca vão tirar nada do chão! Brianna só volta daqui a semanas, e, de qualquer modo, ela não serve para nada. Só vão fazer reuniões e falar... e enquanto isso a loja vai pro espaço.

— Por que você se importa? — Jasmine dá de ombros, indiferente.

Como ela pode simplesmente ver uma empresa desmoronar e não tentar fazer *alguma coisa*?

— Eu me importo porque... porque é aqui que eu trabalho! A loja poderia ser um sucesso!

— Cai na real, Becky. Nenhum estilista vai querer uma linha exclusiva aqui.

— Brianna poderia ligar pedindo um favor — protesto. — Quero dizer, ela já desfilou pro Calvin Klein, Versace... Tom Ford... Ela poderia convencer algum deles, não é? Meu Deus, se eu tivesse algum amigo que fosse estilista famoso... — paro no meio do jorro.

Espera aí. Por que não pensei nisso antes?

— O que é? — Jasmine levanta a cabeça.

— Eu *conheço* um estilista. Conheço Danny Kovitz! Poderíamos conseguir que ele fizesse alguma coisa.

— Você *conhece* Danny Kovitz? — Jasmine está cética. — Ou tipo: você esbarrou com ele uma vez?

— Conheço de verdade! Ele morava no apartamento em cima do meu, em Nova York. E desenhou meu vestido de casamento — não consigo deixar de acrescentar, presunçosa.

É tão maneiro ter um amigo famoso! Conheci o Danny quando ele era um zé-ninguém. Na verdade, eu o ajudei no início. E agora ele é o queridinho da moda internacional! Saiu na *Vogue*, teve vestidos usados no Oscar e coisa e tal. Foi entrevistado na *Women's Wear Daily* no mês passado falando de sua última coleção, que, segundo ele, foi baseada em sua interpretação da decadência da civilização.

Não acredito numa palavra. Deve ter sido alguma coisa que ele juntou no último minuto com um monte de alfinetes de segurança e café puro e que outra pessoa costurou para ele.

Mas mesmo assim. Uma linha Danny Kovitz exclusiva seria uma publicidade fabulosa. Eu deveria ter pensado nisso antes.

— Se você conhece mesmo o Danny Kovitz, ligue para ele — diz Jasmine, me desafiando. — Ligue agora.

Ela não *acredita*?

— Ótimo, vou ligar! — Pego meu telefone, encontro o número do celular do Danny e ligo.

A verdade é que não falo com Danny há um bom tempo. Mas, mesmo assim, nós passamos por um bocado de coisa juntos enquanto eu morava em Nova York, e sempre teremos aquela ligação. Espero um tempo — mas não há resposta, só um bip. Ele provavelmente perdeu o telefone e o cancelou, ou algo assim.

— Algum problema? — Jasmine levanta uma sobrancelha imaculada.

— O celular dele não está funcionando — digo, tranqüila. — Vou ligar para o escritório. — Telefono para as listas internacionais, consigo um número da Danny Kovitz Enterprises em Nova York e ligo. São nove e meia da manhã em Nova York, o que significa que não há muita chance de Danny estar acordado, a não ser que tenha virado a noite. Mas posso deixar recado.

— Danny Kovitz Enterprises — atende uma voz masculina. — Em que posso ajudar?

— Ah, oi! — digo. — Aqui é Becky Brandon, *née* Bloom. Gostaria de falar com Danny Kovitz.

— Por favor, fique na linha — diz a voz educadamente. Algum tipo de rap estoura meus tímpanos por alguns instantes. Em seguida, uma voz feminina animada atende.

— Bem-vinda ao fã-clube de Danny Kovitz! Para ser sócia integral, por favor aperte o um...

Ah, pelo amor de Deus. Desligo e ligo para o número principal de novo, evitando o olhar de Jasmine.

— Danny Kovitz Enterprises. Em que posso ajudar?

— Oi, eu sou uma velha amiga de Danny — digo rapidamente. — Por favor, me passe para a secretária pessoal dele.

O rap estrondeia em meu ouvido de novo, então uma mulher diz:

— Escritório particular de Danny Kovitz, aqui é Carol, em que posso ajudar?

— Oi, Carol! — digo em meu tom mais amigável. — Sou uma velha amiga do Danny e estive tentando contatá-lo pelo celular, mas não funciona. Poderia me passar para ele? Ou anotar um recado?

— Qual é o seu nome? — pergunta Carol, parecendo cética.

— Becky Brandon. *Née* Bloom.

— E ele saberá de que se trata?

— Sim! Nós somos amigos!

— Bem, vou passar sua mensagem ao Sr. Kovitz...

De repente ouço uma voz familiar, fraca, ao fundo, dizendo:

— Eu *preciso* de uma Diet Coke, certo?

É Danny!

— Ele está aí, não está? — pergunto. — Acabo de ouvir a voz dele! Poderia me passar para ele? Honestamente, só quero uma conversinha rápida...

— O Sr. Kovitz está... numa reunião — diz Carol. — Mas darei o recado, Sra. Broom. Obrigada por telefonar. — A linha fica muda.

Desligo o telefone, fumegando. Ela não vai dar nenhum recado, não é? Nem anotou meu número!

— E então — diz Jasmine, que esteve observando o tempo todo. — Amigos íntimos, é?

— *Somos* — digo furiosamente.

Tudo bem. Pense. Tem de haver um modo de falar com ele. *Tem* de haver.

Espera um minuto.

Pego o telefone de novo e ligo para a lista internacional.

— Oi — digo à telefonista. — O nome é Kovitz, o endereço é Apple Bay House, na Fairview Road, Foxton, Connecticut. Se puder me ligar...

Alguns instantes depois, uma voz atende.

— Oi, Sra. Kovitz! — digo, em meu tom mais charmoso. — Aqui é a Becky. Becky Bloom. Lembra de mim?

Sempre gostei da mãe de Danny. Batemos um bom papo, ela pergunta sobre o bebê e eu pergunto sobre seus jardins premiados, e a conversa termina com ela exprimindo uma indignação simpática pelo modo como fui tratada pelos funcionários de Danny, em especial depois de ter sido eu que apresentei o trabalho dele à Barneys (lembrei isso a ela, só casualmente), e prometendo fazer com que Danny ligasse para mim.

E literalmente uns dois minutos depois de termos acabado de falar, meu celular toca.

— Oi, Becky! Mamãe disse que você ligou.

— *Danny!* — Não consigo evitar um olhar triunfal na direção de Jasmine. — Ah, meu Deus, faz séculos. Como você está?

— Ótimo! Só que minha mãe me deu uma tremenda *bronca*. Meu Deus! — Danny parece meio abalado. — Tipo: "Não pare de dar valor aos seus amigos, rapazinho." E eu: "Do que você está falando?" E ela tipo...

— Suas secretárias não quiseram completar minha ligação — explico. — Acharam que eu era uma fã. Ou uma perseguidora, ou algo assim.

— Eu tenho perseguidores. — Danny parece muito orgulhoso de si. — No momento tenho dois, ambos chamados Joshua. Não é loucura?

— Uau! — Não consigo deixar de ficar impressionada, mesmo sabendo que não deveria. — Então... o que você anda aprontando?

— Estou dando um tempo para trabalhar na coleção nova — diz ele, com uma tranqüilidade treinada. — Estou reinterpretando toda a vibração do Extremo Oriente. Neste momento, estou no estágio de conceito. Reunindo influências, esse tipo de coisa.

Ele não me engana. "Reunindo influências" significa "saindo de férias e ficando doidão na praia".

— Bom, eu estava pensando — digo rapidamente. — Será que você poderia me fazer um favor gigantesco? Poderia fazer uma linhazinha de difusão para a loja onde eu trabalho em Londres? Ou mesmo só uma peça exclusiva?

— Ah — diz ele, e posso ouvi-lo abrindo uma lata. — Claro. Quando?

Rá! Eu *sabia* que ele diria sim.

— Bem... logo? — Cruzo os dedos. — Nas próximas semanas? Você poderia vir a Londres para uma visita. A gente iria se esbaldar!

— Becky, não sei... — Ele pára para tomar um gole, e eu o imagino em algum elegante escritório do SoHo, esparramado numa poltrona, com aqueles jeans antiqüíssimos que ele costumava usar. — Tenho uma viagem ao Extremo Oriente marcada e...

— Vi Jude Law na rua um dia desses — acrescento casualmente. — Ele mora bem perto de nós.

Silêncio.

— Ah, acho que posso dar uma passadinha — diz

Danny finalmente. — Londres fica no caminho para a Tailândia, certo?

Isso! Tenho total RESPEITO.

Pelo resto do dia, Jasmine mal diz uma palavra, só fica me lançando olhares pasmos. E Eric ficou totalmente impressionado ao saber que eu tinha feito alguns "avanços proativos no projeto", como disse ele.

Se ao menos tivéssemos alguns clientes, este emprego não seria tão ruim, afinal de contas. E, no lado positivo, o fato de não termos nada a fazer tem me dado tempo para ler o novo exemplar da revista *Gravidez*.

— Ei, seu telefone está tocando na bolsa — diz Jasmine, saindo da área de recepção. — Na verdade, está tocando o dia todo.

— Obrigada por dizer! — respondo, sarcástica. Corro à minha mesa, pego o telefone e ligo.

— Becky! — diz a voz empolgada de mamãe. — Até que enfim! Então, querida, como foi a famosa obstetra celebridade? Estamos todos doidos para saber! Janice está vindo e indo o dia inteiro!

— Ah, certo. Deixa eu só... — Fecho a porta e me sento na cadeira atrás da mesa, juntando os pensamentos. — Bem... foi incrível! Adivinha só, conheci uma Bond girl na sala de espera!

— Uma Bond girl! — Mamãe prende o fôlego. — Janice, ouviu isso? Becky conheceu uma Bond girl na sala de espera!

— E o lugar é lindo, e vou ter um parto holístico

na água, e me deram um pacote lindo, de boas-vindas, cheio de vales para spas...

— Que maravilhoso! — diz mamãe. — E ela é uma senhora boa, não é? A doutora?

— Muito boa. — Paro um momento, depois acrescento casualmente: — É ex-namorada de Luke. Não é uma tremenda coincidência?

— Ex-namorada? — A voz de mamãe fica um pouco aguda. — Como assim, ex-namorada?

— Você sabe! Uma pessoa com quem ele namorou há séculos. Em Cambridge.

Há silêncio do outro lado do telefone.

— Ela é bonita?

Francamente.

— É bem bonita. Mas não vejo o que isso tem a ver.

— Claro que nada, querida. — Há uma espécie de pausa nervosa, e tenho certeza de que posso ouvir mamãe sussurrando algo com Janice. — Sabe por que ela e Luke terminaram? — pergunta ela subitamente.

— Não. Não sei.

— Não perguntou a ele?

— Mamãe — digo, tentando manter a paciência —, Luke e eu temos um casamento muito seguro, de confiança mútua. Não vou ficar *perguntando*, não é?

O que ela acha que eu deveria fazer, entregar um questionário a Luke? Quero dizer, sei que papai acabou revelando ter um passado ligeiramente mais colorido do que qualquer pessoa teria suspeitado (caso com garçonete de trem; filha resultante de caso secreto; bigodinho). Mas Luke não é assim, sei que não é.

— E, de qualquer modo, foi há séculos — acrescento, mais desafiadora do que pretendia. — E ela tem namorado.

— Não sei, Becky querida. — Mamãe solta o ar com força. — Tem certeza de que é boa idéia? Que tal voltar àquele médico bonzinho?

Estou começando a me sentir meio insultada. O que mamãe acha, que não consigo segurar meu marido?

— Agora estamos com Venetia Carter — digo, obstinada. — Está tudo assinado e juramentado.

— Ah, bem, querida, se você tem certeza. O que foi, Janice? — Há mais sussurros do outro lado. — Janice perguntou se foi Halle Berry que você conheceu.

— Não, foi a nova. A loura campeã de rollerblade. Mamãe, é melhor eu ir. Estou com uma chamada em espera. Dê um beijo em todo mundo. Tchau! — Desligo o telefone, e um segundo depois ele toca de novo.

— Bex! Estive tentando falar com você o dia inteiro! Como foi? — A voz empolgada de Suze atravessa a linha. — Conte tudo. Vai fazer o parto tailandês na água?

— Talvez! — Não consigo deixar de rir de orelha a orelha. — Ah, Suze, foi fabuloso! Tem massagem, reflexologia, e conheci uma Bond girl, e havia paparazzi esperando do lado de fora e fomos fotografadas juntas! Vamos sair na *Hello!*

— Que chique! — A voz de Suze cresce até um guincho. — Meu Deus, estou morrendo de inveja. Quero outro neném agora, e quero ter lá.

— A gente não tem o neném no centro — explico.

— Todas as consultas são lá, mas ela é ligada ao Hospital Cavendish.

— O Cavendish? Aquele com camas de casal e listas de vinho?

— É. — Não consigo evitar um riso.

— Você tem tanta *sorte*, Bex! E como é Venetia Carter?

— Fabulosa! É jovem, chique e tem idéias realmente interessantes sobre parto e... — hesito. — E é ex-namorada de Luke. Não é incrível?

— Ela é... o quê? — Suze parece não acreditar em seus ouvidos.

— É ex de Luke. Os dois namoraram em Cambridge.

— Você vai fazer o parto com a *ex-namorada* de Luke? Primeiro mamãe, agora Suze. O que há de errado com todo mundo?

— Vou! — digo, na defensiva. — Por que não? Isso foi há anos e só durou uns cinco minutos. E agora ela está com outra pessoa. Qual é o problema?

— Só parece meio... *esquisito*, não acha?

— Não é esquisito! Suze, somos todos adultos. Somos todos maduros, profissionais. Acho que podemos deixar de lado um casinho antigo e sem importância, não acha?

— Mas, quero dizer, ela vai... você sabe! Cutucar.

Esse pensamento havia atravessado minha mente. Mas, afinal de contas, é pior do que o Sr. Braine cutucando? Para ser honesta, estou em fase de negação com todo esse negócio do parto. Eu meio que espero que inventem algum substituto para o parto quando chegar minha época.

— Eu ficaria paranóica! — está dizendo Suze. - Uma vez encontrei uma ex do Tarkie...

— Tarquin tem uma *ex*? — pergunto, perplexa, antes de perceber como isso parece.

— Flissy Menkin. Dos Menkin de Somerset, sabe?

— Claro — digo, como se fizesse a mínima idéia do que são os Menkin de Somerset. Parece potes de louça. Ou algum tipo de doença galopante.

— Eu sabia que ela ia a um casamento no ano passado e praticamente passei a semana inteira me preparando. E olha que eu estava vestida!

— Bom, vou fazer uma bela depilação para biquíni — digo, lépida. — E talvez faça cesariana. O ponto é que ela é a maior obstetra do país! Já deve estar acostumada, não acha?

— Acho que sim. — Suze continua em dúvida. — Mas, mesmo assim. Bex, se eu fosse você, ficaria longe. Volte ao outro médico.

— Não *quero* ficar longe. — Sinto vontade de bater o pé. — E confio totalmente em Luke — acrescento como uma idéia de última hora.

— Claro — diz Suze rapidamente. — Claro que confia. E então... ele deu o fora nela ou foi o contrário?

— Não sei — admito.

— Ele não *contou*?

— Não perguntei! É irrelevante! — Suze está começando a me incomodar com todas essas perguntas. — Adivinha só, ganhei Crème de la Mer no pacote de boas-vindas — digo para distraí-la. — E um vale para o Champneys!

— Uuuuh! — Suze se anima. — Você pode levar uma acompanhante?

Não vou permitir que Suze e mamãe me deixem pirada. Elas não sabem nada disso! Luke e eu temos um relacionamento totalmente estável, de confiança. Vamos ter um *neném*. Sinto-me totalmente segura.

No caminho para casa, à tarde, paro rapidinho na Hollis Franklin, só para olhar a roupa de cama de bebê. A Hollis Franklin é uma loja estupenda, tem Selo Real e parece que a própria rainha faz compras lá! Passo uma hora feliz, olhando para tecidos com diferentes contagens de fios, e, quando chego em casa, já passou das sete. Luke está na cozinha, tomando cerveja e olhando o noticiário.

— Oi! — digo, pousando as bolsas de compras. — Comprei uns lençóis na Hollis Franklin para o neném! — Pego um lençol de berço bordado com um brasão em cada canto. — Não é lindo?

— Muito legal — diz Luke, examinando. Em seguida, vê a etiqueta de preço e fica branco. — Meu Deus. Você pagou isso por um lençol de bebê?

— São os melhores — explico. — O tecido é de quatrocentos fios!

— O neném *precisa* de quatrocentos fios? Você percebe que ele vai vomitar nesse lençol?

— O neném *nunca* vomitaria num lençol da Hollis Franklin! — respondo, indignada. — Ele sabe que é melhor não fazer isso. — Dou um tapinha na barriga. — Não é, querido?

Luke revira os olhos.

— Se você diz. — Ele larga o lençol. — E o que há na bolsa maior?

— Lençóis iguais para nós. O edredom está vindo separado, e as fronhas assim que estiverem no estoque...
— Paro diante de sua expressão de assombro. — Luke, o berço vai ficar no nosso quarto. Temos de coordenar!

— *Coordenar?*

— Claro!

— Becky, realmente... — Luke pára, com a atenção atraída pela TV. — Espera aí, é o Malcolm. — Ele aumenta o volume, e aproveito a oportunidade para enfiar os lençóis Hollis Franklin atrás da porta, onde Luke pode se esquecer deles.

Malcolm Lloyd é executivo-chefe do Arcodas e está sendo entrevistado no segmento de negócios sobre o motivo de estar planejando uma proposta de compra para uma companhia aérea. Luke olha atentamente, com a cerveja na mão.

— Ele deveria parar de fazer aquele gesto brusco com a mão — digo, olhando a entrevista também. — Parece realmente desajeitado. Deveria fazer treinamento para mídia.

— Ele já fez treinamento para mídia — diz Luke.

— Bom, foi horroroso. Você deveria arranjar alguém novo. — Tiro o casaco, largo numa cadeira e massageio os ombros doloridos.

— Venha cá, querida — diz Luke, notando. — Eu faço isso.

Puxo uma cadeira e me sento diante dele, que começa a apertar meus músculos doloridos.

— Luke, isso me faz lembrar — digo, ainda olhando o Malcolm. — Iain sempre fala com você daquele jeito?
Os dedos de Luke param de se mover brevemente.
— De que jeito?
— Do jeito como falou no carro ontem. Foi tão desagradável!
— É só o jeito profissional dele. O Arcodas tem uma cultura de trabalho diferente.
— Mas é medonho!
— Bem, teremos simplesmente de nos acostumar com isso. — Luke parece meio na defensiva e áspero. — Agora estamos jogando com os grandes. Todo mundo tem de... — Ele pára.
— O quê? — giro a cabeça, tentando ver sua expressão.
— Nada — diz Luke depois de um momento. — Só estou... pensando alto. Vamos desligar isso. — Ele me beija no topo da cabeça. — Os ombros estão melhor agora?
— Um milhão de vezes. Obrigada.
Levanto-me, sirvo-me de um copo de suco de laranja com uva-do-monte e zapeio a TV até achar *Os Simpsons*. Enquanto isso, Luke pega o *Evening Standard* e começa a folhear. Há uma tigela de azeitonas na bancada, e ficamos passando-a de um para o outro.
Pronto, não é legal? Só uma noite calma em casa. Só nós dois, relaxando em nosso relacionamento estável. Sem pensar em velhas namoradas nem nada assim.
Na verdade estou tão relaxada que talvez *puxe* o assunto. Só de modo casual. Para mostrar que não me importo.

— Nossa... deve ter sido estranhíssimo para você, ontem — digo, em voz amena. — Encontrar Venetia de novo, depois de tantos anos.

— Ahã. — Luke assente, distraído.

— Por que vocês dois romperam? — pergunto, descontraída. — Só por curiosidade.

— Deus sabe. — Luke dá de ombros. — Foi há muito tempo.

Está vendo? Faz tanto tempo que ele nem lembra. É história antiga. Realmente não me importo com os detalhes sórdidos. Na verdade, vamos falar de outra coisa. Coisas atuais, por exemplo.

— Você a amava? — ouço-me dizendo.

— *Amava?* — Luke dá um riso curto. — Nós éramos estudantes.

Espero que ele aprofunde o tema. "Nós éramos estudantes" não é resposta.

Abro a boca para perguntar "Como assim?" Mas, depois de pensar por um momento, fecho-a de novo. Isso é ridículo. Eu nem conhecia Venetia Carter até ontem, e mamãe e Suze já me deixaram toda paranóica. *Claro* que ele nunca a amou.

Não vou perguntar mais nada sobre o relacionamento deles. Nem vou pensar nisso. Assunto oficialmente encerrado.

BREVE QUESTIONÁRIO PARA LUKE BRANDON

1. Como você descreveria o relacionamento que teve com sua antiga namorada Venetia?
    (a) Romance passional, estilo Romeu e Julieta
    (b) Relacionamento muito chato
    (c) Na verdade, jamais gostei dela
    (d) Ela me perseguia

2. Em geral, você prefere nomes de garotas que começam com
    (a) R
    (b) B
    (c) V
    (d) Não sei

3. Você já se apaixonou? Em caso positivo, por quantas pessoas?
    (a) Sua esposa e somente sua esposa, porque ela lhe ensinou o que é de fato o amor
    (b) Sua namorada metida a besta, Sacha, a vaca que roubou a bagagem
    (c) Sua namorada estudante, Venetia, com quem você teve um caso breve mas que jamais mencionou, de modo que como pode ter se apaixonado por ela?
    (d) Outras

4. O que você acha de cabelo ruivo comprido?
    (a) É meio óbvio e espalhafatoso
    (b) Balança demais

(Por favor, vire a página)

KENNETH PRENDERGAST
Prendergast de Witt Connell
Conselheiros de Finanças
Forward House
High Holborn, 394. Londres WC1V 7EX

Sra. R. Brandon
Maida Vale Mansions, 37
Maida Vale
Londres NW6 0YF

28 de agosto de 2003

Cara Sra. Brandon,

Obrigado por sua carta.

Creio que a senhora entendeu mal o significado de "investimento em ouro". Eu recomendaria enfaticamente que comprasse lingotes de ouro com um corretor recomendado, em vez de, como sugere, "o pendente de estrela-do-mar do catálogo da Tiffany e talvez um anel".

Por favor, não hesite em me contatar de novo, caso precise de mais orientações.

Atenciosamente,

Kenneth Prendergast
Especialista em Investimentos de Família

Sete

Não vou realmente dar um questionário a Luke. Na verdade, joguei no lixo por vários motivos, dentre os quais:

1. Temos um casamento maduro e de confiança, no qual um não fica interrogando o outro sobre que cor de cabelo prefere.
2. Ele jamais teria tempo para preenchê-lo (em especial a seção "descreva as qualidades que você mais admira em sua esposa, usando quinhentas palavras").
3. Tenho coisas *muito* mais importantes em que pensar. Suze e eu vamos a uma grande feira de bebê em Earl's Court hoje, e haverá uns quinhentos estandes, além de brindes, e um desfile de moda mãe e bebê, e a maior coleção de carrinhos de bebê sob um mesmo teto em toda a Europa!

Quando saio do metrô, já há uma multidão indo para as entradas. Nunca vi tantos carrinhos na vida, e ainda nem entramos!

— Bex!

Viro-me e vejo Suze, num fantástico vestido de verão verde-limão, segurando a alça de seu carrinho duplo. Wilfrid e Clementine estão maravilhosos, também, com os chapéus listrados mais lindinhos.

— Oi! — Corro até lá e lhe dou um abraço enorme.
— Isto não é fabuloso?
— Estou com nossos ingressos aqui... — Suze remexe na bolsa. — Além de vales de um suco para cada...
— Tarquin ficou com o Ernie hoje?
— Não, minha mãe está cuidando dele. Vão passar um dia maravilhoso juntos — acrescenta Suze, com carinho. — Ela vai ensinar como se depena um faisão.

Não é só o Tarquin. Toda a família de Suze é estranhíssima.

Quando entramos na feira, não consigo evitar um engasgo boquiaberto. Este lugar é *enorme*. Em toda parte há fotos gigantescas de bebês, estandes coloridos e promotoras entregando bolsas. A música de *O rei leão* toca em alto-falantes, e um palhaço com pernas de pau faz malabarismo com bananas de espuma.

— E então — diz Suze, em tom profissional, quando entramos na fila —, você fez uma lista?
— Lista? — ecôo vagamente. Não consigo parar de ficar olhando os carrinhos de bebê, as bolsas de fraldas e as roupinhas de neném de todo mundo. Algumas pessoas sorriem ao ver Wilfrid e Clementine, sentados lado a lado com seus olhos azuis brilhantes, e sorrio de volta, orgulhosa.

— Sua lista de coisas para o neném — diz Suze, paciente. — O que você ainda precisa? — Ela pega o envelope com os ingressos. — Cá estamos. A Lista do Novo Bebê. Você já tem esterilizador?

— Ah... não. — Meus olhos estão fixos num carrinho vermelho-vivo com um fabuloso capô de bolinhas. Ficaria chique andando na King's Road.

— Um travesseiro para amamentar?

— Não.

— Está planejando usar uma bomba elétrica para o seio?

— Argh. — Encolho-me ligeiramente. — Eu preciso? Aah, olha, eles têm minibotas de caubói!

— Bex... — Suze espera eu me virar. — Você sabe que ter um bebê é mais do que comprar roupas, não sabe? Você tem... expectativas realistas?

— Tenho expectativas totalmente realistas! — respondo, numa ligeira indignação. — E vou comprar tudo que está nessa lista. Vou ser a mãe mais bem preparada de todos os tempos. Venha, vamos começar.

Enquanto seguimos entre os estandes, minha cabeça gira de um lado para o outro. Nunca vi tantas geringonças... e roupas de neném... e brinquedos lindos.

— Você precisa de uma cadeirinha de carro — está dizendo Suze. — Algumas se fixam no carro e algumas se prendem em rodas...

— Certo — assinto vagamente. Não consigo ficar tão empolgada assim com cadeirinhas de carro, para ser honesta.

— E olha aqui, um sistema de esterilizador e mamadeira — diz Suze. Ela pára perto do estande da Avent e pega um panfleto. — Eles têm de microondas... elétricos... mesmo que você amamente no seio, vai precisar...

Minha atenção foi atraída por um estande chamado Disco Baby.

— Ei, Suze! — interrompo. — Tornozeleiras de dança para bebês!

— Certo — assente ela. — Quer um esterilizador para quatro mamadeiras, para seis ou...

— E chocalhos em forma de bolas de espelhos de discoteca! Suze, *olha!*

— Ah, meu Deus. — Suze explode numa gargalhada. — *Tenho* de comprar isso para os gêmeos. — Ela abandona os panfletos da Avent, pega seu carrinho duplo e o empurra. Há suéteres "disco girl" e "disco boy" e os bonezinhos mais lindinhos.

— Só queria saber o que eu vou *ter* — digo, pegando uma sainha cor-de-rosa e acariciando-a com desejo.

— Você tentou a antiga tabela chinesa? — pergunta Suze.

— Tentei. Disse que eu ia ter um menino.

— Um menino! — O rosto de Suze se ilumina.

— Mas então achei um site chamado "Analise seus Desejos" e, segundo ele, vou ter uma menina. — Suspiro, frustrada. — Eu só queria *saber*.

Suze fica perplexa, depois pega um chapéu.

— Compre este. É unissex.

Compro o chapéu e um par das botinhas de plataforma kitsch mais fabulosas, e um roupão miniatura Groove Baby. No estande seguinte, compro uma toalha e uma minibarraca de praia para bebê, e um móbile do Ursinho Pooh com controle remoto. Estou ficando bem carregada, para ser honesta, mas Suze simplesmente fica enfiando todas as suas coisas no carrinho duplo. Os carrinhos de bebê são muito práticos para fazer compras! Eu nunca havia percebido isso.

E temos o dia inteiro aqui.

— Suze, preciso de um carrinho — digo, tomando uma decisão imediata.

— Eu sei. — Ela assente vigorosamente. O estande da Pram City fica logo aqui, atrás da Zona C. Você provavelmente vai precisar de todo um sistema para viagem, e talvez queira comprar um carrinho peso-leve para viajar...

Mal estou escutando enquanto vou para o letreiro da Pram City. A entrada é decorada com babados e balões e, quando entro, vejo carrinhos se estendendo pela distância como um interminável jardim de cromados.

— Oi! — digo a um homem de paletó verde e distintivo da Pram City. — Preciso de um carrinho imediatamente.

— Claro! — Ele ri de volta. — Normalmente entregamos em quatro semanas...

— Não, eu preciso de um *agora* — interrompo. — Para levar. Não importa de que tipo.

— Ah. — Seu queixo cai. — Todos estes são apenas de mostruário.

— Por favor? — Dou-lhe meu sorriso mais cativante. — O senhor deve ter um que pode me vender. Só um carrinhozinho? Algum velho, que o senhor não precise mais?

— Ahm... certo. — Ele olha nervoso para minha barriga. — Eu... verei o que posso fazer.

Ele se afasta e olho ao redor os carrinhos chiques. Suze está quase desmaiando diante de um duplo, de última geração, que está sobre um pódio especial. E à minha direita uma mulher grávida e seu marido estão empurrando um negócio incrível, acolchoado em couro preto, com apoios para bebida embutidos.

— Eu *sabia* que você ia gostar. — A mulher está reluzindo de prazer.

— Claro que gosto. — O homem beija a nuca da mulher, acariciando sua barriga. — Vamos encomendar.

Sinto uma pontada súbita. Quero experimentar carrinhos com Luke. Quero ir como um casal, empurrar carrinhos, e que Luke me beije assim.

Quero dizer, sei que este é um período de grande movimento para ele e que ele está ocupado com o trabalho. Sei que nunca será um Homem Novo que conhece toda marca de fralda e usa uma barriga falsa de gravidez. Mas mesmo assim. Não quero ter de fazer *tudo* sozinha.

E aposto que ele também adoraria aquele de couro preto. Provavelmente tem até um suporte para BlackBerry.

— Ei, Bex. — Suze se aproxima, empurrando os gêmeos com uma das mãos e o carrinho de última geração com a outra. — Acha que eu preciso de um carrinho novo?

— É... — Olho os gêmeos. — O carrinho duplo não é praticamente novo?

— É, mas, puxa, este aqui é realmente manobrável. Seria muito prático! Acho que devo comprar. Quero dizer, carrinhos nunca são demais, não é?

Há uma espécie de desejo em seus olhos. Desde quando Suze ficou tão carrinhólatra?

Claro — respondo. — Talvez eu também deva comprar um desses!

— Isso! — diz Suze, deliciada. — Aí os dois vão ficar combinando! Experimente! — Ela me entrega o carrinho, e eu o empurro um pouco. Devo dizer que é bem legal.

— Adoro essas partes de borracha macia da alça — digo, apertando-as.

— Eu também! E o design maneiro das rodas.

É exatamente assim que agíamos juntas nas lojas de roupas. Meu Deus, nunca achei que ficaria tão empolgada com um carrinho quanto fico com um vestido.

— Senhora? — O vendedor retornou. — Cá estamos. Posso deixar a senhora comprar este modelo hoje. Setenta libras.

Ele está empurrando um carrinho antiquado, num tom pouco inspirador de cinza, com travesseiro de renda cor-de-rosa e manta. Suze olha-o, pasma.

— Mas você não pode colocar o bebê nisso!

— Não é para o *bebê* — digo. — É para as minhas compras! — Jogo todas as bolsas dentro e seguro as alças. — Assim está melhor!

Pago pelo carrinho e arranco Suze de perto do de alta tecnologia, e partimos para a área de alimentação, passando por um monte de barracas no caminho. Compro uma piscina de plástico, uma caixa de blocos de construção e um urso de pelúcia enorme, e simplesmente ponho tudo em cima do carrinho. E ainda há espaço para mais um monte de coisas! Honestamente, eu deveria ter comprado um carrinho de bebê há *anos*.

— Vou pegar os cafés — diz Suze quando nos aproximamos da área de alimentação.

— Já chego lá em um segundo — respondo, distraída. Vi uma barraca com cavalinhos de brinquedo de estilo antigo, absolutamente estupendos. Vou comprar um para o neném e um para cada um dos filhos de Suze.

O único problema é que há uma fila enorme. Manobro o carrinho do melhor modo que posso, entrando na fila, e me apóio na alça com um suspiro. Estou bem cansada, depois de andar tanto. À minha frente há uma velha com capa de chuva vermelho-escura. Ela se vira, em seguida faz uma expressão de horror ao me ver apoiada no carrinho.

— Deixem esta jovem senhora passar! — exclama ela, batendo na mulher à sua frente. — Ela tem um bebê *e* está esperando! A coitadinha está exausta, olhem só!

— Ah! — digo, sem graça. Todo mundo está ficando de lado, como se eu fosse da realeza, e a mulher da capa de chuva insiste para que eu empurre o carrinho. — Ah... na verdade, eu não tenho...

— Passe, passe! Qual é a idade do neném? — A velha espia dentro do carrinho. — Não estou vendo o coitado, com todo esse entulho!

— É... bem...

O dono da barraca está me chamando com gestos de encorajamento. Todo mundo espera que eu passe na frente.

Tudo bem. Eu sei que deveria ser honesta. Sei disso. Mas a fila é gigantesca, e Suze está esperando... e o que importa, realmente, se há um bebê aí ou não?

— É menino ou menina? — insiste a velha.

— É... uma menina! — ouço-me dizendo. — Está dormindo — acrescento depressa. — Gostaria de quatro cavalinhos, por favor.

— Ah, coisinha linda — diz a mulher, carinhosa. — E qual é o nome?

Aah! Nomes!

— Tallulah — respondo impulsivamente. — Quero dizer... Phoebe. Tallulah-Phoebe. — Entrego o dinheiro ao dono da barraca, pego os cavalinhos e, de algum modo, consigo equilibrá-los no carro. — Muito obrigada.

— Seja uma boa menina, Tallulah-Phoebe. — A velha fica estalando a língua para o carrinho. — Seja boa para a sua mamãe e para o neném que vai chegar.

— Ah, ela vai ser! — digo, animada. — Prazer em conhecê-la! Muito obrigada! — E empurro depressa o carrinho para longe, sentindo a vontade de rir crescendo por dentro. Viro a esquina e imediatamente vejo Suze no balcão do café, conversando com uma mulher com luzes no cabelo, um carrinho estilo off-road e três crianças com blusas listradas iguais, amarradas a ele com rédeas.

— Oi, Bex! — grita ela. — O que você quer?

— Pode pegar um cappuccino descafeinado e um bolinho com pedaços de chocolate? — grito de volta. — E *preciso* contar o que aconteceu... — Paro quando a mulher com luzes no cabelo se vira.

Não acredito.

É Lulu.

Lulu, a horrível amiga de Suze, do campo. Meu coração afunda como uma pedra enquanto aceno, animada. O que ela está fazendo aqui? Justo quando estávamos nos divertindo tanto.

Agora elas estão vindo na minha direção, com todas as crianças andando atrás como pipas sendo arrastadas numa praia. Lulu parece uma mãe sensata como sempre, com calça de veludo cotelê cor-de-rosa, blusa branca e brincos de pérola, tudo vindo provavelmente do mesmo catálogo para mães sensatas.

Ah, meu Deus, sei que é veneno da minha parte. Mas não consigo evitar. Lulu me desceu mal desde a primeira vez em que nos vimos, e ela me olhou de cima a baixo porque eu não tinha filhos. (E também porque tirei o sutiã na frente de todas as crianças para diverti-las. Mas eu estava realmente desesperada, certo? E elas nem viram nada.)

— Lulu! — Forço um sorriso. — Como vai? Não sabia que você vinha hoje!

— Eu mesma não sabia! — A voz de Lulu é tão aguda e metida a besta que faz com que eu me encolha. — Recebi a oferta de uma oportunidade súbita de divulgação. Para meu novo livro de culinária para crianças.

— É, Suze me falou disso. Parabéns!

— E parabéns a você! — Lulu olha minha barriga. — Vamos ter de nos encontrar qualquer hora dessas! Para falar coisas de bebês!

Lulu nunca foi nada além de má e superior com relação a mim, em todas as vezes que a encontrei. Mas, de repente, só porque vou ter um neném, deveríamos ser amigas?

— Seria ótimo! — digo, em tom agradável, e Suze me lança um olhar.

— Há uma seção sobre gravidez no meu livro de culinária... — Lulu enfia a mão na bolsa e pega um livro brilhante, ilustrado com uma foto na qual ela aparece com uma braçada de vegetais em sua cozinha. — Vou lhe mandar um exemplar.

— Abordando desejos e coisas assim? — Tomo um gole do café. — Eu adoraria algumas receitas de coquetéis não alcoólicos.

— Eu chamei o capítulo de "Pense no Bebê". — Ela franze a testa ligeiramente. — É chocante o que algumas pessoas colocam dentro do corpo quando estão grávidas. Aditivos... açúcar...

— Certo. — Hesito com o bolinho de chocolate a meio caminho para os lábios, depois, com ar desafiador, enfio-o na boca. — Mmm, iamm.

Dá para ver que Suze está contendo um risinho.

— Seus filhos querem um pouco? — acrescento, partindo-o em pedacinhos.

— Eles não comem chocolate! — responde Lulu rispidamente, parecendo tão horrorizada como se eu tivesse tentado vender cocaína para as crianças. — Trouxe umas bananas-passas para eles.

— Lulu, querida? — Uma garota com fone de ouvido e microfone vem até nossa mesa. — Está pronta para fazer a entrevista para a rádio? E depois gostaríamos de tirar uma foto sua com todas as crianças.

— Sem dúvida. — Lulu mostra os dentes em seu sorriso eqüino. — Venham, Cosmo, Ivo, Ludo.

— Vai, Alazão, vai, Galopante — murmuro.

— Vejo você mais tarde! — diz Suze, com um sorriso tenso, enquanto eles se afastam. De repente me sinto meio envergonhada. Lulu é amiga de Suze, e eu deveria fazer um esforço. Vou ser legal com ela, decido subitamente. Nem que isso me mate.

— Então... foi ótimo ver Lulu! — Tento injetar um pouco de calor na voz. — Ela está certa, a gente deveria se encontrar e bater um bom papo. Talvez a gente pudesse se encontrar mais tarde e tomar um chá.

— Não quero. — A voz baixa de Suze me pega de surpresa. Olho, e ela está encarando o cappuccino. De repente me lembro da reação de Suze na casa de mamãe, quando mencionei Lulu. Aquele tipo de tensão em seu rosto.

— Suze, você e Lulu se desentenderam? — pergunto cautelosamente.

— Não exatamente. — Suze não quer levantar os olhos. — Quero dizer... ela fez muita coisa por mim. Ajudou muito, em especial com as crianças...

O problema com Suze é que ela nunca deseja ser má. Assim, quando detona as pessoas, sempre começa com um pequeno discurso sobre como elas são maravilhosas.

— Mas... — instigo.

— Mas ela é tão desgraçadamente perfeita! — Quando Suze levanta a cabeça, suas bochechas estão totalmente vermelhas. — Ela faz com que eu me sinta um fracasso total. Especialmente quando saímos juntas. Ela sempre tem um risoto feito em casa ou algo assim, e seus filhos comem. E nunca são mal-educados, e são realmente inteligentes...

— Seus filhos são inteligentes! — retruco, indignada.

— Todos os filhos de Lulu estão lendo Harry Potter! — Suze parece desanimada. — E Ernie nem consegue falar grande coisa, quanto mais ler. Afora frases em alemão, de Wagner. E Lulu vive perguntando se eu toquei Mozart para ele enquanto estava no útero, e se eu pensei em um tutor particular, e simplesmente me sinto tão inadequada...

Sinto um jorro quente de ultraje. Como alguém ousa fazer com que Suze se sinta inadequada?

— Suze, você é uma mãe brilhante! — digo. — E Lulu não passa de uma vaca. Eu soube desde o momento em que a conheci. Não a ouça mais. E não leia o livro de culinária idiota dela! — Passo o braço ao redor dos ombros de Suze e aperto com força. — Se você se sente inadequada, como acha que *eu* me sinto? Nem sei nenhuma cantiga de ninar!

— Boa tarde! — A voz amplificada de Lulu estrondeia subitamente atrás de nós, e nós duas nos viramos. Ela está sentada numa plataforma elevada, diante de uma mulher de conjunto cor-de-rosa, com uma pequena platéia assistindo. Dois dos filhos estão em seu colo e atrás dela há cartazes enormes do livro, com um letreiro dizendo EXEMPLARES AUTOGRAFADOS DISPONÍVEIS.

— Um monte de pais simplesmente tem *preguiça* quando se trata de alimentar os filhos — está dizendo ela, com um sorriso de pena. — Segundo minha experiência, todas as crianças gostam de sabores como abacate, peixes de água doce ou uma boa polenta feita em casa.

Suze e eu trocamos olhares.

— Tenho de dar papinha aos gêmeos — murmura Suze. — Vou fazer isso na área de Mamãe e Bebê.

— Faça aqui! — protesto. — Eles têm cadeiras altas...

Ela balança a cabeça.

— De jeito nenhum, não com Lulu por perto. Eu só trouxe dois potes. *Não* vou deixar que ela veja.

— Quer ajuda?

— Não, não se preocupe. — Ela olha meu carrinho com a enorme pilha formada pelos cavalos, a piscina e o urso. — Bex, por que você não circula de novo e desta vez procura o básico? Você sabe, coisas de que o bebê vai realmente *precisar*?

— Certo, é. Boa idéia.

Vou pelos corredores o mais rápido que posso, tentando me afastar da voz rascante de Lulu.

— A televisão é a influência mais *pavorosa* — está dizendo ela. — De novo, eu diria que é pura preguiça da parte dos pais. Meus filhos têm um programa de atividades estimulantes, educacionais...

Mulher idiota. Tentando ignorá-la, pego o guia da feira

e estou procurando me orientar quando um grande letreiro atrai minha atenção. KITS DE PRIMEIROS SOCORROS, 40 LIBRAS. Bom, é *disso* que precisamos.

Sentindo-me adulta e responsável, estaciono o carrinho e começo a examinar os kits. Todos vêm em caixas elegantes, com coisas diferentes em seções. Gesso... rolos de bandagens... e as tesourinhas cor-de-rosa mais lindas. Não acredito que nunca comprei um kit de primeiros socorros. São fabulosos!

Pego o kit e vou para o caixa, onde um homem de aparência lúgubre, de jaleco branco, está sentado num banco. Ele começa a batucar no balcão, e eu pego um catálogo de Suprimentos Médicos Profissionais, que é bem chato. Na maior parte, são rolos de fita elástica e suprimentos industriais de paracetamol e...

Aah. Um estetoscópio. Eu *sempre* quis um estetoscópio.

— Quanto custa o estetoscópio? — pergunto casualmente.

— Estetoscópio? — O homem me dá um olhar cheio de suspeita. — A senhora é médica?

Francamente. Será que só os médicos podem comprar estetoscópios, é?

— Não exatamente — admito por fim. — Mas posso comprar um?

— Tudo no catálogo está disponível pela internet. — Ele dá de ombros, de má vontade. — Se quiser pagar 150 libras. Eles não são brinquedos.

— Sei que não são! — digo, com dignidade. — Na verdade, acho que cada pai e cada mãe deve ter um estetoscópio em casa para emergência. E um desfibrilador de coração — acrescento, virando a página. — E...

Paro no meio da frase. Estou olhando a foto de uma mulher grávida sorridente segurando a barriga.

Kit de Previsão do Sexo do Bebê
Faça um teste simples na privacidade de seu lar. Resultados precisos e anônimos.

Meu coração está dançando uma espécie de tarantela. Eu poderia descobrir. Sem ter de fazer outro ultra-som. Sem contar ao Luke.

— Hum... isto está disponível pela internet também? — pergunto, com a voz meio rouca.

— Eu tenho aqui. — Ele remexe na gaveta e pega uma grande caixa branca.

— Certo. — Engulo em seco. — Vou levar. Obrigada. — Entrego meu cartão de crédito, e o homem o passa.

— Como vai a pequena Talullah-Phoebe? — pergunta uma voz atrás de mim. É a mulher da capa de chuva vermelho-escura de novo. Está segurando um cavalinho de brinquedo enrolado em plástico e espiando o carrinho ainda mais atulhado que estacionei perto do mostruário de caixas de primeiros socorros. — Ela é uma boa menina, não é? Não dá nem um pio!

Sinto uma pontada de alarme.

— Ela está, é... dormindo — acrescento depressa. — Eu a deixaria em paz.

— Deixe-me dar uma olhadinha! Não *sei* como ela consegue dormir com todos esses pacotes no carrinho. Você *consegue*, Tallulah-Phoebe? — cantarola a mulher, empurrando de lado todas as sacolas de plástico.

— Por favor, deixe-a em paz! — Vou na direção do carrinho. — Ela é muito sensível... não gosta de estranhos...

— Ela sumiu! — grita a mulher, e se levanta de um salto, pálida de consternação. — O bebê sumiu! Só resta o cobertorzinho!

Merda.

— Ah... — Meu rosto imediatamente se enche de cor. — Na verdade...

— Moça, seu cartão de crédito não funciona — diz o homem junto à caixa registradora.

— Tem de funcionar! — viro-me de volta, momentaneamente distraída. — Só o recebi na semana passada...

— Um bebê foi seqüestrado!

Para meu horror, a mulher da capa de chuva saiu correndo do estande e abordou um vigilante, ainda segurando o cobertor rendado.

— A pequena Tallulah-Phoebe sumiu! Um bebê desapareceu!

— Ouviu isso? — grita, horrorizada, uma loura. — Uma criança foi seqüestrada! Alguém ligue para a polícia!

— Não foi, não! — grito. — Houve um... mal-entendido... — mas ninguém ouve.

— Ela estava dormindo no carrinho! — A mulher da capa de chuva está balbuciando para qualquer um que queira ouvir. — E agora ficou somente o cobertor! Essas pessoas são más!

— Um bebê sumiu!

— Simplesmente pegaram!

Posso ouvir a notícia se espalhando como fogo na mata, entre os passantes. Pais chamam os filhos para perto, com gritos agudos. Para meu horror, vejo dois seguranças vindo na minha direção, com os walkie-talkies estalando.

— A essa hora, já devem ter tingido o cabelo dela e trocado as roupas — está dizendo a loura histericamente. — Deve estar a caminho da Tailândia!

— Senhora, as entradas da feira foram fechadas assim que recebemos o alerta — diz um segurança, tenso. — Ninguém entra nem sai até termos encontrado esse bebê.

Tudo bem, preciso assumir o controle. Tenho de dizer que é um alarme falso. É. Simplesmente admitir que inventei Tallulah-Phoebe para furar fila, e tenho certeza de que todos vão entender...

Não vão, não. Vão me linchar.

— Passou. A senhora tem o número do PIN? — pergunta o homem do caixa, que parece totalmente inabalável com a agitação. Ligo o piloto automático, e ele me entrega a bolsa.

— A filha dela sumiu... e ela está *fazendo compras*? — pergunta a loura, horrorizada.

— Pode me dar uma descrição completa da criança, senhora? — está perguntando um dos guardas. — A polícia foi informada, e mandamos um alerta a todos os aeroportos...

Nunca mais vou mentir de novo. Nunca.

— Eu... ah... — Minha voz não está funcionando direito. — Provavelmente... eu deveria explicar uma coisa.

— Sim? — Os dois estão me olhando cheios de expectativa.

— Bex? — De repente, ouço a voz de Suze. — O que está acontecendo? — Levanto os olhos e ali está ela, empurrando o carrinho duplo com um dos braços e segurando Clementine com o outro.

Graças a Deus, graças a Deus, graças a Deus...

— *Aí* está você! — digo, pegando Clementine com Suze, a voz aguda de alívio. — Venha cá, Tallulah-Phoebe!

Abraço Clementine com força, tentando esconder o fato de que ela está se inclinando para fora dos meus braços numa tentativa desesperada de voltar para Suze.

— É a criança desaparecida? — Um segurança está olhando Clementine de cima a baixo.

— Criança desaparecida? — Suze parece incrédula. Em seguida se vira e vê a multidão ao redor. — Bex, o quê, afinal...

— Esqueci completamente que você havia levado a pequenina Tallulah-Phoebe para lanchar! — digo, com voz aguda. — Que idiota que eu sou! E todo mundo pensou que ela havia sido seqüestrada! — Estou implorando desesperadamente com os olhos para que ela entre no jogo.

Vejo que seu cérebro está deduzindo tudo. O fantástico com Suze é que ela me conhece bem demais.

— *Tallulah-Phoebe?* — diz ela finalmente, num tom de incredulidade, e eu dou ligeiramente de ombros, com o rosto envergonhado.

— A senhora conhece esta mulher? — O guarda olha para Suze com os olhos apertados.

— Ela é minha amiga — respondo depressa, antes que eles prendam Suze por ter seqüestrado seu próprio bebê. — Na verdade, acho que a gente deveria ir... — Enfio Clementine no meu carrinho, do melhor modo possível, em meio a todos os pacotes, e manobro-o numa posição de largada.

— Mamã! — Clementine ainda está estendendo os braços para Suze. — Mamã!

— Ah, meu Deus! — O rosto de Suze se ilumina como um farol. — Você ouviu isso! Ela disse mamãe! Menina esperta!

— Vamos indo agora — digo depressa aos guardas. — Muito obrigada pela ajuda, vocês têm um sistema de segurança fantástico...

— Espere um minuto — diz um dos guardas, franzindo a testa cheio de suspeita. — Por que o bebê disse "mamã" para esta senhora?

— Porque... o nome dela é Amanda — respondo, desesperada. — O apelido é Mamã. — Espertinha, Tallulah-Phoebe. Tia Mamã! Tia Mamã! Agora vamos para casa...

Nem consigo olhar para Suze enquanto vamos para a saída. Pelos alto-falantes, o locutor está dizendo:

— E a bebê Tallulah-Phoebe foi *encontrada*, em segurança...

— Então, quer me contar o que foi isso, Bex? — diz Suze finalmente, sem virar a cabeça.

— É... — pigarreio. — Na verdade, não. Em vez disso, vamos tomar uma xícara de chá?

Oito

Suze e eu passamos o resto do dia juntas, e é simplesmente fabuloso. Enfiamos todos os pacotes no enorme Range Rover de Suze, em seguida ela dirige até a King's Road e tomamos chá num enorme lugar que é ótimo para crianças, com sundaes e tudo o mais. (De agora em diante, *sempre* vou ter giz de cera na mesa.) Depois vamos à Steinberg & Tolkien, eu compro um cardigã vintage e Suze compra uma bolsa de noite, e então é hora do jantar, por isso vamos ao Pizza on the Park, onde um grupo de jazz está se aquecendo e eles deixam os gêmeos bater com os punhos nos tambores.

E finalmente colocamos os bebês adormecidos no Range Rover, e Suze me dá uma carona para casa. São umas dez horas quando passamos pela guarita do porteiro e paramos na frente do prédio. Ligo para Luke, pelo celular, para ele me ajudar a subir com todas as coisas.

— Uau — diz ele, ao ver a pilha de bolsas no chão. — Então é isso? Agora o quarto do bebê está completo?

— Ah... — Acaba de me ocorrer que não comprei o esterilizador. Nem um travesseiro para amamentar ou creme para assaduras. Mas não faz mal. Ainda restam quinze semanas. Tempo suficiente.

Enquanto Luke batalha para entrar no apartamento com a piscina de plástico, os cavalinhos e umas seis bolsas, pego rapidamente a sacola com o Kit de Previsão de Sexo e o escondo na minha gaveta de roupas de baixo. Terei de escolher um momento em que ele esteja fora de casa.

Suze entrou no banheiro para trocar um dos gêmeos e, quando saio do quarto, ela está levando pelo corredor as duas cadeirinhas de carro.

— Venha tomar um copo de vinho — diz Luke.

— É melhor eu ir — responde ela, lamentando. — Mas aceito um copo d'água, por favor.

Entramos na cozinha, onde um CD está tocando baixinho canções de Nina Simone. Uma garrafa de vinho está aberta na bancada, e dois copos estão servidos.

— Não vou tomar vinho — começo.

— Não era para você — diz Luke, enchendo um copo d'água da geladeira. — Venetia deu uma passada aqui, mais cedo.

Sinto um choque de surpresa. Venetia esteve aqui?

— Há uma papelada extra que precisamos preencher — continua Luke. — O caminho dela é por aqui, de qualquer modo, e ela deu uma parada enquanto ia para casa.

— Certo — digo, depois de uma pausa. — Foi... gentileza.

— Na verdade, ela acabou de sair. — Luke entrega o copo a Suze. — Você não conseguiu encontrá-la por causa de apenas alguns minutos.

Espera aí. Já passou das dez horas. Isso significa que ela esteve aqui *desde o fim da tarde*?

Quero dizer, não que eu me importe nem nada. Claro que não. Venetia é apenas amiga de Luke. Sua velha amiga ex-namorada linda platônica.

Percebo os olhos de Suze se cravando em mim e rapidamente desvio o olhar.

— Bex, pode me mostrar o quarto do neném antes de eu sair? — diz ela, com a voz estranhamente aguda.

— Venha.

Ela praticamente me empurra pelo corredor, e entramos no quarto de hóspedes, que estamos chamando de quarto do neném, mesmo que tenhamos mudado quando ele chegar.

— *E então?* — Suze fecha a porta e se vira para mim, boquiaberta.

— O que é? — dou de ombros, fingindo que não sei o que ela quer dizer.

— Isso é normal? "Dar uma passada" na casa do ex e ficar a noite toda?

— Claro que é. Por que eles não podem colocar as novidades em dia?

— Só os dois? Tomando *vinho*? — Suze pronuncia a palavra como um pregador batista.

— Eles são amigos, Suze! — digo, na defensiva. — Velhos amigos... muito bons amigos... platônicos.

Há silêncio no quartinho.

— Certo, Bex — diz Suze finalmente, levantando as mãos em rendição. — Se você tem certeza.

— Tenho! Totalmente, completamente, cem por cento... — Deixo no ar e começo a mexer com um aquecedor de mamadeiras Christian Dior. Estou abrindo e fechando a tampa como uma neurótica. Suze foi até o cesto de vime para brinquedos e está examinando uma ovelhinha de pelúcia. Por um tempo ficamos em silêncio, nem mesmo olhando uma para a outra. — Pelo menos... — digo finalmente.

— O quê?

Engulo em seco várias vezes, sem querer admitir.

— Bem — digo finalmente, tentando parecer casual. — E se... só hipoteticamente... e se eu não estivesse segura?

Suze levanta a cabeça e me encara.

— Ela é bonita? — pergunta, num tom igualmente casual.

— Não é só bonita. É estonteante. Tem cabelos ruivos luminosos, uns olhos verdes incríveis e braços realmente tonificados...

— Vaca — diz Suze automaticamente.

— E é inteligente, e usa roupas fantásticas, e Luke gosta mesmo dela... — Quanto mais falo, menos confiante me sinto.

— Luke *ama* você! — interrompe Suze. — Bex, lembre-se, você é a mulher dele. Foi você que ele escolheu. Ela é a rejeitada.

Isso faz com que eu me sinta melhor. "Rejeitada" me faz sentir muito melhor.

— Mas isso não significa que ela não esteja atrás dele.
— Suze começa a andar de um lado para o outro, batendo pensativamente na ovelha de pelúcia. — Temos várias opções aqui. Uma: ela é genuinamente apenas uma amiga e você não tem com que se preocupar.

— Certo — confirmo, séria.

— Duas: ela veio aqui esta noite dar uma sacada na situação. Três: está totalmente a fim dele. Quatro... — Ela pára.

— Qual é a quatro? — pergunto, apavorada.

— Não é a quatro — diz Suze rapidamente. — Acho que é a dois. Ela veio sacar as coisas. Ver o território.

— Então... o que eu faço?

— Deixe claro para ela que você está de olho. — Suze levanta as sobrancelhas significativamente. — De mulher para mulher.

De mulher para mulher? Desde quando Suze ficou tão sabida e cínica? Parece que deveria estar usando uma saia justa e soprando fumaça de cigarro em algum filme *noir*.

— Quando você vai vê-la de novo? — pergunta ela.

— Na sexta-feira que vem. Temos uma consulta para um check-up.

— Certo. — Suze parece firme. — Vá até lá, Bex, e reafirme seu direito de posse.

— Reafirmar meu direito de posse? — pergunto, insegura. — Como faço isso? — Não sei se já reafirmei meu direito de posse sobre qualquer coisa na vida. A não ser, talvez, um par de botas na liquidação da Barneys.

— Dê sinaizinhos discretos — responde Suze, como quem sabe das coisas. — Mostre que Luke pertence a você. Passe o braço ao redor dele... fale da vida fantástica que vocês levam... simplesmente corte pela raiz qualquer ideiazinha que ela possa estar tendo. E certifique-se de estar com uma aparência fabulosa. Mas não como se tivesse se esforçado.

Sinaizinhos discretos. Nossa vida fantástica. Parecer fabulosa. Posso fazer isso.

— Como Luke se sente com relação ao neném, por sinal? — pergunta Suze casualmente. — Está empolgado?

— Está, acho que sim. Por quê?

— Ah, nada. — Ela dá de ombros. — É que eu li uma matéria numa revista um dia desses sobre homens que não suportam a idéia de ser pais. Parece que freqüentemente arranjam casos para compensar.

— Freqüentemente? — ecôo, consternada. — Com que freqüência?

— É... praticamente na metade das vezes.

— *Metade*?

— Quero dizer... um décimo — emenda Suze depressa. — Não lembro quanto era, na verdade. E tenho certeza de que Luke não é assim. Mas, de qualquer modo, pode valer a pena falar com ele sobre a paternidade. A matéria dizia que alguns homens simplesmente não suportam as pressões e o estresse de ter um filho, e a gente precisa pintar um quadro positivo.

— Certo. — Assinto, tentando absorver todas as informações. — Certo, farei isso. E, Suze... — Paro, sem jeito. — Obrigada por não falar "eu lhe disse". Você disse para eu ficar longe de Venetia Carter e... talvez estivesse certa.

— Eu nunca falaria "eu lhe disse"! — exclama Suze, horrorizada.

— Sei que não. Mas um monte de gente falaria.

— Bem, não deveria falar! E, de qualquer modo, talvez você estivesse certa, Bex. Talvez Venetia não esteja interessada no Luke, e tudo seja totalmente inocente. — Suze guarda a ovelha de pelúcia e dá um tapinha na cabeça dela. — Mas, mesmo assim, eu reivindicaria a posse. Só para garantir.

— Ah, não se preocupe. — Balanço a cabeça, decidida. — Farei isso.

Suze está certíssima. Preciso dar a Venetia o recado: *Tire as mãos do meu marido.* De modo sutil, claro.

Quando chegamos à clínica na sexta-feira, estou vestindo minha melhor roupa tipo "pareça fabulosa sem esforço": jeans de grávida Seven (esgarçado), uma sensual blusa vermelha de tecido elástico e os novos Moschino de salto alto, de arrasar. O que é um pouco exagerado, talvez, mas os jeans esgarçados compensam. Quando chegamos, a sala de espera está praticamente vazia, sem nenhuma celebridade à vista, mas não me importo, de tão ligada que estou.

— Becky? — Luke olha minha mão agarrando a dele. — Você está bem? Parece tensa.

— Ah... bem... só tenho umas preocupações.

— Tenho certeza que sim. — Ele assente, compreensivo. — Por que não conta todas elas a Venetia?

Ahã. Esse era o plano geral.

Ocupamos os sofás macios, e eu pego uma revista, e Luke abre o *FT* num farfalhar de papéis. Estou para ir ao "Horóscopo do seu bebê" quando me lembro das palavras de Suze ontem. Eu deveria falar com Luke sobre paternidade. Esta é a hora perfeita.

— E então... é empolgante, não é? — digo, largando a revista. — Virarmos pai e mãe.

— Ahã. — Luke assente e vira uma página.

Ele não parece tão empolgado. Ah, meu Deus, e se Luke está secretamente assombrado por uma vida com fraldas e buscando refúgio nos braços de outra mulher? Tenho de pintar um quadro *positivo* da paternidade, como Suze disse. Alguma coisa realmente boa... alguma coisa empolgante para esperarmos...

— Ei, Luke — digo, numa inspiração súbita. — Imagine se o neném ganhar uma medalha de ouro nas Olimpíadas!

— O quê? — Ele ergue o olhar do *FT*.

— Nas Olimpíadas! Imagine se o neném ganhar uma medalha de ouro em alguma coisa. E nós seremos os pais! — Olho para ele, esperando alguma reação. — Não seria fantástico? Ficaríamos tão orgulhosos!

Meu pensamento está totalmente tomado por essa idéia. Posso me ver no estádio em 2030 ou sei lá quando, sendo entrevistada por Sue Barker, contando como eu sabia que meu filho estava destinado à grandeza, mesmo no útero.

Luke parece achar meio divertido.

— Becky... será que eu perdi alguma coisa? O que faz você pensar que nosso filho vai ganhar uma medalha de ouro nas Olimpíadas?

— Pode ganhar! Por que não? Você tem de *acreditar* em seus filhos, Luke.

— Ah. É justo. — Luke assente e larga o jornal. — Então, que esporte você tem em mente?

— Salto em distância — respondo, depois de pensar um pouco. — Ou talvez salto triplo, porque é menos popular. Será mais fácil ganhar ouro.

— Ou luta greco-romana — sugere Luke.

— *Luta greco-romana?* — Olho para ele, indignada. — Nosso filho não vai fazer luta greco-romana! Pode se machucar!

— E se o destino dele for se tornar o maior lutador de luta greco-romana do mundo? — Luke ergue as sobrancelhas. Por alguns instantes, fico atônita.

— Não é — digo finalmente. — Eu sou a mãe e sei.

— Sr. e Sra. Brandon? — chama a recepcionista, e nós dois levantamos os olhos. — Venetia vai recebê-los agora, por favor.

Sinto um tremor nos nervos. Certo, lá vou eu. Reivindicar meu direito de posse.

— Venha, querido! — passo o braço pelos ombros de Luke e vamos pelo corredor, eu cambaleando ligeiramente porque estou meio desequilibrada.

— Olá, pessoal! — Venetia está saindo da sala para nos receber. Está usando calça preta e uma camisa cor-de-rosa sem mangas, presa com o cinto de crocodilo preto e brilhante mais fabuloso do mundo. Beija cada um de nós duas vezes, nas bochechas, e eu capto um perfume de Allure, da Chanel. — Que ótimo vê-los de novo!

— É ótimo ver você de novo, também, Venetia — digo, levantando a sobrancelha num irônico "se você tem algum plano de roubar meu marido, pode esquecer".

— Maravilha. Venham... — Ela nos faz entrar na sala.

Não sei se ela notou minha manobra de sobrancelha. Talvez eu tenha de ser mais óbvia.

Luke e eu nos sentamos, e Venetia se empoleira na frente da mesa, balançando os sapatos altos Yves Saint Laurent. Meu Deus, ela tem um bom guarda-roupa, para uma médica. Ou nem mesmo para uma médica.

— E então, Becky. — Ela abre as anotações e as examina por um momento. — Em primeiro lugar, temos os resultados dos exames de sangue. Todos os seus níveis estão ótimos... se bem que talvez devêssemos ver essa hemoglobina. Como você está se sentindo?

— Ótima, obrigada — respondo imediatamente. — Muito feliz, muito amorosa... Cá estou, num casamento maravilhoso, esperando um neném... e nunca me senti mais próxima de Luke na vida. — Estendo a mão e pego a de Luke. — Não concorda, querido? Não estamos particularmente próximos neste momento? Tanto espiritual quanto mental, emocional e... e... sexualmente!

Isso. Tome isso.

— Bem... é — diz Luke, ligeiramente perplexo. — Acho que sim.

— É ótimo saber, Becky — diz Venetia, lançando-me um olhar estranho. — Se bem que, na verdade, eu estava falando de seu estado físico. Alguma sensação de desmaio, náuseas, esse tipo de coisa?

Ah, certo.

— É... não, obrigada. Estou bem.

— Então, certo, vamos dar uma olhada em você. — Ela indica a maca, e eu subo obedientemente nela. — Deite-se, fique confortável... isso que estou vendo é uma pequena estria? — acrescenta, quando levanto a blusa.

— Uma estria? — Horrorizada, pego o suporte metálico lateral e tento lutar para me sentar. — Não pode ser! Eu uso óleo especial toda noite, uma loção de manhã e...

— Oops, erro meu! — diz Venetia. — É só uma fibra solta da sua camiseta.

— Ah. — Desmorono num ligeiro choque pós-traumático, e Venetia começa a sentir minha barriga. — Se bem que, claro, as estrias normalmente apareçam no último minuto — acrescenta ela, em tom despreocupado. — De modo que você ainda pode ter. As últimas semanas de gravidez podem ser bem cruéis. Eu vejo minhas pacientes bamboleando, desesperadas para os bebês saírem...

Bamboleando?

— Eu não vou bambolear — digo, com um risinho.

— Acho que vai, sim. — Ela sorri de volta. — É o modo de a natureza fazer você diminuir a velocidade.

Sempre acho justo dar às minhas pacientes de primeira viagem uma visão clara da realidade da gravidez. Não é tudo um mar de rosas, você sabe!

— Sem dúvida — intervém Luke. — Nós reconhecemos isso, não é, Becky?

— É — murmuro, enquanto Venetia enrola um aparelho de pressão no meu braço.

Isso é mentira. Não reconheço. E, só para deixar claro como cristal: eu *nunca* vou bambolear.

— A pressão está um pouquinho alta... — Ela franze a testa para o visor. — Certifique-se de ir com calma, Becky. Tente descansar todo dia, ou pelo menos descansar os pés. E tente ficar bem calma...

Ficar calma? Como vou fazer isso quando ela diz que vou ter estrias na barriga e que vou bambolear?

— Agora vamos ouvir... — Ela passa um pouco de gel na minha barriga e pega o Doppler, e relaxo um pouco. Esta é minha parte predileta de todas as consultas. Ficar deitada, ouvindo o coração do bebê fazendo "uau, uau, uau" acima do ruído de fundo turvo. Lembrar que há uma pessoinha lá dentro. — Parece ótimo. — Venetia vai até a mesa e rabisca alguma coisa na minha ficha. — Ah, Luke, isso me lembra, falei com Matthew um dia desses, e ele adoraria um encontro. E olhei aquele artigo do Jeremy, do qual a gente falou... — Ela remexe na gaveta da mesa e estende um exemplar velho da *New Yorker*.

— Ele foi longe, desde que saiu de Cambridge. Leu o livro dele sobre Mao?

— Ainda não — responde Luke, indo para a mesa e pegando a revista com ela. — Vou ler quando tiver tempo, obrigado.

— Você deve ser ocupado — diz Venetia, com simpatia. Em seguida, serve um copo d'água do bebedouro e oferece a Luke. — Como estão indo os novos escritórios?

— Bem. — Luke assente. — Com um ou outro probleminha, claro...

— Mas é fabuloso você ter o Arcodas como cliente. — Ela se apóia na mesa, franzindo a testa de modo inteligente. — *Deve* ser o caminho para a frente, diversificar para além da área financeira. E a taxa de expansão do Arcodas é fenomenal, eu estava lendo uma matéria a respeito no *FT*. Iain Wheeler parece bem impressionante.

Ei... olá?

Eles me abandonaram totalmente, deitada de costas, como um besouro virado. Pigarreio alto, e Luke se vira.

— Desculpe, querida! Você está bem? — Ele vem rapidamente e me oferece a mão.

— Desculpe, Becky! — diz Venetia. — Só estou pegando um pouco d'água para você. Parece meio desidratada. É vital manter os líquidos. Você deveria estar tomando pelo menos oito copos d'água por dia. Aqui.

— Obrigada! — sorrio de volta enquanto pego o copo, mas, quando me sento, as suspeitas circulam sombrias na minha cabeça. Venetia está muito tagarela com Luke. *Demais*. E tentando inventar que estou com estria. E o modo como fica balançando o cabelo como uma modelo num anúncio de TV. Não é exatamente um jeito de médica, é?

— E então! — Venetia está atrás da mesa de novo, rabiscando minhas anotações. — Tem alguma pergunta? Algum assunto que queira abordar?

Olho para Luke, mas ele tirou o telefone do bolso. Dá para ouvir o zumbido fraco do aparelho.

— Com licença — diz ele. — Vou dar um pulinho lá fora. Continuem sem mim. — Ele se levanta e sai da sala, fechando a porta.

Então somos só nós duas. De mulher para mulher. Posso sentir a sala pinicando de tensão.

Pelo menos... está pinicando do meu lado.

— Becky? — Venetia mostra seus dentes perfeitamente brancos num sorriso. — Há alguma coisa que você queira falar?

— Na verdade, não — respondo, em tom agradável. — Como eu disse, tudo está ótimo. Eu estou bem... Luke está bem... nosso relacionamento não poderia ser melhor. Sabe que este é um bebê de lua-de-mel? — não resisto a acrescentar.

— É, ouvi tudo sobre sua maravilhosa lua-de-mel! — exclama Venetia. — Luke disse que vocês foram a Ferrara quando estavam na Itália?

— Isso mesmo — dou um sorriso de reminiscência. — Foi tão romântico! Sempre vamos compartilhar isso como uma lembrança maravilhosa.

— Quando Luke e eu visitamos Ferrara, não conseguimos nos afastar daqueles afrescos *fabulosos*. Tenho certeza de que ele contou. — Seus olhos estão arregalados e inocentes.

Luke e eu não fomos ver nenhum afresco em Ferrara. Ficamos sentados no mesmo restaurante ao ar livre a tarde toda, tomando Prosecco e comendo a comida mais maravilhosa do mundo. E ele nunca mencionou que havia estado ali antes, com Venetia. Mas *de jeito nenhum* vou admitir isso a ela.

— Na verdade, não fomos ver os afrescos — digo enfim, examinando as unhas. — Luke me falou tudo sobre eles, claro. Mas disse que achava que eram superestimados.

— Superestimados? — Venetia parece estarrecida.

— Ahã. — Fixo o olhar no dela. — Superestimados.

— Mas... ele tirou um monte de fotos deles. — Ela dá um riso incrédulo. — Falamos sobre eles durante horas!

— É, bem, nós falamos sobre eles a noite toda! — contra-ataco. — Sobre como são superestimados.

Remexo casualmente meu anel de casamento, certificando-me de que o diamante de noivado brilhe sob as luzes.

Sou a mulher dele. Sei o que ele acha dos afrescos.

Venetia abre a boca — depois fecha de novo, parecendo confusa.

— Desculpe! — Luke entra na sala de novo, guardando o telefone, e Venetia se vira imediatamente para ele.

— Luke, você se lembra daqueles afrescos em...

— Ai! — agarro minha barriga. — Ai.

O CHÁ-DE-BEBÊ DE BECKY BLOOM

— Becky! Querida! — Luke corre para perto de mim, alarmado. — Você está bem?

— Só uma pontada. — Dou-lhe um sorriso corajoso. — Tenho certeza que não é nada com que se preocupar. — Olho em triunfo para Venetia, que está franzindo a testa como se não conseguisse me deduzir.

— Você já teve esse tipo de dor antes? — pergunta. — Pode descrevê-la?

— Agora passou — digo jovialmente. — Acho que foi só uma pontada.

— Avise se tiver alguma outra dor — diz ela. — E lembre-se de pegar leve. Essa pressão não deve ser problema, mas não queremos que fique mais alta. Seu médico anterior explicou sobre pré-eclampsia?

— Sem dúvida — responde Luke, me olhando, e eu confirmo com a cabeça.

— Ótimo. Bem, cuide-se. Vocês podem me ligar a qualquer hora. E, antes de irem... — Venetia abre a agenda. — *Precisamos* marcar uma noite para todos nos encontrarmos. No dia dez... ou doze? Presumindo que eu não esteja fazendo um parto, claro!

— Doze? — Luke assente, consultando seu BlackBerry. — Tudo bem para você, Becky?

— Ótimo! — digo, com doçura. — Estaremos lá.

— Maravilhoso. Vou ligar para os outros. É fantástico fazermos contato de novo, depois de tanto tempo. — Venetia suspira e pousa a caneta. — Para ser honesta, tem sido muito difícil recomeçar em Londres. Meus velhos amigos têm sua vida; mudaram-se. Além disso, nem sempre tenho horário para socializar, e Justin viaja um bocado para fora do país, claro. — Seu sorriso luminoso escorrega um pouco.

— Justin é o namorado de Venetia — explica Luke.

O namorado. Eu quase havia esquecido que ele existia.

— Ah, certo — digo educadamente. — O que ele faz?

— É financista. — Venetia pega uma foto emoldurada de um homem de aparência sem graça, de terno, e, enquanto o examina, seu rosto todo fica iluminado. — Ele tem uma energia e uma motivação incríveis, um pouco como Luke. Algumas vezes me sinto deixada para trás quando ele está resolvendo um negócio. Mas o que posso fazer? Eu o amo.

— *Verdade?* — pergunto, surpresa. Então percebo como isso soou. — Quero dizer... é... fantástico!

— Ele é o motivo de eu ter vindo para Londres. — Seus olhos continuam fixos na foto. — Conheci-o numa festa em Los Angeles e simplesmente fiquei caidinha.

— Você se mudou de tão longe? — pergunto, incrédula. — Só por causa dele?

— Isso é que é o amor, não é? A gente faz coisas malucas sem motivo. — Venetia levanta a cabeça, com os olhos verdes brilhando. — Se meu trabalho me ensinou uma coisa, Becky, é que o amor é a coisa mais importante. O amor humano. Eu o vejo toda vez que coloco um bebê nos braços da mãe... toda vez que vejo um coração novo, de oito semanas, batendo na tela e vejo o rosto dos pais... toda vez que minhas pacientes voltam, pela segunda ou terceira vez. É o amor que faz os bebês. E sabe de uma coisa? Nada mais importa.

Uau. Fico desarmada.

Afinal de contas, ela não está atrás de Luke. Está apaixonada pelo cara chato! E, para ser honesta, aquele discursozinho praticamente me deixou em lágrimas.

— Você está certíssima! — digo, rouca, agarrando o braço de Luke. — O amor é tudo que importa neste mundo louco e conturbado que chamamos... de mundo.

Não sei bem se foi uma boa frase, mas quem se importa? Avaliei Venetia completamente errado. Ela não é uma devoradora de homens, é um ser humano caloroso, lindo e amoroso.

— Só espero que Justin consiga chegar até o dia doze. — Finalmente ela recoloca a foto no lugar, com um tapinha carinhoso. — Eu adoraria que vocês o conhecessem.

— Eu também! — digo, com entusiasmo genuíno. — Estou ansiosa.

— Tchau, Becky. — Venetia me dá um sorriso caloroso e amigável. — Ah, quase esqueci. Não sei se vocês estariam interessadas, mas uma jornalista da *Vogue* me ligou ontem. Vão fazer uma grande matéria sobre as Mais Deliciosas Futuras Mamães de Londres, e pediram que eu desse alguns nomes. Pensei em você.

— A *Vogue*? — encaro-a, congelada.

— Talvez você não se interesse, claro. Isso implicaria uma foto sua no quarto do bebê, uma entrevista, cabelo e maquiagem... eles vão fornecer as roupas de grife, para grávidas... — Ela dá de ombros, vagamente. — Não sei... se é o seu tipo de coisa.

Estou praticamente ofegando. Se é meu tipo de coisa? Fazerem minha maquiagem, usar roupas de grife e sair na *Vogue*... meu tipo de coisa?

— Acho que isto é um sim — diz Luke, me olhando divertido.

— Fantástico! — Venetia toca a mão dele. — Deixem comigo. Eu resolvo tudo.

Rebecca Brandon
Maida Vale Mansions, 37
Maida Vale
Londres NW6 0YF

31 de agosto de 2003

Querida Fabia,

Só gostaria de dizer o quanto gostamos de sua casa estupenda, linda. É a Kate Moss das casas!* Na verdade, é tão estupenda que acho que merece sair na <u>Vogue</u>, você não acha?

Isso me lembra de um favor minúsculo que eu queria pedir. Por coincidência, vou ser entrevistada pela <u>Vogue</u> — e imaginei se poderia usar a casa para as fotos

Também imaginei se poderia colocar alguns objetos pessoais e dizer que Luke e eu já moramos aí. Afinal de contas, estaremos morando quando a revista sair... de modo que faz sentido!

Em troca, se houver algo que eu possa fazer por você ou algum item de moda que você queira que eu consiga, ficarei feliz em ajudar!

Desejando tudo de bom,

Becky Brandon

*Não no tamanho, obviamente.

Delamain Road, 33
Maida Vale
Londres NW6 1TY

MENSAGEM DE FAX

1/9/03

DE: FABIA PASCHALI

PARA: REBECCA BRANDON

Becky

1. Bolsa Chloe Silverado, marrom.
2. Kaftan Matthew Williamson roxo com contas, tamanho 38.
3. Sapato princesa Olly Bricknell, verde, tamanho 37.

Fabia

Da bibliotecária escolar
Sra. L. Hargreaves

Escola Oxshott para Meninas
Marlin Road
Oxshott
Surrey
KT22 0JG

3 de setembro de 2003

Querida Becky,

Que bom ter notícias suas depois de todos esses anos, e de fato me lembro de quando você estudava aqui. Quem poderia esquecer a garota que deu início à loucura das "bolsas da amizade" em 1989?

Adorei saber que você vai sair na *Vogue* — e, como você diz, é uma surpresa. Mas devo garantir que os professores não ficavam na sala dos funcionários dizendo: "Aposto que Becky Bloom nunca vai sair na *Vogue*."

Sem dúvida comprarei um exemplar, ainda que ache improvável que a diretora sancione a compra de um Exemplar Oficial Comemorativo para cada aluna, como você sugere.

Desejando tudo de bom,

Lorna Hargreaves
Bibliotecária

PS. Você ainda está com o exemplar de *In The Fifth at Malory Towers*? Há uma multa bem grande para ele.

Nove

Vou sair na *Vogue*! Na semana passada, Martha, a garota que vai escrever a matéria sobre as Mais Deliciosas Futuras Mamães, telefonou e batemos um papo maravilhoso.

Talvez eu tenha inventado algumas coisinhas minúsculas. Como meu programa de exercícios diários. E que tomo suco de framboesas feito na hora todas as manhãs, e que escrevo poemas para meu bebê. (Sempre posso tirar alguns de um livro.) Além disso, falei que já moramos na casa da Delamain Road, porque parece melhor do que morar num apartamento.

Mas a questão é que *vamos* morar lá em muito pouco tempo. Ela já é praticamente nossa. E a repórter ficou realmente interessada nos quartos de bebê "dele" e "dela". Disse que achou que seria um ponto alto da matéria. Um ponto alto!

— Becky?

Uma voz atravessa meus pensamentos. Levanto os olhos e vejo Eric vindo na minha direção. Escondo rapidamente minhas listas embaixo de um catálogo Maxmara e examino o andar para garantir que não há clientes espreitando que eu não tenha notado. Mas não há. Os negócios não ganharam pique, exatamente, nos últimos dias.

Para dizer a verdade, tivemos mais um desastre. Alguém do marketing decidiu começar uma campanha "boca a boca", contratando estudantes para falar sobre a The Look e distribuir folhetos em cafés. O que seria fantástico se eles não os tivessem entregado a uma gangue de ladrões de lojas, que em seguida entraram e afanaram toda a linha de cosméticos BeneFit. Foram apanhados — mas mesmo assim. O *Daily World* se esbaldou dizendo: "A The Look está tão desesperada que agora contrata criminosos condenados."

O lugar está mais vazio que nunca, e, para completar, cinco funcionários se demitiram esta semana. Não é de espantar que Eric pareça tão mal-humorado.

— Onde está Jasmine? — Ele olha a área de recepção do Compras Pessoais.

— Está... no depósito — minto.

Na verdade, Jasmine está dormindo no chão de um provador. Sua nova teoria é que, já que não há nada para fazer no trabalho, ela pode muito bem usar o tempo para dormir e ir para a balada à noite. Até agora, está dando bastante certo.

— Bom, de qualquer modo, era com você que eu queria falar. — Ele franze a testa. — Acabo de revisar o contrato de Danny Kovitz. É bem exigente, esse seu amigo. Especificou viagem de primeira classe, uma suíte no Claridge's, uma limusine para uso pessoal, estoque ilimitado de San Pellegrino "sacudida para tirar as bolhas"...

Contenho um risinho. Isso é típico de Danny.

— Ele é um estilista importante — lembro a Eric.

— Todas as pessoas talentosas têm suas manias.

— "Por toda a duração do processo criativo" — lê Eric em voz alta —, "o Sr. Kovitz exigirá uma tigela de pelo menos 25 centímetros de diâmetro cheia de jujubas. Sem as verdes." Puxa, que absurdo é esse? — Eric folheia o papel, exasperado. — O que ele está esperando? Que alguém vá ficar sentado durante horas tirando as jujubas verdes e jogando fora?

Uuuh. Eu adoro jujuba verde.

— Não me importo em cuidar disso — respondo casualmente.

— Ótimo. — Eric suspira. — Bem, só posso dizer que espero que todo esse esforço e esse dinheiro dêem resultado.

— Dará! — respondo, batendo disfarçadamente na mesa de madeira, para dar sorte. — Danny é o estilista mais quente que existe! Ele vai aparecer com algo totalmente brilhante, original e atual. E todo mundo vai correr para a loja. Garanto!

Eu realmente, *realmente* espero estar certa.

Enquanto Eric se afasta de novo, penso se devo ligar para Danny e perguntar se ele já tem alguma idéia. Mas, antes que eu faça isso, meu celular toca.

— Alô?

— Oi — diz a voz de Luke. — Sou eu.

— Ah, oi! — Recosto-me na cadeira, pronta para bater um papo. — Olha, acabo de saber sobre o contrato de Danny. Você nunca vai adivinhar o que...

— Becky, acho que não vou poder ir esta tarde.

— O quê? — Meu sorriso some.

Esta tarde é nossa primeira aula de pré-natal. Aquela em que os parceiros do parto também vão, e fazemos respirações e amizades para toda a vida. E Luke prometeu que iria. *Prometeu*.

— Desculpe. — Ele parece distraído. — Sei que eu disse que iria. Mas há uma... crise no trabalho.

— Uma *crise*? — Fico empertigada, cheia de preocupação.

— Não é uma crise — emenda ele imediatamente. — Só... aconteceu uma coisa que não é muito boa. Vai dar tudo certo. Foi só um probleminha.

— O que aconteceu?

— Só... uma pequena disputa interna. Não vamos falar disso. Mas lamento mesmo por esta tarde. Eu queria ir. — Ele realmente parece abalado. Não há sentido em ficar chateada.

— Tudo bem. — Escondo um suspiro. — Vou ficar bem, sozinha.

— Não há ninguém que possa ir com você? Quem sabe a Suze?

É uma idéia. Afinal de contas, fui parceira do parto de Suze. Somos amigas muito íntimas. E seria bom ter companhia.

— Talvez. — Confirmo com a cabeça. — Então, você vai poder ir esta noite?

Esta noite vamos sair com Venetia, o namorado dela e todos os velhos amigos de Luke, de Cambridge. Andei bem ansiosa por causa disso; na verdade, vou fazer escova no cabelo especialmente para a ocasião.

— Espero que sim. Manterei você a par.

— Certo. Vejo você mais tarde.

Desligo e já estou para digitar o número de Suze quando me lembro: esta tarde ela vai levar Ernie a um novo grupo de jogos. Por isso não poderá ir. Recosto-me na cadeira, pensando. Eu poderia ir sozinha. Quero dizer, não tenho medo de um punhado de mulheres grávidas, tenho?

Ou então...

Pego o telefone de novo e digito um número da memória.

— Ei, mamãe — digo, assim que ela atende. — Vai fazer alguma coisa esta tarde?

A aula de pré-natal vai acontecer numa casa em Islington e se chama "Escolhas, Poder, Mentes Abertas", um título que acho muito bom. *Definitivamente* tenho mente aberta. Enquanto vou andando em direção à casa, vejo mamãe chegar em seu Volvo e estacionar, depois de umas oito tentativas, uma pequena pancada numa lixeira e a ajuda de um motorista de caminhão que sai de sua cabine para orientá-la.

— Oi, mamãe! — grito quando ela sai finalmente, parecendo meio abalada. Está usando calças brancas elegantes, um blazer azul-marinho e sapatos baixos brilhantes.

— Becky! — Seu rosto se ilumina. — Você está maravilhosa, querida. Venha, Janice! — Ela bate na janela do carro. — Eu trouxe a Janice. Você não se importa, não é, querida?

— É... não — respondo, surpresa. — Claro que não.

— Ela estava sem o que fazer, e pensamos em ir à Liberty's depois, olhar tecidos para o quarto do neném. Seu pai pintou as paredes de amarelo, mas ainda não decidimos quanto às cortinas... — Ela olha minha barriga. — Alguma idéia se é menino ou menina?

Minha mente salta para o Kit de Previsão de Sexo escondido na minha gaveta de roupas de baixo, duas semanas depois de ter sido comprado. Fico tirando-o, depois perco a coragem e guardo de volta. Talvez precise de Suze como apoio moral.

— Não — respondo. — Ainda não.

A porta do carona se abre, e Janice sai, arrastando uma peça de tricô.

— Becky, querida! — diz ela, sem fôlego. — Você precisa travar as portas, Jane?

— Feche, *depois* eu travo — ordena mamãe. — Dê uma boa pancada.

Vejo uma garota grávida, de vestido marrom, tocando a campainha de uma casa logo adiante. Deve ser ali!

— Eu estava acabando de ouvir um recado do Tom — diz Janice, enfiando o tricô numa bolsa de palha, junto com um celular. — Vou encontrá-lo mais tarde. Ele só vai ficar falando na Jess! É Jess isso, Jess aquilo...

— Jess? — Encaro-a. — E Tom?

— Claro! — O rosto dela está luminoso. — Eles formam um casal lindo. Não quero ficar com esperanças, mas...

— Ora, lembre-se, Janice — diz mamãe com firmeza —, você não pode ficar pressionando esses jovens.

Jess e Tom estão namorando? E ela nem me contou? *Francamente*. Na manhã depois da festa, eu perguntei o que estava acontecendo com Tom, e ela só ficou toda sem graça e mudou de assunto. Por isso presumi que a coisa não havia pegado.

Não consigo deixar de me sentir meio chateada. O único objetivo de se ter uma irmã é ligar para ela e contar sobre o namorado novo. E não mantê-la totalmente no escuro.

— Então... Jess e Tom estão se relacionando? — pergunto, para ter certeza.

— Eles estão muito íntimos. — Janice assente com vigor. — Muito, muito íntimos. E devo dizer que Jess é uma supergarota. Estamos nos dando muitíssimo bem!

— Verdade? — Tento não parecer surpresa demais; mas não consigo ver Janice e Jess tendo muita coisa em comum.

— Ah, sim! Todos nos sentimos como uma família. Na verdade, Martin e eu adiamos o cruzeiro do próximo verão, só para o caso de termos um... — Ela pára. — Casamento — sussurra.

Casamento?

Tudo bem. Preciso falar com Jess. Agora.

— Cá estamos — diz mamãe quando nos aproximamos da porta, que tem um cartaz pregado: POR FAVOR, ENTRE E TIRE OS SAPATOS.

— O que, exatamente, acontece numa aula de pré-natal? — pergunta Janice, tirando suas sandálias Kurt Geiger.

— Respiração e outras coisas — respondo vagamente. — Preparação para o parto.

— Tudo mudou desde o nosso tempo, Janice — intervém mamãe. — Hoje eles têm treinadores para parto.

— Treinadores! Como os jogadores de tênis! — Janice parece empolgada com a idéia. Então seu sorriso some e ela agarra meu braço. — Coitadinha da Becky. Não faz idéia de em que está se metendo.

— Certo — digo, meio assustada. — Bem... é... vamos entrar?

A aula acontece no que parece uma sala de estar normal. Há almofadões arrumados em círculo, e várias mulheres grávidas já estão sentadas neles, com os maridos desajeitadamente empoleirados ao lado.

— Olá. — Uma mulher magra, de cabelos escuros e calças de ioga se aproxima. — Sou Noura, sua professora de pré-natal — diz em voz baixa. — Bem-vinda.

— Oi, Noura! — Sorrio para ela e aperto sua mão. — Sou Becky Brandon. Esta é minha mãe... e esta é Janice.

— Ah. — Nora assente como quem sabe das coisas e pega a mão de Janice. — É um verdadeiro prazer conhecê-la, Janice. Você é... parceira de Becky? Temos outro casal do mesmo sexo vindo mais tarde, de modo que, por favor, não se sintam...

Ah, meu Deus! Ela acha...

— Não somos lésbicas! — interrompo depressa, tentando não rir da expressão perplexa de Janice. — Janice é apenas nossa vizinha. Ela vai à Liberty's com mamãe depois.

— Ah, sei. — Noura parece meio frustrada. — Bom, bem-vindas, vocês três. Sentem-se.

— Janice e eu vamos pegar café — diz mamãe, indo para uma mesa na lateral da sala. — Sente-se, Becky querida.

— Então, Becky — diz Noura quando me sento cautelosamente num almofadão. — Estamos circulando pela sala, cada uma se apresentando. Laetitia acabou de explicar que vai fazer o parto em casa. Onde você vai ter seu bebê?

— Com Venetia Carter, no Cavendish — respondo, tentando parecer casual.

— Uau! — diz uma garota de vestido cor-de-rosa. — Ela não faz todas as celebridades?

— Faz. Na verdade, ela é minha amiga íntima. — Não resisto a acrescentar: — Vamos sair juntas esta noite.

— E você já pensou no tipo de parto que vai fazer? — prossegue Noura.

— Vou fazer parto na água com flores de lótus e massagem tailandesa — digo, com orgulho.

— Maravilhoso! — Noura marca alguma coisa em sua lista. — Então, idealmente, você gostaria de um parto ativo?

— Bom... — Visualizo-me preguiçosamente numa bela piscina quente, com música tocando e flores de lótus flutuando ao redor, e talvez com um coquetel na mão. — Não, acho que provavelmente será bem inativo, na verdade.

— Você quer um... parto inativo? — Noura parece estupefata.

— Sim — confirmo com a cabeça. — Em termos ideais.

— E com alívio da dor?

— Tenho uma pedra maori especial para o parto — digo, cheia de confiança. — E fiz ioga. De modo que provavelmente ficarei bem.

— Sei. — Nora parece que quer acrescentar alguma coisa. — Certo — diz finalmente. — Bem. Há formulários de planejamento de parto na frente de vocês, e eu gostaria que todo mundo preenchesse. Vamos usar todas as idéias como pontos de discussão.

Há um murmúrio enquanto todo mundo pega seus lápis e começa a bater papo com os parceiros.

— Eu também adoraria ouvir a mãe de Becky e Janice — acrescenta Noura, enquanto mamãe e Janice retornam ao grupo. — É um privilégio ouvir mulheres mais velhas que passaram pelo parto e a maternidade e podem compartilhar sua sabedoria.

— Claro, querida! Vamos contar tudo. — Mamãe pega um saquinho de balas de hortelã. — Alguém quer?

Pego meu lápis. E pouso-o de novo. Preciso mandar uma mensagem rapidinha para Jess e descobrir o que está acontecendo. Pego o telefone, encontro o número do celular dela e digito:

AHMDEUS Jess!!! Vc ta namorando Tom???

Então apago. Ficou empolgado demais. Ela vai pirar de vez e nunca vai responder.

Oi Jess. Como vc ta? Bex.

Assim é melhor. Aperto Enviar e volto a atenção para o plano de parto. É uma lista de perguntas, com espaço para preencher as respostas.

1. *Quais são suas prioridades para o início do trabalho de parto?*

Penso com força por um momento, depois escrevo: "Boa aparência."

2. *Como você vai enfrentar a dor nos primeiros estágios? (P. ex.: banho quente, se balançar de quatro.)*

Estou para escrever "sair para compras" quando meu celular toca. É um recado de Jess!

Bem, obrigada.

É a cara de Jess. Duas palavras, sem revelar nada. Mando imediatamente um recado de volta:

Ta saindo c/ Tom??

— Entreguem as folhas, todo mundo. — Noura está batendo palmas. Podem parar de escrever...

Já? Meu Deus, é que nem prova de escola. Sou a última a entregar o papel, enfiando-o no meio para que Noura não veja. Mas ela está folheando todos, assentindo enquanto lê. Então pára.

— Becky, em "prioridades no início do trabalho de parto", você pôs "boa aparência". — Ela ergue a cabeça. — É uma piada?

Por que todo mundo está me encarando? Claro que não é piada.

— Se você tiver boa aparência, vai se sentir bem! É um alívio natural para a dor. Todas deveríamos dar uma geral na maquiagem e fazer o cabelo...

Estou recebendo testas franzidas e "tsc, tsc" de toda a sala, exceto de uma garota numa estupenda blusa rosa, que concorda com a cabeça.

— Concordo com você! — diz ela. — Prefiro isso a balançar de quatro.

— Ou ir fazer compras — acrescento. — Cura enjôo matinal, de modo que...

— Fazer compras cura *enjôo matinal*? — interrompe Noura. — O que você está falando?

— Sempre que eu ficava enjoada nas primeiras semanas, ia à Harrods e comprava alguma coisinha para afastar o pensamento daquilo — explico. — E funcionava mesmo.

— Eu costumava encomendar coisas pela internet — concorda a garota de rosa.

— Você poderia colocar isso na sua lista de remédios — sugiro, solícita. — Depois do chá de gengibre.

Noura abre a boca — e fecha de novo. Vira-se para outra garota, que está com a mão levantada, no instante em que meu telefone toca com outro recado.

Mais ou menos.

Mais ou menos? O que isso significa? Digito rapidamente:

Janice acha q vcs vao se casar!

Aperto Enviar. Pronto. Isso vai dar um pique nela!

— Certo. Vamos em frente. — Noura está no centro da sala de novo. — Depois de olhar estas respostas, está claro que muitas de vocês se preocupam com a idéia do trabalho de parto e como vão enfrentá-lo. — Ela olha ao redor. — Minha primeira resposta é: não se preocupem. Vocês *conseguem* enfrentar. Todas vocês.

Há risadas nervosas na sala.

— É, as contrações podem ser intensas — continua Noura —, mas seus corpos são projetados para suportar. E o que devem lembrar é que é uma dor *positiva*. Tenho certeza que vocês duas vão concordar, não é? — Ela olha para mamãe e Janice, que pegou o tricô e está com as agulhas fazendo clic-clic.

— *Positiva?* — Janice levanta os olhos, horrorizada. — Ah, não, querida. O meu foi uma agonia. Vinte e quatro horas no calor cruel do verão. Eu não desejaria aquilo para nenhuma de vocês, coitadinhas.

— E naquela época não tínhamos os remédios — entoa mamãe. — Meu conselho é tomarem tudo que puderem.

— Mas há métodos naturais, instintivos, que vocês podem usar — intervém Noura rapidamente. — Tenho certeza que vocês descobriram que se balançar e mudar de posição ajudava nas contrações, não é?

Mamãe e Janice trocam olhares de dúvida.

— Eu não diria isso — responde mamãe, com gentileza.

— Ou um banho quente? — sugere Noura, com o sorriso ficando tenso.

— Um banho? — Mamãe ri, alegre. — Querida, quando você está sendo rasgada pela agonia e querendo morrer, um banho não ajuda nada!

Pelo modo como Noura respira mais profundamente e fecha os punhos, dá para ver que está ficando meio frustrada.

— Mas valeu a pena, no fim das contas? A dor pareceu um preço pequeno a pagar, comparado com o júbilo de afirmação da vida?

— Bem... — Mamãe me dá um olhar de dúvida. — Claro, eu adorei ter minha pequena Becky. Mas decidi ficar com apenas uma filha. Nós duas decidimos, não foi, Janice?

— Nunca mais. — Janice estremece. — Nem que me pagassem um milhão de libras.

Enquanto olho ao redor, posso ver que o rosto de todas as garotas ficou congelado. O da maioria dos homens também.

— Certo! — diz Noura, fazendo um esforço óbvio para permanecer agradável. — Bem, obrigada por essas... palavras inspiradoras.

— Não foi nada! — Janice acena de volta com o tricô, toda alegre.

— Agora vamos tentar um pequeno exercício de respiração — prossegue Noura — que, acreditem ou não, *vai* ajudar com as contrações do início do trabalho de parto. Quero que todas se sentem eretas e façam respirações curtas. Inspirem... expirem... isso mesmo...

Enquanto estou fazendo a respiração curta, há um toque no celular

O que???

Rá! Contenho um risinho e digito de volta:

Eh amor?

Alguns instantes depois, meu telefone toca de novo com outro recado.

Estamos tendo uns problemas.

Ah, meu Deus. Espero que Jess esteja bem. Não pretendia provocá-la.

É meio complicado fazer respiração curta e digitar texto ao mesmo tempo. Por isso abandono a respiração curta e digito:

Q problemas? Pq nao me contou?

— Para quem você está mandando recado, querida? — pergunta Janice, que também abandonou a respiração curta e está consultando o padrão do tricô.

— Ah... uma amiga — digo em tom leve, enquanto chega outro texto. Jess também deve ter abandonado o que estava fazendo.

Nao queria incomodar vc, eh bobagem.

Francamente. Como Jess pode achar que está me incomodando? Eu *quero* saber de sua vida amorosa. "Vc eh minha irma!!!", começo a digitar, quando Noura bate palmas pedindo atenção.

— Relaxe, todo mundo. Agora vamos experimentar um exercício simples, que deve descansar a mente de vocês. Seu parceiro vai segurar sua mão e torcê-la, provocando uma daquelas antigas queimaduras chinesas. E vocês vão respirar *através* da dor. Focalizem a mente, permaneçam relaxadas... Parceiros, não tenham medo de aumentar a pressão! E vocês verão como são muito mais fortes do que imaginavam! Becky, eu fico com você, tudo bem? — acrescenta ela, aproximando-se.

Meu estômago dá uma cambalhota nervosa. Não gosto da idéia de antiga queimadura chinesa. Nem mesmo de uma nova em folha. Mas não posso recusar, todo mundo está olhando.

— Certo — digo, estendendo cautelosamente o braço.

— Obviamente, a dor do parto será mais intensa que isso, mas só para dar uma idéia...

Ela segura meu antebraço.

— Agora *respirem*...

— Ai! — digo quando ela torce subitamente meu braço. — Ai, isso *dói*!

— Respire, Becky — instrui Noura. — Relaxe.

— Estou respirando! Aaaaaaiiiii!

— Agora a dor está ficando mais forte... — Noura me ignora. — Imagine que a contração está chegando ao auge...

Estou ofegando com força enquanto ela torce minha pele ainda mais.

— E agora está diminuindo... passou. — Ela solta meu braço e me dá um sorriso. — Está vendo, Becky? Viu como você conseguiu suportar isso, apesar dos temores?

— Uau. — Estou quase sem fôlego.

— Acha que aprendeu alguma coisa valiosa com isso? — Ela me dá um olhar de quem sabe das coisas. — Algo que coloca seus temores em perspectiva?

— Acho. — Assinto, séria. — Aprendi que *definitivamente* quero uma epidural.

— Peça anestesia geral, querida — diz mamãe. — Ou uma bela cesariana!

— Você não *pode tomar anestesia geral*. — Noura a encara, incrédula. — Eles simplesmente não dão, você sabe!

— Becky vai para o lugar mais de ponta de Londres! — retruca mamãe. — Pode ter o que quiser! Agora, querida, se eu fosse você, faria massagem tailandesa e o parto na água *antes* do início das dores, depois a epidural e, em seguida, aromaterapia...

— Isso é um *trabalho* de parto! — grita Noura, segurando o cabelo. — Você vai ter um bebê, e não pedir usando a porcaria de um menu de serviço de quarto.

Há um silêncio chocado.

— Desculpem — diz ela, com mais calma. — Eu... não sei o que deu em mim. Vamos dar uma paradinha. Podem beber alguma coisa.

Ela sai da sala, e começam conversas em voz baixa.

— Bem! — diz mamãe, levantando as sobrancelhas. — Acho que alguém está precisando fazer respirações curtas! Janice, vamos à Liberty's agora?

— Só deixe eu terminar esta fileira. — Janice clica freneticamente com as agulhas de tricô. — Pronto! Está feito. Você vem, Becky?

— Não sei — respondo, dividida. — Talvez eu devesse ficar até o fim da aula.

— Não creio que Noura saiba do que está falando! — diz mamãe, em tom conspirador. — *Nós* lhe contaremos tudo que você precisa saber. E você pode me ajudar a escolher uma bolsa nova!

— Então está certo. — Levanto-me. — Vamos!

Quando termino de fazer compras com mamãe e Janice e saio do cabeleireiro, já passa das seis. Chego em casa e encontro Luke no escritório. As luzes estão apagadas, e ele está simplesmente ali sentado, no escuro.

— Luke? — Ponho as sacolas no chão. — Tudo bem?
Ele leva um susto com minha voz e levanta a cabeça. Olho para ele, surpresa. Seu rosto está tenso, com uma ruga funda entre as sobrancelhas.

— Tudo bem — diz ele finalmente. — Está tudo bem.

Não me parece que esteja. Entro no escritório, me empoleiro na mesa diante dele e examino seu rosto.

— Luke, o que foi a crise no trabalho hoje?

— Não é uma *crise*. — Ele consegue dar um sorriso. — Usei a palavra errada. Foi só... um incidente. Nada importante. Tudo foi resolvido.

— Mas...

— Como você está? — Ele acaricia meu braço. — Como foi a aula?

— Ah. — Lanço a mente de volta. — É... foi legal. Você não perdeu grande coisa. Depois fui fazer compras com mamãe e Janice. Fomos à Liberty's e à Browns...

— Você não andou passando do ponto, andou? — Ele me examina, preocupado. — Descansou? Lembre-se do que Venetia disse sobre a pressão.

— Estou ótima! — Balanço o braço. — Nunca me senti melhor!

— Bem. — Luke olha o relógio. — Devemos ir daqui a pouco. Vou tomar um banho rápido e pedir um táxi.

— Sua voz está bastante animada, mas, quando ele se levanta, noto uma tensão em seus ombros.

— Luke... — Hesito. — Está tudo bem, não é?

— Becky, não se preocupe. — Luke segura minhas duas mãos. — Está tudo bem. Temos uma pequena crise todo dia. É a natureza do trabalho, você sabe. Nós lidamos com elas e vamos em frente. Talvez eu esteja mais preocupado que o normal. No momento, só estou ocupado demais.

— Bem, tudo certo — digo, abrandada. — Vá tomar seu banho.

Ele vai até nosso quarto, e eu largo as sacolas no corredor. Estou bem cansada, na verdade, depois da tarde com mamãe e Janice. Talvez tome um banho também, depois que Luke acabar. Poderia usar meu gel revitalizador de alecrim e fazer alguns revigorantes alongamentos de ioga.

Ou então poderia comer um KitKat rapidinho. Entro na cozinha e estou pegando a caixa quando a campainha toca. Não pode ser o táxi, já.

— Alô? — digo ao interfone.

— Oi, Becky? — responde uma voz cheia de estalos. — É Jess.

Jess?

Aperto o botão para abrir, perplexa. O que Jess está fazendo aqui? Eu nem sabia que ela estava em Londres.

— O táxi está marcado para daqui a quinze minutos. — Luke põe a cabeça na porta da cozinha, usando apenas uma toalha.

— É melhor vestir alguma coisa — digo. — Jess está subindo pelo elevador.

— Jess? — Luke fica pasmo. — Não estávamos esperando por ela, estávamos?

— Não. — Ouço o tilintar suave da campainha do apartamento e começo a rir. — Depressa, vista-se!

Abro a porta e vejo Jess usando jeans, tênis e uma camiseta marrom justa que parece bem legal, de um jeito anos 1970, retrô.

— Oi! — Ela me dá um abraço desajeitado. — Como vai, Becky? Estive conversando com meu orientador e pensei em dar uma passadinha. Tentei ligar, mas a linha estava ocupada. Tudo bem?

Ela parece ligeiramente nervosa. Francamente! Como se eu fosse dizer: "Não está, não. Vá embora."

— Claro! — Aperto-a de volta calorosamente. — É fabuloso ver você. Entre!

— Trouxe um presente para o neném. — Ela enfia a mão na mochila e pega um macacãozinho no qual está impresso NÃO VOU POLUIR O MUNDO, em bege.

— É... fabuloso! — digo, virando-o nos dedos. — Obrigada!

— É feito de cânhamo natural. Você ainda está planejando um guarda-roupa todo em cânhamo para o neném?

Todo em cânhamo? O que, diabos, ela...

Ah. Talvez eu tenha dito algo assim na festa de mamãe, só para fazê-la parar com o sermão sobre o maligno algodão alvejado.

— Vou fazer... parte em cânhamo, parte em outros tecidos — digo finalmente. — Pela... é... pela biodiversidade.

— Excelente. — Ela confirma com a cabeça. — E eu estava pensando em dizer que posso conseguir emprestada uma mesa para troca de fraldas. Há uma cooperativa de estudantes que empresta equipamentos e brinquedos para bebês. Trouxe o número do telefone.

— Certo! — Fecho rapidamente com um chute a porta do quarto do neném, antes que ela veja minha estação de troca de fraldas Tenda de Circo, com show de marionetes integrado, que chegou ontem da Funky Baba.

— Vou... pensar nisso. Venha tomar alguma coisa.

— Já fez os paninhos de limpar bebê? — Jess me acompanha até a cozinha.

— Ah... ainda não... — Olho ao redor rapidamente. — Mas fiz algumas outras coisas. — Pego uma toalha de chá, listrada, e amarro um nó na ponta. — Este é um brinquedo orgânico feito em casa — digo casualmente, girando. — Chama-se Nonó.

— Fantástico. — Jess o examina. — Com um conceito simples. Muito melhor que qualquer lixo manufaturado.

— E estou planejando... pintar esta colher com tinta natural não-tóxica. — Sentindo-me corajosa, pego uma colher de madeira na gaveta. — Vou pintar um rostinho e chamá-la de Colherita.

Meu Deus, sou boa nesse barato de eco-reciclagem. Talvez comece a fazer uma newsletter!

— Bom, deixe-me pegar uma bebida para você. — Sirvo um copo de vinho para Jess e me sento diante dela.

— Então, o que está acontecendo? Não pude *acreditar* quando Janice disse que você estava namorando Tom!

— Eu sei. Sinto muito, deveria ter contado a você. Mas tem sido tão... — Ela pára.

— O quê? — pergunto, boquiaberta.
Jess está olhando para o copo, sem beber.
— Não está funcionando bem — diz finalmente.
— Por quê?
Jess fica quieta de novo. Ela realmente não aprendeu direito esse negócio de contar sobre namorados, não é?
— Ande — estimulo. — Tudo que você diz está totalmente seguro comigo. Quero dizer... você *gosta* dele, não gosta?
— Claro que gosto. Mas... — Ela solta o ar. — É simplesmente...
— Becky? — Luke enfia a cabeça pela porta. — Ah, oi, Jess. Não quero interromper, mas a gente precisa sair logo...
— Você tem planos — diz Jess, enrijecendo-se. — Já vou indo.
— Não! — Ponho a mão no braço dela. É a única vez em que Jess aparece para me pedir conselho, e *não* vou mandá-la embora. É exatamente isso que imaginei que faríamos quando a conheci. Duas irmãs, uma passando na casa da outra, falando de homens...
— Luke. — Tomo uma decisão súbita. — Por que você não vai na frente, e eu o encontro no bar?
— Bem, se você tem certeza... — Luke me beija. — Foi bom ver você, Jess!
Ele sai da cozinha, e ouço a porta da frente se fechar. Abro um minipacote de Pringles.
— Então. Você gosta dele...

— Ele é ótimo. — Jess está cutucando a pele áspera de um de seus dedos. — É inteligente e interessante, tem pontos de vista bons... e é bonito. Bom, isso nem preciso dizer.

— Sem dúvida! — digo, depois de uma pausa.

Para ser honesta, Tom nunca me pareceu grande coisa. (Apesar da convicção de Janice e Martin de que estive perdidamente apaixonada por ele durante toda a vida.) Mas gosto não se discute.

— Então o problema é? — giro as mãos, instigando-a.

— Ele é tão *carente*! Fica me ligando dez vezes por dia, manda cartões cobertos de beijos... — Jess levanta os olhos com uma expressão de descrédito, e não consigo deixar de sentir um pouco de pena do pobre e velho Tom. — Na semana passada, ele tentou tatuar meu nome no braço. Telefonou dizendo que ia fazer isso, e eu fiquei com tanta raiva que ele parou depois do J.

— Ele tem um J no braço? — Não consigo evitar um risinho.

— Perto do cotovelo. — Ela revira os olhos. — É ridículo.

— Bem, talvez ele estivesse tentando ser legal — sugiro. — Sabe, Lucy quis que ele fizesse uma tatuagem, e ele não fez. Provavelmente o Tom só queria impressionar você.

— Bem, não estou impressionada. E quanto a Janice... — Jess passa os dedos pelo cabelo curto. — Ela me liga praticamente todo dia, inventando qualquer assunto. Será que já pensei no presente de Natal para o Tom?

Será que quero ir com eles numa viagem para provar vinhos na França? Fiquei de saco cheio. Por isso estou pensando em terminar.

Levanto os olhos, consternada. *Terminar*? Mas e quanto ao neném carregar as alianças?

— Você não pode desistir só por causa de uns detalhezinhos! — protesto. — Quero dizer, afora a tatuagem, vocês estão se dando bem? Vocês discutem?

— Tivemos uma discussão bem grande um dia desses.

— Sobre o quê?

— Política social.

Ah, isso prova. Os dois são feitos um para o outro!

— Jess, fale com o Tom — digo, num impulso. — Aposto que vocês conseguem resolver a situação. Só por causa de uma tatuagem...

— Não é só isso. — Jess abraça os joelhos. — Há... outra coisa.

— O que é?

Respirando fundo, percebo. Ela também está grávida. Tem de ser. Meu Deus, que legal! Teremos bebês juntos e eles serão primos e vamos tirar fotos lindinhas deles brincando juntos na grama...

— Me ofereceram um projeto de dois anos de pesquisas no Chile. — A voz de Jess estoura minha bolha.

— No Chile? — Meu queixo cai de consternação. — Mas isso fica... a quilômetros daqui.

— Doze mil. — Ela assente.

— Então... você vai?

— Não decidi. Mas é uma oportunidade fantástica. É uma equipe em que quis entrar durante anos.

— Certo — digo, depois de um curto silêncio. — Bem, então... você deve ir.

Preciso dar apoio. É a carreira de Jess. Mas não consigo deixar de me sentir meio tristonha. Acabo de conhecer minha irmã, e agora ela vai desaparecer no outro lado do mundo.

— Praticamente já decidi que vou. — Ela ergue a mão, e eu me pego olhando seus olhos castanhos e cheios de pintas. Sempre achei que Jess tinha olhos lindos.

Talvez o bebê tenha olhos castanhos e cheios de pintas, assim.

— Você vai ter de me mandar um monte de fotos da minha sobrinha ou do meu sobrinho — diz Jess, como se lesse minha mente. — Para eu vê-lo crescer.

— Claro! Toda semana. — Mordo o lábio, tentando digerir tudo isso. — E... e Tom?

— Ainda não contei a ele. — Ela curva os ombros. — Mas isso vai significar o fim para nós.

— Não necessariamente! Vocês podem ter um relacionamento a distância. Sempre existem os e-mails...

— Durante *dois anos*?

— Bem... — deixo no ar. Talvez ela esteja certa. Eles só se conheceram há algumas semanas. E dois anos é muito tempo.

— Não posso desistir de uma chance dessas por causa de um... *homem*. — Ela parece estar discutindo consigo mesma. Talvez esteja mais dividida do que parece.

Talvez, por baixo de tudo isso, esteja realmente apaixonada por Tom.

Mas até eu consigo ver. O trabalho tem sido a vida de Jess. Ela simplesmente não pode abandoná-lo agora.

— Você tem de ir ao Chile — digo, com firmeza. — Vai ser incrível para você. E a coisa com Tom vai dar certo. De algum modo.

As Pringles parecem ter sumido, por isso me levanto e vou ao armário. Abro a porta e examino as prateleiras, em dúvida.

— Estamos sem salgadinhos... Eu não devo comer castanhas... Temos uns biscoitos Ritz velhos...

— Na verdade, eu trouxe um pouco de pipoca — diz Jess, parecendo meio rosada no rosto. — Sabor caramelo.

— Você o quê? — Olho-a boquiaberta.

— Está na minha mochila.

Jess trouxe pipoca sabor caramelo? Mas... isso não é orgânico. Nem nutritivo. Nem feito com batatas de cooperativa.

Olho atônita enquanto ela enfia a mão na mochila e pega o pacote. Um DVD sai também, todo brilhante em seu celofane, e ela o enfia de volta, com as bochechas ainda mais vermelhas.

Espera aí.

— O que é isso? — pego-o. — *Nove meses*? Jess, esse não é o seu tipo de filme!

Jess é apanhada totalmente desprevenida.

— Achei que poderia ser seu tipo de filme — diz ela finalmente. — Em especial agora.

— Você trouxe isso para a gente assistir juntas? — pergunto, incrédula. E depois de um momento, ela confirma com a cabeça.

— Só pensei... — Ela pigarreia. — Se você não tivesse nada para fazer...

Não posso acreditar em como me sinto emocionada. A primeira vez que passamos uma noite juntas tentei fazer Jess assistir a *Uma linda mulher*, e acredite, não foi um sucesso. Mas aqui está ela, com pipoca e um filme de Hugh Grant. E me contando sobre seu namorado. Exatamente como eu imaginei que seria ter uma irmã.

— Mas você tem de sair. — Jess está enfiando o DVD de volta na mochila. — Na verdade, deveria ir logo...

Sinto um jorro de afeto por ela — e de repente não quero ir a lugar nenhum. Por que passaria a noite num bar apinhado, falando com um monte de gente metida a besta, formada em Cambridge, que eu nem conheço, quando posso passar tempo com minha irmã? Posso conhecer o Sr. Maravilhoso de Venetia outra hora. Luke não vai se importar.

— Não vou a lugar nenhum — digo, com firmeza, e abro o saco de pipoca. — Vamos ficar e nos divertir.

Temos a melhor das noites. Assistimos ao *Nove meses* (Jess resolve quebra-cabeças de Sudoku ao mesmo tempo, mas tudo bem, porque estou lendo a revista *Hello!*) e fazemos uma teleconferência com Suze para pedir seu conselho sobre Tom, e depois pedimos pizza. E Jess nem me diz que poderíamos fazer nossa própria pizza gastando trinta pence.

Ela sai lá pelas onze horas, dizendo que eu devo estar cansada, e vou para a cama imaginando a que horas Luke chegará. Ele deve estar se divertindo também, para ficar fora tanto tempo.

Quando finalmente uma tira de luz da porta cai no meu rosto e me faz piscar, devo ter dormido, porque poderia jurar que estava recebendo um Oscar da rainha.

— Oi! — digo, sonolenta. — Que horas são?

— Uma e pouco — sussurra Luke. — Desculpe acordar você.

— Tudo bem. — Estendo a mão para o abajur e acendo. — Então, como foi?

— Foi ótimo! — Há um entusiasmo na voz de Luke que eu não estava esperando. Esfrego os olhos remelentos e o focalizo. Seu rosto está luminoso, e ele tem uma espécie de leveza e animação que eu não via há semanas, ou mesmo há meses. — Eu havia esquecido o quanto tinha em comum com aqueles velhos amigos — diz ele. — Falamos de coisas em que eu nem pensava havia anos. Política... arte... Meu velho amigo Matthew tem uma galeria. Ele nos convidou para uma exposição. Devemos ir!

— Uau! — Não consigo deixar de sorrir diante do jeito ansioso de Luke. — Que fantástico!

— Foi ótimo simplesmente dar uma pausa nos negócios. — Luke balança a cabeça, pensativo. — Eu deveria fazer isso mais vezes. Colocar as coisas em perspectiva. Relaxar um pouco. — Ele começa a desabotoar a camisa. — Então, como foi a noite com Jess?

— Fabulosa! Assistimos a um filme e comemos pizza.

E tenho de contar as novidades dela... — Dou um bocejo súbito. — Talvez amanhã. — Aninho-me de novo nos travesseiros e olho Luke se despindo. — Então, como é o famoso namorado de Venetia? Tão chato quanto parece na foto?

— Ele não foi — diz Luke.

Paro de me aninhar confortavelmente e viro a cabeça, surpresa. O namorado de Venetia não estava lá? Mas achei que todo o objetivo da noite era nos apresentar ao Justin, o garoto prodígio das finanças.

— Ah, certo. Por quê?

— Eles terminaram. — Luke pendura as calças no cabide.

— Eles terminaram? — Sento-me na cama. — Mas... achei que ela amava Justin mais que qualquer coisa. Achei que ela havia se mudado do outro lado do mundo para ficar com ele e que eram o casal mais feliz de todo o universo.

— Ela se mudou. — Luke deu de ombros. — Eles eram. Até três dias atrás. Ela ficou bem abalada.

— Certo — digo, depois de uma pausa. — Sei.

De repente, a noite assumiu um tom totalmente diverso. Não era mais Luke sendo apresentado ao namorado firme de Venetia. Era uma Venetia de novo solteira chorando nos ombros de Luke.

— Então... foi Venetia que terminou? — pergunto casualmente. — Ou ele?

— Não sei qual dos dois terminou. — Luke entra no banheiro. — Parece que agora ele voltou para a mulher.

— A *mulher*? — minha voz dispara como um foguete. — Como assim a mulher?

— Venetia achava que os dois estavam totalmente separados, menos oficialmente. — Luke abre as torneiras, e eu mal consigo ouvi-lo. — No quesito romance, ela vive se dando mal, coitada da Ven. Parece sempre se apaixonar por homens casados ou entrar em situações complicadas.

Estou tentando ficar calma. Respirações curtas. Não reagir com exagero.

— Que tipo de situações? — pergunto, em tom leve.

— Ah, não sei. — Luke está espremendo pasta de dente na escova. — Ação de divórcio... Um escândalo com um médico mais velho no hospital onde trabalhava... Houve um processo em Los Angeles... — Ele franze a testa para o tubo. — Este negócio está quase acabando.

Ação de divórcio? Processos? Escândalos?

Não consigo responder. Minha boca está abrindo e fechando como a de um peixe dourado. Cada instinto de meu corpo fica em alerta vermelho.

Ela está a fim de Luke.

Olho Luke escovar os dentes como se através dos olhos de Venetia. Ele está usando apenas calça de pijama e continua bronzeado do verão, e os músculos dos ombros estão ondulando levemente enquanto ele escova. Ah, meu Deus, ah, meu Deus. Claro que ela está a fim dele. Ele é bonito e tem uma empresa multimilionária, e os dois tiveram um romance quando eram muito mais jovens.

Talvez tenha sido o primeiro amor dela, e ela nunca mais tenha entregado o coração a ninguém.

Talvez ela tenha sido o primeiro amor *dele*.

Há uma espécie de sensação de vazio no meu estômago. O que é ridículo, tendo em mente a quantidade de coisas que está no meu estômago agora.

— Então! — tento parecer confiante e tranqüila. — Preciso me preocupar?

Luke está jogando água no rosto.

— Como assim?

— Eu... — Não consigo me obrigar a dizer. O que estou dando a entender, que não confio nele? Mudo de tática. — Talvez ela devesse tentar com homens solteiros. Assim a vida não seria tão complicada! — Dou um risinho, mas, quando se vira, Luke está franzindo a testa.

— Venetia fez algumas... escolhas pouco sensatas. Mas nenhuma foi deliberada ou por malícia. Ela só é uma romântica inveterada.

Ele a está defendendo. Sinto que estou começando mal.

De repente soa um bip no paletó de Luke. Ele sai do banheiro, enxugando o rosto, e tira o telefone do bolso.

— É um recado de Venetia. — Ele olha e ri. — Olha. É uma foto desta noite.

Pego o telefone com ele e olho a tela. Lá está Venetia, vestida para o lazer, com jeans apertados, jaqueta de couro e botas altas, de salto agulha. Está olhando da foto com um sorriso confiante, o braço ao redor de Luke, como se fosse dona dele.

Destruidora de lares espoca em meu cérebro antes que eu possa impedir.

Bem, ela não vai destruir este lar. De jeito nenhum. Luke e eu passamos por muita coisa ao longo dos anos, e seria necessário mais do que uma médica de cabelos fartos e salto agulha para acabar com a gente. Tenho 110 por cento de confiança.

Comissão Bancária Internacional
Percival House, 16° e 18° andares, Commercial Road, Londres EC1 4UL

Sra. R. Brandon
Maida Vale Mansions, 37
Maida Vale
Londres NW6 0YF

10 de setembro de 2003

Cara Sra. Brandon,

Lamento informar que sua proposta de fundar um banco na internet, o "Banco de Becky", foi recusada pelo comitê.

Houve muitos motivos para a decisão, em particular sua declaração de que, para se ter um banco na internet, "só é preciso um computador e um lugar para colocar todo o dinheiro".

Desejo-lhe sucesso em qualquer outro empreendimento, mas lembro que a atividade bancária não é um deles.

Atenciosamente,

John Franklin
Comitê de Negócios na Internet

Dez

Talvez eu não esteja *110* por cento confiante. Talvez só cem por cento.

Ou mesmo... noventa e cinco.

Passaram-se algumas semanas desde que Luke saiu naquela noite com Venetia, e minha confiança se abalou um pouquinho. Não que alguma coisa tenha *acontecido*, exatamente. Na superfície, Luke e eu continuamos felizes como sempre, e não há nada errado. É só que...

Bem, certo. Aqui estão minhas provas até agora:

1. Luke vive recebendo mensagens de texto e mandando respostas imediatamente. E sei que são dela. E ele nunca me mostra.

2. Ele saiu com ela mais três vezes. *Sem* mim. Uma vez quando eu já havia combinado de me encontrar com Suze, e ele disse que poderia usar a noite para ver alguns amigos, e por acaso os "amigos" eram Venetia. Uma vez com toda a turma de Cambridge num grande jantar chique com o antigo orientador deles, para o qual os parceiros não foram convidados. E uma para almoçar, aparente-

mente porque ela iria dar uma passadinha "perto do escritório dele". É, certo. Fazer um parto num prédio de escritórios?

Foi então que tivemos nossa briguinha minúscula, em que eu disse (muito de leve) que, uau, ele estava passando um bocado de tempo com Venetia, será que não era demais? E Luke respondeu que agora ela estava se sentindo por baixo e precisava de um velho amigo com quem conversar. "Bem, eu me sinto por baixo também, quando você vai para festas sem mim!" E Luke disse que o encontro com os velhos amigos da universidade tinha sido o ponto alto de seu ano, e que era a chance de dar uma desligada e que, se eu fosse também, entenderia. Então eu disse: "Eu iria se você me *convidasse*." E ele disse que *tinha* me convidado, e eu disse...

Pois é. Dissemos algumas coisas.

Essas são as provas que tenho. Nem sei por que estou chamando de provas, não é como se houvesse alguma coisa acontecendo. Quero dizer... é uma idéia ridícula. É de Luke que estou falando. Do *meu marido*.

— Não acredito que haja alguma coisa acontecendo, Bex. — Suze sacode a cabeça e mexe seu suco de framboesa com abricó. Ela veio passar a manhã aqui, para podermos fazer o teste de previsão de sexo, mas até agora tudo que fizemos foi falar de Luke. Por sorte as crianças estão na sala de estar, comendo sanduíches e assistindo ao *Teletubies* num transe total. (Coisa que Suze só os deixa fazer depois que eu fiz um juramento de nunca, jamais, contar a Lulu.)

— Também não acredito! — Abro os braços. — Mas eles se encontram o tempo todo, e ela vive mandando recados, e não faço idéia do que eles falam...

— Você reivindicou seu direito de posse? — Suze dá uma mordida no biscoito de chocolate. — Na última vez em que se encontrou com ela?

— Totalmente! Mas ela nem notou.

— Hum. — Suze pondera por um tempo. — Já pensou em se consultar com outro médico?

— Vivo pensando nisso. Mas não creio que faria diferença. Ela já fez contato com Luke, não é? Na verdade, ela provavelmente adoraria me tirar de cena

— E o que Luke diz?

— Ah, bem. — Começo a brincar com meu canudinho. — Diz que ela está toda vulnerável e solitária desde que terminou com o namorado. Ele se comporta como se ela fosse uma pobre vítima trágica. E sempre fica do lado dela. Eu a chamei de Dra. Cruela Cruel um dia desses, e ele ficou realmente chateado.

— Dra. Cruela Cruel! — Suze cospe migalhas de biscoito na bancada. — Essa é boa!

— Não é boa! Nós acabamos tendo uma discussão! Ela é uma... presença na nossa vida, mesmo que eu nunca a veja.

— Você não tem consultas com ela? — Suze parece surpresa.

— Não tenho há semanas. Nas últimas duas vezes em que estive na clínica, ela estava com uma cliente em trabalho de parto e eu fui examinada por uma das assistentes.

— Ela está evitando você. — Suze assente como quem sabe das coisas e dá uma chupada no canudinho, com a testa franzida. — Bex, sei que é uma coisa realmente pavorosa de sugerir... mas o que acha de olhar os recados para Luke?

— Já olhei — admito.

— E? — Suze está boquiaberta.

— São em latim.

— *Latim*?

— Os dois estudaram latim na universidade — digo, ressentida. — É o "negócio" deles. Não entendo uma palavra. Mas anotei um. — Enfio a mão no bolso e desenrolo um pedacinho de papel. — Aqui.

Nós duas olhamos as palavras em silêncio.

Fac me laetam: mecum hodie bibe!

— Não gosto do jeito disso — diz Suze finalmente.

— Nem eu.

Olhamos as palavras por mais um momento, depois Suze suspira e empurra o papel de volta para mim.

— Bex, odeio dizer... mas você deveria ficar de guarda. Na verdade, deveria contra-atacar. Se ela pode passar tanto tempo assim com Luke, você também pode. Quando foi a última vez que vocês fizeram alguma coisa romântica, só os dois?

— Não sei. Há séculos.

— Bem, então! — Suze dá um tapa na mesa, triunfante. — Vá ao escritório dele e o leve para almoçar, de surpresa. Ele vai adorar.

É uma boa idéia. Nunca quis incomodar Luke no trabalho porque ele é ocupado demais. Mas, se Venetia pode fazer isso, por que eu não posso?

— Certo, vou tentar — digo, me animando. — E conto a você como foi. Obrigada, Suze. — Termino de tomar meu suco e pouso o copo com um floreio. — Pois é.

— Pois é. — Suze me encara. — Está pronta?

— Acho que sim. — Sinto um tremor de nervosismo. — Vamos!

Puxo o Kit de Previsão de Sexo na minha direção e tiro o envoltório de plástico, com a mão tremendo um pouco. Numa questão de minutos vou saber. Isso é quase tão empolgante quanto o parto em si!

Acho secretamente que é um menino. Ou talvez uma menina.

— Ei, Bex, espere — diz Suze de repente. — Como você vai enganar Luke?

— Como assim?

— Quando fizerem o parto do bebê! Como você vai convencê-lo de que não sabia o sexo antes?

Paro de rasgar o plástico. É um bom argumento.

— Vou simplesmente fingir surpresa — digo, por fim. — Sou ótima em representar, olha. — Faço minha expressão mais atônita. — É um... menino!

Suze faz uma careta.

— Bex, isso foi terrível!

— Eu não estava preparada — digo rapidamente. — Vamos tentar de novo. — Concentro-me por um momento, depois ofego. — É uma menina!

Suze está balançando a cabeça e se encolhendo.

— Totalmente falso! Bex, você precisa *entrar* no personagem. Precisa usar um pouco do Método.

Ah, não. Lá vamos nós. Suze fez escola de teatro durante um semestre, antes da universidade, por isso acha que é praticamente uma Judi Dench. (Não era uma escola de teatro de verdade, como a RADA. Era uma particular, que seu pai paga e você faz culinária à tarde. Mas não mencionemos isso.)

— Levante-se — instrui ela. — Faça alguns exercícios para se soltar... — Ela gira a cabeça e sacode os braços. Relutante, imito-a. — Agora, qual é a sua motivação?

— Enganar Luke — lembro a ela.

— Não! Sua motivação *interior*. Seu *personagem*. — Suze fecha os olhos por um momento como se estivesse se comunicando com os espíritos. — Você é uma nova mãe. Está vendo o bebê pela primeira vez. Está deliciada... e ao mesmo tempo surpresa... O sexo não é exatamente o que você esperava... Você nunca ficou tão pasma na *vida*. Realmente *sinta* isso...

— É... um *menino*! — Aperto meu peito. Suze está girando os braços para mim.

— Mais, Bex! De novo, com paixão!

— É um menino! Meu Deus, é um MENINO!!! — Minha voz ressoa na cozinha, e uma colher cai da bancada no chão.

— Ei, isso foi bastante bom! — Suze fica impressionada.

— Verdade? — estou ofegando.

— É! Você vai conseguir enganá-lo. Vamos fazer o teste.

Enquanto vou à pia pegar um pouco d'água, Suze abre a caixa e tira uma seringa.

— Ah, olha — diz ela, alegre. — Você vai ter de tomar uma injeção.

— Uma *injeção*? — Olho ao redor, consternada.

— "O exame de sangue é rápido e fácil de ser feito" — lê Suze em voz alta. — "Simplesmente peça a um médico, enfermeira ou outra pessoa qualificada para tirar um frasco de sangue de uma veia." Aqui está a agulha — acrescenta ela, pegando uma caixa de plástico. — Eu serei a médica.

— Certo — assinto, tentando esconder as dúvidas. — É... Suze... você já aplicou alguma injeção antes?

— Ah, sim. — Ela assente cheia de confiança. — Apliquei injeção numa ovelha. Venha! — Ela está prendendo a agulha na seringa. — Enrole a manga!

Uma ovelha?

— E aí, o que a gente faz com o frasco de sangue? — pergunto, tentando ganhar tempo.

— Mandamos para o laboratório — diz Suze, pegando o panfleto. — "Seus resultados serão enviados num pacote anônimo, discreto. Por favor, espere-os dentro de... — ela vira a página — ... aproximadamente dez a doze semanas."

O quê?

— Dez a doze semanas? — Pego o folheto na mão dela. — De que adianta? Até lá eu já *terei* o neném. —

Viro as páginas, tentando encontrar alguma "Opção de Entrega Expressa", mas não há. Por fim, desisto e me deixo cair num banco, desapontada. — Doze semanas. Nem adianta fazer!

Suze suspira e senta-se ao meu lado.

— Bex, você não leu nenhuma instrução antes de comprar esse teste? Não procurou saber como funcionava?

— Bem... não — admito. — Achei que seria como um teste de gravidez. Uma fita com uma linha azul e uma cor-de-rosa.

Teste idiota. E me custou quarenta libras. Que enganação! Quero dizer, eles acham que as grávidas ficam *tão* desesperadas assim para saber o sexo do neném? São só alguns meses para esperar, pelo amor de Deus. E isso nem importa. Desde que o bebê seja saudável, qual é a...

— Vamos fazer o teste do anel de novo? — Suze interrompe meus pensamentos. — Ver o que ele diz?

— Aaah! — levanto a cabeça, animada. — É, vamos.

Fazemos o teste cinco vezes, e decidimos que as chances são de 3 a 2 de ser um menino. Assim, fazemos uma grande lista de nomes de meninos, e Suze tenta me convencer a chamá-lo de Tarquin Wilfrid Susan. É. Acho que não.

Quando ela arruma todas as crianças, enche-as com um monte de cápsulas de óleo de peixe (para contra-atacar os efeitos imbecilizantes da TV) e vai embora, sinto-me bem melhor. Suze está certa, Luke e eu só precisamos passar um pouco mais de tempo juntos. E pensei num plano muito melhor do que levá-lo para almoçar. Quero dizer, ele tem almoços de negócios, chatos, o tempo todo. Quero algo diferente. Algo *romântico*.

 Assim, no dia seguinte, ligo do trabalho para a Food Hall e encomendo um cesto de piquenique com todas as comidas prediletas de Luke. Já verifiquei com Mel, sua secretária, e ele não tem nenhum compromisso marcado para a hora do almoço. (Não contei a ela por que estava perguntando, porque de jeito nenhum ela manteria em segredo.) Meu plano é surpreendê-lo e fazer um piquenique na sala dele, e vai ser uma coisa íntima e maravilhosa! Até mandei colocarem uma garrafa de champanhe, uma toalha xadrez e um candelabro de plástico, para "piquenique", da Homewares, só para criar um clima.

 Quando parto para o escritório de Luke na hora do almoço, estou me sentindo bem empolgada. Há séculos não fazemos nada espontâneo assim! Além disso, não vou à Brandon Communications há semanas, e estou ansiosa para ver todo mundo. Tem havido uma tremenda agitação na empresa desde que eles ganharam a conta do Arcodas. O Grupo Arcodas é tão gigantesco e tão diferente de todos os clientes da área financeira com quem eles lidam normalmente, que é o maior desafio que já enfrentaram. (Sei disso porque ajudo Luke a escrever seus discursos motivacionais.)

 Mas, afinal de contas, como seria a vida sem novas aventuras e novos sonhos? A Brandon Communications é a melhor do ramo, mais forte e mais dinâmica a cada ano; prosperando com novos empreendimentos. Juntos eles podem enfrentar qualquer desafio, encará-lo e vencê-lo. Como equipe. Como *família*. (Esta parte eu escrevi.)

Chego pouco antes da uma hora e ando de lado pelo saguão de mármore até Karen, a recepcionista. Ela está falando com sua colega Dawn, em voz baixa, e está toda vermelha e preocupada. Espero que não haja nada de errado.

— Não está certo — ouço-a dizer, em voz contida, enquanto me aproximo da mesa. — Não está certo. Ninguém deveria se comportar assim, sendo chefe ou não. Sei que sou antiquada...

— Não é — interrompe Dawn. — Isso é respeito pelos outros seres humanos.

— Respeito. — Karen assente vigorosamente. — Como *ela* está se sentindo, coitadinha...

— Você a viu? Desde... — Dawn pára de um jeito significativo.

Karen balança a cabeça.

— Ninguém viu.

Estou acompanhando a conversa com leve inquietação. Do que estão falando? Quem é "ela"?

— Oi! — digo, e as duas dão um pulo.

— Becky! Minha nossa! — Karen parece agitada ao me ver. — O que você... nós sabíamos que você viria hoje? — Ela começa a folhear os papéis sobre a mesa. — Dawn, está na agenda?

Na agenda? Desde quando tenho de marcar hora para ver meu marido?

— Só pensei em fazer uma surpresa para Luke. Ele está livre na hora do almoço, já verifiquei. Por isso pensei em fazer um belo piquenique na sala dele! — Aceno com a cabeça para o cesto pendurado no braço.

Estou esperando que elas digam: "Que idéia maravilhosa!", mas, em vez disso, Karen e Dawn parecem meio nervosas.

— Certo! — diz Karen finalmente. — Bem. Vamos só... ver se... — Ela aperta uns dois botões na mesa telefônica. — Olá, Mel? Aqui é Karen, da recepção. Estou com Becky aqui. Becky Brandon. Ela veio... fazer uma surpresa para Luke. — Há um silêncio bastante longo, durante o qual Karen ouve atentamente. — Sim. Sim. Farei isso. — Ela levanta a cabeça e sorri para mim. — Sente-se, Becky. Alguém vem falar com você logo.

Sentar? Alguém vem falar comigo? Que diabo *aconteceu* com elas?

— Por que eu não subo direto? — sugiro.

— Nós... não sabemos bem onde Luke está. — Karen definitivamente está sem graça. — Provavelmente é melhor você... — Ela pigarreia. — Adam vai descer logo.

Não acredito. Adam Farr é chefe de comunicações corporativas. É o cara que eles sempre chamam para situações complicadas. Luke diz que Adam é o especialista consumado em "manobrar" as pessoas.

Estou sendo manobrada. Por que estou sendo manobrada? O que está acontecendo?

— Sente-se, Becky! — diz Karen. Mas não me mexo.

— Não pude deixar de ouvir vocês antes — digo casualmente. — Há alguma coisa errada?

— Claro que não! — A resposta de Karen é rápida demais, como se estivesse esperando que eu perguntasse. — Nós estávamos falando sobre... uma coisa que passou na TV ontem à noite. Não foi, Dawn?

Dawn está assentindo, mas seus olhos estão agitados.

— E você? — pergunta Karen. — Está bem, não é, Becky?

Tento pensar numa resposta natural, amigável — mas como posso? Toda essa conversa é falsa. Neste momento, a porta do elevador se abre, e Adam Farr sai.

— Rebecca! — Ele está com seu sorriso corporativo e enfiando um BlackBerry no bolso. — Que prazer em vê-la!

Esse cara pode ser o melhor embromador da empresa. Mas *não* vai me enganar.

— Oi, Adam — digo quase bruscamente. — Luke está por aí?

— Está acabando uma reunião — responde Adam, sem perder o pique. — Vamos subir e tomar um café, sei que todo mundo vai ficar empolgado em saber que você veio.

— Que reunião? — interrompo, e juro que vejo Adam se encolher.

— Sobre finanças — diz ele, depois de uma pausa infinitesimal. — Acho que é muito chata. Vamos?

Adam me leva até o elevador e subimos por um tempo em silêncio. Agora que estou ao lado dele, detecto sinais de tensão, por baixo dos modos profissionais e confiantes. Está com olheiras e fica batendo as pontas dos dedos juntas no mesmo padrão ritmado, como um tique nervoso.

— Então... como anda a vida? — pergunto. — Vocês devem estar mesmo ocupados, com a expansão e tudo o mais.

— Sem dúvida. — Ele assente.

— E é divertido trabalhar em todos esses projetos diferentes do Arcodas?

Silêncio. Dá para ver que os dedos de Adam estão batendo mais depressa e com mais força.

— Claro — diz ele por fim, e assente outra vez. A porta do elevador se abre, e ele me leva para fora antes que eu possa falar mais alguma coisa.

Alguns funcionários da Brandon Communications estão parados ali, esperando os elevadores, e eu sorrio e digo "Oi!" para os rostos que conheço — mas ninguém sorri de volta. Pelo menos não um sorriso genuíno. Todo mundo parece pasmo ao me ver, e há alguns dentes aparecendo falsamente, e umas duas pessoas dizem "Oi, Becky" e depois baixam os olhos, sem jeito. Mas ninguém pára para falar. Nem pergunta sobre o neném.

Por que todo mundo está tão *esquisito*? Perto do bebedouro, até vejo duas garotas conversando em voz baixa e me olhando quando acham que não estou vendo.

Meu estômago começa a se revirar. Ah, meu Deus. Será que andei sendo totalmente ingênua? O que eles sabem? O que eles viram? Uma visão súbita me chega, de Luke levando Venetia pelo corredor até sua sala, fechando a porta e dizendo: "Por favor, não nos incomodem durante uma hora..."

— Becky! — A voz ressoante de Luke me faz dar um pulo. — Você está bem? O que está fazendo aqui?

— Ele vem na minha direção pelo corredor, flanqueado por seu segundo no comando, de um lado, e um cara que não conheço, do outro, com um bocado de pessoas vindo atrás. Todos parecem bastante estressados.

— Estou bem! — respondo, tentando parecer animada. — Só pensei... em fazermos um piquenique na sua sala.

Agora que digo, na frente de todos os funcionários, parece uma coisa realmente idiota. Estou me sentindo como Pollyanna, estendendo o cesto de vime idiota. Há até uma fita cor-de-rosa amarrada na alça, que eu deveria ter arrancado.

— Becky, eu tenho uma reunião. — Luke balança a cabeça. — Sinto muito.

— Mas Mel disse que você não tinha nada marcado! — Minha voz está mais aguda do que eu pretendia. — Disse que você estaria livre!

Gary e os outros se entreolham e se afastam, deixando Luke e eu sozinhos. Minhas bochechas estão pinicando de humilhação. Por que eu deveria me sentir tão idiota, e na frente de todo mundo, só porque vim ver meu marido?

— Luke, o que está acontecendo? — As palavras jorram antes que eu possa impedir. — Todo mundo está me olhando de modo esquisito. Você mandou Adam lá embaixo para me "manobrar". Há algo errado, eu sei que há!

— Becky, ninguém está *manobrando* você — responde Luke, paciente. — Ninguém está olhando esquisito para você.

— Está sim! É como no *Invasores de corpos*! Ninguém nem *sorri* mais para mim! Todo mundo parece tão tenso e estressado...

— Eles estão preocupados, só isso. — Apesar de seu verniz de tranqüilidade, Luke parece abalado. — Estamos todos trabalhando muito duro neste momento, inclusive eu. Realmente preciso ir. — Ele me beija. — Faremos o piquenique em casa, certo? Adam vai chamar um carro para você.

E, no minuto seguinte, ele desapareceu no elevador, me deixando sozinha com o cesto e pensamentos que saltam, inquietos.

Uma reunião. Que reunião? Por que Mel não sabia sobre ela?

Agora estou visualizando-o correndo para um restaurante onde Venetia espera, aninhando uma taça de vinho, enquanto todos os garçons olham, admirando. Ela se levanta, e os dois se beijam, e ele diz: "Desculpe o atraso, minha mulher apareceu..."

Não. Pára com isso. *Pára*, Becky.

Mas não consigo. Os pensamentos se empilham na minha cabeça, mais densos e mais rápidos, como uma tempestade de neve. Eles estão se encontrando em todos os horários de almoço. Todos os funcionários de Luke sabem. Por isso Karen e Dawn estavam tão sem graça, por isso tentaram se livrar de mim...

O outro elevador está esperando com as portas abertas, e num impulso eu entro. Chego ao térreo e ando o mais rapidamente que posso, saindo do saguão, ignorando os chamados de Karen e Dawn, bem a tempo de ver Luke sendo levado pelo motorista da empresa no Mercedes. Freneticamente chamo um táxi, entro e largo o cesto no banco.

— Para onde, querida? — pergunta o motorista.

Bato a porta e me inclino para a frente.

— Está vendo aquele Mercedes lá na frente? — engulo em seco. — Siga-o.

Não acredito que estou fazendo isso. Estou seguindo Luke pelas ruas de Londres. Enquanto vamos pela Fleet Street com o Mercedes à vista, sinto que estou em algum tipo de filme. Até me pego olhando pelo vidro traseiro para ver se não há bandidos em perseguição.

— É seu namorado, é? — pergunta subitamente o motorista, num forte sotaque do sul de Londres.

— Marido.

— Foi o que pensei. Tem outra mulher, é?

Sinto uma pontada horrível no peito. Como ele sabia? Será que estou parecendo a esposa enganada?

— Não sei — admito. — Talvez. É o que quero descobrir.

Recosto-me no banco e vejo um punhado de turistas acompanhando um guia pela rua. Então me ocorre que este motorista de táxi deve ser um total especialista em pessoas seguindo o companheiro para comprovar adultério. Ele provavelmente as leva o tempo todo! Num impulso, inclino-me para a frente e deslizo a divisória.

— O senhor acha que eu deveria confrontá-lo? O que a maioria das pessoas faz?

— Depende. — Chegamos a uma área engarrafada, e o motorista se vira para me encarar. Tem rosto comprido como um cão farejador, olhos tristes. — Depende se você quer ter um casamento aberto e honesto.

— Quero! — exclamo.

— É justo. O risco é que, se escancarar, você pode jogá-lo nos braços da outra.

— Certo — digo, em dúvida. — Então... qual é a outra opção?

— Fingir-se de cega e viver uma farsa durante o resto da vida.

Nenhuma opção parece fantástica.

Agora estamos seguindo pela Oxford Street, progredindo lentamente em meio a todos os ônibus e pedestres. Estou esticando o pescoço, examinando a rua à frente — quando, de repente, vejo o Mercedes de Luke virando numa rua lateral.

— Ali! Eu vi! Ele foi por ali!

— Eu vi.

O motorista muda habilmente de pista e, alguns instantes depois, vamos entrando na mesma rua lateral. O Mercedes está no fim, virando a esquina.

Minhas mãos estão começando a suar. Quase pareceu um jogo quando chamei o táxi. Mas agora isto é sério. Em algum momento, o carro dele vai parar, ele vai sair e... e aí, o que vou fazer?

Estamos circulando pelas ruas estreitas do Soho. É um dia luminoso e frio de outono, e algumas pessoas corajosas estão sentadas nos cafés de calçada, aninhando xícaras. De repente, o motorista sinaliza com força e pára atrás de um furgão.

— Eles estão parando.

Olho, sem fôlego, o Mercedes parar do outro lado da rua. O motorista abre a porta do carona, e Luke sai, sem sequer olhar na nossa direção. Consulta um pedaço de papel — depois entra por uma porta de aparência pouco salubre. Toca uma campainha e, um instante depois, abrem a porta e ele entra.

Meu olhar sobe até uma placa velha, pendurada numa janela do primeiro andar: QUARTOS.

Quartos? Luke alugou *quartos*?

Sinto como se algo estivesse me apertando o peito com força. Algo *está* acontecendo. Venetia está lá em cima. Está esperando por ele com um baby-doll com acabamento em pele.

Mas por que num quarto sujo do Soho? Por que não no Four Seasons, pelo amor de Deus?

Porque ele seria visto. Ele veio aqui porque esse lugar fica fora do caminho. Tudo faz sentido...

— Querida? — Através de uma névoa, percebo que o motorista está falando comigo.

— Sim? — consigo responder.

— Quer ficar aqui sentada e esperar?

— Não! — Pego o cesto de piquenique e abro a porta. — Obrigada. Eu... pode deixar comigo. Muito obrigada.

— Espere um momento. — Ele sai e oferece a mão para me ajudar a descer do táxi. Remexo na bolsa e lhe dou um maço de dinheiro sem nem mesmo contar. O motorista suspira, pega algumas notas e me entrega o resto.

— Não está acostumada com esse jogo, não é, querida?

— Na verdade, não.

— Você precisa de mais ajuda... — Ele enfia a mão no bolso e pega um cartão de visitas cinza. — Meu irmão Lou. Faz um bocado de trabalho para advogados de divórcios. Talvez você queira arranjar um. Para garantir que você e a criança fiquem bem.

— Certo. Obrigada. — Guardo o cartão, praticamente sem perceber o que estou fazendo.

— Boa sorte, querida. — O motorista volta ao carro, ainda balançando a cabeça, e vai embora.

Estou parada diante do prédio com a placa "Quartos". Eu poderia tocar a campainha para ver o que acontece.

Não. E se ela atendesse?

Minhas pernas estão subitamente bambas. Preciso me sentar. O térreo do prédio é uma gráfica, e eu me pego entrando e afundando numa cadeira. O que vou fazer? O quê?

— Olá! — Uma voz me faz dar um pulo, e eu me viro, vendo um homem animado, com camisa listrada de mangas curtas. — Está interessada em imprimir alguma coisa? Temos uma oferta especial para cartões de visitas. Veludo, laminado, texturizado...

— Ah... obrigada. — Assinto, tentando me livrar dele.

— Aí está! — O homem me entrega um livro de amostras e eu começo a folhear, sem ver. Talvez eu devesse subir e... e entrar de supetão. Mas e se realmente encontrar os dois juntos?

Estou virando as páginas cada vez mais febrilmente. Não consigo acreditar que isto esteja acontecendo. Não acredito que estou aqui, no meio do Soho, imaginando se meu marido está lá em cima com outra mulher.

— Aqui está o nosso formulário. Se a senhora preencher... — O homem voltou com uma prancheta e uma caneta, que estende para mim. No piloto automático, pego e escrevo "Bloom S/A", em cima.

— Que tipo de empresa é a sua? — pergunta o homem, puxando conversa.

— Ah... de janelas de vidros duplos.

— Janelas de vidros duplos! — O homem franze a testa, pensativo. — Eu sugeriria um belo cartão laminado, branco, com borda. Com o endereço aqui e o lema da empresa aqui... vocês têm um lema?

— "Para... para todas as suas necessidades vítreas" — ouço-me dizendo. — Londres, Paris, Dubai.

Não faço idéia do que estou dizendo. As palavras simplesmente me saem da boca.

— Dubai! — O homem parece impressionado. — Aposto que há um bocado de janelas por lá.

— Há, sim. — Confirmo com a cabeça. — É a capital das janelas no mundo.

— Ora, eu *nunca* soube disso! — está dizendo o homem, cheio de interesse, quando me enrijeço.

Acabei de ouvir um barulho tipo passos trovejantes. Alguém está descendo a escada.

Luke. Tem de ser.

Só que... foi meio rapidinho, não foi?

— É... muito obrigada! Vou pensar a respeito... — Empurro a prancheta de volta para o homem e saio correndo da loja para a rua. Na minha frente, a porta marrom está se abrindo lentamente, e eu me escondo depressa atrás de uma árvore pequena.

Todo o meu corpo está retesado de pavor. O sangue corre nas orelhas. Fique calma. O que quer que aconteça, com quem quer que ele esteja...

A porta se abre — e Luke sai, seguido de dois homens de terno.

— Vamos discutir isso no almoço — está dizendo ele.

— Há alguns clientes que acho que podem se beneficiar dessa abordagem.

Ele não está com Venetia. *Ele não está com Venetia!*

Sinto vontade de dançar na calçada. O alívio jorra através de mim. *Como* pude pensar que ele estaria aprontando alguma? Sou tão paranóica! Tão idiota! Vou para casa e, a partir de agora, vou confiar totalmente...

— Sra. Bloom?

O cara da gráfica saiu e está me olhando, abrigando os olhos do sol. Droga. Talvez esta árvore não tenha sido um esconderijo muito bom. Esqueci que a barriga iria se projetar.

— *Becky?* — Luke gira e me olha, perplexo. — É você?

Sinto as bochechas ficando cor de beterraba quando os três homens me olham.

— Ah... oi! — digo, animada.

— Montei uma sugestão daquele cartão de visita, quer ver? — O homem da gráfica está avançando em minha direção.

— Becky, o que está fazendo aqui? — Luke está vindo para a árvore.

— Só... umas compras! Que coincidência!

— Como disse, Sra. Bloom, recomendo um acabamento laminado. — O homem da gráfica *ainda* está falando, porcaria. — Mas é mais caro, por isso coloquei uma lista de opções para a senhora.

— Obrigada! Na verdade, meu marido está aqui, de modo que... mais tarde falo com o senhor.

— Ah! — O cara da gráfica sorri para Luke. — Prazer em conhecê-lo. O senhor também trabalha com janelas de vidro duplo?

— Não, não trabalha — interrompo-o desesperadamente. — Muito obrigada. Tchau!

Por fim, para meu alívio, o sujeito da gráfica recua para a sua porta e há uma pequena pausa, cheia de curiosidade.

— Trabalho com janelas de vidro duplo? — diz Luke finalmente.

— Ele... se confundiu... com alguma coisa. — Enfio o projeto de cartão na bolsa. — E então, o que *você* está fazendo aqui?

— Uma reunião com alguns possíveis treinadores de mídia para a empresa. — Luke continua perplexo.

— Deixe-me apresentar Nigel e Richard. Minha mulher, Becky.

— Muito prazer em conhecê-la, Becky — diz Nigel, segurando minha mão. — Foi você que identificou a necessidade de treinamento para mídia, pelo que soubemos. Luke disse que você não ficou impressionada com o desempenho do cliente dele.

— Ah, certo! — sinto uma pequena empolgação. Não sabia que Luke havia aceitado meu conselho, quanto mais que teria contado sobre ele a outras pessoas.

— Desculpe nosso escritório pouco salubre — intervém o outro homem. — Acabamos de nos mudar.

— Eu nem havia notado! — digo, com um risinho agudo. — De qualquer modo, preciso ir. Só estava de passagem...

— Tenha uma boa tarde. — Luke me beija.

— Terei. — Seguro seu braço por um momento. — E será que podemos fazer o piquenique mais tarde?

Luke se encolhe.

— Não, sinto muito. Eu deveria ter dito, vou voltar tarde esta noite. Jantar com cliente novo.

— Ah. — Não consigo evitar um desapontamento. Mas negócio novo é negócio novo. — Bem, não faz mal Quem é o cliente?

— Venetia.

Meu sorriso congela.

— *Venetia*?

— Venetia Carter. — Luke está explicando aos outros. — Sabe, a obstetra celebridade? Sua antiga agência de divulgação não estava dando certo, pelo que parece.

Venetia vai contratar a Brandon Communications? Não acredito.

— Quem vai ao jantar?

— Só eu e ela. — Luke dá de ombros. — Vou cuidar da conta dela, já que somos velhos amigos.

— Então... então você vai ter reuniões com ela e tudo o mais? — Enxugo o lábio superior, que está úmido.

— Essa é a idéia geral, Becky. — Luke ergue a sobrancelha interrogativamente. — Vou mandar lembranças suas, certo?

— Claro! — consigo dar um sorriso. — Faça isso!

Tudo bem, de modo que talvez eu tenha entendido as coisas um pouquinho errado hoje. Mas não há dúvida. Ela está a fim de Luke. Sei disso, no fundo do coração, assim como sei que comprar a blusa laranja no eBay foi um erro.

Venetia está partindo para cima do meu marido. E eu tenho de impedir.

Prendergast de Witt Connell
Conselheiros de Finanças

RESUMO DE INVESTIMENTO

<u>CLIENTE:</u> "BEBÊ BRANDON"

RESUMO ATÉ 24 DE OUTUBRO DE 2003

Fundo A: "Carteira de Luke"

Investimentos até hoje:

Fundo de Ouro Wetherby's 20%
Fundo de Crescimento Somerset European 20%
Fundo Acumulador Start Right 30%

O restante ainda não foi investido

Fundo B: "Carteira de Becky"

Investimentos até hoje:

Ouro (colar Tiffany, anel) 10%
Cobre (pulseira) 5%
Ações do Primeiro Banco Mútuo de Bangladesh 10%
Ações da chicbolsasonline.com 10%
Casaco vintage Dior 5%
Garrafa de champanhe de 1964 5%
Participação no cavalo de corridas "Baby Vai Fundo" 5%
Óculos escuros "usados por Grace Kelly" 1%

O restante ainda não foi investido

Onze

Decidi: vou falar com Luke. Vou ser madura, adulta e simplesmente encarar isso. Assim, com decisão total, sento-me na cama até ele chegar em casa à noite. É bem mais de meia-noite quando a porta se abre, e ele cheira a fumaça, bebida e... ah, meu Deus. Allure.

Tudo bem. Não entre em pânico. Só porque ele está cheirando a Allure isso não prova nada.

— Oi! Como foi o jantar? — Certifico-me de parecer amigável e encorajadora, e não uma mulher ciumenta de novela de TV.

— Foi ótimo. — Luke tira o paletó. — Venetia é brilhante. Muito ligada.

— É, aposto que sim. — Torço as mãos embaixo do edredom, onde ele não pode vê-las. — E o que vocês conversaram? Afora o trabalho.

— Ah, não sei. — Luke está afrouxando a gravata. — Arte... livros...

— Você nunca lê livros! — digo, antes de conseguir me impedir. É verdade. Ele não lê, a não ser livros tipo "Como administrar seu magnífico império empresarial".

— Talvez não — responde ele, lançando-me um olhar torto. — Mas lia.

O que isso quer dizer? Antes de me conhecer? Então agora é minha culpa ele não ler livros, é?

— E o que mais vocês conversaram? — insisto.

— Becky, honestamente, não lembro.

Seu telefone toca com uma mensagem de texto, e ele lê. Sorri, digita algo de volta e volta a se despir. Estou olhando com descrença e raiva crescentes. Como ele pode fazer isso? Na minha *frente*?

— Era em latim? — pergunto, antes que possa me conter.

— O quê? — Luke gira, as mãos ainda segurando as mangas da camisa.

— Por acaso eu vi... — hesito. E paro. Merda. Não vou mais fingir. Respiro fundo e olho para Luke, de frente.
— Ela manda textos em latim para você, não é? É o código secreto dos dois?

— O que você está falando? — Luke dá um passo adiante, franzindo a testa. — Você andou lendo minhas mensagens?

— Sou sua mulher! Sobre o que são os textos que ela manda, Luke? — Minha voz está subindo de volume, magoada. — Livros em latim? Ou... outras coisas?

— Como é? — Ele parece perplexo.

— Você sabe que ela está dando em cima de você, não sabe?

— O quê? — Luke dá um riso curto. — Becky, sei que você tem uma imaginação fértil, mas realmente...
— Ele tira a camisa e joga no cesto de roupa suja.

— Ela vem dando em cima de você! — Estou inclinada para a frente, agitada. — Você não vê? Ela é uma destruidora de lares! É isso que ela faz...
— Ela não está a fim de mim! — interrompe Luke. — Para ser honesto, Becky, estou chocado. Nunca pensei que você fosse possessiva. Eu certamente tenho permissão para ter alguns amigos, pelo amor de Deus. Só porque, por acaso, ela é mulher...
— Não é *isso* — interrompo, cheia de escárnio.
É porque ela foi namorada dele e tem cabelos ruivos, fartos e compridos. Mas não direi isso.
— É que... — me atrapalho. — É que... nós somos *casados*, Luke. Deveríamos compartilhar tudo. Não deveríamos ter nada separados. Eu sou um livro aberto! Olhe o meu telefone! — faço gestos largos. — Olhe em minhas gavetas! Eu não tenho nenhum segredo! Ande, olhe!
— Becky, está ficando tarde. — Luke esfrega o rosto. — Será que poderíamos fazer isso amanhã?
Encaro-o, indignada. O que ele quer dizer com "fazer isso amanhã"? Não estamos jogando Banco Imobiliário, estamos tendo uma discussão crucial sobre o estado do nosso casamento.
— Ande! Olhe!
— Certo. — Luke levanta as mãos em rendição e vai até minha cômoda.
— Não tenho nenhum segredo para você! Pode olhar onde quiser, fuçar o quanto quiser... — paro subitamente.
Merda. O Kit de Previsão de Sexo. Está na gaveta de cima, à esquerda.

— É... menos aquela gaveta — exclamo depressa. — Não toque na gaveta de cima à esquerda.

Luke pára.

— Não posso tocar naquela gaveta?

— Não. É... uma surpresa. Ou a sacola da Harrods na cadeira — acrescento depressa. Não quero que ele veja a nota do novo umidificador de alta tecnologia. Eu mesma quase morri ao ver o preço.

— Mais alguma coisa? — pergunta Luke.

— Ah... umas coisinhas no guarda-roupa. Presentes de aniversário que eu já comprei para você — acrescento, em desafio.

Há silêncio no quarto. Não sei bem o que Luke está pensando. Por fim ele se vira, o rosto trabalhando de modo estranho.

— Então nosso casamento é um livro aberto, completamente honesto, a não ser por aquela gaveta, esta sacola da Harrods e os fundos do armário?

Sinto que minha posição moral não é tão forte quanto antes.

— A questão é... — Olho ao redor. — A questão é que eu não estive fora a noite toda com outra pessoa, fazendo Deus sabe o quê!

Ah, meu Deus. Estou parecendo exatamente uma mulher chorona numa novela de TV.

— Becky. — Luke suspira e senta-se na cama. — Venetia não é "outra pessoa". É uma cliente. É uma amiga. Ela gostaria de ser *sua* amiga.

Viro-me para o outro lado, franzindo o edredom num pequeno leque.

— Só não entendo qual é o seu problema. Foi você que quis se consultar com Venetia!

— É, mas...

Não posso dizer exatamente: "Mas eu não sabia que ela era uma ladra de maridos."

— Ela vai fazer o parto do nosso filho daqui a algumas semanas! Você deveria estar conhecendo-a. Sentindo-se à vontade com ela!

Não quero que ela faça o parto do neném.

— E, quanto a isso... — Luke se levanta. — Venetia perguntou se poderíamos fazer uma consulta amanhã. Ela não vê você há um tempo e está se sentindo mal em relação a isso. Eu disse que nós dois iríamos. Certo? — Ele entra no banheiro.

— Ótimo — respondo, a voz monótona, e afundo de novo nos travesseiros com um grande suspiro. Minha cabeça está girando com pensamentos confusos. Talvez eu *esteja* sendo pouco razoável e paranóica. Talvez ela não esteja dando em cima de Luke.

E ela é praticamente a melhor obstetra do mundo. Certo, vou fazer um esforço verdadeiro, verdadeiro mesmo, para ver se podemos ser amigas.

Quando chegamos ao Centro Holístico de Maternidade na sexta-feira, os paparazzi estão com força total, e dá para ver por quê. A Bond *girl* e o novo rosto da Lancôme estão posando juntas na escada, ambas com calças maneiras, de cintura baixa, e blusas apertadas que acentuam as barrigas adolescentes.

— Becky, devagar! — Luke me chama enquanto corro para me juntar a elas. Mas, quando chego, elas já passaram pela porta. Paro esperançosa nos degraus, mas nenhuma lente aponta para mim. Na verdade, os fotógrafos estão todos se afastando, o que é bem insultuoso. É de pensar que eles tirariam uma foto só para serem educados.

Lá dentro, a Bond girl está à minha frente, junto à mesa de recepção, e posso ouvir a recepcionista dizendo:

— E você recebeu seu convite para o chá no Savoy? Precisamos mandar um carro?

— Não, obrigada — diz a Bond girl, assentindo para a modelo da Lancôme. — Lula e eu vamos juntas.

Meu coração falha uma batida. Chá no Savoy? Nunca recebi nenhum convite para tomar chá no Savoy. Talvez me dêem agora! Chego junto à recepcionista com um sorriso de expectativa, já pegando minha agenda para verificar a data. Mas ela não entrega nenhum convite.

— Sente-se, Sra. Brandon — ela sorri de volta. — Venetia vai recebê-la daqui a pouco.

— É... há mais alguma coisa? — Demoro-me junto à mesa. — Alguma coisa que eu deveria... ter?

— A senhora trouxe uma amostra de urina? — A recepcionista sorri. — É só disso que precisa.

Não era disso que eu estava falando. Espero mais alguns segundos só para garantir — e finalmente vou até a área de espera, tentando esconder a frustração. Ela não me convidou. Todas as celebridades vão tomar chá juntas, trocando histórias de gravidez e perguntando umas às outras onde compram seus vestidos para as estréias, e eu estarei em casa, sozinha.

— Becky? — Luke está me olhando perplexo. — O que houve?

— Nada. — Sinto meu lábio inferior tremendo. — É só que ela não me convidou para o chá. Todas vão ao Savoy. Todas elas! Sem mim.

— Becky, você não *sabe* se vai haver um chá no Savoy. Tenho certeza... quero dizer... — Luke pára, obviamente perdido. — Olha, mesmo que tivesse, isso importa? Você não vai ao médico por causa dos chás.

Abro a boca. E fecho de novo.

— Becky? — uma voz melodiosa ressoa. — Luke?

Ah, meu Deus. É ela.

Não vejo Venetia há semanas. Para ser honesta, ela meio que se alterou na minha mente. Visualizei-a mais alta, com cabelos mais compridos, mais de feiticeira, olhos verdes relampejantes e umas... tipo presas. Mas aqui está ela, magra e bonita, vestida com uma blusa preta chique, de gola rulê, e sorrindo como se eu fosse sua melhor amiga.

— Que ótimo ver você! — Ela me beija. — Peço desculpas, andei negligenciando você de modo *vergonhoso*. — Quando ela diz isso, olha para Luke como se estivessem tendo alguma conversa particular.

Ou será que estou sendo paranóica?

— Venham! — Ela nos leva para sua sala, e todos nos sentamos. — E então, Becky? — Venetia abre a ficha. — Como está se sentindo?

— Bem. Obrigada.

— O bebê está se mexendo bem?

— Está, o tempo todo. — Ponho a mão na barriga, onde, claro, ele foi dormir.

— Bem, vamos sentir. — Ela indica a maca, e eu vou e subo enquanto Venetia lava as mãos.

— Eu ouvi alguma coisa sobre um chá, lá fora, Ven? — pergunta Luke, em tom tranqüilo. — Grande idéia de publicidade. — Encaro-o, atônita, e ele pisca.

Algumas vezes eu realmente *amo* Luke.

— Ah. — Venetia parece sem graça. — Isso mesmo. É para as pacientes num estágio ligeiramente mais avançado que o seu, Becky. Mas é claro que você está na lista do próximo!

Ela está mentindo *tanto*! Eu não estava naquela lista. Quando suas mãos se movem sobre minha barriga, não consigo relaxar. Estou olhando as mãos: magras e brancas com um enorme anel de diamante no anular da mão direita. Quem terá dado?

— É um bebê de bom tamanho. No momento está sentado, o que significa que a cabeça está perto das suas costelas... — Venetia está franzindo a testa, concentrada, enquanto sente o bebê. — Se continuar nessa posição, teremos de discutir suas opções para o parto, mas ainda é cedo. — Ela olha para as anotações. — Você só está com 32 semanas. Tem bastante tempo para o bebê se virar. Agora vamos ouvir o coração... — Ela pega o Doppler, espreme gel na minha barriga e encosta o aparelho na pele. Um instante depois, o coração está fazendo "uau-uau-uau" pela sala.

— Batidas fortes, boas. — Venetia assente para mim, e eu assinto de volta do melhor modo que posso, estando deitada. Por alguns instantes, nós três só ouvimos as batidas regulares e turvas. É tão estranho! Cá estamos, todos hipnotizados pelo som; e o bebê não faz idéia de que estamos ouvindo.

— Esse é o seu filho. — Venetia encara Luke. — Incrível, não é? — Ela se inclina e ajeita a gravata dele. E sinto uma pontada de ressentimento. Como ela ousa fazer isso? Este é o *nosso* momento. E todo mundo sabe que a mulher é que ajeita a gravata.

— E então, Venetia — digo educadamente enquanto ela desliga o Doppler. — Fiquei triste quando soube que você terminou com seu namorado.

— Ah, bem. — Venetia abre as mãos. — Algumas coisas não estão destinadas a ser. — Ela dá um sorriso doce. — Como vai sua saúde, em termos gerais, Becky? Alguma dor? Azia? Hemorróidas?

Não acredito. Ela está *deliberadamente* escolhendo todos os males menos sensuais.

— Não, obrigada — respondo, com firmeza. — Estou me sentindo ótima.

— Então você tem sorte. — Venetia indica para nos sentarmos de novo. — Perto do fim da gravidez, você vai descobrir que seu corpo vai começar a sentir realmente o esforço. Você pode ter espinhas... varizes... o sexo obviamente será difícil, se não impossível...

Aaah. Ela é uma mesmo uma vaca.

— Ainda é cedo. — O sorriso agradável de Venetia não se abala. — Muitas pacientes minhas perdem a libido de vez antes do parto. E, claro, infelizmente alguns homens acham a nova forma da companheira pouco... *atraente*...

Pouco atraente? Ela acabou de dizer que sou pouco atraente?

Ela enrola um aparelho de pressão no meu braço e franze a testa enquanto a borracha se infla.

— Sua pressão está muito mais alta, Becky.

Não fico nem um pouco surpresa! Olho para Luke, mas ele parece não suspeitar de nada.

— Querida, você deveria falar daquela dor na perna — diz ele. — Lembra, na outra noite?

— Dor na perna? — Venetia levanta os olhos, alerta.

— Não foi nada — digo rapidamente. — Só uma pontada.

Usei meus novos Manolos salto doze o dia inteiro no trabalho, na semana passada. O que talvez tenha sido um erro, já que, quando cheguei em casa, mal podia andar, e pedi para Luke massagear o músculo da batata da perna.

— Você deveria verificar, mesmo assim. — Luke aperta minha mão. — Todo cuidado é pouco.

— Sem dúvida! — Venetia empurra a cadeira para trás. — Vamos examinar, certo, Becky? Suba de novo na maca.

Não gosto daquele brilho no olho dela. Com relutância, tiro as meias de Lycra e subo na maca.

— Hmm. — Venetia segura minha perna, olha, depois esfrega a mão nela. — Acho que posso sentir o início de uma variz.

Olho para minha pele lisa, horrorizada. Ela está mentindo. Não há nem uma sugestão de variz.

— Não vejo nada aí — digo, tentando permanecer calma.

— Para você, pode parecer invisível, mas eu detecto essas coisas bem cedo. — Venetia dá um tapinha no meu ombro. — O que eu recomendo, Becky, é você usar uma daquelas meias cirúrgicas, elásticas, de agora em diante. — Ela pega um pacote na mesa e tira um par de algo que parece meias brancas e compridas, de malha. — Calce.

— Não vou calçar isso! — Encolho-me, horrorizada. Mal consigo me obrigar a tocá-las, quanto mais usar. São as coisas mais repulsivas que já vi.

— Becky, querida. — Luke se inclina para a frente. — Se Venetia diz que você deve usar...

— Tenho certeza que não tenho varizes! — Minha voz está ficando mais aguda. — Luke, foram os *sapatos*, lembra?

— Ah — cantarola Venetia. — Talvez você tenha razão. Deixe-me ver o que você está usando.

Ela examina meus novos sapatos plataforma e balança a cabeça, triste.

— Realmente isso não é adequado para a gravidez avançada. Tome, experimente estes. — Ela procura na gaveta de baixo da mesa e pega um par de medonhas sandálias de borracha marrons. — São uma amostra ortopédica. Gostaria de saber o que você acha.

Encaro-as, consternada.

— Em vez das meias elásticas?

— Ah, não! — Ela sorri. — Acho que você deveria usar as meias elásticas também. Só para garantir.

Vaca. *Vaca*.

— Calce, querida — diz Luke, encorajando com a cabeça. — Venetia só está pensando na sua saúde.

Não está, não!, quero gritar. *Você não vê o que ela está fazendo?*

Mas não posso. Não há saída. Os dois estão me olhando. Terei de fazer isso.

Sentindo enjôo, calço lentamente uma das meias cirúrgicas, depois a outra.

— Puxe bem para cima! — diz Venetia. — Isso, acima das coxas. — Afasto os sapatos e pego as sandálias horríveis. Depois pego minha nova bolsa Marc Jacobs enorme (amarelo-clara, totalmente estupenda) para enfiar os sapatos dentro.

— Esta é a sua bolsa? — Os olhos brilhantes de Venetia se iluminam, e sinto um aperto de pavor. A bolsa, não. Por favor, a bolsa, não.

— Isso é pesado *demais* para uma grávida! — diz ela, pegando-a e sopesando-a, com a testa franzida. — Sabe o dano que você pode causar à coluna? Sabe, eu trabalhei durante um ano com uma fisioterapeuta — acrescenta para Luke. — Os danos que ela presenciou, em pessoas que andavam por aí usando bolsas de tamanho absurdo!

— As bolsas grandes estão na moda — digo, tensa.

— Moda! — Venetia dá seu riso prateado. — A moda é ruim para a sua saúde. Experimente isso, Becky. Minha fisioterapeuta fornece. — Ela abre um armário e pega uma pochete feita de pano cáqui. — É muito mais ergonômica para as costas. Você pode até esconder embaixo da camiseta, para segurança...

— Fantástico! — diz Luke, pegando minha Marc Jacobs com Venetia e colocando-a no chão, onde não posso alcançá-la. — Venetia, é muita gentileza sua.

Gentileza? Ele não faz idéia do que está acontecendo aqui. Nenhuma.

— Vamos, Becky! — Venetia é como um gato brincando com um camundongo meio morto, adorando o sofrimento. — Veja se cabe.

Com mãos trêmulas, prendo o cinco cáqui na cintura, aperto o fecho e deixo a camiseta cair. Quando me viro, capto um vislumbre de mim mesma no espelho de corpo inteiro, na parte de trás da porta.

Quero chorar. Pareço um monstro grotesco. Minhas pernas são dois troncos de árvore brancos, bulbosos. Meus pés parecem de uma avó. Tenho uma barriga na frente *e* outra atrás.

— Você está ótima, Becky! — Venetia montou na mesa e está fazendo um alongamento ágil, tipo ioga, que mostra seus braços compridos e em forma. — Então, Luke, aquele encontro que tivemos foi maravilhoso. Fiquei realmente interessada nas suas idéias sobre links na internet...

Arrasada, arrasto os pés até a cadeira e espero que eles terminem de falar sobre o perfil empresarial de Venetia. Mas agora eles passaram a falar da brochura e se ela poderia ser melhorada.

— Ah, desculpe, Becky! — De repente, Venetia parece me notar. — Isso deve ser realmente chato. Bem, a consulta já terminou, de modo que, se não quiser ficar...

— Você não vai se encontrar com Suze e Jess para o almoço? — Luke ergue os olhos. — Por que não vai? Só quero recapitular algumas coisas com Venetia.

— Bem, certo — digo finalmente. — Eu vou.

— Certifique-se de pegar o que você precisa — diz Venetia, indicando minha Marc Jacobs. — E não quero ouvir dizer que você andou usando essa bolsa! — Ela balança o dedo para mim.

Quero dar um *tiro* nela. Mas não há sentido em discutir, Luke vai ficar do lado de Venetia. Em silêncio, pego a carteira, o telefone, as chaves e alguns itens essenciais de maquiagem. Coloco na pochete cáqui e fecho-a.

— Tchau, querida. — Luke me beija. — Ligo para você depois.

— Tchau. Tchau, Venetia. — Mal consigo encará-la. Saio da sala e sigo pelo corredor.

Junto à mesa da recepção há uma loura empolgada, com uma barriga minúscula, dizendo:

— Estou tão emocionada porque consegui uma vaga com Venetia!

É, agora está, penso selvagemente. Até ela fazer você parecer um *monstro* na frente do seu marido.

Estou quase na porta quando uma lembrança súbita me faz parar. O telefone de Luke tocou hoje cedo enquanto ele estava no banheiro, e eu atendi. E *não* foi porque sou possessiva e cheia de suspeitas, mas porque...

Bem, certo. Achei que poderia ser Venetia. Mas não era: era John, da Brandon Communications, e eu não disse a Luke para ligar para ele. É melhor avisar.

Volto pela recepção, tentando ignorar os olhares curiosos da loura e seu marido. Essas porcarias de meias vão sumir assim que eu sair daqui.

Uma mulher com uniforme azul de enfermeira está à minha frente no corredor, e, enquanto vou andando, ela pára junto à porta de Venetia. Bate duas vezes e abre a porta.

— Ah, desculpe! — ouço-a dizer. — Não queria atrapalhar...

Atrapalhar o quê? *Atrapalhar o quê?*

Com o coração subitamente martelando, sigo rapidamente pelo corredor e capto um vislumbre pela porta enquanto a enfermeira recua.

E os vejo. Sentados juntos à mesa, falando em voz baixa, rindo. O braço de Venetia está pousado casualmente sobre os ombros de Luke. Sua outra mão está segurando a dele. Os dois parecem felizes, relaxados e íntimos.

Parecem um casal.

Não sei como chego ao restaurante onde vou me encontrar com Suze e Jess. Estou andando no piloto automático, como um zumbi. Quero vomitar toda vez que penso naquilo.

Os dois estavam juntos. Estavam *juntos*.

— Bex?

De algum modo, consegui passar pela porta de vidro e estou parada, num atordoamento completo, enquanto os garçons circulam e as pessoas conversam.

— Bex, você está bem? — Suze vem rapidamente me encontrar. Seus olhos baixam consternados para as minhas meias brancas. — O que você está *usando*? O que aconteceu? Bex... você consegue falar?

— Eu... não. Preciso me sentar. — Vou atrás dela até uma mesa de canto, onde Jess está sentada.

— O que aconteceu? — Jess está assombrada com minha aparência. Rapidamente puxa uma cadeira para mim e me ajuda a sentar. — Você está bem? É o bebê?

— Eu vi os dois — consigo dizer.

— Quem?

— Luke e Venetia. Juntos.

— Juntos? — Suze aperta a boca com a mão. — Juntos, fazendo... o quê?

— Estavam sentados atrás de uma mesa, conversando. — Mal consigo pôr as palavras para fora. — Ela estava com o braço nos ombros dele. E ele estava segurando a mão dela. — Levanto os olhos, procurando uma reação. Suze e Jess parecem esperar por mais.

— Estavam... se beijando? — sugere Suze.

— Não, estavam *rindo*. Pareciam completamente felizes. Eu simplesmente... tive de sair dali. — Tomo um gole d'água. Suze e Jess trocam olhares.

— E... foi por isso que você pôs meias brancas? — se aventura Suze, cautelosamente.

— Não! Claro que não! — Tiro os óculos, sentindo a humilhação subir de novo. — Foi Venetia! Ela tirou meus sapatos, minha bolsa e me fez vestir essas coisas medonhas, só para eu ficar horrorosa na frente de Luke.

Suze ofega.

— Que *vaca*!

— E não consigo tirar! — Agora estou à beira das lágrimas. — Estou presa nisso!

— Venha! Eu ajudo. — Suze põe seus óculos na mesa e se abaixa para uma das meias. Jess está olhando, a testa franzida.

— Becky... tem certeza que não há algum motivo de saúde para usá-las?

— Não! Ela só estava fazendo isso para ser má! Disse que a moda faz mal à saúde!

Jess parece não se abalar.

— A moda *é* ruim para a saúde.

— A moda *não* é ruim para a saúde! — estouro. — É *boa* para a saúde! Faz a gente... faz a gente ficar magra e ereta para o casaco cair melhor... e faz a gente se interessar por si mesma e não ficar toda deprimida. — Estou contando os itens nos dedos. — E os saltos altos são um exercício fantástico para os músculos da batata da perna...

— Bex, tome um pouco de vinho — diz Suze, tentando me acalmar, empurrando sua taça. — Só um golezinho não fará mal ao bebê. E pode... acalmar você um pouquinho.

— Certo, obrigada. — Tomo um gole, agradecida.

— Meu obstetra disse que eu podia tomar uma taça de vez em quando — acrescenta Suze. — Ele é francês.

Tomo outro gole, sentindo que o coração desacelera. Eu deveria ter ido à França para ter o neném. Ou *a qualquer lugar* que não fosse Venetia Carter. Talvez devesse esquecer todo esse negócio de hospital e ter o bebê numa loja, como sempre planejei. Pelo menos iria me sentir relaxada e feliz. Pelo menos receberia roupas grátis.

— Não sei o que fazer. — Pouso o copo de vinho e olho arrasada para Suze e Jess. — Já tentei falar com Luke. Ele disse que não havia nada acontecendo, que só eram amigos. Mas os dois não me pareceram só amigos.

— Como, exatamente, ele estava segurando a mão dela? — Suze franze a testa, concentrada. — Poderia ser apenas amigável? Venetia é uma pessoa do tipo que toca muito os outros?

— Ela é... — penso. Lembro-me de Venetia apertando meus ombros; passando a mão pelo meu braço. — Um bocado — admito finalmente.

— Bem, talvez seja só isso! Talvez ela seja apenas uma dessas pessoas que ficam perto demais.

— Você tem mais alguma prova? — pergunta Jess.

— Ainda não. — Fico brincando com uma embalagem de palito tira-gosto, imaginando se devo contar. — Um dia desses eu segui os dois.

— Você fez o *quê?* — Suze fica assombrada. — E se eles *vissem?*

— Ele me viu. Eu fingi que estava fazendo compras.

— Bex... — Suze segura o cabelo. — E se não houver nada acontecendo? Vê-los de mãos dadas não é prova. Você não quer arruinar toda a confiança entre você e Luke.

— Então o que devo fazer? — Olho de um rosto para o outro. — O que devo fazer?

— Nada — responde Suze, com firmeza. — Bex, *eu sei* que Luke ama você. E ele não fez nada que seja realmente incriminador, fez? Seria diferente se ele tivesse mentido, ou se você tivesse visto os dois se beijando...

— Concordo. — Jess assente com vigor. — Acho que você está entendendo tudo errado, Becky.

— Mas... — Paro, enrolando o papel com força em volta dos dedos. Não sei como explicar, simplesmente tenho uma sensação ruim. Não são apenas os recados no celular, ou os jantares. Nem mesmo tê-los visto agora. É alguma coisa *nela*. É algo nos olhos dela. Ela é uma predadora.

Mas, se eu disser isso às outras, vão falar que estou imaginando.

— Certo — respondo finalmente. — Não vou fazer nada.

— Vamos fazer os pedidos — diz Suze, com firmeza, empurrando um cardápio na minha direção.

— Aqui tem um cardápio pronto — diz Jess, empurrando uma folha datilografada em cima do *à la carte*. — É mais econômico, se pedirmos apenas dois pratos e não escolhermos nenhum desses itens ridículos com trufas.

Quero retrucar imediatamente que as trufas são minha comida predileta, e quem se importa com o preço delas? Mas o problema é que meio que concordo. Nunca admiti muito esse negócio de mil libras por uma trufa.

Ah, meu Deus. Por favor, não diga que estou começando a concordar com Jess.

— E você pode me ajudar a me vingar de Lulu — acrescenta Suze, passando o cesto de pão.

— Uuuh! — digo, me animando. — Como assim?

— Ela foi convidada a fazer um programa de TV — diz Suze, com desdém. — Um desses programas de mudança de vida, em que ela vai à casa de alguma mãe horrorosa e diz como ela deve fazer comida saudável para os filhos. E pediu que eu fosse a primeira mãe horrorosa!

— Não!

— Já entregou meu nome à produtora! — A voz de Suze se eleva, indignada. — Eles me telefonaram e perguntaram se era verdade que eu dava comida enlatada aos meus filhos e que nenhum deles sabia falar.

— Que desplante! — Pego um pãozinho e passo um pouco de manteiga. Não há nada como ter outra pessoa a quem odiar, para fazer a gente esquecer os problemas.

Temos um almoço fantástico, nós três, e no fim estou me sentindo muito melhor. Todas decidimos que Lulu é a megera absoluta (Jess não conhece Lulu, mas eu lhe faço uma descrição bastante boa). E então Jess repassa seus problemas. Ela contou a Tom sobre o Chile, e a coisa não foi muito boa.

— Primeiro, ele achou que eu estava brincando — diz ela, partindo um pãozinho em pequenas migalhas. — Depois, achou que eu estava testando seu amor. Então, me pediu em casamento.

— Pediu em casamento? — digo, num guincho empolgado.

— Obviamente mandei que ele parasse de ser tão ridículo. E agora... não estamos nos falando — diz ela, em tom casual, mas dá para ver a tristeza em seus olhos. — É isso aí. — Ela toma um gole comprido de vinho, o que *realmente* não faz o gênero Jess. Olho para Suze, que franze a testa para mim, ansiosa.

— Jess, você tem *certeza* quanto ao Chile? — pergunto, hesitando.

— Tenho. — Ela assente. — Eu preciso ir. Preciso fazer isso. Nunca terei essa oportunidade de novo.

— E Tom pode visitar você lá — lembra Suze.

— Exato. Se ele simplesmente parasse de ouvir a mãe! — Jess balança a cabeça, exasperada. — Janice está numa histeria completa. Fica me mandando páginas que imprimiu da internet, dizendo que o Chile é um país perigoso, cheio de doenças e minas terrestres.

— E é? — pergunto, temerosa.

— Claro que não! — responde Jess. — Ela está falando uma besteira completa. — Jess toma um gole de vinho. — Há apenas algumas minas terrestres, só isso. E um pequeno problema de cólera.

Algumas minas terrestres? *Cólera?*

— Jess, tenha muito cuidado por lá — digo, num impulso, e seguro sua mão. — Não queremos que nada lhe aconteça.

— É, tenha cuidado — concorda Suze.

— Terei. — O pescoço de Jess fica vermelho. — Vou ficar bem. Obrigada. De qualquer modo... — Enquanto o garçom chega com o café, ela estende a mão, parecendo sem jeito. — Eu... gosto do seu prendedor de cabelo, Becky.

Ela obviamente quer mudar de assunto.

— Ah, obrigada. — Toco-o com orgulho. — Não é fabuloso? É Miu Miu. Na verdade, faz parte da carteira de investimentos do bebê.

Há silêncio, e levanto os olhos, vendo Suze e Jess me encarando.

— Bex, como é que um prendedor de cabelo Miu Miu pode fazer parte de uma carteira de investimentos?

— Porque é uma Antigüidade do Futuro! — digo, com um floreio.

— O que é uma Antigüidade do Futuro? — Suze está perplexa.

Rá! Veja só. Estou tão à frente no jogo!

— É um modo novo e fabuloso de investir — explico. — É moleza! Você simplesmente compra qualquer coisa e guarda a embalagem, e dentro de cinqüenta anos faz um leilão e ganha uma fortuna!

— Certo — diz Suze, parecendo em dúvida. — Então, o que mais você comprou?

— Ah... — penso. — Na verdade, algumas coisas

da Miu Miu. E uns bonecos do Harry Potter, bonecas Barbie princesa... e esta pulseira fabulosa da Topshop...

— Becky, uma pulseira da Topshop não é um *investimento* — diz Jess, incrédula.

Ela realmente não sacou.

— Talvez não *agora* — explico, com paciência. — Mas será. Vai aparecer no programa *Show de Antigüidades*, você vai ver!

— Bex, o que há de errado com um banco? — pergunta Suze, ansiosa.

— Não vou botar o dinheiro do neném num banco qualquer, como todo mundo! Sou uma profissional das finanças, lembre-se, Suze. É isso que eu faço.

— O que você *fazia*.

— É como andar de bicicleta — garanto, com ar superior. Não sou grande coisa andando de bicicleta, mas não preciso mencionar isso.

— Então é isso? — pergunta Jess. — Você investiu todo o dinheiro?

— Ah, não. Ainda tenho um monte! — Tomo um gole de café, depois noto uma pintura abstrata na parede perto de mim. É só um grande quadrado azul de tinta a óleo sobre tela, e há uma pequena etiqueta de preço indicando 195 libras. — Ei, olhem aquilo! — digo, concentrando-me nela com interesse. — Acham que eu deveria...

— Não! — berram Jess e Suze em uníssono.

Francamente. Elas nem sabiam o que eu ia dizer.

*

Chego em casa naquele fim de tarde e encontro o apartamento escuro e vazio, sem Luke. *Ele está com ela.*

Não. Não está. Pára com isso. Faço um sanduíche, chuto os sapatos para longe e me enrolo no sofá com o controle remoto. Enquanto estou zapeando pelos canais procurando *Histórias de nascimentos*, em que estou viciada (só tenho de olhar a parte crucial através dos dedos), o telefone toca.

— Oi. — É Luke, parecendo agitado. — Becky, esqueci de lembrar a você. Vou ao Finance Awards. Vou chegar tarde.

— Ah, certo. — Agora me lembro, eu sabia do Finance Awards. Na verdade, Luke me convidou, mas eu não poderia suportar uma noite com gerentes de fundos, velhos e chatos. — Tudo bem. Vejo você depois. Luke...

Paro, com o coração martelando. Não sei o que quero dizer, quanto mais como dizer.

— Preciso desligar. — Luke nem *notou* meu silêncio perturbado. — Vejo você depois.

— Luke... — tento de novo, mas a linha já está muda.

Olho para o espaço durante um tempo, imaginando a conversa perfeita, em que Luke me perguntava o que havia de errado e eu dizia: ah, nada, e ele dizia: há sim, e terminava com ele dizendo que me amava totalmente e que Venetia era realmente feia e que tal irmos a Paris amanhã?

Um tema estrondeando na TV me arranca do atordoamento, e olho para a tela. De algum modo, fui longe demais nos canais a cabo e estou num obscuro canal de negócios e finanças. Estou tentando lembrar o número do Living Channel, quando minha atenção é atraída por um cara elegante, de smoking, na tela. Reconheço-o. É Alan Proctor, da Foreland Investments. E ali está aquela garota, Jill, da *Portfolio Management*, sentada ao lado dele. O que diabos...

Não acredito. O Finance Awards está sendo televisionado! Num canal a cabo que ninguém assiste... mas mesmo assim! Empertigo-me e me concentro na tela. Talvez veja Luke!

— ... e cá estamos, ao vivo, da Grosvenor House, para o Finance Awards deste ano... — está dizendo o locutor. — O local da premiação foi mudado este ano devido ao número crescente...

Só de curtição, pego o telefone e ligo para Luke. A câmera gira pelo salão de baile, e examino a tela atentamente, olhando para todas as pessoas de black-tie sentadas às mesas. Lá está Philip, meu antigo editor da *Successful Savings*, tomando vinho. E aquela garota da Lloyd's que usava o mesmo conjunto verde nas entrevistas coletivas...

— Oi, Becky — atende Luke abruptamente. — Está tudo bem?

— Oi! — digo. — Só imaginei como estariam as coisas no Finance Awards.

Estou esperando a câmera fazer uma panorâmica até Luke. Então poderei dizer: "Adivinha só, estou vendo você!"

— Ah, a mesma velharia de sempre — diz Luke, depois de uma pausa. — Salão apinhado no Dorchester... uma multidão insuportável...

No Dorchester?

Olho o telefone por um momento. Então, sentindo-me quente e fria, aperto o fone com força contra o ouvido. Não consigo ouvir nenhuma conversa de fundo. Ele não está num salão de baile apinhado, está?

Está mentindo.

— Becky? Você está aí?

— Eu... ah... estou. — Sinto-me tonta de choque.

— Então, quem está sentado perto de você?

— Estou perto da... Mel. É melhor eu desligar, querida.

— Certo — respondo, entorpecida. — Tchau.

A câmera acabou de dar uma panorâmica até Mel. Ela está espremida entre dois homens grandes, de terno. Não há nenhuma cadeira vazia em toda a mesa.

Luke mentiu para mim. Está em outro lugar. Com outra pessoa.

As luzes brilhantes e o barulho da cerimônia de premiação estão irritando meus nervos, e desligo a TV. Por um momento, simplesmente olho para o nada, num silêncio vazio. Depois, atordoada, pego o telefone e me pego digitando o número de mamãe. Preciso falar com alguém.

— Alô? — Assim que ouço sua voz segura e familiar, quero irromper em lágrimas.

— Mamãe, é Becky.
— Becky! Como está, querida? E o neném? Chutando?
— O neném está ótimo. — Toco a barriga automaticamente. — Mas estou com... um problema.
— Que tipo de problema? — Mamãe parece perturbada. — Becky, não é aquela gente da Mastercard de novo?
— Não! É... pessoal.
— *Pessoal*?
— É... é... — mordo o lábio, subitamente desejando ter pensado antes de ligar. Não posso contar a mamãe o que há de errado. Não posso deixá-la toda preocupada. Não depois de ela ter alertado sobre a possibilidade de exatamente isso acontecer.

Talvez eu possa pedir seu conselho sem revelar a verdade. Tipo quando as pessoas escrevem para as páginas de problemas e falam sobre "um amigo", quando, na verdade, *eles* é que foram apanhados usando a roupa de banho da esposa.

— É... uma colega do trabalho — começo, com a voz hesitando. — Acho que ela está planejando... mudar para outro departamento. Andou falando com eles pelas minhas costas e almoçando com eles, e acabei de descobrir que ela mentiu para mim... — Uma lágrima escorre pela minha bochecha. — A senhora tem algum conselho?

— Claro que tenho um conselho! — diz mamãe, animada. — Querida, ela é apenas uma colega! As colegas vêm e vão. Você vai se esquecer completamente dela daqui a uma semana e estará pensando em outra pessoa!

— Certo — respondo, depois de uma pausa.

Para ser honesta, não foi uma tremenda ajuda.

— Agora — está dizendo mamãe — você já tem uma bolsa para fraldas? Porque eu vi uma linda, na John Lewis...

— O negócio, mamãe... — faço outra tentativa. — O negócio é que eu realmente *gosto* dessa colega. E não tenho certeza se ela está falando com as outras pessoas pelas minhas costas...

— Querida, quem *é* essa amiga? — Mamãe parece perplexa. — Você já falou nela antes?

— Ela é só... uma pessoa de quem eu gosto. A gente se diverte, e estamos com um... projeto conjunto... e, bem, parecia que estava realmente dando certo... — Há um nó gigantesco na minha garganta. — Não suporto a idéia de perdê-la.

— Você não vai *perdê-la*! — diz mamãe, rindo. — Mesmo que ela deixe você por outro departamento, vocês ainda podem tomar café juntas...

— Tomar café juntas? — Minha voz salta, perturbada. — De que adianta tomar café?

As lágrimas começam a correr pelas minhas bochechas ao pensar em Luke e eu nos encontrando rigidamente para tomar um café, enquanto Venetia fica sentada tamborilando os dedos no canto.

— Becky? — exclama mamãe, alarmada. — Querida? Você está bem?

— Estou — fungo, esfregando o rosto. — Isso só me deixa meio... perturbada.

— Essa garota é mesmo *tão* importante para você? — Mamãe está claramente pasma. Posso ouvir papai ao fundo, dizendo: "O que há de errado?", e há um farfalhar quando mamãe se afasta do telefone. — É a Becky — posso ouvi-la dizendo baixinho. — Acho que ela está numa crise hormonal, coitadinha...

Francamente. *Não* estou hormonal. Meu marido está tendo um *caso*.

— Becky, escute. — Mamãe voltou ao telefone. — Você já falou com sua amiga sobre isso? Já perguntou diretamente se ela está planejando mudar para outro departamento? E você ao menos tem certeza que conhece os fatos?

Há silêncio enquanto tento me imaginar confrontando Luke quando ele chegar em casa esta noite. E se ele esbravejar e tentar fingir que estava na cerimônia de premiação? E se disser que ama Venetia e vai me deixar para ficar com ela?

De qualquer modo, me sinto totalmente enjoada diante da perspectiva.

— Não é fácil — digo por fim.

— Ah, Becky. — Mamãe suspira. — Você nunca foi boa para encarar as coisas, não é?

— Não. — Coço o pé no tapete. — Acho que não.

— Agora você é adulta, querida — diz mamãe gentilmente. — Tem de *enfrentar* seus problemas. Você sabe o que precisa fazer.

— Está certo. — Dou um suspiro enorme, sentindo parte da tensão sair do corpo. — Obrigada, mamãe.

— Cuide-se, querida. Não se permita ficar perturbada. Papai está dizendo que ama você, também.

— Vejo vocês logo, mamãe. Tchau. E obrigada.

Desligo o telefone com uma nova decisão. É óbvio, as mães *sabem* das coisas. Mamãe me fez ver toda essa coisa com clareza pela primeira vez. Decidi exatamente o que vou fazer.

Contratar um detetive particular.

FACULDADE DE LÍNGUAS CLÁSSICAS
UNIVERSIDADE DE OXFORD
OXFORD
OX1 6TH

Sra. R. Brandon
Maida Vale Mansions, 37
Maida Vale
Londres NW6 0YF

3 de novembro de 2003

Cara Sra. Brandon,

Obrigado por seu recado telefônico, que minha secretária repassou do melhor modo que pôde.

Lamento muito saber que seu marido pode estar "tendo um caso em latim", como a senhora disse. Posso entender como se sente ansiosa e ficarei satisfeito em traduzir qualquer mensagem de texto que me mandar. Espero que isto seja esclarecedor.

Atenciosamente,

Edmund Fortescue
Professor de Línguas Clássicas

P.S. Por sinal, "amante latino" geralmente não significa alguém que fala com o amante em latim; espero que isto sirva para tranqüilizá-la um pouco.

Denny and George
Floral Street, 44
Covent Garden
Londres W1

Sra. R. Brandon
Maida Vale Mansions, 37
Maida Vale
Londres NW6 0YF

4 de novembro de 2003

Cara Rebecca,

Obrigada por sua carta. Lamento saber que a senhora tenha se desentendido com sua obstetra.

Ficamos emocionados em saber que a senhora teve tantos momentos fantásticos aqui e que considera este o "lugar perfeito para trazer um novo bebê ao mundo". Mas infelizmente não podemos converter nossa loja numa suíte de parto temporária, nem mesmo para uma cliente antiga e valiosa.

Agradecemos que tenha oferecido chamar o bebê de "Denny George Brandon", mas lamento dizer que isso não altera nossa decisão.

Boa sorte com o parto.

Desejando tudo de bom,

Francesca Goodman
Gerente

REGAL AIRLINES
Escritório Central
Preston House
KINGSWAY, 354. LONDRES WC2 4TH

Sra. R. Brandon
Maida Vale Mansions, 37
Maida Vale
Londres NW6 0YF

4 de novembro de 2003

Cara Sra. Brandon,

Obrigada por sua carta.

Aparentemente, a senhora entendeu algo muito mal. Se der à luz no meio de um vôo pela Regal, seu filho não receberá "passagens de primeira classe por toda a vida". Nem a senhora poderia acompanhar seu filho como "sua guardiã".

Nossos comissários de bordo não "deram à luz zilhões de bebês, antes", e eu devo ressaltar que a política da empresa nos proíbe de deixar que qualquer mulher com mais de 36 semanas de gravidez embarque num vôo da Regal.

Espero que escolha a Regal Airlines em breve.

Atenciosamente,

Margaret McNair
Gerente de Atendimento ao Cliente

KENNETH PRENDERGAST
Prendergast de Witt Connell
Conselheiros de Finanças
Forward House
High Holborn, 394. Londres WC1V 7EX

Sra. R. Brandon
Maida Vale Mansions, 37
Maida Vale
Londres NW6 0YF

5 de novembro de 2003

Cara Sra. Brandon,

Obrigado por sua carta.

Fiquei perturbado em saber de seu "novo plano genial". Recomendo enfaticamente que não invista o resto da poupança de seu filho em supostas "Antigüidades do Futuro" e estou devolvendo a fotografia do biquíni Topshop edição limitada, sobre o qual não posso comentar. Essas compras não são "vitória garantida", e ninguém pode lucrar "simplesmente se comprar coisas suficientes".

Gostaria de orientá-la para investimentos mais convencionais, como papéis do governo e ações de empresas.

Atenciosamente,

Kenneth Prendergast
Especialista em Investimentos de Família

Doze

Não sei por que não fiz isso antes. É como mamãe diz: preciso encarar os fatos. Só preciso descobrir a resposta a uma pergunta simples: Luke está tendo um caso com Venetia? Sim ou não?

E se ele *estiver*...

Meu estômago tem um espasmo diante desse pensamento, e faço algumas respirações curtas. Inspirar. Expirar. Inspirar. Expirar. Ignorar a dor. Vou atravessar esta ponte quando chegar a hora.

Estou parada na estação de metrô West Ruislip, consultando meu pequeno caderno de telefones. Não teria imaginado que West Ruislip seria o tipo de lugar onde ficam os detetives particulares. (Mas, afinal, acho que eu realmente estava visualizando o centro de Chicago nos anos 1940.)

Ando pela rua principal, olhando para meu reflexo numa vitrine enquanto passo. Demorei séculos para decidir o que usar nesta manhã, mas no fim escolhi um vestido preto estampado, simples, sapatos vintage e óculos escuros, enormes, opacos. Ainda que, por acaso, os óculos escuros sejam um disfarce de merda. Se alguém que eu conhecesse me visse, não pensaria "Ali está uma mulher misteriosa, de preto", pensaria: "Ali está a Becky, de óculos escuros, indo falar com um detetive particular."

Sentindo-me nervosa, começo a andar mais depressa. Não consigo acreditar que estou mesmo fazendo isso. Foi tudo tão fácil! Como marcar uma pedicure. Telefonei para o número do cartão que o motorista de táxi me deu — mas infelizmente aquele detetive particular específico ia partir para a Costa del Sol. (Para jogar golfe nas férias, e não para seguir um bandido.) Por isso procurei detetives particulares na internet — e por acaso existem zilhões deles! No fim, escolhi um chamado Dave Sharpness, Detetive Particular (Especialidade A: Matrimonial), marquei uma hora e aqui estou. Em West Ruislip.

Entro numa rua secundária, e ali está o prédio, à minha frente. Examino-o por alguns instantes. Realmente não é como eu havia imaginado. Tinha visualizado um escritório sujo num beco, com uma única lâmpada pendurada na janela e talvez buracos de bala na porta. Mas este é um prédio bem cuidado, baixo, com persianas e um pequeno trecho de gramado na frente, com um cartaz dizendo POR FAVOR, NÃO JOGUEM LIXO.

Bem. Os detetives particulares não têm de ser sujos, têm? Enfio o caderninho na bolsa, vou até a entrada e empurro a porta de vidro. Uma mulher pálida, com cabelos mal tingidos, cor de berinjela, está sentada a uma mesa. Ela olha por trás do livro de bolso, e sinto uma súbita pontada de humilhação. Ela deve ver gente como eu o tempo todo.

— Estou aqui para falar com Dave Sharpness — digo, tentando manter o queixo alto.

— Claro, querida. — Seus olhos descem até minha barriga, inexpressivos. — Sente-se.

Sento-me numa poltrona de espuma marrom e pego um exemplar da *Reader's Digest* na mesinha de centro. Instantes depois, uma porta se abre, e vejo um homem beirando os 60 anos, ou talvez passando deles, se aproximar de mim. É pançudo, com olhos azuis, cabelo branco luminoso se espetando de uma cabeça bronzeada, e uma grande papada.

— Dave Sharpness — diz ele, com um chiado de fumante, e aperta minha mão. — Venha, venha.

Acompanho-o até uma pequena sala com persiana e mesa de mogno. Há uma estante cheia de livros de aparência jurídica e uma série de caixas de arquivo com nomes escritos. Vejo que uma, com "Brandon" escrito, está aberta na mesa, e sinto um tremor de alarme. É isso que eles chamam de discrição? E se Luke viesse a West Ruislip para uma reunião de negócios, passasse pela janela e visse aquilo?

— Então, Sra. Brandon. — Dave Sharpness se espremeu atrás da mesa e está falando com voz rouca. — Primeiro, deixe que eu me apresente. Passei trinta anos no ramo de automóveis antes de me transferir para a investigação particular. Por ter tido várias experiências dolorosas pessoalmente, conheço bem demais o trauma pelo qual a senhora está passando. — Ele se inclina para a frente, a papada balançando. — Fique tranqüila, estou comprometido cento e *cinqüenta* por cento a lhe fornecer resultados.

— Certo. Fabuloso. — Engulo em seco. — É... eu estava imaginando, será que o senhor poderia não deixar minha caixa de arquivo à vista, por favor? Qualquer um poderia vê-la nessa prateleira.

— Estas não são de verdade, Sra. Brandon — diz Dave Sharpness, indicando a prateleira. — Por favor, não se preocupe. Sua caixa ficará escondida, em segurança, em nossa instalação de depósito seguro para clientes.

— Ah, sei — digo, sentindo-me um pouco mais tranqüila. "Instalação para depósito seguro de clientes" parece bastante bom. Como algum sistema subterrâneo com trancas codificadas e lasers infravermelhos se entrecruzando.

— Então... em que isso consiste, exatamente?

— É um arquivo na sala dos fundos. — Ele enxuga o rosto brilhante com um lenço. — É trancado toda noite pela Wendy, nossa gerente de escritório. Agora, vamos aos negócios. — Ele puxa um bloco de papel ofício. — Vamos começar do princípio. A senhora está preocupada com seu marido. Acha que ele a pode estar traindo.

Tenho uma ânsia súbita de gritar: "Não! Luke nunca me trairia!", em seguida me levantar e sair correndo.

Mas isso destruiria ligeiramente o sentido de ter vindo aqui.

— Eu... não sei — obrigo-me a dizer. — Talvez. Estamos casados há um ano, e tudo parecia ótimo. Mas há uma... mulher. Venetia Carter. Eles tiveram um relacionamento no passado, e agora ela veio para Londres. Ele está se encontrando um bocado com ela e ficou todo distante e irritadiço comigo, e os dois mandam textos um para o outro em *código*, e ontem à noite ele... — Paro, respirando com força. — De qualquer modo, eu só queria descobrir o que está acontecendo.

— Claro — diz Dave Sharpness, rabiscando. — Por que a senhora deveria continuar aceitando a incerteza e a dor?

— Exato — confirmo com a cabeça.

— A senhora quer respostas. Seus instintos lhe dizem que há algo errado, mas a senhora não consegue identificar exatamente o que é.

— Isso! — Meu Deus, ele entende completamente.

— A senhora só quer provas fotográficas do caso ilícito.

— Eu... é... — Fico sem reação. Não havia realmente pensado em prova fotográfica. Só havia pensado em receber uma resposta tipo "sim" ou "não".

— Ou vídeo. — Dave Sharpness levanta a cabeça. — Podemos colocar todas as provas em DVD para a senhora.

— *DVD?* — ecôo, chocada. Talvez eu não tenha pensado totalmente neste plano. Será que realmente vou contratar alguém para seguir Luke com uma câmera de vídeo? E se ele descobrir? — O senhor não poderia simplesmente me *dizer* se ele está tendo um caso ou não? — sugiro. — Sem tirar fotos ou fazer vídeo?

Dave Sharpness levanta as sobrancelhas.

— Sra. Brandon, acredite, quando descobrirmos a prova, a senhora vai querer ver com os próprios olhos.

— Quer dizer... *se* descobrirem alguma prova. Eu posso ter entendido tudo errado! Na certa tudo é perfeitamente... — paro diante da expressão dele.

— Primeira regra da investigação matrimonial — diz ele, com um sorriso lúgubre. — As senhoras raramente entendem errado. Intuição feminina, sabe?

O cara é especialista. Deve saber.

— Então o senhor acha... — Lambo os lábios, que ficaram subitamente secos. — O senhor realmente acha...

— Eu não acho — diz Dave Sharpness com um pequeno floreio. — Eu descubro. Quer ele esteja se divertindo com uma mulher, com duas ou com uma fila, eu e meus agentes descobriremos e lhe daremos qualquer prova de que a senhora necessitar.

— Ele não está se divertindo com uma fila de mulheres! — digo, horrorizada. — Sei que não está! É só uma mulher específica, Venetia Carter... — paro quando do Dave Sharpness levanta o dedo reprovador.

— Vamos descobrir, certo? Agora eu preciso do máximo de informações que a senhora possa me dar. Todas as mulheres que ele conhece, tanto amigas dele quanto suas. Todos os lugares que ele freqüenta, todos os hábitos. Eu gostaria de fazer um serviço meticuloso, Sra. Brandon. Produzirei todo um dossiê da vida do seu marido, além do passado de qualquer mulher ou outras pessoas consideradas relevantes. No fim da minha investigação, não haverá nada que a senhora não saiba.

— Olhe. — Tento manter a paciência. — Eu já sei tudo sobre Luke. Menos esta coisa minúscula. Ele é meu *marido*.

— Se eu recebesse uma libra de cada mulher que me disse isso! — Dave Sharpness dá um risinho rouco. — A senhora preenche os detalhes. Nós fazemos o resto.

Ele estende um bloco de papel. Pego-o e folheio as páginas, inquieta.

— Eu preciso lhe... dar uma foto?

— Nós cuidamos disso. Simplesmente fale das mulheres. Não deixe ninguém de fora. Amigas... colegas... a senhora tem irmã?

— Bem... tenho — digo, abalada. — Mas ele *nunca*... quero dizer, nem em um milhão de anos...

Dave Sharpness está balançando a cabeça numa diversão pensativa.

— A senhora ficaria surpresa, Sra. Brandon. Na minha experiência, se eles têm um segredinho, acabam tendo um monte. — Ele me entrega uma caneta. — Não se preocupe. Logo iremos informá-la.

Escrevo "Venetia Carter" no topo da página. E paro. O que estou *fazendo*?

— Não posso fazer isso. — Largo a caneta. — Desculpe. É esquisito demais. *Errado* demais. Espionar meu próprio marido! — Empurro a cadeira para trás e me levanto. — Eu não deveria ter vindo. Nem deveria estar aqui!

— A senhora não precisa se decidir hoje — diz Dave Sharpness, pegando um pacote de caramelos, sem se abalar. — Só direi que, das clientes que reagem como a senhora, noventa por cento voltam em uma semana. Elas fazem a investigação, mas apenas perdem uma semana. Como uma senhora em seu estado avançado... — O olhar dele baixa significativamente para minha barriga. — Bem, eu começaria o quanto antes.

— Ah. — Lentamente me deixo afundar na cadeira. — Eu não havia pensado desse jeito.

— E não usamos a palavra "espionar" — acrescenta ele, franzindo o nariz espalhafatoso. — Ninguém gosta de pensar que está espionando um ser amado. Preferimos a expressão "observação a distância".

— Observação a distância. — Realmente parece melhor.

Fico brincando com minha pedra do parto, a mente girando. Talvez ele tenha razão. Se eu for embora agora, só voltarei em uma semana. Talvez eu devesse assinar na linha pontilhada agora mesmo.

— Mas e se meu marido visse o senhor? — Levanto os olhos. — E se ele for totalmente inocente e descobrir que eu contratei um detetive? Ele nunca mais vai confiar em mim...

— Deixe-me garantir. — Dave Sharpness levanta a mão. — Todos os meus agentes atuam com absoluta cautela e discrição. Ou seu marido é inocente, caso em que nenhum mal acontece, ou é culpado, caso em que a senhora tem a prova de que precisa para agir. Para ser perfeitamente honesto, Sra. Brandon, é uma situação sem perda.

— Então não há como ele descobrir? — pergunto, só para ter toda a certeza.

— Por favor. — Dave Sharpness dá outro risinho. — Sra. Brandon, eu sou profissional.

Honestamente, eu nunca havia pensado que contratar um investigador particular daria tanto trabalho. Demoro uns quarenta minutos para preencher todas as informações que Dave Sharpness quer. Toda vez que tento explicar que só estou interessada em saber se Luke está se encontrando com Venetia, ele levanta a mão e diz:

— Acredite em mim, Sra. Brandon, se encontrarmos alguma coisa, a senhora ficará bem interessada.

— É isso — digo finalmente, empurrando o papel para ele. — Não consigo pensar em mais ninguém.

— Excelente. — Dave Sharpness pega o bloco e passa uma unha pelos nomes. — Vamos resolver isso. Nesse ínterim, colocaremos o seu marido no que chamamos de vigilância de baixo teor.

— Certo — digo, nervosa. — O que isso implica?

— Um dos meus agentes altamente qualificados acompanhará seu marido por um período inicial de duas semanas, e depois nos encontraremos de novo. Qualquer informação obtida nesse tempo será comunicada à senhora diretamente por mim mesmo. Eu *devo* pedir um depósito...

— Ah — digo, tateando na bolsa. — Claro.

— E, como nova cliente... — Ele remexe na gaveta e pega um pequeno panfleto — a senhora se qualifica para nossa oferta especial.

Oferta especial? Ele acredita honestamente que estou interessada em alguma oferta especial idiota? Meu *casamento* está ameaçado. Na verdade, me sinto bem insultada por ele sequer mencionar isso.

— Só é válida para hoje — continua Dave Sharpness, me entregando o folheto. — Compre uma e ganhe a segunda pela metade do preço. É uma oportunidade única para novos clientes. Uma pena perder uma pechincha assim.

Há silêncio. Mesmo contra a vontade, estou sentindo uma minúscula, uma insignificante onda de interesse.

— Como assim? — Dou de ombros, relutante. — A gente ganha um segundo detetive pela metade do preço?

— Ela é uma piada! — Dave Sharpness chia de tanto rir. — Não, a senhora pede uma segunda *investigação* e paga metade do preço. Economiza um retorno aqui, entende? Junta todas as suas necessidades investigativas numa só.

— Mas eu não tenho mais nenhuma necessidade investigativa.

— Tem certeza? — Ele ergue a sobrancelha. — Pense bem, Sra. Brandon. Nenhum outro misteriozinho que a senhora precise esclarecer? Nenhuma pessoa desaparecida que gostaria de encontrar? A oferta só é válida hoje. Vai lamentar, se perder. — Ele me entrega o folheto. — Veja toda a nossa lista de serviços...

Abro a boca para dizer que não estou interessada — e me pego fechando-a de novo.

Talvez eu devesse pensar um pouquinho nisso. Quero dizer, é um bom negócio. E talvez haja outra pessoa sobre quem eu queira descobrir alguma coisa. Meu olhar percorre os títulos no folheto. Eu poderia encontrar algum velho amigo de escola... ou rastrear um veículo por satélite... ou simplesmente descobrir mais sobre um amigo ou vizinho...
    Ah, meu Deus. Já sei!

Não sei se Dave realmente *sacou* todo o negócio da sobrancelha. Mas expliquei do melhor modo possível e fiz um desenho, e no fim ele ficou bastante entusiasmado. Disse que, se não descobrisse onde e como Jasmine estava fazendo as sobrancelhas, ele não era o Vendedor Regional do Ano de 1989 (sudoeste). Não sei o que isso tem a ver com o trabalho de detetive particular — mas tudo bem. Ele está no caso. Nos dois.
    Então está feito. A única coisa é que agora me sinto horrivelmente culpada.
    Quanto mais perto de casa chego, mais culpada me sinto — até que não suporto mais. Entro correndo na loja na esquina da nossa rua e compro um pequeno buquê de flores e alguns chocolates e, no último momento, junto um uísque miniatura.
    O carro dele está na nossa vaga, o que significa que deve estar em casa. Enquanto subo pelo elevador, começo a montar minha história. Meu plano é: simplesmente vou dizer que passei a tarde no trabalho.
    Não. Ele pode ter ligado para lá por algum motivo e descoberto que tirei a tarde de folga.

Vou dizer que fui fazer compras. Em um lugar longe de West Ruislip.

Mas e se alguém me viu em West Ruislip? E se um empregado de Luke mora em West Ruislip, estava trabalhando em casa e ligou para Luke e disse: "Adivinha só, acabei de ver sua esposa!"

Certo, eu estava em West Ruislip. Fui lá por... outro motivo. Fui ver uma hipnoterapeuta de gravidez. É. Brilhante.

Agora cheguei à nossa porta, e, quando a destranco, meu coração está pulando de nervosismo.

— Oi! — Luke aparece no corredor segurando um buquê enorme, e eu o encaro, hipnotizada. Nós *dois* estamos com flores?

Ah, meu Deus. Ele sabe.

Não. Não seja idiota. Como poderia saber? E por que isso o faria comprar flores?

Luke parece meio perplexo também.

— São para você — diz depois de uma pausa.

— Certo — respondo, com a voz travada. — Bem... estas são para você.

Sem jeito, trocamos os buquês, e eu entrego a Luke seus chocolates e o uísque miniatura.

— Vamos... — Luke assente na direção da cozinha, e eu o acompanho até a área onde temos um sofá e uma mesa baixa. O sol do fim de tarde está chamejando pela janela, e quase parece verão.

Luke se deixa afundar no sofá ao meu lado e toma um gole da garrafa de cerveja que está sobre a mesa.

— Becky, eu só queria dizer que lamento muito. — Ele coça a testa, como se juntasse os pensamentos. — Sei que andei distante nos últimos dias. Tem sido uma época estranha. Mas... acho que consegui me livrar de uma coisa que estava me incomodando.

Ele finalmente levanta a cabeça, e sinto uma pontada de compreensão. Ele está falando nas entrelinhas! Não poderia ser mais claro. *Algo que estava me incomodando.* É ela. Venetia deu em cima dele — e ele a rejeitou. É isso que está tentando me dizer! Ele deu o fora nela!

E cá estou, contratando detetives particulares, como se não confiasse nele. Como se não o amasse.

— Luke, sinto muito, também! — digo, num jorro de remorso. — De verdade.

— Por quê? — Ele parece perplexo.

— Por... é... — Não *abra o bico*, Becky. — Por... aquela vez que esqueci de encomendar as compras do supermercado. Sempre me senti mal com isso.

— Venha cá. — Luke ri e me puxa, para um beijo. Durante um tempo, só ficamos ali sentados, com o sol quente no rosto. O bebê está se remexendo energicamente dentro de mim, e nós dois ficamos olhando meu vestido pular com o movimento. É esquisito, exatamente como Suze disse. Mas também é empolgante.

— E então — diz Luke, pondo a mão na minha barriga —, quando vamos olhar os carrinhos de bebê?

— Logo! — Envolvo-o com os braços e aperto, aliviada. Luke me ama. Tudo está feliz de novo. Eu *sabia*.

Para: Dave Sharpness
De: Rebecca Brandon
Assunto: Luke Brandon

Caro Sr. Sharpness,

Só para repetir o recado que deixei em sua secretária eletrônica. Gostaria que o senhor CANCELASSE a investigação sobre meu marido. Repito: CANCELASSE. Ele não está tendo um caso.

Farei contato no devido tempo para falar sobre o adiantamento que paguei.

Atenciosamente,

Rebecca Brandon

FACULDADE DE LÍNGUAS CLÁSSICAS
UNIVERSIDADE DE OXFORD
OXFORD
OX1 6TH

Sra. R. Brandon
Maida Vale Mansions, 37
Maida Vale
Londres NW6 0YF

11 de novembro de 2003

Cara Sra. Brandon,

Tenho o enorme prazer de anexar as traduções das mensagens de texto em latim que a senhora me enviou, e espero que elas ajudem a aliviar sua mente. Todas são totalmente inócuas. Por exemplo, "sum suci plena" significa "estou cheia de vida", e não o significado mais pitoresco que a senhora supôs.

Também acho que a senhora pode ter ficado indevidamente preocupada com as expressões "licitum dic", "fac me" e "sex", que, em latim, significa "seis".

Se eu puder ajudar mais, por favor, não hesite em dizer. Quem sabe algumas aulas de latim?

Com desejos de boa sorte.

Atenciosamente,

Edmund Fortescue
Professor de Línguas Clássicas

Treze

O mundo inteiro parece diferente quando o marido da gente não está tendo um caso.

De repente, um telefonema é apenas um telefonema. Uma mensagem de texto, apenas uma mensagem de texto. Chegar tarde uma noite não é motivo para briga. Por acaso, "Fac me" *não* significa... o que eu achei que significava.

Graças a Deus cancelei o detetive particular, é só o que posso dizer. Até queimei todos os papéis e recibos dele, para que não haja chance de Luke descobrir. (E rapidamente inventei uma história sobre uma chapinha de cabelo com defeito quando o alarme de fumaça foi acionado.)

Luke está tão mais relaxado ultimamente! E nem mesmo falou *nela* durante duas semanas. Só quando chegou um convite para uma festa em Cambridge e ele disse casualmente: "Ah, sim, Ven me falou disso." É um baile black-tie no Guildhall em Londres, e estou decidida a parecer o mais fabulosa e glamourosa que puder, como Catherine Zeta Jones no Oscar. Ontem comprei o *melhor* vestido, todo grudado e sensual, de seda azul-meia-noite, e agora preciso de um sapato alto combinando. (E Venetia pode simplesmente engasgar com o frango.)

De modo que tudo vai maravilhosamente bem. Vamos assinar os contratos da casa na semana que vem, e ontem à noite falamos sobre dar uma enorme festa de inauguração da casa, o que seria maneiríssimo! E a novidade realmente grande é que Danny chega hoje! Desembarca nesta manhã e vem direto à loja para conhecer todo mundo e anunciar sua colaboração com a The Look. Depois, eu e ele vamos almoçar, só nós dois. Estou tão ansiosa!

Quando chego à The Look, às nove e meia, o lugar já está na maior agitação. Uma área de recepção foi montada no térreo, com mesa cheia de taças de champanhe e um telão mostrando trechos do último desfile do Danny. Alguns jornalistas chegaram para a coletiva, e todo o departamento de RP está circulando com olhos brilhantes, distribuindo pacotes para a mídia.

— Rebecca. — Eric avança para mim antes mesmo de eu tirar o casaco. — Uma palavrinha, por favor. Alguma novidade sobre o projeto?

Este é o único probleminha minúsculo. Danny disse que apresentaria um projeto provisório na semana passada. E ainda não fez isso. Falei com ele há alguns dias, e ele disse que estava praticamente pronto, só precisava da inspiração final. O que pode significar qualquer coisa. Provavelmente significa que nem começou. Não que eu vá dizer isso a Eric.

— Está nos estágios finais — digo, do modo mais convincente que posso.

— Você viu alguma coisa?

— Sem dúvida! — cruzo os dedos às costas.

— E como é? — Suas sobrancelhas se estreitam. — É uma blusa? Um vestido? O que é?

— É... de mudar os parâmetros. — Balanço a mão vagamente. — É uma espécie de... Você precisa ver. Quando estiver pronto.

Eric não parece convencido.

— Seu amigo, o Sr. Kovitz, fez *mais um* pedido — diz ele. — Dois ingressos para a Euro Disney. — Ele me lança um olhar maligno. — Por que ele vai à Euro Disney?

Não consigo deixar de xingar Danny por dentro. Por que ele não pode comprar seus próprios ingressos para a Euro Disney?

— Inspiração! — digo finalmente. — Provavelmente vai fazer algum comentário satírico sobre a... cultura moderna.

Eric não parece impressionado.

— Rebecca, esse seu plano está custando muito mais tempo e dinheiro do que eu havia previsto — diz ele, em tom pesado. — Dinheiro que poderia ter ido para o marketing convencional. É melhor que dê certo.

— Vai dar! Prometo que vai!

— E se não der?

Sinto um jorro de frustração. Por que ele tem de ser tão negativo?

— Então... eu me demito! — digo, com um floreio. — Certo? Satisfeito?

— Vou cobrar isso, Rebecca — diz Eric, com um olhar de mal agouro.

— Cobre! — respondo, confiante, e sustento seu olhar até ele se afastar.

Merda. Acabo de me oferecer para me demitir. Por que, diabos, fiz isso? Só estou imaginando se devo correr atrás do Eric e dizer "Rá, rá, era só brincadeirinha!", quando meu telefone começa a tocar. Abro-o.

— Alô?

— Becky? Buffy.

Contenho um suspiro. Buffy é a secretária de Danny e tem ligado toda noite, só para verificar algum detalhe minúsculo.

— Oi, Buffy! — obrigo-me a falar num tom animado. — Em que posso ajudar?

— Só queria verificar se o quarto de hotel do Sr. Kovitz foi arrumado como ele pediu. Vinte e seis graus, a TV ligada na MTV, três latas de Dr Pepper junto à cama?

— Sim. Eu pedi tudo isso. — De repente, uma coisa me ocorre. — Buffy, que horas são em Nova York?

— Quatro da manhã — diz ela, toda alegre, e eu olho o telefone, pasmada.

— Você se levantou às quatro da manhã só para verificar se Danny vai ter Dr Pepper no quarto do hotel?

— Tudo bem! — Ela parece totalmente lépida. — Faz parte da indústria da moda!

— Ele chegou! — grita alguém junto à porta. — Danny Kovitz está aqui!

— Buffy, preciso desligar — digo rapidamente e desligo o telefone. Enquanto ando até a porta, vislumbro uma limusine na rua lá fora e sinto uma pontada de empolgação. É incrível como Danny ficou importante.

Então a porta se abre — e ali está ele! Magro como sempre, vestindo jeans velhos e o paletó preto mais maneiro, com uma das mangas feita de forro de colchão. Parece cansado, e o cabelo encaracolado está revolto, mas os olhos azuis se iluminam ao me ver, e ele vem correndo.

— Becky! Ah, meu Deus, olha você. — Ele me envolve num abraço enorme. — Está fabulosa!

— Olha você! — retruco. — Senhor Famoso!

— Qual é! Eu não sou *famoso*... — Durante dois segundos, Danny tenta se depreciar. — Bem... certo. Sou, sim. Não é loucura?

Não consigo evitar um risinho.

— Então, esse é o seu séqüito? — Assinto para a mulher com fone de ouvido e microfone, que entrou junto com um cara gigantesco e careca, tipo serviço secreto.

— Esta é minha secretária, Carla.

— Achei que Buffy era sua secretária.

— Minha segunda secretária — explica Danny. — E aquele é Stan, meu guarda-costas.

— Você precisa de um guarda-costas? — pergunto, pasma. Nem eu havia percebido que Danny tinha ficado tão famoso.

— Bom, eu não preciso *realmente* dele — admite Danny. — Mas achei que seria chique. Ei, você mandou colocarem Dr Pepper no meu quarto?

— Três latas. — Vejo Eric se aproximando e rapidamente guio Danny para a mesa do champanhe.

— Então... como está o projeto? — pergunto casualmente. — É que estou sofrendo um pouco de pressão do meu chefe...

Uma expressão familiar, defensiva, surge no rosto de Danny.

— Estou trabalhando nisso, certo? — diz ele. — Minha equipe teve algumas idéias, mas não estou feliz com elas. Preciso absorver o sentimento da loja... no pique de Londres... talvez pegar inspiração em algumas outras cidades européias.

Outras *cidades* européias?

— Certo. E... quanto tempo você acha que isso vai demorar? Mais ou menos?

— Deixe que eu me apresente — interrompe Eric, que finalmente nos alcançou. — Eric Wilmot. Chefe de Marketing aqui na The Look. Bem-vindo à Inglaterra. — Ele aperta a mão de Danny com um sorriso sério. — É um prazer enorme ter a colaboração de um estilista jovem e talentoso num projeto de moda tão empolgante.

Essa frase saiu, palavra por palavra, do release para a imprensa. Sei disso porque fui eu que escrevi.

— Danny estava dizendo que está bem perto de chegar ao projeto final! — digo a Eric, rezando para Danny ficar de boca fechada. — Não é empolgante? Se bem que ainda não há uma escala de tempo exata...

— Sr. Kovitz? — Uma garota de uns 20 anos, usando botas verdes e um casaco muito estranho feito do que parece filme de PVC, aproxima-se timidamente. — Sou da *Fashion Student Gazette*. Só queria dizer que sou uma *enorme* fã. Todos somos, na minha turma na Central

Saint Martin's. Será que eu poderia fazer algumas perguntas sobre sua inspiração?

Rá. Está vendo? Lanço um olhar triunfante para Eric, que simplesmente responde com um muxoxo.

É bem empolgante fazer parte de um grande lançamento de moda numa grande loja de departamentos! Mesmo que seja uma loja de departamentos meio falida e vazia.

Todo mundo faz discurso, até eu. Brianna anuncia a iniciativa e agradece a presença de todos os jornalistas. Eric diz outra vez como estamos empolgados em trabalhar com Danny. Eu explico que conheço Danny desde que ele teve sua primeira coleção na Barneys (não menciono que todas as camisetas se desfizeram e eu quase fui demitida). Danny mostra como está empolgado em ser estilista residente da The Look, e que tem certeza de que, em seis meses, este será o único local para se comprar em Londres.

No fim, todo mundo está num clima animadíssimo. Todo mundo menos Eric.

— Estilista residente? — pergunta ele, assim que me pega sozinha. — O que isso significa? Ele acha que vamos agüentá-lo durante uma porcaria de um ano inteiro?

— Não! — respondo. — Claro que não!

Acho que terei de bater um papinho com Danny.

Por fim, depois de engolir todo o champanhe, os jornalistas de moda vão embora. Brianna e Eric desaparecem em suas salas, e sou deixada sozinha com Danny. Ou, pelo menos, com Danny e seu pessoal.

— E então, vamos almoçar? — sugiro.

— Claro! — responde Danny, e olha para Carla, que imediatamente fala ao microfone com fone de ouvido. — Travis? Travis, é Carla. Poderia trazer o carro, por favor?

Maneiro! Vamos de limusine!

— Há um lugar muito legal aqui na esquina... — começo, mas Carla interrompe.

— Buffy fez reservas em três restaurantes recomendados pelo Zagat. Japonês, francês, acho que o terceiro era italiano...

— Que tal marroquino? — pergunta Danny, enquanto o motorista abre a porta.

— Vou ligar para Buffy — diz Carla, sem bater sequer uma pálpebra. Ela digita um número na memória do celular enquanto todos entramos na limusine. — Buffy, Carla. Poderia, por favor, cancelar as reservas que você fez e pesquisar um restaurante marroquino para o almoço? *Marroquino* — repete ela, enunciando com clareza. — No oeste de Londres. Obrigada, querida.

— Estou a fim de um café com leite — diz Danny, de repente. — Um mocha com leite.

Sem perder o pique, Carla fala de novo ao telefone.

— Alô, Travis, aqui é Carla. Por favor, será que poderíamos parar numa Starbucks? É *Starbucks*.

Trinta segundos depois, a limusine para diante de uma Starbucks. Carla abre a porta.

— Só um mocha com leite? — pergunta ela.

— Ahã — responde Danny, esticando-se, preguiçoso.

— Alguma coisa para você, Stan? — Carla olha para o guarda-costas, que está afundado no banco, plugado em seu iPod.

— Hein? — Ele abre os olhos. — Ah, certo, Starbucks. Pegue um cappuccino. Bem espumante.

A porta do carro se fecha, e eu me viro para Danny, incrédula. Ele tem pessoas correndo atrás dele assim o dia inteiro?

— Danny...

— Hein? — Danny levanta os olhos da *Cosmo Girl*.

— Ei, você está com frio aqui dentro? Eu estou. — Ele pega o telefone e digita um número automático. — Carla, o carro está meio frio. Certo, obrigado.

É isso.

— Danny, isto é ridículo! — exclamo. — Você não pode falar com o motorista? Não pode pegar seu próprio café?

Danny parece genuinamente perplexo.

— Bem... poderia — diz ele. — Acho. — Seu telefone toca, e ele o atende. — É, com canela. Ah, que pena. — Ele põe a mão sobre o fone. — Buffy não está conseguindo encontrar um restaurante marroquino para nós. Que tal um *fusion* libanês?

— Danny... — Estou me sentindo em outro planeta. — Tem um restaurante bem legal aqui mesmo. — Mostro do lado de fora do carro. — Não poderíamos simplesmente entrar ali? Só nós dois, sem mais ninguém?

— Ah. — Danny parece estar avaliando a idéia. — Bem... claro. Vamos.

Saímos do carro no momento em que Carla se aproxima com uma bandeja da Starbucks.

— Alguma coisa errada? — Ela nos examina, cheia de preocupação.

— Vamos almoçar — respondo. — Só Danny e eu. Ali.

— Certo. — Carla assente vigorosamente, como se avaliasse a situação. — Fantástico. Vou fazer uma reserva para vocês... — Para minha perplexidade absoluta, ela liga o telefone de novo. — Ei, Buffy, poderia, por favor, reservar uma mesa num restaurante chamado Annie's, deixe-me soletrar para você...

Buffy está em *Nova York*. Nós estamos a três metros do restaurante. Como isso faz sentido?

— Honestamente, nós estamos bem, obrigada! — digo a Carla. — Vejo você mais tarde! — Em seguida, arrasto Danny pela calçada e entramos no restaurante.

Temos de esperar um pouco por uma mesa. Mas eu projeto a barriga o máximo que consigo e suspiro desejosa para o maître — e alguns minutos depois estamos abrigados numa banqueta de canto, mergulhando pão num azeite delicioso. O que é um alívio. Eu teria de admitir a derrota e ligar para Buffy.

— É fantástico estar aqui — diz Danny, enquanto um garçom lhe serve uma taça de vinho. — A você, Becky!

— A você! — bato de volta com minha taça. — E ao seu projeto fabuloso para a The Look! — Obrigo-me a deixar uma pausa natural. — Então, você ia me dizer para quando poderia ter alguma coisa para nos mostrar?

— Ia? — Danny parece surpreso. — Ei, quer ir a Paris comigo na semana que vem? O agito gay por lá é fantástico...

— Fabuloso! — confirmo com a cabeça. — O negócio, Danny, é que nós meio... mais ou menos... precisamos ter alguma coisa bem... rápido.

— *Rápido*? — Danny arregala os olhos, parecendo traído. — Como assim, rápido?

— Bem, você sabe! Assim que você conseguir, realmente. Estamos tentando salvar a loja, de modo que, quanto mais cedo tivermos alguma coisa, melhor... — Deixo no ar enquanto Danny fixa um olhar reprovador em mim.

— Eu poderia ser "rápido" — diz ele, pronunciando a palavra com desdém. — Poderia juntar algumas idéias de merda em cinco minutos. Ou poderia fazer alguma coisa *significativa*. O que pode levar *tempo*. Isso é o processo criativo. Desculpe se sou um artista. — Ele toma um gole e pousa a taça.

Não posso dizer que algumas idéias de merda em cinco minutos me parece fantástico.

Posso?

— Há algum meio-termo? — sugiro finalmente. — Tipo... algumas idéias *razoavelmente* boas em mais ou menos... uma semana?

— Uma *semana*? — Danny parece quase mais ofendido que antes.

— Ou... sei lá. — Recuo. — Você é a pessoa criativa, sabe como trabalhar melhor. E então! O que quer comer?

Pedimos *penne* (eu), lagosta (Danny), a salada especial de ovos de codorna (Danny) e um coquetel de champanhe (Danny).

— Então, como você está? — pergunta Danny, quando o garçom finalmente se retira. — Andei tendo um pesadelo *total* com o meu namorado, Nathan. Achei que ele estava se encontrando com outra pessoa.

— Eu também — confesso.

— O quê? — Danny larga seu pãozinho, atônito. — Você achou que o *Luke* estava...

— Tendo um caso — assinto.

— Tá brincando. — Ele parece genuinamente chocado. — Mas vocês dois são tão perfeitos!

— Agora está tudo bem — tranqüilizo-o. — Sei que não há nada acontecendo. Mas quase mandei que ele fosse seguido por um detetive particular.

— Não *brinca*! — Danny está inclinado para a frente, os olhos iluminados. — E o que aconteceu?

— Cancelei.

— Meu Deus. — Danny mastiga o pãozinho, absorvendo tudo isso. — Então, por que você achou que ele estava te traindo?

— Tem uma *mulher*. É a nossa obstetra. E é ex-namorada do Luke.

— Uuuh! — Danny se encolhe. — A ex-namorada. Pegou pesado. E como ela é?

Tenho um súbito flashback de Venetia me obrigando a vestir aquelas revoltantes meias cirúrgicas, os olhos reluzindo de triunfo.

— É uma vaca ruiva, e eu a odeio — respondo com mais veemência do que pretendia. — Eu a chamo de Dra. Cruela Cruel.

— E ela vai fazer o parto? — Danny começa a rir. — É verdade?

— Não é engraçado! — Não consigo evitar um riso, também.

— Eu *tenho* de assistir a esse parto. — Danny derrama azeite num palito de tira-gosto. — "Empurra!" "Não empurro, sua vaca!" Você deveria vender ingresso.

— Pára com isso! — minha barriga está doendo, de tanto rir. Na mesa, meu telefone toca com uma mensagem de texto, e eu o pego para olhar. — Ei, é o Luke! Ele vai passar para dar um olá! — Eu mandei um recado para o Luke enquanto estávamos fazendo os pedidos, para avisar que íamos almoçar.

— Fantástico. — Danny toma um grande gole de seu coquetel de champanhe. — Então, agora vocês estão numa boa?

— Estamos ótimos. Na verdade, as coisas andam maravilhosas. Amanhã vamos ver carrinhos de bebê juntos. — Dou um sorriso de êxtase ao Danny.

— Ele nem sabe que você achava que ele estava traindo?

— Puxei o assunto algumas vezes — digo lentamente, passando manteiga em outro pãozinho. — Mas ele sempre negou que houvesse alguma coisa acontecendo. Não vou mencionar isso de novo.

— Nem o detetive particular. — Os olhos de Danny reluzem.

— *Obviamente* nem o detetive particular. — Estreito meus olhos. — E não diga uma *palavra*, Danny.

— Eu não diria! — exclama Danny, inocente, e toma um gole do coquetel de champanhe.

— Ei, pessoal! — Viro-me e vejo Luke vindo pelo restaurante apinhado. Está usando seu novo terno Paul Smith, com o BlackBerry na mão. Dá uma piscadela minúscula para mim, e eu me obrigo a ficar composta, mesmo querendo dar um sorriso malicioso ao me lembrar desta manhã. E não, não vou explicar. Só digamos que, se estou tão "pouco atraente" e "pouco sensual" como disse Venetia, então por que Luke...

Pois é. Indo em frente.

— Danny! Quanto tempo.

— Luke! — Danny salta de pé e lhe dá um tapa nas costas. — Fantástico ver você!

— Parabéns pelo sucesso! — Luke puxa uma cadeira de uma mesa vizinha. — Não posso ficar muito tempo, mas queria lhe dar as boas-vindas a Londres.

— Saúde, meu chapa. — Danny faz o pior sotaque *cockney* que jamais ouvi. Termina de tomar o coquetel de champanhe e sinaliza para que um garçom traga outro. — E parabéns a vocês dois! — Ele passa a mão de leve em minha barriga, depois se encolhe quando o bebê chuta. — Meu Deus. O que foi isso?

— É empolgante! — assente Luke, com um sorriso. — Só faltam algumas semanas.

— Meu Deus. — Danny ainda está olhando minha barriga. — E se for uma menina, aí dentro? Outra pequenina Becky Bloom? É melhor voltar ao escritório e ganhar um pouco mais de dinheiro, Luke. Você vai precisar.

— Cala a boca! — Bato no braço dele. Mas Luke já está se levantando da cadeira. — De qualquer modo, eu só dei uma passadinha. Iain está me esperando no carro. Vejo você de novo, Danny. Tchau, querida. — Ele me dá um beijo na testa, depois espia pela janela do restaurante como se procurasse alguma coisa.

— O que foi? — pergunto, acompanhando seu olhar.

— É... — Luke franze a testa. — Eu não ia dizer nada. Mas nos últimos dias estou me sentindo como se estivesse sendo seguido.

— *Seguido?*

— Fico vendo o mesmo cara o tempo todo. — Luke dá de ombros. — Estava na frente do meu escritório ontem, e eu o vi agora mesmo.

— Mas quem, afinal... — E paro.

Merda. Não. *Não pode* ser.

Eu cancelei. Sei que cancelei. Telefonei e deixei recado na secretária eletrônica de Dave Sharpness. E mandei um e-mail.

Levanto os olhos e vejo o olhar deliciado de Danny virado para mim.

— Acha que há alguém seguindo você, Luke? — pergunta ele, erguendo as sobrancelhas. — Tipo... um detetive particular, talvez?

Vou matá-lo.

— Provavelmente não é nada! — Minha voz sai meio estrangulada. — É só coincidência!

— Provavelmente — confirma Luke. — Mas é estranho. Vejo vocês mais tarde. — Ele toca minha mão, e nós dois o olhamos abrir caminho por entre as mesas.

— A confiança é uma coisa linda num casal — comenta Danny. — Vocês dois têm muita sorte.

— Cala a boca! — Estou pegando o telefone. — Tenho de mandar que eles cancelem!
— Achei que você já havia feito isso.
— E fiz! Há dias! É tudo um equívoco! — Encontro o cartão de Dave Sharpness e digito o número, com os dedos agitados.
— Como acha que o Luke vai reagir quando descobrir que você mandou segui-lo? — pergunta Danny, em tom casual. — Eu ficaria bem puto, se fosse comigo.
— Você realmente *não* está ajudando. — Olho para ele, furiosa. — E obrigada por ter mencionado detetives particulares!
— Ah, desculpe! — Danny aperta a boca com as mãos, fingindo desculpas. — Porque ele nunca teria deduzido sozinho.
Sou atendida pela secretária eletrônica, e respiro fundo.
— Sr. Sharpness, aqui é Becky Brandon. Parece ter havido alguma confusão. Gostaria que o senhor parasse de seguir o meu marido, Luke. Não quero nenhuma investigação. Por favor, chame de volta seus agentes imediatamente. Obrigada. — Desligo o telefone e tomo um gole do coquetel de champanhe de Danny, respirando ofegante. — Pronto. Está feito.

KENNETH PRENDERGAST
Prendergast de Witt Connell
Conselheiros de Finanças
Forward House
High Holborn, 394. Londres WC1V 7EX

Sra. R. Brandon
Maida Vale Mansions, 37
Maida Vale
Londres NW6 0YF

20 de novembro de 2003

Cara Sra. Brandon,

Obrigado por sua carta.

Vi sua nova compra de ações da London Cappuccino Company.

Eu recomendaria que não fizesse mais compras de ações simplesmente por causa de "fabulosas vantagens para o acionista" como café de graça. A senhora deveria procurar perspectivas sólidas, de longo prazo.

Em resposta à sua outra pergunta, não sei de nenhuma empresa de jóias que dê diamantes grátis para seus acionistas.

Atenciosamente,

Kenneth Prendergast
Especialista em Investimentos de Família

Quatorze

Só espero que tenham recebido o recado. Ou o que deixei naquele fim de tarde. Ou o que deixei hoje cedo. Devo ter atulhado completamente a secretária eletrônica de Dave Sharpness, mandando que ele pare a investigação. Mas, até falar pessoalmente com ele, não posso ter certeza de que a mensagem foi recebida.

O que significa que a vigilância ainda pode estar acontecendo.

Quando saímos juntos do apartamento na manhã seguinte para ir ao centro dos carrinhos de bebê, todos os meus sentidos estão em alerta máximo. Tenho certeza que há alguém nos seguindo. Mas onde? Escondido nas árvores? Sentado num carro estacionado com uma teleobjetiva apontada para nós? Saio da escadaria do prédio com os olhos dardejando de um lado para o outro. Há um estalo eletrônico à minha esquerda e instintivamente cubro o rosto com a mão — até que percebo que não é uma máquina fotográfica: é alguém abrindo um carro.

— Você está bem, querida? — Luke está me olhando, perplexo.

O carteiro aparece, e eu lanço um olhar de suspeita para ele. Será que é *realmente* o carteiro?

Ah, sim. É.

Vou rapidamente até Luke.

— Certo, vamos entrar no carro. Agora.

Devíamos ter comprado um carro com janelas de vidro fumê. Eu *disse* ao Luke. E com frigobar.

Meu celular toca no momento em que chegamos ao portão do nosso bloco, e pulo um quilômetro de altura. É coincidência demais. Deve ser o detetive particular, dizendo que está no porta-malas do carro. Ou que está no prédio do outro lado, com um fuzil de atirador de elite apontado para Luke...

Pára com isso. Não contratei um assassino. Está tudo bem.

Mesmo assim, quando pego o telefone, minhas mãos estão tremendo.

— Ah... alô? — digo, nervosa.

— Oi, sou eu! — vem a voz lépida de Suze, com o clamor de vozes de crianças ao fundo. — Escute, se eles tiverem um Bebê Urbano dedinhos-aconchegados, duplo, com acabamento em vermelho, pega para mim? Eu pago.

— Ah. É... claro. — Pego uma caneta e anoto. — Mais alguma coisa?

— Não, só isso. Preciso desligar. A gente se fala depois!

Guardo o telefone, ainda me sentindo nervosa. Estamos sendo seguidos, sei que estamos.

— Então, onde fica esse lugar? — Luke consulta o folheto e começa a apertar botões em seu navegador por satélite. O mapa surge, e ele faz uma careta. — Fica a quilômetros de distância. A gente tem de ir lá?

— É o melhor lugar de Londres! Olha! — Leio no panfleto. — Você pode testar todos os carrinhos de alta qualidade numa variedade de terrenos, e um consultor irá ajudá-lo a passar pelo labirinto.

— O labirinto da compra de um carrinho ou um labirinto de verdade? — pergunta Luke.

— Não sei — admito, depois de procurar no folheto. — Mas, de qualquer modo, tem o maior número de opções, e Suze disse que a gente deveria ir lá.

— É justo. — Luke ergue a sobrancelha e faz um retorno. Então franze a testa para o retrovisor. — Aquele carro parece familiar.

Merda.

Tentando parecer casual, giro a cabeça para ver. É um Ford marrom, e há um cara dirigindo. Um sujeito com tipo de detetive particular, cabelos escuros, rosto cheio de marcas.

Merda merda merda.

— Vamos ouvir o rádio! — digo. Começo a sintonizar diferentes estações, aumentando o volume, tentando distraí-lo. — De qualquer modo, e daí se é familiar? Há um monte de Fords marrons no mundo. Quem sabe quantos? Provavelmente... cinco milhões. Não, dez...

— Ford marrom? — Luke me dá um olhar estranho. — O quê?

Viro a cabeça de novo. O Ford marrom desapareceu. Para onde foi?

— Eu falei daquele BMW conversível pelo qual passamos — diz Luke, baixando o volume do rádio. — Parecia o carro do marido da Mel.

— Ah, certo — digo, depois de uma pausa, e deixo para lá. Talvez seja melhor ficar de boca fechada por um tempo.

Eu não havia percebido que iria demorar uma hora para chegar ao Pram City. É um armazém no norte de Londres, e há um esquema especial em que você estaciona o carro e pega um ônibus. Também não havia percebido isso. Mas mesmo assim. Vai valer a pena quando tivermos o *über*-carrinho mais chique do mundo!

Quando descemos do ônibus, dou uma olhada disfarçadamente ao redor — mas não vejo ninguém que pareça investigador particular. Na maioria, são casais grávidos como nós. A não ser... talvez Dave Sharpness tenha contratado *outro casal grávido* para nos seguir.

Não. Estou ficando paranóica. Tenho de parar de me obcecar com isso. De qualquer modo, seria a pior coisa do mundo se Luke descobrisse? Pelo menos eu me importo com nosso casamento. De certo modo, ele deveria se sentir *lisonjeado* porque mandei segui-lo.

Exatamente.

Andamos até as portas enormes junto com todos os outros casais — e quando entramos não consigo evitar um pequeno brilho de prazer. Cá estamos, escolhendo o carrinho juntos. Como sempre imaginei!

— Então! — Sorrio para Luke. — O que acha? Por onde vamos começar?

— Meu Deus — diz Luke, olhando ao redor. É um enorme prédio com teto curvo, ar-condicionado defeituoso e cantigas de ninar tocando na aparelhagem de som. Estandartes coloridos de três metros de comprimento, pendurados nos caibros, anunciam "Dobráveis", "Para todo terreno", "Sistemas de viagem", "Gêmeos e mais".

— Do que nós precisamos? — Luke coça a testa. — Um sistema de viagem? Um dobrável?

— Depende. — Tento parecer que sei das coisas. Mas a verdade é que ainda estou embolada com esse negócio de carrinhos. Suze tentou me explicar o sistema, mas era como ir às entrevistas coletivas quando eu era jornalista de finanças. Passei por cima dos prós e contras de rodas com controle de direção na frente, e quando ela terminou fiquei muito sem graça de admitir que não havia captado nem uma palavra.

— Fiz algumas pesquisas — acrescento, e enfio a mão na bolsa para pegar minha Lista de Carrinhos, que entrego a Luke com orgulho. Nas últimas semanas, toda vez que vi um carrinho de bebê maneiro, anotei o nome; e não foi fácil. Tive de perseguir um por toda a High Street Kensington.

Luke está folheando as páginas, incrédulo.

— Becky, tem uns trinta carrinhos aqui.

— Bem, esta é a lista longa! Só precisamos reduzir um pouquinho...

— Posso ajudá-los? — Nós dois levantamos os olhos e vemos um cara de cabeça redonda e cabelo curtinho se aproximando. Está usando camisa de mangas curtas e um distintivo da Pram City que diz "Meu nome é Stuart", e habilmente empurrando um carrinho roxo com apenas uma das mãos.

— Precisamos de um carrinho — diz Luke.

— Ah. — O olhar de Stuart baixa para a minha barriga. — Parabéns! É a primeira vez que vêm aqui?

— Primeira e única — diz Luke, com firmeza. — Não quero ser grosseiro, mas gostaríamos de resolver tudo numa única visita, não é, Becky?

— Sem dúvida! — assinto.

— Claro. Glenda? Cuide disto, por favor. De volta à seção D. — Stuart empurra o carrinho roxo pelo piso brilhante até uma garota que está a uns dez metros de distância, depois volta para perto de nós. — Bom, que tipo de carrinho vocês estão procurando?

— Não temos muita certeza — respondo, olhando para o Luke. — Acho que precisamos de ajuda.

— Claro! — Stuart assente. — Venham aqui.

Ele nos leva para o centro da área de sistemas de viagem, depois pára, como um guia de museu.

— Cada casal é diferente — diz ele, em voz cantarolada. — Cada bebê é único. Assim, antes de irmos adiante, gostaria de fazer algumas perguntas sobre o estilo de vida de vocês, para guiar melhor sua escolha. — Ele pega um pequeno bloco de papel preso ao cinto por uma mola. — Vamos avaliar o terreno. O que vocês vão exigir de seu veículo? Passeios na calçada e compras? Caminhadas rústicas? Escaladas radicais?

— Tudo isso — digo, ligeiramente hipnotizada por sua voz.

— *Tudo* isso? — exclama Luke. — Becky, desde quando você faz escaladas radicais?

— Eu posso fazer! — retruco. — Posso começar, como um hobby! — Tenho uma imagem de mim mesma empurrando um carrinho ao pé do Everest, enquanto o bebê arrulha todo feliz para mim. — Acho que, neste estágio, não deveríamos descartar nada.

— Ahã. — Stuart está rabiscando algumas anotações. — Bom, vocês vão querer que o carrinho se dobre rápida e facilmente para ser posto no carro? Vão querer que ele se converta numa cadeirinha para carro? Estão procurando algo leve e manobrável ou forte e seguro?

Olho para Luke. Ele parece tão atônito quanto eu.

— Vamos olhar alguns modelos. — Stuart se compadece de nós. — Assim vocês vão poder começar.

Meia hora depois, minha cabeça está girando. Olhamos carrinhos que se transformam em cadeirinhas para carro, carrinhos que se dobram com ação hidráulica, carrinhos com rodas de bicicleta, carrinhos com colchões especiais de molas alemãs e um negócio incrível que mantém o bebê longe da poluição e é "ideal para fazer compras e tomar um café com leite". (Adorei esse.) Olhamos suportes para pés, capas para chuva, bolsas de fraldas e cúpulas.

Para ser honesta, neste ponto, estou pronta para um café com leite, mas Luke continua totalmente fascinado. Está examinando a estrutura de um carrinho com as rodas maiores e mais fortes que já vi. É acolchoado com tecido de camuflagem cáqui e parece um enorme brinquedo Action Man.

— Então ele tem chassis articulado — está dizendo, com interesse. — Como isso afeta o ângulo de giro?

Pelo amor de Deus. Não é um carro.

— Não se pode superar o ângulo de giro deste modelo. — Os olhos de Stuart estão brilhando enquanto ele demonstra. — O Guerreiro é o Humvee dos carrinhos fora-de-estrada. Está vendo o eixo de molas?

— Guerreiro? — ecôo, pasma. — Não vamos comprar um carrinho chamado Guerreiro!

Os dois homens me ignoram.

— É uma fantástica peça de engenharia. — Luke aperta a borracha da alça. — A sensação é boa.

— Isso é um carrinho para *homem*. Não é um carrinho da moda. — Stuart olha com ligeiro desdém para o carrinho com estampas Lulu Guiness que estou segurando. — Outro dia recebemos um sujeito que já foi das forças especiais SAS, Sr. Brandon. — Ele baixa a voz. — Este foi o carrinho que ele escolheu.

— Gosto um bocado. — Luke está empurrando-o para trás e para a frente. — Becky, acho que devemos comprar este.

— Certo. — Reviro os olhos. — Este pode ser o seu.

— Como assim, o meu? — Luke me encara.

— Eu quero comprar *este*! — digo, em desafio. — Tem uma estampa Lulu Guiness em edição limitada e suporte para iPod embutido. E olha a cúpula para sol. É fabuloso!

— Você não pode estar falando sério. — Luke passa um olhar de desdém pelo carrinho. — Parece um brinquedo.

— Bem, o seu parece um tanque! Não vou empurrar isso pela rua!

— Eu *só* gostaria de ressaltar — intervém Stuart delicadamente —, ao mesmo tempo que aplaudo a escolha dos dois, que nenhum destes modelos tem a cadeirinha para carro e a facilidade de dobrar completamente, que vocês estavam procurando no início.

— Ah. — Olho para o carrinho Lulu Guiness. — Ah, certo.

— Será que eu poderia sugerir que vocês dois voltassem atrás, tomassem um café e pensassem em suas necessidades? Pode ser que precisem de mais de um veículo. Um para fora-de-estrada, um para andar pelas lojas.

É uma idéia.

Stuart vai correndo até outro casal, e Luke e eu nos dirigimos ao café.

— Certo — digo, quando chegamos às mesas. — Você pega os cafés. Vou ficar aqui sentada descobrindo exatamente do que precisamos.

Puxo uma cadeira, sento e pego uma caneta e minha Lista de Carrinhos. No verso, escrevo "Prioridades de Carrinho" e desenho uma tabela. O único modo de fazer isso é ser totalmente rigorosa e científica.

Alguns minutos depois, Luke se aproxima com uma bandeja de bebidas.

— Avançou alguma coisa? — pergunta ele, sentando-se à minha frente.

— Avancei! — Levanto os olhos, o rosto ruborizado com o esforço. — Certo. Estive pensando logicamente... e precisamos de cinco carrinhos.

— *Cinco*? — Luke quase deixa cair seu café. — Becky, só um bebezinho não pode precisar de cinco carros.
— Precisa! Olha. — Mostro a ele minha tabela. — Precisamos de um sistema de viagem com moisés e cadeirinha de carro para quando ele estiver pequenino. — Conto nos dedos. — Precisamos de um de cooper fora-de-estrada para fazermos caminhadas. Precisamos daquele de compras e cafés com leite para a cidade. Precisamos do que se dobra todo, para o carro. E precisamos do Lulu Guiness com iPod.
— Por quê?
— Porque... é chique — digo, na defensiva. — E todas as outras mamães deliciosas também vão ter um.
— As outras mamães deliciosas? — Luke me lança um olhar vazio. Francamente. Será que ele não se lembra de nada?
— Na *Vogue*! Eu tenho de ser a mais deliciosa de todas.
Stuart está passando pela área do café, e Luke o chama.
— Com licença. Minha mulher está falando agora em comprar *cinco* carrinhos. Por favor, poderia lhe explicar que isso é totalmente irracional?
— O senhor ficaria surpreso — diz Stuart, me dando uma piscadela confidencial. — Nós recebemos muitos clientes que repetem a visita. E se o senhor quer resolver toda a compra de carrinho numa viagem só, isso *pode* fazer sentido... — Ele pára diante da expressão pétrea de Luke e pigarreia. — Por que não experimentar alguns modelos em nossa pista com todos os terrenos? Isso vai lhes dar uma idéia real.

A pista com todos os terrenos para carrinhos fica nos fundos da loja, e Stuart nos ajuda a levar todos os nossos "possíveis" até lá.

— Nós, da Pram City, temos muito orgulho de nossa pista de carrinhos — diz ele, empurrando sem esforço seis carrinhos em linha reta. — Enquanto vocês circularem por ela, vão encontrar todo tipo de superfície que o carrinho poderá encontrar em seu tempo de vida, desde o mármore brilhante de um shopping até a praia de cascalho numas férias de verão e a escadaria de pedras de uma catedral... Cá estamos!

Uau. Fico bem impressionada. A pista de carrinhos tem uns trinta metros de comprimento, parece uma pista de corridas, e por todo o caminho há pessoas empurrando carrinhos e gritando umas para as outras. Na seção de cascalho, uma garota ficou totalmente travada com seu carrinho com sombrinha cor-de-rosa, e, na seção da praia, há duas criancinhas jogando areia uma na outra.

— Maneiro! — Pego o carrinho "café com leite e compras" e vou para o começo. — Apostando corrida, Sr. Guerreiro.

— Vamos nessa. — Luke segura a enorme alça cáqui, depois franze a testa. — Como solto o freio?

— Rá! Bobão! — Começo a rodar pela seção da "calçada" com meu carrinho chique. Um instante depois, vejo Luke começando a empurrar seu monstro; e logo está se aproximando de mim.

— Não *ouse*! — digo, por cima do ombro, e acelero o passo

— O Guerreiro é invencível — diz Luke, numa voz de trailer de cinema. — O Guerreiro não admite derrota.

— O Guerreiro pode fazer uma *pirueta*? — retruco. Agora estamos na superfície de mármore, e meu carrinho é incrível! Empurro-o com um dedo, e ele praticamente faz um oito. — Está vendo? É absolutamente...
— Levanto os olhos e vejo que Luke já está no cascalho.

— Você deixou de fazer os giros obrigatórios! — grito, ultrajada. — Penalidade de vinte segundos!

Devo dizer que o Guerreiro é bem legal no cascalho. Simplesmente esmaga as pedras, obrigando-as à submissão. Ao passo que meu carrinho é meio... de merda.

— Precisa de ajuda aí? — pergunta Luke, enquanto me olha tentando prosseguir. — Algum problema com seu carrinho inferior?

— Não planejo levar o neném a nenhum poço de cascalho — retruco, com gentileza. Chego à grama e, acidentalmente-de-propósito, bato meu carrinho no do Luke.

— Problema de direção? — Ele ergue as sobrancelhas.

— Só estou testando seus airbags — digo, lépida. — Parece que não estão funcionando.

— Muita gentileza sua. Posso testar o seu? — Ele bate seu carrinho no meu com um riso, e eu o empurro de volta. Junto à cerca lateral, posso ver Stuart nos olhando com ligeira preocupação.

— Já tomaram alguma decisão? — grita ele.

— Ah, sim — grita Luke de volta, assentindo. — Queremos três Guerreiros.

— Cala a boca! — Acerto Luke com as costas da mão, e ele começa a gargalhar.

— Ou melhor, quatro... — Ele pára quando seu celular toca. — Espere um segundo. — Pega o aparelho e leva ao ouvido. — Luke Brandon. Ah, oi.

Ele larga o carrinho e se vira. Talvez eu devesse experimentar o Guerreiro agora. Seguro a alça enorme e empurro, hesitando.

— Está brincando — ouço Luke dizer incisivamente. Giro o Guerreiro até ficar de frente para ele. Seu rosto está tenso e pálido, e ele está ouvindo com a testa franzida. *Está tudo bem?* Murmuro para ele, mas Luke gira imediatamente e dá vários passos para longe de mim.

— Certo — posso ouvi-lo dizendo. — Temos de... pensar nisso. — Ele está desgrenhando o cabelo enquanto caminha pela pista de carrinhos, nem mesmo notando o casal com o carrinho de três rodas que tem de se desviar dele.

Ligeiramente ansiosa, começo a ir atrás dele com o Guerreiro. O que aconteceu? Quem está ao telefone? Bato as rodas descendo os degraus e finalmente o alcanço na seção da areia de praia. Quando me aproximo, sinto um choque de nervosismo. Ele está se levantando, segurando o telefone com força, o rosto marcado pela tensão.

— Essa opção não existe — diz Luke na mesma voz baixa. — Não existe. — De repente, ele me nota, e todo o seu rosto se retesa.

— Luke...

— Estou falando, Becky. — Ele parece irritado. — Será que posso ter um pouco de privacidade, por favor?

— Ele se levanta de vez e vai andando pela areia, e eu o olho, sentindo-me como se tivesse levado um soco na cara.

Privacidade? Em relação a mim?

Minhas pernas estão tremendo enquanto o vejo se afastar. O que deu errado? Num minuto estávamos empurrando carrinhos, rindo e provocando um ao outro, e agora...

De repente, percebo que meu celular começou a tocar dentro da bolsa. Tenho uma convicção súbita e louca de que é o Luke, pedindo desculpas — mas posso vê-lo do outro lado da pista de carrinhos, ainda falando.

Pego o telefone e atendo.

— Alô?

— Sra. Brandon? — diz uma voz estalada. — Aqui é Dave Sharpness.

Ah, pelo amor de Deus. Logo agora!

— Até que enfim! — respondo, com rispidez, jogando minha preocupação em cima dele. — Escute, eu cancelei o senhor! O que está fazendo, ainda seguindo meu marido?

— Sra. Brandon. — Dave Sharpness dá um risinho. — Se eu ganhasse um centavo para cada mulher que telefona para cancelar no dia seguinte e depois se arrepende...

— Mas eu *queria* que o senhor cancelasse! — Sinto vontade de jogar o telefone longe, frustrada. — Meu marido sabe que está sendo seguido por alguém! Ele viu um dos seus homens!

— Ah. — Dave Sharpness parece abalado. — Bom, isso *não* deveria ter acontecido. Vou falar com o agente em questão...

— Cancele todos eles! Cancele todo mundo neste minuto, antes que meu casamento seja arruinado! E não me telefone de novo!

O telefone está ficando com um ruído cada vez mais alto.

— Não estou ouvindo direito, Sra. Brandon. — Ouço fracamente a voz de Dave Sharpness. — Desculpe. Estou indo para Liverpool.

— Eu disse para parar com a investigação! — digo o mais alto e claro que posso.

— E quanto às nossas descobertas? Foi por isso que liguei. Sra. Brandon, temos um relatório completo disponível... — Sua voz desaparece num mar de estática.

— Descobertas? — Olho o telefone, com o coração martelando subitamente. — O que o senhor... Sr. Sharpness? Ainda está aí?

— ... realmente acho que a senhora deveria ver as fotos...

De repente, os estalos se transformam num tom contínuo. A linha caiu.

Estou paralisada, de pé na areia, uma das mãos segurando o Guerreiro. Fotografias? Ele certamente não quer dizer...

— Becky. — A voz de Luke me dá um susto tão grande que eu pulo, jogando o telefone no ar. Ele se abaixa para pegá-lo na areia e me entrega. Não consigo olhá-lo enquanto pego o aparelho com as mãos trêmulas e o enfio no bolso.

Fotografias de quê?

— Becky, preciso ir. — Luke parece tão tenso quanto eu. — Era a... Mel. Uma pequena emergência no escritório.

— Ótimo. — Assinto e começo a empurrar o Guerreiro de volta para o início da pista. Meus olhos estão fixos adiante. Sinto-me entorpecida. Fotografias de quê?

— Vamos comprar o carrinho Lulu Guinness — diz Luke quando chegamos ao início. — Realmente não me incomodo.

— Não. Leve o Guerreiro. — Engulo em seco, tentando empurrar para dentro o nó que sobe pela garganta. — Não importa.

Toda a diversão e a tranqüilidade sumiram. Sinto-me fria de apreensão. Dave Sharpness tem provas de Luke fazendo... alguma coisa. E não tenho idéia do que seja.

Quinze

Desta vez, não me preocupo em pôr óculos escuros. Nem me preocupo em sorrir para a recepcionista. Sento-me empertigada na mesma poltrona de espuma marrom rasgando um lenço de papel em pedacinhos, pensando: *eu não acredito*.

Não consegui fazer nada durante o fim de semana. Tive de esperar até Luke sair para o trabalho hoje cedo. Certifiquei-me que ele realmente havia saído (olhando pela janela e depois ligando duas vezes para ele no carro, para garantir que não havia retornado) e depois juntei coragem para ligar para o escritório de Dave Sharpness. Mesmo assim, praticamente fiz isso num sussurro. Falei com a recepcionista, que se recusou a me dar qualquer detalhe das descobertas pelo telefone. De modo que aqui estou, às onze da manhã, de novo em West Ruislip.

O negócio todo parece surreal. Deveria ter sido cancelado. Eles não deveriam *descobrir* nada.

— Sra. Brandon. — Levanto os olhos, sentindo-me uma paciente num consultório médico. Ali está Dave Sharpness, parecendo mais sepulcral do que nunca. — Poderia entrar?

Enquanto ele me leva para dentro da sala, parece ter tanta pena que não suporto. Decido instantaneamente fazer cara de coragem. Vou fingir que não estou incomodada se Luke está tendo um caso. Só queria saber por curiosidade. Na verdade, fico *feliz* por ele ter um caso, porque eu queria o divórcio o tempo todo. É.

— Então o senhor descobriu alguma coisa — digo, em tom casual, enquanto me sento. — Interessante. — Tento um sorrisinho despreocupado.

— Este é um momento difícil para a senhora. — Dave Sharpness se inclina pesado para a frente, apoiando-se nos cotovelos.

— Não é, não! — digo, animada demais. — Realmente não me importo. Na verdade, tenho um namorado e vamos fugir juntos para Mônaco, de modo que estou absolutamente bem com relação a tudo isso.

Dave Sharpness não parece engolir.

— Acho que a senhora se importa. — Sua voz fica ainda mais grave. — Acho que se importa muito. — Seus olhos injetados lamentam tanto que não consigo suportar mais.

— Certo, eu me importo! — fungo. — Então conte logo, certo? Ele anda se encontrando com ela?

Dave Sharpness abre um envelope pardo e examina o conteúdo, balançando a cabeça.

— Esta parte do trabalho nunca é fácil. — Ele suspira, folheia os papéis e depois levanta os olhos. — Senhora Brandon, seu marido vem levando uma vida dupla.

— Vida dupla? — Encaro-o, boquiaberta

— Devo dizer que ele não é o homem que a senhora imaginava.

Como Luke pode não ser o homem que eu imaginava? O que esse cara está falando?

— Como assim? — digo, um tanto agressivamente.

— Na quarta-feira passada, um dos meus agentes seguiu seu marido saindo do local de trabalho. Ele se hospedou num hotel usando nome falso. Pediu coquetéis para várias... mulheres. De... um certo tipo. Se é que a senhora sabe o que quero dizer, Sra. Brandon.

Estou tão assombrada que não consigo falar. Luke? Mulheres de um certo tipo?

— Meu agente altamente hábil investigou a identidade falsa dele. — Dave Sharpness me dá um olhar impressionante. — Descobriu que houve problemas nesse hotel específico, no passado. Houve... incidentes lamentáveis com mulheres. — Dave Sharpness olha suas anotações com expressão de nojo. — Todos foram abafados e pagos. Seu marido é claramente um homem poderoso. Meu agente também descobriu várias acusações de assédio sexual que jamais se transformaram em processos... uma alegação de intimidação contra ele e um colega, de novo abafada...

— Pára com isso! — grito, incapaz de ouvir mais. — O senhor deve ter recebido informações erradas! O senhor ou seu agente. Meu marido não toma coquetéis com mulheres de certo tipo! Ele jamais *intimidaria* alguém! Eu o conheço!

Dave Sharpness suspira. Recosta-se na cadeira e pousa as mãos na barriga enorme.

— Sinto pena da senhora, de verdade. Nenhuma mulher quer saber que o marido é menos do que perfeito.

— Não estou dizendo que ele seja *perfeito*, mas...

— Se a senhora soubesse a quantidade de homens falsos que há por aí. — Ele me olha com ar lúgubre. — E a mulher é sempre a última a saber.

— O senhor não entende! — Sinto vontade de lhe dar um tapa. — Não pode ser Luke. Simplesmente *não pode* ser!

— É difícil aceitar a verdade. — Dave Sharpness é inexorável. — Requer grande coragem.

— Pare de ser condescendente comigo! — digo, furiosa. — Eu tenho coragem. Mas também *sei* que meu marido não intimida os outros. Me dê essas anotações! — Arranco a pasta que está com ele, e uma pilha de fotos brilhantes, em preto-e-branco, caem sobre a mesa.

Olho para elas, confusa. São todas fotos de Iain Wheeler. Iain do lado de fora da Brandon Communications. Iain subindo a escada de um hotel.

— Este não é o meu marido. — Levanto os olhos. — Este *não* é o meu marido.

— Agora estamos chegando a algum lugar. — Dave Sharpness assente, satisfeito. — Seu marido tem dois lados na personalidade, como se fosse...

— Cala a boca, seu idiota! — grito, exasperada. — É o Iain! Vocês seguiram a pessoa errada!

— O quê? — Dave Sharpness se empertiga. — Literalmente a pessoa errada?

— Este é um dos clientes dele. Iain Wheeler.

Dave Sharpness pega uma das fotos e a encara por alguns segundos.

— Este não é o seu marido?

— Não! — De repente, vejo uma foto de Iain entrando em sua limusine. Pego-a e aponto para Luke, que está ao fundo, do outro lado do carro, meio fora de foco. — *Este* é Luke! *Este* é o meu marido.

A respiração de Dave Sharpness está ficando mais pesada enquanto ele olha da cabeça turva de Luke para as fotos de Iain, para as suas anotações, e de volta para o Luke.

— Lee! Venha cá! — grita ele, subitamente parecendo muito menos um profissional tranqüilo e atencioso, e mais um velhote puto do sul de Londres.

Alguns instantes depois, a porta se abre e um sujeito magricelo, de cerca de 17 anos, enfia a cabeça na porta, segurando um Gameboy.

— Ah... sim? — diz ele.

Este é o agente altamente capaz?

— Lee, já estou cheio de você. — Dave Sharpness bate a mão furiosamente na mesa. — É a segunda vez que você estraga tudo. Você seguiu a porcaria do homem errado. Este não é Luke Brandon. — Ele bate nas fotos. — *Este* é Luke Brandon!

— Ah. — Lee coça o nariz, parecendo despreocupado. — Merda.

— É, merda! É, estou bem decidido a lhe dar um chute no rabo. — O pescoço de Dave Sharpness ficou muito vermelho. — Como seguiu o homem errado?

— Não sei! — diz Lee defensivamente. — Peguei a foto dele no jornal. — Ele enfia a mão na pasta e tira um recorte do *Times*.

Conheço a foto. É uma imagem simples de Luke e Iain, batendo papo numa coletiva do Arcodas.

— Aí, está vendo? — diz Lee. — Aí diz: "Luke Brandon, à direita, conversa com Iain Wheeler, à esquerda."

— Eles erraram a legenda! — Praticamente cuspo nele. — No dia seguinte saiu um pedido de desculpas! Você não *verificou*?

Os olhos de Lee já voltaram para seu Gameboy.

— Responda à senhora! — berra Dave Sharpness. — Lee, você é um inútil!

— Olha, papai, foi um erro, certo? — geme Lee.

Papai?

Esta é a última vez que contrato um detetive particular pelas Páginas Amarelas.

— Senhora Brandon... — Dave Sharpness está obviamente tentando se acalmar. — Só posso pedir desculpas. Claro que reiniciaremos nossa investigação sem qualquer custo adicional para a senhora, desta vez focalizando o personagem correto...

— Não! — interrompo. — Só pare com isso, certo? Já estou cheia!

De repente me sinto trêmula. *Como* posso ter contratado alguém para espionar Luke? O que estou fazendo neste lugar de merda? Levanto-me abruptamente.

— Estou indo. Por favor, nunca mais me contate.

— Claro. — Dave Sharpness empurra rapidamente a cadeira para trás. — Lee, saia do caminho! Será que posso lhe entregar as outras descobertas, Sra. Brandon...

— *Outras* descobertas? — viro-me para ele, incrédula. — Realmente acha que eu quero ouvir mais alguma coisa que o senhor tem a dizer?

— Havia a questão das sobrancelhas, não é? — Dave Sharpness tosse delicadamente.

— Ah. Ah, certo. — Paro. Havia esquecido isso.

— Está tudo aqui. — Dave Sharpness aproveita a oportunidade para colocar o envelope pardo nas minhas mãos. — Detalhes da esteticista e do tratamento, fotos, anotações de vigilância...

Quero jogar o envelope de volta na cara dele e sair batendo os pés.

Só que... Jasmine tem sobrancelhas realmente boas.

— Talvez eu dê uma olhada nessa parte — digo finalmente, do modo mais pétreo que consigo.

— A senhora também vai encontrar algumas informações aí — diz Dave Sharpness, correndo atrás de mim até a porta — que foram coletadas em relação ao caso do seu marido. Sua amiga Susan Cleath-Stuart, por exemplo. Bom, ela é uma jovem *muito* rica.

Sinto um enjôo. Ele andou investigando *Suze*?

— Parece que a fortuna dela foi estimada em...

— Cala a *boca*! — Giro com selvageria. — Nunca mais quero vê-lo nem saber do senhor! E se alguém de seu escritório seguir Luke ou algum amigo meu, vou ligar para a polícia.

— Sem dúvida — diz Dave Sharpness, assentindo como se esta fosse uma idéia brilhante que eu tivesse apresentado. — Entendi.

Vou até o fim da rua e pego um táxi. Ele parte e fico sentada, segurando a alça acima da porta, incapaz de relaxar até estarmos bem longe de West Ruislip. Mal suporto olhar o envelope pardo pousado no meu colo como um segredo horrível e culpado. Se bem que, agora que penso nisso, provavelmente foi *melhor* eu tê-lo trazido. Vou pegar todas essas informações e jogar direto na picotadora de papel. E depois vou rasgar os picotes. Jamais quero que Luke saiba o que eu fiz.

Não acredito como pude entrar nessa. Luke e eu somos casados. Não deveríamos espionar um ao outro. Isso praticamente está nos votos de casamento: "Amar, respeitar e jamais contratar um detetive particular em West Ruislip."

Deveríamos confiar um no outro. Deveríamos *acreditar* um no outro. Num impulso, pego meu celular e digito o número de Luke.

— Oi, querido! — digo, assim que a ligação se completa. — Sou eu.

— Oi! Está tudo...

— Está tudo ótimo. Eu só fiquei imaginando. — Respiro fundo. — Aquele telefonema que você recebeu no outro dia, na loja de carrinhos. Você pareceu meio perturbado. Está tudo bem?

— Becky, sinto muito por aquilo. — Ele parece de fato com remorso. — Sinto de verdade. Eu... perdi as estribeiras por um momento. Houve um probleminha aqui. Mas vai se resolver sozinho, tenho certeza. Não se preocupe.

— Certo. — Solto o ar. Eu nem havia percebido que estava prendendo o fôlego.

É o trabalho. Só isso. Luke sempre tem probleminhas e coisinhas que precisam ser resolvidas, e algumas vezes fica estressado. É o que acontece quando você comanda uma empresa enorme.

— Vejo você mais tarde, querida. Tudo certo para a grande noite?

Esta noite é a reunião da faculdade. Eu quase havia esquecido.

— Mal posso esperar! Tchau, Luke.

Guardo o telefone e respiro fundo algumas vezes. O principal é que Luke não faz a menor idéia de que cheguei perto de um detetive particular. E nunca vai descobrir.

Quando chegamos ao terreno familiar do oeste de Londres, abro o envelope e começo a folhear as fotos e as anotações de vigilância. É melhor descobrir sobre as sobrancelhas de Jasmine antes de picotar tudo. Chego a uma foto turva de Suze caminhando pela High Street Kensington e fecho os olhos, sentindo outra onda de vergonha. Cometi alguns erros terríveis na vida, mas este é o pior, zilhões de milhões de vezes. Como posso ter exposto minha melhor amiga a um detetive particular vagabundo?

Todas as dez fotos seguintes, mais ou menos, são de Venetia, e passo por elas rapidamente. Não quero vê-la.

Depois há umas duas de Mel, a secretária de Luke, saindo do escritório, e então... ah, meu Deus, é *Lulu*?

Olho a foto, perplexa. Então me lembro de tê-la mencionado quando estava fazendo a lista de mulheres que Luke conhece. Eu disse que Luke não saía com ela, e Dave Sharpness assentiu como quem sabe das coisas, e disse:

— Esta costuma ser a cortina de fumaça.

Idiota. Ele obviamente teve a idéia de que Luke e Lulu estavam tendo um caso tórrido secretamente, ou algo do tipo.

Espera aí. Pisco e olho com mais atenção para a foto. Não pode ser...

Ela não pode estar...

Aperto a mão na boca, meio chocada, meio tentando não rir. Certo, sei que contratar um detetive particular foi uma coisa idiota. Mas isso vai animar Suze demais.

Estou enfiando todas as fotos e papéis de volta no envelope quando meu celular toca.

— Sim? — digo, com cautela.

— Becky, é Jasmine! — diz uma voz animada. — Você vem ou não?

Empertigo-me, surpresa. Em primeiro lugar, nem achei que alguém pensaria que eu estava atrasada. E em segundo, quando foi que Jasmine já ergueu a voz além de um tom monossilábico e entediado?

— Estou indo — respondo. — O que houve?

— É o seu colega, Danny Kovitz.

Sinto uma pontada de alarme. Por favor, não diga que ele perdeu o interesse. Por favor, não diga que ele caiu fora.

— Houve... algum problema? — Mal consigo falar.
— De jeito nenhum! Ele terminou o projeto! Está com tudo aqui agora. E é incrível!

Finalmente, *finalmente* alguma coisa vai bem! Chego a The Look e vou direto para a sala da diretoria, no sexto andar, onde todo mundo se reuniu para ver o projeto.

Jasmine me encontra no elevador, os olhos brilhando.
— É demais! — diz ela. — Parece que ele trabalhou a noite inteira para terminar. Disse que a vinda à Inglaterra lhe deu exatamente a inspiração final de que precisava. Todo mundo está realmente empolgado. Vai vender até esgotar! Mandei mensagens de texto para todas as minhas amigas e todas querem uma.
— Fantástico! — digo, atônita.

Não sei com o que estou mais surpresa: com Danny terminar o projeto tão depressa ou Jasmine parecer viva.
— Aqui... — Ela abre a pesada porta de madeira clara, e ouço a voz de Danny enquanto entramos na sala da diretoria. Ele está sentado à mesa comprida, falando com Eric, Brianna e todo o pessoal do marketing e da divulgação.
— Era simplesmente o conceito final que eu precisava resolver — está dizendo ele. — Mas assim que consegui...
— É tão diferente! — está dizendo Brianna. — É tão *original*.
— Becky! — De repente, Danny me nota. — Venha ver o projeto! Carla, aqui.

Ele a chama. E eu ofego.

— Você *o quê?* — minha voz dispara, horrorizada, antes que eu possa impedir.

O projeto é uma camiseta com costuras arrepanhadas e as mangas características do Danny, rasgadas e pregueadas. O fundo é em azul-claro, e na frente há um pequeno desenho estilizado, tipo anos 1960, de uma boneca ruiva. Por baixo há uma frase impressa:

ELA É UMA VACA RUIVA
E EU A ODEIO

Olho para Danny, olho de volta para a camiseta e de volta para Danny.

— Você não pode... — Minha boca não está funcionando direito. — Danny, você não pode...

— Não é fantástica? — pergunta Jasmine.

— As revistas vão *adorar.* — Uma garota da divulgação está assentindo entusiasmada. Já demos uma mostrazinha para a *InStyle* e vai sair na coluna de peças imprescindíveis deles. E com a sacola combinando... *Todo mundo* vai querer uma.

— É um slogan brilhante! — diz outra pessoa — "Ela é uma vaca ruiva e eu a odeio!"

Toda a sala gargalha. Menos eu. Ainda estou em choque. O que Venetia vai dizer? O que Luke vai dizer?

— Vamos colocar nas paradas de ônibus, em cartazes, em revistas... — continua a garota da divulgação.

— Danny teve uma idéia fabulosa, que é fazer uma camiseta para grávidas também.

O CHÁ-DE-BEBÊ DE BECKY BLOOM

Minha cabeça dispara, horrorizada. Ele o quê?

— Grande idéia, Danny! — digo, lançando adagas contra ele.

— Foi o que pensei. — Ele ri de volta, inocente. — Ei, você poderia usar uma no parto!

— Então, onde conseguiu a inspiração, Sr. Kovitz? — pergunta um ansioso jovem assistente de marketing.

— Quem é a vaca ruiva? — entoa a garota da divulgação, com um riso fácil. — Espero que ela não se incomode por haver mil camisetas impressas falando dela!

— O que acha, Becky? — Danny ergue a sobrancelha maliciosamente para mim.

— Becky a *conhece*? — pergunta Brianna, surpresa. — É uma pessoa de verdade?

De repente, todo mundo parece interessado.

— Não! — berro, alarmada. — Não! De jeito nenhum! Ela não é... quero dizer... eu só estava... pensando. Por que não ampliamos o projeto? Poderíamos ter versões para louras e morenas também.

— Boa idéia — diz Brianna. — O que acha, Danny?

Por um instante, com o coração parando, acho que ele vai dizer: "Não, tem de ser ruiva porque Venetia é ruiva." Mas graças a Deus ele assente.

— Gosto disso. Escolha a sua vaca. — De repente, ele dá um gigantesco bocejo felino. — Tem mais café?

Graças a Deus. Desastre evitado. Vou levar para casa uma versão "loura", e Luke nunca saberá sobre a original.

— Precisamos disso! — diz Carla, servindo o café.

— Ficamos acordados a noite toda. Danny finalizou o

projeto por volta das duas da madrugada. Depois achamos uma oficina de silk-screen que fica aberta a noite toda em Hoxton, e eles fizeram os protótipos para nós.

— Bem, agradecemos o esforço de vocês — diz Eric, em tom pesado. — Em nome da The Look, eu gostaria de agradecer a você, Danny, e à sua equipe.

— Agradecimento aceito — responde Danny, em tom charmoso. — E eu gostaria de agradecer a Becky Bloom, responsável por esta colaboração. — Ele começa a aplaudir, e relutantemente sorrio de volta. Nunca se pode ficar chateada com Danny por muito tempo. — A Becky, minha musa — acrescenta ele, levantando a nova xícara de café que Carla lhe serviu. — E à pequena *musette*.

— Obrigada! — Levanto minha xícara para ele. — A você, Danny.

— Você é a *musa* dele? — Jasmine ofega ao meu lado. — Que chique!

— Bem... — Dou de ombros, casual. Mas por dentro estou em júbilo. Sempre quis ser musa de um estilista!

É isso aí. Sempre que a vida parece um lixo total, ela dá uma reviravolta. O dia de hoje foi aproximadamente um milhão de vezes melhor do que eu esperava. Luke não leva vida dupla, afinal de contas. O projeto de Danny vai vender feito água. E eu sou uma musa!

No fim do dia, troquei de roupa algumas vezes, porque as musas da moda gostam de experimentar a aparência. Finalmente me decido por um vestido de chiffon cor-de-rosa, linha-império, que mal consigo espremer por cima da barriga, com um dos protótipos das camisetas de Danny por cima, junto com um casaco de veludo verde e um chapéu de pluma preto.

Preciso começar a usar mais chapéus, se vou ser uma musa. E broches.

Às cinco e meia, Danny aparece na entrada do departamento de compras pessoais, e levanto os olhos, surpresa.

— Ainda está aqui? Onde andou?

— Ah... só dando um tempo na seção masculina — diz ele casualmente. — Aquele cara que trabalha lá, o Tristan. É bem bonito, hein?

— Tristan não é gay. — Lanço um olhar para Danny.

— *Ainda* — diz Danny, e pega um vestido de noite cor-de-rosa, do nosso departamento "roupas de cruzeiro". — Isso é *medonho*. Becky, você não deveria deixar este vestido no estoque.

No momento ele está no pique máximo, como sempre fica quando termina um projeto. Lembro-me disso, de Nova York.

— Onde está todo o seu "pessoal"? — pergunto, revirando os olhos. Mas Danny não capta a ironia.

— Redigindo contratos — responde ele vagamente. — E Stan pegou o carro para fazer turismo. Ele nunca esteve em Londres antes. Ei, vamos tomar alguma coisa?

— Preciso ir para casa. — Olho relutante para o relógio. — Tenho uma reunião esta noite.

— Só uma bebidinha rápida? — Danny geme. — Eu praticamente não *vi* você. Ei, que chapéu é esse?

— Você gosta? — Toco nele, meio sem jeito. — É que fiquei meio a fim de plumas.

— Plumas. — Danny está me examinando com a testa franzida. — Grande idéia.

— Verdade? — Fico reluzente de orgulho. Talvez ele baseie toda a sua nova coleção em plumas, e terá sido minha idéia. — Ei, se quiser fazer um desenhozinho de mim... — digo casualmente, mas Danny não está escutando. Está andando à minha volta, com uma expressão atenta.

— Você deveria usar um boá de plumas — diz subitamente. — Tipo um grande. Tipo... *enorme.*

Um boá de plumas enorme. É brilhante. Pode ser a próxima grande jogada da moda! Poderia ser a nova baguette da Fendi!

— Há boás de plumas no departamento de Acessórios! — digo. — Venha! — Pego minha bolsa e fecho-a, primeiro me certificando de que o envelope pardo está em segurança dentro. Vou picotá-lo assim que chegar em casa. Quando Luke não estiver olhando.

Descemos as escadas rolantes até o térreo, onde fica o departamento de Acessórios.

— Estamos fechando... — começa Jane, a gerente de acessórios, até ver que somos nós.

— Desculpe — digo, ofegante, enquanto Danny vai até um mostruário de boás e echarpes. — Não vamos demorar. Só que estamos tendo um momento *fashion*...

— *Pronto* — diz Danny, envolvendo-me em coloridos boás de plumas. — Tipo: o maior boá de pluma que você já viu. — Ele está amarrando oito boás juntos, formando um enorme, em forma de salsicha. — É um look fantástico.

Sinto um frisson enquanto ele enrola o boá em volta de mim. Estamos fazendo história da moda, aqui mesmo! Estamos lançando uma nova tendência! No ano que vem, todo mundo estará usando gigantescos boás Danny Kovitz. As celebridades vão usá-los no Oscar, as lojas chiques vão vender...

— O Boá Gigante — diz Danny, amarrando um que estava meio solto. — O Gigante. É fabuloso. Dê uma olhada! — Ele me gira para a frente do espelho e eu ofego.

— É... uau!

— Fantástico, não é? — Danny ri de orelha a orelha.

Para ser absolutamente sincera, ofeguei por que estou parecendo absolutamente idiota. Mal dá para ver minha cabeça no meio das plumas. Pareço um enorme espanador grávido.

Mas não devo ter a mente estreita. Isto é moda. As pessoas provavelmente achavam os jeans cigarrette ridículos quando viram pela primeira vez.

— Incrível — ofego, tentando tirar as plumas da boca. — Você é um gênio, Danny.

— Vamos tomar aquela bebida. — Danny está cheio de animação. — Me sinto no clima para um martíni.

— Poderia colocar esses boás na minha conta? — digo a Jane. — São oito. Obrigada!

Saímos da loja num barato total, e guio Danny até a esquina, entrando na Portman Square. As luzes da rua estão acesas, e algumas pessoas de black-tie saem do Hotel

Templeton. Elas me olham com estranheza enquanto passamos e ouço alguns risinhos, mas só mantenho a cabeça mais alta. Se você quiser estar no auge da moda, vai receber alguns olhares estranhos.

— Vamos a este bar aqui? — sugiro, parando. — É meio chato, mas está perto.

— Desde que eles consigam preparar uma bebida... — Danny abre a pesada porta de vidro e me faz entrar. O Templeton Bar é muito *bege*; carpete bege, cadeiras fofas e garçons de uniforme bege. Está apinhado de gente com cara de executivo, mas vejo um espaço perto do piano.

— Vamos pegar aquela mesa ali — estou dizendo ao Danny. E paro no ato.

É Venetia. Sentada no canto a alguns metros, o cabelo brilhando sob as luzes, com um cara de terno e outra mulher elegante. Não reconheço nenhum dos dois.

— O que é? — Danny me espia. — Alguma coisa errada?

— É... — Engulo em seco e viro a cabeça discretamente na direção dela. Danny segue meu olhar e ofega teatralmente, deliciado.

— É a Dra. Cruela Cruel?

— Cala a boca! — guincho.

Mas é tarde demais. Venetia se virou. Viu a gente. Está se levantando e se aproximando, uma figura impossivelmente elegante com terninho preto e saltos altos, o cabelo imaculado como sempre.

Tudo bem, digo a mim mesma. Calma. Não sei por que meu coração está martelando, e meus dedos, suando.

Ah. Bem. Talvez porque na minha bolsa há um envelope contendo dez fotos de grande angular de Venetia. Mas ela não *sabe* disso, não é?

— Becky! — Ela sorri e me beija nas duas bochechas. — Minha cliente predileta. Como vai? Agora não falta muito! Quatro semanas, não é?

— Isso mesmo. E então... é... como vai, Venetia? — Minha voz está trêmula, e meu rosto, vermelho. Mas, afora isso, acho que estou bastante natural. — Este é meu amigo, Danny Kovitz.

— Danny Kovitz. — Os olhos dela se iluminam, reconhecendo. — É uma honra. Comprei uma peça sua em Milão recentemente. Na Corso Como. Um casaco de contas.

— Sei qual é! — diz Danny, ansioso. — Aposto que você fica fabulosa nele.

Por que ele está sendo legal com ela? Danny deveria estar do *meu* lado.

— Comprou a calça? — está perguntando agora. — Porque nós fizemos em dois estilos: uma capri e uma com corte para bota. Você ficaria fantástica na capri.

— Não, só comprei o casaco. — Ela sorri para ele, depois me olha. — Becky, você parece quente com todas essas... plumas. Você está bem?

— Estou... ótima! — Sopro algumas plumas presas no batom. — Este é o novo conceito de moda de Danny.

— Certo. — Venetia dá um olhar dúbio para o meu boá de plumas gigante. — Só que, sabe, não é saudável ficar quente demais durante a gravidez.

Típico. Dando ordens de novo. Dizendo que moda não é saudável. Mas a verdade é que estou começando a suar com todas essas camadas — assim, relutante, tiro o boá e o casaco.

Há um silêncio estranho. Por um momento, não sei bem por que Venetia está olhando para o meu peito. Então meu estômago afunda quando percebo.

Estou usando a camiseta de Danny. Olho para baixo — e ali está, claro como o dia.

ELA É UMA VACA RUIVA
E EU A ODEIO

Merda.

— Na verdade, estou com frio! — Enrolo o boá no pescoço de novo, tentando desesperadamente cobrir as palavras. — Brrr! Está gelado aqui dentro. Não está gelado para esta época do ano?

— O que está escrito? — pergunta Venetia, em voz peculiar. — Na sua camiseta?

— Nada — respondo, agitada. — Nada! É só uma... piada! Quero dizer, obviamente não é *você*. É outra vaca... é... mulher... pessoa... ruiva.

Isso não está indo bem.

— Bom trabalho, Becky — diz Danny em meu ouvido. — Cheia de tato.

Venetia respira profundamente, como se tentasse se controlar. Parece bem chateada, começo a perceber.

— Becky — diz ela finalmente. — Podemos bater um papinho?

— Papinho? — ecôo, nervosa.

— É, papinho. Nós duas. Falar uma com a outra a sós. Se você não se importar. — Ela olha para o Danny.

— Claro. Vou pegar umas bebidas para nós. — Ele desaparece em direção ao balcão, e eu me sinto arrasada por dentro quando me viro para Venetia. Há uma ruga entre seus olhos, e ela está tamborilando os dedos na haste de sua taça. Parece uma diretora jovem, glamourosa, que vai dizer que eu prejudiquei o nome de toda a escola.

— Então! — consigo um tom animado. — Como você está?

Ela não consegue ler sua mente, estou dizendo a mim mesma em tom febril. *Ela não sabe que você mandou segui-la. Não pode provar que a camiseta é sobre nós. Simplesmente banque a inocente.*

— Olha, Becky. — Venetia engole a bebida num trago só. — Vamos acabar com essa merda.

Encaro-a, chocada. Ela acabou de falar "merda"?

— Nós estávamos tentando poupar você de qualquer coisa desagradável. — O franzido na testa de Venetia se aprofunda. — Queríamos ser o mais... não sei... amigáveis possível. Mas se esta é a atitude que você vai tomar... — Ela indica a camiseta.

Não estou captando alguma coisa aqui. Na verdade, não estou captando nada.

— Como assim "nós"? — pergunto.

Venetia me olha como se suspeitasse de um truque. Então, muito lentamente, sua expressão muda. Ela expira e esfrega a testa.

— Ah, meu Deus — diz ela, quase para si mesma.

Sinto uma pontada de premonição, bem no fundo. Uma espécie de náusea quente sobe devagar por dentro de mim. Ela não pode estar dizendo o que eu...

Não pode.

O barulho e as conversas do bar diminuíram até um sussurro nos meus ouvidos. Engulo em seco várias vezes, tentando me controlar. Sabia que alguma coisa poderia estar acontecendo. Falei disso com Suze, Danny e Jess.

Mas, de repente, aqui parada, percebo que realmente não pensava que fosse real. Não de verdade. Não *de verdade*.

— O que você está dizendo? — Não consigo controlar minha voz. — Exatamente.

Um garçom está passando com uma bandeja de bebidas, e Venetia estende a mão para fazê-lo parar.

— Vodka-tônica com gelo, por favor — pede ela. — Rápido. Alguma coisa para você, Becky?

— Só... diga. — Meu olhar se crava no dela. — Diga o que você estava falando.

O garçom se afasta, e Venetia passa a mão pelo cabelo. Parece meio abalada com minha reação.

— Becky... isso tinha de ser difícil. Você deveria saber que Luke se sente terrível com o que está acontecendo. Ele realmente gosta de você. Ficaria horrorizado só de imaginar que eu falei com você.

Por alguns instantes, não consigo responder. Só estou olhando para ela, todo o corpo retesado. Sinto que vou saltar para um universo paralelo.

— O que você está dizendo? — repito, rouca.

— Ele realmente não quer magoar você. — Venetia se inclina mais para perto, e sinto um cheiro enjoativo de Allure. — Como ele vive dizendo... Luke cometeu um erro. Pura e simplesmente. Casou-se com a pessoa errada. Mas a culpa não é sua.

Algo começa a esfaquear meu peito. Por um momento, não sei se consigo falar, de tanto choque.

— Luke não se casou com a pessoa errada — consigo dizer finalmente. — Ele se casou com a pessoa *certa*. Ele me ama, certo? Ele me *ama*.

— Vocês se conheceram logo depois de ele terminar com Sacha, não foi? — Venetia assente, mesmo eu não tendo respondido. — Ele me contou tudo. Você foi uma mudança revigorante, Becky. Você o fez rir. Mas nem de longe estava no mesmo nível. Você *realmente* não entende qual é a dele.

— Entendo, sim. — Minha garganta não está funcionando direito. — Entendo Luke totalmente! Nós viajamos por todo o mundo em lua-de-mel...

— Becky, eu conheço Luke desde que ele tinha 19 anos. — Ela me interrompe, invencível, inexorável. — Eu o *conheço*. O que tivemos em Cambridge foi poderoso. Foi inebriante. Ele foi meu primeiro amor verdadeiro. Eu fui o dele. Éramos como Odisseu e Penélope. Quando nos vimos de novo em meu consultório... — Ela pára. — Desculpe. Mas nós dois soubemos. Instantaneamente. Era apenas uma questão de quando e onde.

Minhas pernas parecem ter virado poeira. Meu rosto está entorpecido. Estou agarrando as plumas idiotas, tentando encontrar um pensamentozinho, uma idéia... alguma coisa. Mas minha cabeça parece um pesado bolo de flanela. Tenho uma sensação horrível de que há lágrimas nas minhas bochechas.

— O momento é que foi chatíssimo. — Venetia pega sua bebida com o garçom. — Luke não queria dizer nada até depois da chegada do bebê. Mas acho que você merece saber a verdade.

— Nós fomos olhar carrinhos juntos, ontem. — Minha voz sai densa e apressada. — Como é que ele foi olhar os carrinhos, então?

— Ah, ele está empolgado com o bebê! — diz Venetia, surpresa. — Ele quer ver o filho o máximo possível, depois... — Ela faz uma pausa delicadamente. — Ele quer que a coisa toda seja amigável. Mas, obviamente, isso depende de você.

Não posso ouvir mais sua voz doce e venenosa. Preciso ir embora.

— Você está errada, Venetia — digo, lutando desajeitadamente para vestir o casaco. — Você está iludida. Luke e eu temos um casamento forte e amoroso! Nós rimos, conversamos, fazemos sexo...

Venetia simplesmente me olha com pena infinita.

— Becky, Luke só está fazendo o jogo para manter você feliz. Você não tem um casamento. Acabou.

*

Não espero para me despedir de Danny. Saio direto do bar, meio tropeçando, e chamo um táxi. Durante todo o caminho para casa, as palavras de Venetia estão girando e girando no meu cérebro, até que sinto vontade de vomitar.

Não pode ser verdade, fico dizendo a mim mesma. Não pode.

Claro que pode, responde uma voz pequenina. *É disso que você suspeitava o tempo todo.*

Entro no apartamento e imediatamente ouço Luke, movendo-se na cozinha.

— Oi! — grita ele.

Minha garganta está apertada demais para responder. Sinto-me paralisada. Por fim, Luke põe a cabeça na porta. Já está com a calça do terno e uma impecável camisa Armani. Sua gravata-borboleta está frouxa no pescoço, pronta para que eu dê o laço, como sempre.

Encaro-o sem palavras. *Você vai me deixar pela Venetia? Todo o nosso casamento é uma farsa?*

— Oi, querida. — Ele toma um gole de vinho.

Sinto-me parada à beira de um penhasco. No momento em que falar, tudo estará acabado.

— Becky? Querida? — Luke dá alguns passos na minha direção, parecendo perplexo. — Você está bem? — Ele olha curioso para as plumas.

Não posso fazer isso. Não posso perguntar. Estou apavorada demais com o que vou ouvir.

— Vou me aprontar — sussurro, incapaz de encará-lo. — Temos de sair logo.

Vou até o quarto e tiro a roupa, embolando a camiseta de Danny no fundo do armário, onde Luke nunca vai olhar. Depois tomo uma chuveirada rápida, esperando que isso me deixe melhor. Mas não deixa. Quando me vejo no espelho, enrolada numa toalha, estou apavorada e pálida.

Ande, Becky. Anime-se. Pense em brilho. Pense em Catherine Zeta-Jones. Pego meu esguio vestido azul-meia-noite e visto, pensando que isso ao menos vai me animar. Mas, de algum modo, o vestido não parece tão bem quanto antes. Não está justo; está apertado. Puxo o zíper, mas ele não sobe.

É pequeno demais.

Meu vestido perfeito é pequeno demais. Devo ter crescido mais um pouco. Minha barriga, ou minhas coxas, ou algum lugar. Todo o meu corpo ficou subitamente enorme.

Posso sentir o queixo tremendo, mas, em desespero, aperto os lábios com força. *Não* vou chorar. Tiro o vestido do melhor modo que posso e vou até o armário procurar outra coisa. E então me vejo no espelho — e congelo. Estou bamboleando.

Sou uma coisa branca, gorda, bamboleante, uma... monstruosidade.

Sento-me na cama, tonta. Minha cabeça está martelando, e há manchas diante dos olhos. Não é de espantar que ele tenha escolhido Venetia.

— Becky, você está bem? — Luke está junto à porta, me examinando, alarmado. Eu nem havia notado sua presença.

— Eu... — Lágrimas bloqueiam minha garganta. — Eu...

— Você não parece bem. Por que não se deita? Vou pegar um pouco d'água.

Enquanto o vejo se afastar, a voz de Venetia é como uma cobra enrolada na minha cabeça. *Ele está fazendo o jogo para manter você feliz.*

— Pronto. — A voz de Luke me faz dar um pulo. Ele me entrega um copo d'água e dois biscoitos de chocolate. — Acho que você deveria descansar um pouco.

Pego o copo e não bebo. De repente, tudo parece teatro. Ele está atuando. Eu estou atuando.

— E a reunião? — digo finalmente. — Temos de sair logo.

— Podemos chegar tarde. Ou podemos não ir. Querida, tome um pouco d'água, deite-se...

Relutante, tomo um gole d'água, depois pouso a cabeça no travesseiro. Luke puxa o edredom por cima de mim e sai do quarto em silêncio.

Não sei quanto tempo fico ali deitada. Parecem uns trinta segundos. Ou seis horas. Depois deduzo que foram uns vinte minutos.

E então ouço as vozes. A voz dele. E a voz dela. Aproximando-se pelo corredor.

— ... espero que você não se importe...

— ... não, absolutamente. Luke, você fez a coisa certa em ligar. Então. Como vai a paciente?

Abro os olhos — e é um pesadelo realizado. Ali, parada à minha frente, está Venetia.

Ela pôs um vestido de baile, comprido, de tafetá preto, sem alças, com uma saia ampla. O cabelo está preso num coque, e há diamantes relampejando nas orelhas. Parece uma princesa.

— Luke disse que você não está se sentindo bem, Becky. — Seu sorriso é doce como melado. — Vamos dar uma olhada.

— O que *você* está fazendo aqui? — pergunto, ríspida.

— Luke me ligou. Estava preocupado! — Venetia põe a mão na minha testa, e eu me encolho. — Deixe-me ver se você está com febre. — Ela se senta na cama com um farfalhar de tafetá e abre uma maleta médica.

— Luke, eu não quero ela aqui! — Sem aviso, lágrimas jorram dos meus olhos. — Não estou doente!

— Abra. — Venetia está avançando com um termômetro na direção da minha boca.

— Não! — Viro a cabeça para o lado, como um bebê recusando o mingau.

— Anda, Becky — diz Venetia, num tom adulador. — Só quero medir sua temperatura.

— Becky. — Luke segura minha mão. — Anda. Não podemos nos arriscar.

— Eu *não* estou doente... — Minhas palavras são interrompidas quando Venetia enfia o termômetro na minha boca e se levanta.

— Realmente não acho que ela deveria ir esta noite — diz ela, em voz baixa, puxando Luke de lado. — Você não pode convencê-la a ficar aqui e descansar?

— Claro. — Luke assente. — Por favor, apresente nossas desculpas.

— Você também vai ficar? — Venetia franze a testa. — Luke, eu realmente acho... — Ela chama Luke para fora do quarto, e posso ouvir murmúrios baixos no corredor. Alguns instantes depois, Luke aparece de novo à porta, segurando uma jarra d'água.

Alguém deu o laço em sua gravata-borboleta, noto subitamente. Quero irromper em lágrimas.

— Becky, querida, Venetia acha que você deveria pegar leve.

Encaro-o em silêncio, com o termômetro ainda na boca.

— Eu fico com você, claro, se você quiser. — Ele hesita, sem jeito. — Mas... se você não se incomodar que eu saia só por meia hora, há um monte de gente nesta reunião que eu gostaria de ver.

Minha garganta está apertando. Novas lágrimas brotam nos meus olhos. Agora posso ver tudo claramente. Ele quer ir à festa com Venetia. Provavelmente os dois tramaram tudo isso.

O que vou fazer, implorar para que ele não vá? Tenho mais orgulho do que isso.

— Tudo bem — murmuro, virando a cabeça de lado para que ele não veja minhas lágrimas. — Vá.

— O quê?

— Tudo bem. — Tiro o termômetro da boca. — Vá.

Há um farfalhar quando Venetia entra de novo no quarto.

— Vamos dar uma olhada. — Ela examina o termômetro com um leve franzido na testa. — É, você está ligeiramente febril. Vou lhe dar um pouco de paracetamol.

Ela me entrega dois comprimidos, e eu os engulo com a água que Luke trouxe.

— Tem certeza que vai ficar bem? — pergunta ele, me olhando, ansioso.

— Vou. Divirta-se. — Puxo o edredom sobre a cabeça e sinto as lágrimas encharcando o travesseiro.

— Tchau, querida. — Sinto Luke dando um tapinha no edredom. — Descanse um pouco.

Há algumas falas abafadas, e então, a distância, ouço a porta bater. É isso. Eles saíram.

Passa-se cerca de meia hora antes que eu ao menos me mova. Empurro o edredom para longe e enxugo os olhos molhados. Saio da cama, cambaleio até o banheiro e me olho. Estou pavorosa. Meus olhos estão vermelhos e inchados. As bochechas estão manchadas de lágrimas. O cabelo está espalhado para todo lado.

Jogo água no rosto e me sento na borda da banheira. O que vou fazer? Não posso simplesmente ficar aqui a noite toda, pensando, me preocupando e imaginando o pior. Prefiro simplesmente pegá-los. Prefiro ver com meus próprios olhos.

Eu vou lá. O pensamento me acerta como uma bala.

Vou à reunião agora mesmo, neste minuto. O que vai me impedir? Não estou doente. Estou bem.

Volto para o quarto com uma nova determinação. Abro as portas do armário e pego um kaftan de chiffon preto, para grávida, que comprei no verão e nunca usei porque ficava me sentindo uma barraca. Certo. Acessórios. Alguns colares compridos e cheios de brilho... sapatos altos brilhantes... brincos de diamante... Abro a caixa de maquiagem e aplico o máximo que posso, o mais rapidamente que posso.

Dou um passo atrás e me olho da cabeça aos pés no espelho. Pareço... bem. Não é exatamente minha roupa mais chique de todos os tempos, mas fiquei bem.

A adrenalina está jorrando através de mim quando pego uma bolsa e enfio as chaves, o celular e a carteira dentro. Enrolo um xale nos ombros e saio pela porta da frente, o queixo empinado de decisão. Vou mostrar a eles. Ou vou pegá-los. Ou... *alguma coisa*. Não sou uma vítima impotente que vai ficar boazinha na cama enquanto o marido sai com outra mulher.

Consigo pegar um táxi logo na frente do prédio, e, enquanto ele parte, eu me recosto e ensaio frases de confronto. Preciso manter a cabeça alta e ser sarcástica, mas, ao mesmo tempo, nobre. E não irromper em lágrimas nem bater em Venetia.

Bem, talvez eu pudesse bater em Venetia. Um tapa sonoro na cara, depois de pegar pesado com Luke.

— Você ainda é *casado*, por sinal — ensaio, baixinho. — Esqueceu alguma coisa, Luke? Tipo sua *mulher*?

Agora estamos chegando perto e me sinto tonta de nervosismo... mas não me importo. Vou fazer isso de qualquer jeito. Vou ser forte. Quando o táxi se aproxima, estendo um maço de dinheiro amarrotado para o motorista e saio. Começou a chover, e uma brisa fria atravessa direto meu kaftan de chiffon. Preciso entrar. Atravesso a praça aberta em direção à grandiosa entrada de pedra do Guildhall e passo pelas pesadas portas de carvalho. Lá dentro, a área de recepção está cheia de cachos de balões de hélio azul-claros e estandartes dizendo "Reunião de Cambridge" e um enorme quadro de avisos coberto de antigas fotos de alunos. À minha frente, um grupo de quatro homens dá tapinhas nas costas uns dos outros e exclama:

— Não acredito que você ainda está vivo, seu sacana! — Enquanto hesito, imaginando para onde vou, uma garota com vestido de baile vermelho, sentada atrás de uma mesa coberta de pano, sorri para mim.

— Olá! Você tem convite?

— Está com meu marido. — Tento parecer calma, como uma convidada normal. — Ele chegou mais cedo. Luke Brandon. — A garota passa o dedo pela lista e pára.

— Claro! — Ela sorri para mim. — Entre, Sra. Brandon.

Acompanho o grupo de sujeitos contando vantagem para dentro do Grande Salão e aceito uma taça de champanhe no piloto automático. Nunca estive aqui antes e não sabia que o lugar era enorme. Há vitrais gigantescos, antigas estátuas de pedra e uma orquestra tocando na galeria, amplificada acima do ruído das conversas. Pessoas com roupas de noite se reúnem, conversam e pegam comida num bufê, e algumas estão até mesmo dançando valsas antiquadas, como algo saído de um filme. Olho ao redor, tentando ver Luke ou Venetia, mas a sala está muito movimentada, com mulheres em vestidos lindos e homens de black-tie, e até mesmo alguns homens particularmente vistosos, de casaca.

E então os vejo. Dançando juntos.

Luke estava certo: ele realmente valsa como Fred Astaire. Está fazendo Venetia deslizar pelo salão como um especialista. A saia dela gira, e a cabeça está jogada para trás enquanto sorri para Luke. Estão num ritmo perfeito, juntos. O casal mais glamouroso do salão

Fico enraizada no lugar enquanto os observo, meu kaftan grudado úmido nas canelas. Todas as frases sarcásticas e irônicas que preparei se encolheram nos lábios. Não sei se consigo respirar, quanto mais falar.

— A senhora está bem? — Um garçom está falando comigo, mas sua voz parece vir de quilômetros de distância, e seu rosto está fora de foco. Nunca dancei uma valsa com Luke. E agora é tarde demais.

— Ela está caindo! — Posso sentir mãos me segurando enquanto as pernas cedem embaixo de mim. Meu braço bate em alguma coisa, há um zumbido em meus ouvidos e o som de uma mulher gritando:

— Peguem um pouco d'água! Há uma mulher grávida aqui!

E então tudo fica escuro.

Dezesseis

Eu achava que o casamento era para sempre. Achava mesmo. Achava que Luke e eu iríamos ficar velhos e grisalhos juntos. Ou pelo menos velhos. (Não pretendo ficar grisalha nunca. Nem usar aqueles vestidos medonhos com faixas elásticas na cintura.)

Mas não vamos envelhecer juntos. Não vamos nos sentar em bancos juntos, nem olhar nossos netos brincarem. Nem vou passar meus trinta anos com ele. Nosso casamento fracassou.

Toda vez que tento falar, acho que vou chorar, de modo que não estou falando. Felizmente não há ninguém com quem falar. Estou num quarto particular do Hospital Cavendish, para onde me trouxeram ontem à noite. Se você quiser atenção num hospital, simplesmente chegue com uma médica celebridade vestida em black-tie. Nunca vi tantas enfermeiras ao redor. Primeiro acharam que eu poderia estar em trabalho de parto, depois acharam que eu podia estar com pré-eclampsia, mas no fim decidiram que eu estava apenas um pouco exausta demais e desidratada. Por isso me colocaram nesta cama, com soro na veia. Devo ir para casa hoje, depois de receber alta.

Luke ficou comigo a noite inteira. Mas não consegui me obrigar a falar com ele. Por isso fingi que estava dormindo, até mesmo hoje cedo, quando ele disse baixinho:

— Becky? Está acordada?

Agora ele foi tomar banho, e eu abri os olhos. É um quarto bem legal, com paredes verde-claras e até um sofazinho. Mas quem se importa, quando minha vida acabou? O que qualquer coisa importa?

Sei que dois em cada três casamentos fracassam, ou sei lá. Mas honestamente pensava...

Pensava que nós éramos...

Afasto uma lágrima com força. Não vou chorar.

— Olá? — A porta se abre, e uma enfermeira entra empurrando um carrinho. — Café-da-manhã?

— Obrigada — digo, com a voz rouca, e me sento enquanto ela ajeita os travesseiros ao redor. Tomo um gole de chá e como um pedaço de torrada, só para que o neném tenha alguma coisa. Em seguida, verifico meu reflexo no espelho do pó compacto. Meu Deus, estou uma merda. Ainda tenho os restos da maquiagem de ontem, e meu cabelo está crespo por causa da chuva. E o soro supostamente "hidratante" não fez nada por minha pele.

Eu *pareço* uma rejeitada.

Olho para mim mesma, sentindo-me amarga. É isso que acontece com todo mundo. Você se casa e acha que tudo está ótimo, mas o tempo todo seu marido estava tendo um caso e depois troca você por outra mulher com fartos cabelos ruivos. Eu deveria ter percebido. Nunca deveria ter relaxado.

Dei ao cara os melhores anos da minha vida, e agora sou jogada fora em troca de um modelo mais novo.

Bem, certo, eu lhe dei um ano e meio da minha vida. E ela é mais velha que eu. Mas mesmo assim.

Há outro movimento à porta, e eu enrijeço. Um instante depois, ela se abre, e Luke entra cautelosamente. Há sombras fracas embaixo de seus olhos, e ele se cortou ao se barbear.

Ótimo. Fico *feliz* por isso.

— Você acordou! — diz ele. — Como está se sentindo?

Assinto, apertando os lábios com força. Não vou lhe dar a satisfação de me ver perturbada. Vou manter a dignidade, mesmo que isso signifique só falar em monossílabos.

— Você parece melhor. — Ele se senta na cama. — Fiquei preocupado.

De novo ouço a voz tranqüila e segura de Venetia: *Luke está fazendo o jogo para manter você feliz.* Levanto a cabeça e encontro seu olhar, desejando intensamente que ele se entregue, procurando alguma brecha na fachada. Mas ele está fazendo a melhor representação que já vi. Um marido preocupado, amoroso, ao lado da cama da mulher.

Eu sempre soube que Luke era bom em relações-públicas. É o trabalho dele. Isso o tornou um milionário. Mas nunca percebi que poderia ser tão bom. Nunca soube que ele poderia ser tão... duas caras.

— Becky? — Agora ele está examinando meu rosto. — Está tudo bem?

— Não. Não está. — Há silêncio enquanto junto toda a força. — Luke... eu sei.

— Você sabe? — O tom de Luke é tranqüilo, mas ao mesmo tempo há uma expressão resguardada em seus olhos. — Sabe o quê?

— Não finja, certo? — Engulo em seco. — Venetia me contou. Ela me contou o que está acontecendo.

— Ela *contou* a você? — Luke se levanta, com o rosto pasmo. — Ela não tinha o direito... — Ele pára e se vira. E sinto uma pancada enjoativa dentro de mim. De repente, tudo está doendo. Minha cabeça, meus olhos, meus membros.

Não havia percebido com que força eu me agarrava a um último fiapo de esperança. De que, de algum modo, Luke fosse me envolver nos braços, explicar tudo e dizer que me amava. Mas o fiapo se dissolveu. Tudo acabou.

— Talvez ela achasse que eu deveria saber. — De algum modo, consigo um tom de sarcasmo cortante. — Talvez ela achasse que eu estaria interessada!

— Becky... eu estava tentando proteger você. — Luke se vira e parece genuinamente arrasado. — O bebê. Sua pressão.

— Então, quando planejava me contar?

— Não sei. — Luke solta o ar, andando até a janela e voltando. — Depois do bebê. Eu ia ver como as coisas... aconteceriam.

— Sei.

De repente, não consigo mais fazer isso. Não posso ser digna e adulta. Quero gritar e berrar com ele. Quero explodir em soluços e jogar coisas.

— Luke, por favor... simplesmente vá embora. — Minha voz é pouco mais que um sussurro. — Não quero falar disso. Estou cansada.

— Certo. — Ele não se mexe um centímetro. — Becky...

— O quê?

Luke esfrega o rosto com força, como se tentasse arrancar os problemas.

— Eu deveria ir a Genebra. Para o lançamento do fundo de investimentos De Savatier. Isso não poderia ter acontecido numa hora pior. Posso cancelar...

— Vá. Eu vou ficar bem.

— Becky...

— Vá para Genebra. — Viro e olho para a parede verde do hospital.

— Precisamos falar disso — insiste ele. — Preciso explicar.

Não. Não, não, não. Não vou ouvi-lo contar tudo sobre como ele se sente em relação a Venetia, que ele não pretendia me magoar, mas simplesmente não pôde evitar, e que ainda me considera uma boa amiga.

Preferia não saber de nada, nunca.

— Luke, simplesmente me deixe *só*! — digo rispidamente, sem virar a cabeça. — Já falei que não quero conversar sobre isso. E, de qualquer modo, eu deveria ficar calma por causa do neném. Você não deveria me perturbar.

— Certo. Ótimo. Bem, então eu vou.

Luke parece bem perturbado agora. Bom, dane-se.

Percebo-o caminhando pelo quarto, o passo lento e relutante.

— Minha mãe está na cidade — diz ele. — Mas não se preocupe, falei para ela deixar você em paz.

— Ótimo — murmuro no travesseiro.

— Vejo você quando eu voltar. Deve ser na sexta, por volta da hora do almoço. Certo?

Não respondo. O que ele quer dizer com me vê? Quando voltar para levar todas as coisas ao apartamento de Venetia? Quando marcar uma reunião com seus advogados para o divórcio?

Há um longo silêncio, e eu sei que Luke ainda está ali, esperando. Mas então, finalmente, ouço a porta se abrir e se fechar, e o som fraco de seus passos desaparecendo pelo corredor.

Espero dez minutos antes de levantar a cabeça. Sinto-me surreal e meio turva, como se estivesse no meio de um sonho. Não consigo acreditar direito que tudo isso esteja mesmo acontecendo. Estou com oito meses de gravidez, Luke está tendo um caso com nossa obstetra, e nosso casamento acabou.

Nosso casamento acabou. Repito as palavras, mas elas não parecem verdadeiras. Não consigo fazer com que se fixem. Parece que há apenas cinco minutos estávamos na lua-de-mel, numa preguiça abençoada na praia. Que estávamos dançando em nosso casamento no quintal dos fundos de mamãe e papai, eu com o velho vestido de casamento de mamãe, cheio de babados, e com uma grinalda torta. Que uma entrevista coletiva estava sendo interrompida para ele me dar uma nota de vinte pratas para eu comprar uma echarpe Denny and George. Nos dias em que eu mal o conhecia, quando ele era o sensual e misterioso Luke Brandon e eu nem tinha certeza se ele sabia meu nome.

Sinto uma dor lancinante por dentro e, de repente, lágrimas estão escorrendo pelas bochechas, e enterro a cabeça soluçante nos travesseiros. Como ele pode me deixar? Não *gostou* de estar casado comigo? Nós não nos divertimos juntos?

Antes que eu possa impedir, a voz de Venetia penetra na minha cabeça. *Você foi uma mudança revigorante, Becky. Você o fez rir. Mas nem de longe estava no mesmo nível.*

Vaca idiota... idiota. Piranha. Vaca magricela... horrível... pretensiosa...

Enxugo os olhos, sento e respiro fundo três vezes. Não vou pensar nela. Nem em nada disso.

— Sra. Brandon? — Há uma batida à porta. Parece uma das enfermeiras.

— É... espere um pouco. — Rapidamente jogo um pouco de água da jarra no rosto e enxugo com o lençol. — Sim?

A porta se abre, e a enfermeira bonita que trouxe o café-da-manhã sorri.

— A senhora tem uma visita.

Minha mente salta jubilosa para Luke. Ele voltou, ele se arrependeu, foi tudo um erro.

— Quem é? — Pego o pó compacto no armário, faço uma careta no reflexo e repuxo o cabelo encrespado.

— Uma tal de Sra. Sherman.

Quase largo o pó compacto, consternada. Elinor? Elinor está aqui? Achei que Luke havia dito para ela me deixar em paz.

Não vejo Elinor desde nosso casamento em Nova York. Ou pelo menos... nosso "casamento" em Nova York. (Foi meio complicado no final.) Nunca nos demos muito bem, principalmente por ela ser uma vaca esnobe e gélida, que abandonou Luke quando ele era pequenino e ferrou totalmente com ele. E pelo modo como foi grosseira com mamãe. E pelo modo como não me deixou entrar na minha própria festa de noivado! E...

— Você está bem, Rebecca? — A enfermeira me olha com ligeira preocupação, e percebo que estou respirando cada vez com mais força. — Posso dizer que você está dormindo, se quiser.

— Sim, por favor. Diga para ela ir embora.

Não estou em condições de ver ninguém agora. Não com o rosto todo vermelho e os olhos ainda lacrimosos. E por que eu deveria fazer um esforço para ver Elinor? Sem dúvida a única vantagem de se romper com o marido é não precisar mais ver a sogra. Não vou sentir falta dela, e ela não vai sentir a minha.

— Ótimo. — A enfermeira se aproxima e olha para o soro. — Um médico virá logo, para dar uma olhada. Depois acho que você vai para casa. Devo dizer à Sra. Sherman que você vai embora?

— Na verdade...

Um novo pensamento me veio. Há uma vantagem ainda maior em se romper com o marido. *A gente não precisa mais ser educada com a sogra.*

— Mudei de idéia. Vou recebê-la, afinal de contas. Só deixe eu me preparar... — Pego a bolsa de maquiagem e, desajeitadamente, deixo-a cair no chão. A enfermeira pega e me dá um olhar ansioso.

— Você está bem? Parece muito tensa.

— Estou. Só fiquei meio... perturbada antes. Tudo bem.

A enfermeira desaparece, e eu abro a bolsa de maquiagem. Passo um pouco de gel e um blush bronzeador. Não vou parecer uma vítima. Não vou parecer uma esposa patética e enganada. Não faço idéia do que Elinor sabe, mas se ela ao menos *mencionar* a separação minha e de Luke, ou se ousar parecer satisfeita com isso, eu... eu vou dizer que o neném não é de Luke, que o pai é meu colega de prisão, Wayne, e que todo o escândalo vai sair nos jornais amanhã. Ela vai pirar de vez.

Borrifo perfume e rapidamente passo um pouco de brilho labial enquanto ouço passos se aproximando. Há uma batida à porta, e eu grito:

— Entre.

Um instante depois, a porta se abre. E ali está ela.

Está usando um conjunto verde-menta e os mesmos sapatos Ferragamo que ela compra toda estação, e segurando uma bolsa de crocodilo Kelly. Está mais magra do que nunca, o cabelo é um capacete de laquê, o rosto pálido e esticado. Imagina só. Quando trabalhei na Barneys, em Nova York, via mulheres como Elinor todo dia. Mas aqui ela parece... bem, não há outra palavra para isso. Esquisita.

A boca se move um milímetro, e percebo que é seu cumprimento.

— Oi, Elinor. — Não me preocupo em tentar sorrir. Ela vai presumir que também apliquei Botox. — Bem-vinda a Londres.

— Londres está muito cafona ultimamente — diz ela, com desaprovação. — Tão sem gosto!

Qual é a *dela*? Londres inteira é cafona?

— É, especialmente a rainha — digo. — Ela *não* faz idéia.

Ignorando-me, Elinor vai até uma cadeira e se senta na beira. Examina-me com rosto de pedra por alguns instantes.

— Soube que abandonou o médico que eu recomendei, Rebecca. Com quem você está se consultando agora?

— O nome dela é... Venetia Carter.

Sinto uma facada de dor ao dizer o nome. Mas Elinor não reage nem infimamente. Ela não pode saber.

— Você viu Luke? — faço um teste.

— Ainda não. — Ela calça um par de luvas de pelica e passa os olhos pela minha figura vestida com a camisola do hospital. — Você ganhou um bocado de peso, Rebecca. Essa nova médica aprova isso?

— Estou grávida — respondo rispidamente. — E vou ter um bebê grande.

A expressão de Elinor não se suaviza.

— Não grande demais, espero. Os bebês muito grandes são vulgares.

Vulgares? Como ela ousa chamar meu neném lindo de vulgar?

— É, bem, fico feliz porque ele vai ser grande — digo, em desafio. — Assim haverá mais lugar para... as tatuagens.

Quase posso ver o choque passar por seu rosto praticamente imóvel. Isso vai estourar as costuras dela. Ou os grampos. O que quer que a mantenha inteira.

— Luke não contou sobre nossos planos de tatuagens? — Adoto um tom surpreso. — Encontramos um tatuador especialista em recém-nascidos, que vem direto à sala de parto. Pensamos em fazer uma águia nas costas, com nossos nomes em sânscrito...

— Vocês não vão tatuar meu neto. — Sua voz é como um tiro de canhão.

— Ah, vamos sim. Luke *realmente* tomou gosto pelas tatuagens quando estávamos na lua-de-mel. Ele fez quinze! — Dou um sorriso afável para ela. — E, assim que o neném nascer, Luke vai tatuar o nome dele no braço. Não é uma doçura?

Elinor está segurando sua bolsa Kelly com tanta força que as veias se destacam. Dá para ver que ela não sabe se deve acreditar ou não.

— Vocês decidiram quanto ao nome? — pergunta finalmente.

— Ahã. — assinto. — Armagedom, se for menino, e Pomodora, se for menina.

Por um momento, ela parece incapaz de responder. Dá para ver que está desesperada para levantar as sobrancelhas, ou franzir a testa, ou *alguma coisa*. Quase sinto pena de seu rosto de verdade, preso embaixo do Botox como um animal enjaulado.

— Armagedom? — consegue dizer finalmente.

— Não é ótimo? Macho mas meio elegante. E incomum!

Elinor parece em vias de explodir. Ou implodir.

— Não vou admitir isso! — irrompe ela subitamente, levantando-se. — Tatuagens! Esses nomes! Vocês são... irresponsáveis além de qualquer...

— Irresponsáveis? — interrompo, incrédula. — Fala sério! Bom, pelo menos nós não estamos planejando *abandonar*... — Paro abruptamente, sentindo que as palavras são quentes demais para minha boca. Não posso fazer isso. Não tenho energia, para começar. E, de qualquer modo... estou me sentindo distraída. De repente, minha cabeça está zumbindo, cheia de pensamentos.

— Rebecca. — Elinor se aproxima da cama, os olhos saltando rápidos. — Não faço idéia se você está sendo franca comigo.

— Cala a boca! — Levanto a mão, não me importando se sou grosseira. Tenho de me concentrar. Tenho de pensar nisso direito. De repente, estou começando a ver as coisas com clareza, como uma música se encaixando.

Elinor abandonou Luke. Agora Luke está abandonando nosso filho. É a história se repetindo. Será que Luke *percebe* isso? Se ele ao menos visse... se ao menos entendesse o que está fazendo...

— Rebecca!

Levanto os olhos, como se saísse de um atordoamento. Elinor parece que quer estourar de exasperação.

— Ah, Elinor... sinto muito — digo, com todo o rancor desaparecido. — Foi muita gentileza sua ter vindo, mas agora estou meio cansada. Por favor, apareça uma hora dessas para tomar um chá.

Parece que o vento apagou as velas de Elinor. Acho que ela provavelmente também estava se preparando para uma briga.

— Muito bem — diz gelidamente. — Estou hospedada no Claridge's. Aqui estão os detalhes da minha exposição.

Ela me entrega um convite para Visita Particular, junto com uma brochura brilhante intitulada "Coleção Elinor Sherman". É ilustrada com a foto de um elegante pedestal branco, sobre o qual há outro pedestal branco, menor.

Meu Deus, não entendo a arte moderna.

— Obrigada — digo, olhando aquilo em dúvida. — Com certeza vamos comparecer. Obrigada por ter vindo. Tenha um bom dia!

Elinor me dá um último olhar apertado, depois pega as luvas e a bolsa Kelly e sai do quarto.

Assim que ela some, enterro a cabeça nas mãos, tentando pensar. Preciso falar com o Luke de algum modo.

Ele não quer fazer isso. No fundo do coração, sei que ele não quer. Sinto que foi atraído para longe pelas fadas malignas, e eu só preciso quebrar o feitiço.

Mas como? O que vou fazer? Se eu ligar, ele vai me dispensar, dizer que telefona de volta e nunca fará isso. Seus e-mails são lidos pelas secretárias... esse não é exatamente assunto para uma mensagem de texto...

Preciso escrever uma carta.

A coisa me acerta como um raio. Tenho de escrever uma carta, como nos velhos tempos antes dos telefones e e-mails. Meu Deus, é isso. Vou escrever a melhor carta da minha vida. Vou explicar todos os meus sentimentos e os dele (algumas vezes ele precisa que seus sentimentos sejam explicados). Vou apresentar o caso para ele com clareza.

Vou salvar nosso casamento. Ele não quer uma família partida, sei que não quer. *Sei* que não quer.

Uma enfermeira está passando pela porta, e eu chamo:

— Ei, com licença!

— Sim? — Ela olha para dentro com um sorriso.

— Seria possível arranjar papel de carta?

— Tem na loja do hospital, ou... — Ela franze a testa, pensando. — Uma das minhas colegas tem, acho. Espere um momento.

Um instante depois, ela volta com um bloco de Basildon Bond.

— Basta uma folha?

— Talvez eu precise de mais do que isso — digo, num ímpeto. — Posso pegar... três?

*

Não acredito no quanto escrevi para Luke. Depois que comecei, simplesmente não consegui parar. Não fazia idéia de que havia tanta coisa presa por dentro.

Comecei falando do nosso casamento e de como éramos felizes. Depois falei de todas as coisas que adoramos fazer juntos, e como nos divertimos, e como ficamos empolgados ao saber que íamos ter um neném. Depois passei para Venetia. Não a chamei pelo nome, chamei de "A ameaça ao nosso casamento". Ele saberá do que estou falando.

E agora estou na página 17 (uma enfermeira desceu correndo e me comprou um bloco de Basildon Bond) e estou chegando à parte principal. O pedido para ele dar outra chance ao nosso casamento. Lágrimas escorrem pelo meu rosto, e tenho de parar várias vezes para assoar o nariz num lenço de papel.

Nos nossos votos matrimoniais, você prometeu me amar para sempre. Sei que acha que não me ama mais. Sei que há outras mulheres neste mundo, que talvez sejam mais inteligentes e saibam falar latim. Sei que você teve um...

Não consigo me fazer escrever a palavra "caso": simplesmente não consigo. Vou colocar um traço, como se fazia nos livros antigos.

Sei que você teve um —. Mas isso não precisa arruinar tudo. Estou preparada para deixar o passado para trás, Luke, porque acredito, acima de tudo, que devemos ficar juntos. Você, eu e o neném.

Podemos ser uma família feliz, sei que podemos. Por favor, não desista de nós. Talvez você tenha um medo secreto de ser pai, mas podemos fazer isso juntos! Como você disse, é a maior aventura que jamais teremos.

Paro de escrever para enxugar os olhos. Preciso terminar isso agora. Preciso descobrir algum modo de ele me mostrar... de responder... de fazer com que eu saiba...

De repente percebo. Precisamos de uma torre grande e alta, como nos filmes românticos. E vamos nos encontrar no topo à meia-noite...

Não. À meia-noite estarei cansada demais. Vamos nos encontrar no topo às... seis horas. O vento estará soprando, Gershwin tocará, e eu verei em seus olhos que ele deixou Venetia para sempre. E direi simplesmente: "Você vem para casa?" E ele dirá...

— Você está bem, Becky? — A enfermeira enfia a cabeça pela porta. — Como vai a carta?

— Quase acabei. — Assôo o nariz. — Onde há uma torre alta em Londres? Se eu quisesse encontrar alguém.

— Não sei. — A enfermeira franze o nariz. — A Oxo Tower é bem alta. Fui lá outro dia. Eles têm uma plataforma de observação e um restaurante...

— Obrigada!

Luke, se você me ama e quer salvar nosso casamento, encontre-se comigo no topo da Oxo Tower às seis horas da sexta-feira. Estarei esperando na plataforma de observação.
Sua esposa amorosa,
Becky

Pouso a caneta, sentindo-me totalmente exaurida, como se tivesse acabado de compor uma sinfonia de Beethoven. Agora só preciso mandar esta carta pela FedEx até o escritório dele em Genebra... e esperar até a noite de sexta-feira.

Dobro as dezessete páginas ao meio e estou tentando sem sucesso enfiá-las no envelope Basildon Bond quando meu celular toca no armário.

Luke! Ah, meu Deus. Mas ele ainda não leu a carta!

Com mãos trêmulas, pego o telefone — mas não é o Luke. É um número que não reconheço. Não é Elinor ligando para me dar um sermão, é?

— Alô? — digo, com cautela.

— Alô, Becky? Aqui é a Martha.

— Ah. — Puxo o cabelo para longe do rosto, tentando situar o nome. — É... oi.

— Só estou verificando se está tudo de pé para as fotos na sexta — diz ela, em tom de bate-papo. — Mal posso esperar para ver sua casa!

A *Vogue*. Merda. Tinha esquecido totalmente.

Como pude me esquecer de uma sessão de fotos para a *Vogue*? Meu Deus, minha vida deve estar mesmo aos pedaços.

— Então, está tudo bem? — A voz de Martha trina feliz pelo telefone. — Você ainda não teve o bebê, não é?

— Bem, não... — Hesito. — Mas estou no hospital. — Quando digo as palavras, percebo que não deveria realmente estar com o celular no hospital. Mas é a *Vogue* que está ligando. Deve haver uma exceção para a *Vogue*, sem dúvida.

— Ah, não! — A voz dela cai, consternada. — Sabe, estamos tendo um tremendo azar com esta matéria! Uma das mamães deliciosas teve os gêmeos antes do tempo, o que foi *realmente* chato, e a outra teve pré-eclampsia ou sei lá o que, e está de repouso! Não podemos fazer a entrevista nem nada! E você, está de repouso?

— Eu... espera um minuto...

Pouso o telefone na cama, tentando fortalecer o ânimo. Nunca senti menos vontade de tirar uma foto na vida. Estou gorda, manchada por lágrimas, meu cabelo está terrível, meu casamento está desmoronando... Dou um suspiro fundo, trêmulo, e então vejo meu reflexo borrado num armário com porta de vidro. Encurvada, a cabeça baixa. Pareço derrotada. Estou *medonha*.

Numa ação reflexa imediata, me empertigo um pouco. O que estou dizendo? Minha vida também acabou? Só porque meu marido teve um caso?

De jeito nenhum. Não vou sentir pena de mim. Não vou desistir. Talvez minha vida esteja em frangalhos. Mas ainda posso ser deliciosa. Serei a porcaria da mãe mais deliciosa que eles já viram.

Levo o telefone ao ouvido de novo.

— Oi, Martha? — digo, tentando parecer lépida. — Desculpe. Está tudo bem para a sessão de fotos na sexta. Vou sair do hospital hoje, de modo que estarei lá!

— Fantástico! — Posso ouvir o alívio na voz de Martha. — Mal posso esperar! Só vai demorar duas ou três horas, e prometo que não vamos cansar você! Tenho certeza que você tem montes de roupas lindas, mas nossa estilista vai levar algumas peças, também... agora deixe-me confirmar seu endereço. Você mora na Delamain Road, 33?

De repente, me ocorre que não consegui aquelas coisas para Fabia. Mas ainda tenho tempo. Vai dar certo.

— É, isso mesmo.

— Que sorte, aquelas casas são incríveis! Vemos você lá, às onze horas.

— Até lá!

Desligo o telefone e respiro fundo. Vou sair na *Vogue*. Vou ser deliciosa. E vou salvar meu casamento.

De: Becky Brandon
Para: Fabia Paschali
Assunto: Amanhã

Olá, Fabia!

Só para confirmar, vou aí amanhã com uma equipe da *Vogue*, e a sessão de fotos vai durar mais ou menos das 11 da manhã até as 3 da tarde.

Consegui a blusa roxa e a bolsa Chloe, mas, infelizmente, mesmo tendo tentado em todo lugar, não consigo localizar os sapatos Olly Bricknell que você quer. Há alguma outra coisa que você gostaria?

De novo, muito obrigada — e estou ansiosa para ver você amanhã.

Becky

De: Fabia Paschali
Para: Becky Brandon
Assunto: Re: Amanhã

Becky

Sem sapatos, sem casa.

Fabia

KENNETH PRENDERGAST
Prendergast de Witt Connell
Conselheiros de Finanças
Forward House
High Holborn, 394. Londres WC1V 7EX

Sra. R. Brandon
Maida Vale Mansions, 37
Maida Vale
Londres NW6 0YF

26 de novembro de 2003

Cara Sra. Brandon,

Obrigado por sua carta.

Notei suas novas compras de ações da Sweet Confectionery, Inc., da Estelle Rodin Cosmetics e da The Urban Spa plc. Mas não concordo que sejam os "melhores investimentos do mundo".

Por favor, permita-me reiterar. Chocolates grátis, amostras de perfume e tratamentos com desconto em spas — ainda que agradáveis — não são uma base sólida para investimentos. Insisto que a senhora reconsidere sua estratégia atual de investimentos, e ficaria satisfeito em prestar mais assistência.

Atenciosamente,

Kenneth Prendergast
Especialista em Investimentos de Família

Dezessete

Porcaria, porcaria de sapatos. Não resta um único par deles em Londres. Especialmente em verde. Não é de espantar que Fabia os queira: são como o Santo Graal ou algo assim, só que não há nenhuma pista em pinturas. Passei o dia de ontem tentando todos os meus contatos, cada fornecedor que conheço, cada loja, *tudo*. Até liguei para minha velha colega Erin, da Barneys de Nova York, e ela simplesmente deu um riso de pena.

No fim, Danny entrou para ajudar. Deu alguns telefonemas e acabou descobrindo um par com uma modelo que ele conhece e que está fotografando em Paris. Em troca de um casaco de amostra, ela deu o sapato a um amigo que estava vindo para Londres ontem à noite. Ele se encontrou com Danny, que agora vai trazê-los para mim.

Esse é o plano. Mas Danny ainda não chegou. E já são dez e cinco e estou começando a entrar em pânico. Estou na esquina da Delamain Road, vestida com minha roupa mais deliciosa, um vestido envelope com estampa em vermelho, sapatos altos Prada e uma estola de pele falsa, estilo vintage, e todos os carros ficam diminuindo a velocidade para olhar. Pensando bem, esse não era o melhor lugar para marcar encontro. Para as pessoas pervertidas, devo parecer uma prostituta grávida de oito meses.

Levanto o telefone e digito de novo o número de Danny.

— *Danny?*

— Já estamos indo! Estamos chegando. Acabamos de passar numa ponte... uau!

Danny deveria ter entregado os sapatos ontem à noite — só que, em vez disso, foi para a balada com um fotógrafo que conheceu nas férias. (Não pergunte. Ele começou a me contar sobre a noite que os dois passaram juntos em Marrakesh e, honestamente, tive de pôr as mãos sobre os ouvidos do neném.) Ele está morrendo de gargalhar, e posso ouvir o rugido da Harley Davidson de seu amigo. Como ele consegue se divertir? Não sabe como estou estressada?

Mal dormi desde que Luke foi embora. E quando *consegui* dormir, ontem à noite, tive o sonho mais pavoroso. Sonhei que estava no topo da Oxo Tower, mas Luke não aparecia. Fiquei parada durante quatro horas num vendaval, com a chuva jorrando em cima de mim, e finalmente Luke apareceu — mas, de algum modo, havia se transformado em Elinor, e ela começou a gritar comigo. E então todo o meu cabelo caiu...

— Com licença!

Uma mulher segurando duas crianças pela mão está se aproximando, dando-me um olhar estranho.

— Ah. Desculpe. — Volto a mim e saio do caminho. Na vida real, não falei com Luke desde que ele viajou. Ele tentou ligar várias vezes, mas simplesmente mandei de volta textos curtos dizendo que sentia muito não ter podido atender, e que tudo está bem. Não queria falar com ele até que ele lesse minha carta — o que só aconteceu ontem à noite, segundo o sistema de rastreamento. Alguém no escritório de Genebra assinou o recebimento às 18h11, de modo que ele já deve ter lido.

Os dados estão lançados. Às seis horas de hoje saberei, de um modo ou de outro. Ou ele estará lá, me esperando, ou...

A náusea me sobe por dentro, e balanço a cabeça rapidamente. Não vou pensar nisso. Primeiro vou resolver esta sessão de fotos. Mordo um KitKat para ganhar energia e olho de novo para a página impressa que Martha me mandou por e-mail. É uma entrevista com uma das outras futuras mamães deliciosas da matéria, que, segundo Martha, me "daria uma idéia". A outra deliciosa se chama Amelia Gordon-Barraclough. Está posando num vasto quarto de bebê em Kensington, usando kaftan com contas e umas 59 pulseiras, e todas as suas citações parecem absurdamente presunçosas.

Encomendamos todos os nossos móveis do quarto de bebê com artesãos da Provença.

Bem. É. Direi que conseguimos todos os nossos artesãos no... interior da Mongólia. Não, nós *desen-*

cavamos. As pessoas nas revistas chiques jamais compram simplesmente alguma coisa numa loja, elas desencavam ou descobrem num ferro-velho, ou herdam de sua famosa avó decoradora.

Meu marido e eu fazemos ioga para casais duas vezes por dia em nossa "sala de refúgio". Achamos que isso cria harmonia no nosso relacionamento.

Com uma pontada, tenho a lembrança súbita de Luke e eu fazendo ioga de casais na nossa lua-de-mel.
Pelo menos estávamos fazendo ioga e éramos um casal.
Um nó sobe na minha garganta. Não. Pára com isso. Pense confiança. Pense delícia. Direi que Luke e eu fazemos algo muito mais *chique* do que ioga. Tipo aquela coisa que li um dia desses. Qi-não-sei-das-quantas.
Meus pensamentos são interrompidos pelo ronco de uma motocicleta. Levanto os olhos e vejo uma Harley acelerando pela discreta rua residencial.
— Oi! — Balanço os braços. — Aqui!
— Ei, Becky! — A moto pára latejando ao meu lado. Danny tira um capacete e salta da garupa, com uma caixa de sapatos na mão. — Aí está!
— Ah, Danny, obrigada. — Dou-lhe um abraço enorme. — Você salvou minha vida.
— Sem problema! — responde Danny, montando de novo na moto. — Diga como foi! Por sinal, este é o Zane.
— Oi! — Aceno para Zane, que está vestido de couro da cabeça aos pés e levanta a mão, cumprimentando.
— Obrigada pela entrega!

O CHÁ-DE-BEBÊ DE BECKY BLOOM

A moto parte de novo. Seguro a alça da minha mala, que está cheia de roupas e acessórios, e pego a braçada de flores que comprei hoje cedo para fazer com que a casa fique legal. Vou na direção do número 33, de algum modo consigo levar a mala escada acima e toco a campainha. Não há resposta.

Depois de uma pausa, toco de novo e chamo "Fabia!" Mas ainda não há resposta.

Ela não pode ter esquecido que é hoje.

— Fabia! Está ouvindo? — Bato à porta. — *"FA-BI-A!"*

Há um silêncio mortal. Não há ninguém ali. Sinto uma pontada de pânico. O que vou fazer? A *Vogue* vai chegar a qualquer...

— Uhuuu! Olá! — Uma voz na rua me chama, eu me viro e vejo uma garota se inclinando para fora da janela de um Mini Cooper. É magra, tem cabelos brilhantes, uma pulseira Kabbala e um anel de noivado com uma pedra gigantesca. Tem de ser da *Vogue*.

— Você é Becky? — grita ela.

— Sou! — Forço um sorriso luminoso. — Oi! Você é Martha?

— Isso mesmo! — Seu olhar está subindo e descendo pelos andares da casa. — Você tem uma casa *fantástica*! Mal posso esperar para ver por dentro!

— Ah. É... obrigada.

Há uma pausa cheia de expectativa e eu me encosto casualmente numa das colunas. Como se estivesse dando um tempo na escada da frente. Como as pessoas fazem.

— Está tudo bem? — pergunta Martha, meio perplexa.

— Ótimo! — Tento um gesto tranqüilo. — Só... bem... curtindo o ar puro...

Estou pensando freneticamente. Talvez pudéssemos fazer toda a sessão de fotos aqui na escada. É. Eu poderia dizer que a porta da frente é a melhor coisa da casa e que não vale a pena se preocupar com o resto...

— Becky, você perdeu sua chave? — pergunta Martha, parecendo perplexa.

Gênio. Claro. Por que não pensei nisso?

— É! Que idiota que eu sou! — Bato na cabeça. — E nenhum dos vizinhos tem uma cópia, e não há ninguém em...

— Ah, não! — O rosto de Martha fica consternado.

— Eu sei. — Dou de ombros, lamentando. — Sinto muitíssimo. Mas se não pudermos entrar...

Enquanto digo as palavras, a porta da frente se abre e quase caio dentro da casa. Fabia apareceu, esfregando os olhos e usando um vestido Marni laranja.

— Oi, Becky. — Ela parece muito *aérea*. Como se tivesse tomado tranqüilizantes ou algo assim.

— Uau! — O rosto de Martha se ilumina. — *Havia alguém em casa!* Que sorte! Quem é ela?

— Esta é Fabia. Nossa... caseira.

— *Caseira?* — Fabia franze o nariz.

— Caseira e muito boa amiga — emendo depressa, passando o braço ao redor dela. — Somos muito íntimas...

Graças a Deus, do outro lado da rua, um carro parou atrás do Mini e está começando a buzinar.

— Ah, cala a boca! — diz Martha. — Becky, nós vamos tomar um café, você quer alguma coisa?

— Não, estou ótima, obrigada! Vou esperar aqui em casa. Na minha casa. — Ponho a mão de proprietária na maçaneta. — Vejo vocês logo!

Olho o carro desaparecer, depois giro para Fabia.

— Achei que você não estava! Certo, precisamos agitar. Consegui o material para você. Aqui está a bolsa, e a blusa... — Entrego-lhe as sacolas...

— Fantástico. — Seus olhos focalizam nos objetos, gananciosos. — Conseguiu os sapatos?

— Claro! — digo. — Meu amigo Danny conseguiu que uma modelo trouxesse de Paris. Danny Kovitz, o estilista, sabe?

Quando pego a caixa, sinto um dardo de triunfo. Ninguém mais no mundo pode conseguir esses sapatos. Sou *tão* conectada! Espero que Fabia fique sem ar ou diga "Você é incrível!" Em vez disso, ela abre a caixa de sapato, olha para dentro um instante e depois franze a testa.

— É da cor errada. — Ela fecha a tampa e empurra a caixa de volta para mim. — Eu queria verde.

Será que ela é daltônica? Os sapatos são do tom de verde-claro mais estupendo, além disso está impresso "Verde", em letras grandes na tampa.

— Fabia, eles são verdes.

— Eu queria mais um... — Ela balança o braço. — Verde-azulado.

Estou me esforçando tremendamente para manter a paciência.

— Quer dizer... turquesa?

— É! — Seu rosto se ilumina. — Turquesa. É isso que eu queria dizer. Este é claro demais.

Não acredito. Esses sapatos viajaram desde Paris, através de uma modelo e um estilista mundialmente famoso, e ela não quer?

Bem, eu fico com eles.

— Ótimo — digo e pego a caixa de volta. — Vou conseguir o turquesa para você. Mas realmente preciso entrar na casa...

— Não sei. — Fabia se encosta no portal e examina um fio solto na manga. — Para ser honesta, não é muito conveniente.

Não é conveniente? Tem de ser conveniente!

— Mas nós concordamos quanto ao dia de hoje, lembra? O pessoal da *Vogue* já chegou!

— Você não pode dispensá-los?

— Ninguém dispensa a *Vogue*! — Minha voz sobe, agitada. — É a *Vogue*!

Ela dá de ombros, despreocupada, e de repente estou lívida. Ela sabia que eu vinha. Foi tudo planejado. Ela não pode fazer isso comigo.

— Fabia. — Inclino-me para perto, ofegando. — Você não vai destruir minha única chance de sair na *Vogue*. Eu lhe consegui a blusa. Consegui a bolsa. Consegui os sapatos! Você tem de me deixar entrar nesta casa, ou... ou...

— Ou *o quê*? — pergunta Fabia.

— Ou... eu telefono para a Barneys e faço com que

coloquem você na lista negra! — sibilo, numa inspiração súbita. — Não vai ser muito divertido, com você morando em Nova York, não é?

Fabia fica pálida. Rá! Peguei você.

— Bem, e para onde é que eu vou? — pergunta ela, carrancuda, tirando o braço do portal.

— Não sei! Vá fazer uma massagem com pedras quentes ou sei lá o quê! Só saia! — Jogo a mala dentro de casa e passo por ela, entrando no corredor.

Certo. Tenho de ser rápida. Abro a bolsa, tiro uma foto emoldurada em prata, de mim e Luke no casamento, e coloco com destaque na mesa do corredor. Pronto. Já parece minha casa!

— Onde está seu marido, aliás? — pergunta Fabia, me olhando de braços cruzados. — Não deveria estar fazendo essa coisa também? Você parece uma espécie de mãe solteira.

Suas palavras me pegam desprevenida. Por alguns segundos, não confio em minha capacidade de responder.

— Luke está... fora do país — digo finalmente. — Mas vou encontrá-lo mais tarde. Às seis horas. Na plataforma de observação da Oxo Tower. Ele vai estar lá. — Respiro fundo. — Sei que vai.

Há um calor em meus olhos, e eu pisco ferozmente. Não vou me desintegrar.

— Você está bem? — Fabia me encara.

— É só... um dia importante para mim. — Pego um lenço de papel e enxugo os olhos. — Será que posso tomar um copo d'água?

— Meu Deus — posso ouvir Fabia murmurando enquanto vai até cozinha —, é só a porcaria da *Vogue*.

Tudo bem. Estou quase lá. Passaram-se vinte minutos, Fabia finalmente saiu, e a casa realmente parece minha. Tirei todas as fotos de Fabia e substituí por outras minhas e de minha família. Coloquei almofadas com iniciais "B" e "L" no sofá da sala de estar. Arrumei flores em vasos em toda parte. Memorizei o conteúdo dos armários da cozinha e até grudei alguns Post-It na geladeira, dizendo coisas como "Precisamos de mais quinoa orgânica, querido" e "Luke — não esqueça o Qi-gong para casais no sábado!"

Agora estou rapidamente colocando alguns sapatos meus no closet de sapatos de Fabia, porque eles podem perguntar sobre meus acessórios. Estou contando quantos pares de sapatos Jimmy Choo existem quando a campainha toca subitamente, e dou um pulo, num jorro de pânico. Enfio o resto dos sapatos no armário, verifico meu reflexo e desço a escada com pernas trêmulas.

É isso! Durante toda a *vida* quis listar minhas roupas numa revista!

Quando chego ao corredor, faço uma rápida recapitulação na cabeça. Vestido: Diane von Furstenburg. Sapatos: Prada. Meias: Topshop. Brincos: presente de mamãe.

Não, não é suficientemente chique. Vou chamá-los de... modelo próprio. Não, vintage. Direi que os encontrei costurados num espartilho dos anos 1930 que comprei num velho ateliê numa ruazinha em Paris. Perfeito.

Abro a porta da frente, grudando um sorriso luminoso no rosto — e congelo.

Não é a *Vogue*. É Luke.

Está usando sobretudo e segurando uma maleta de viagem, e parece que não se barbeou hoje.

— Que diabo é isto? — pergunta ele, sem preâmbulo, levantando minha carta.

Encaro-o de volta, admirada. Isso não está certo. Ele deveria estar na Oxo Tower, todo romântico e amoroso. Não aqui à porta, desgrenhado e mal-humorado.

— Eu... — Engulo em seco. — O que está fazendo aqui?

— O que eu *estou fazendo* aqui? — ecoa ele, incrédulo. — Estou reagindo a isto! Você não respondeu a nenhum dos meus telefonemas, eu não fazia a mínima idéia do que estava acontecendo... "Encontre-se comigo no topo da Oxo Tower." — Ele sacode a carta para mim. — Que merda é essa?

Merda?

— Não é merda! — grito, ferida. — Eu estava tentando salvar nosso casamento, para o caso de você não ter percebido...

— Salvar nosso casamento? — Ele me encara. Na Oxo Tower?

— Funciona nos filmes! Você deveria aparecer, e tudo deveria ser lindo. Como em *Sintonia de amor*...

Minha voz está ficando embargada de desapontamento. Achei tanto que ia dar certo! Pensei tanto que ele estaria lá, e cairíamos nos braços um do outro, e seríamos uma família feliz de novo!

— Certo. Obviamente não estou entendendo alguma coisa. — Luke franze a testa para a carta de novo. — Esta carta nem mesmo faz sentido. "Sei que você teve um —." E nada. O que eu tive? Um infarto?

Ele está zombando de mim. Eu não suporto.

— Um caso! — grito. — Um caso! Seu caso com Venetia! Eu sei sobre ele, lembra? E só pensei que talvez você quisesse dar outra chance ao nosso casamento, mas obviamente não, de modo que, por favor, simplesmente vá embora. Tenho uma sessão de fotos para a *Vogue*. — E passo a mão com raiva nos olhos lacrimosos.

— Meu *o quê*? — Ele parece genuinamente chocado. — Becky, você está brincando.

— É, certo. — Faço menção de fechar a porta, mas ele segura meu punho com força.

— Pára. — A voz de Luke é como trovão — Não sei que porra está acontecendo. Esta carta caiu de páraquedas... você está me acusando de ter um caso... não pode sair dessa sem explicação.

Será que ele se mudou para um universo paralelo? Será que alguém acertou a cabeça dele com alguma coisa?

— Você mesmo admitiu, Luke! — praticamente berro, frustrada. — Disse que estava tentando me "proteger", por causa da minha pressão ou sei lá o quê. Lembra?

Os olhos de Luke estão examinando meu rosto, para um lado e para o outro, como se procurasse resposta.

— A conversa que tivemos no hospital — diz ele subitamente. — Antes de eu viajar.

— *É!* Agora tudo voltou de repente? — Não consigo evitar o sarcasmo. — Você estava planejando me contar depois da chegada do neném. Ia ver como as coisas "aconteceriam". Você basicamente admitiu...

— Eu não estava falando de uma porra de um *caso*! — explode Luke. — Estava falando da crise com o Arcodas!

Subitamente, o vento some das minhas velas.

— O... o quê?

De repente, noto duas crianças na calçada, olhando para nós. Acho que estamos muito visíveis, com o barrigão e tudo o mais.

— Vamos entrar — digo, em tom digno. Luke acompanha meu olhar.

— Certo. É. Vamos... fazer isso.

Ele entra na casa, e eu fecho a porta. Por um momento, há silêncio no corredor. Não sei o que dizer. Sinto-me totalmente abalada.

— Becky... não sei que confusão você fez. — Luke solta o ar longamente e com força. — Houve alguns problemas no trabalho, e eu estava tentando manter você longe disso. Mas não estou tendo um caso. Com *Venetia*?

— Mas ela me disse que vocês tinham.

Luke parece pasmo.

— Ela não pode ter feito isso.

— Mas fez! Disse que você ia me deixar para ficar com ela. Disse... — Mordo o lábio. É doloroso demais lembrar de tudo que Venetia disse.

— Isso não passa de... uma porcaria de... uma *loucura*. — Luke balança a cabeça, exasperado. — Não sei que tipo de conversa você teve com Venetia, que tipo de... linha cruzada ou desinformação...

— Então você está dizendo que não há nada acontecendo entre vocês? Absolutamente nada?

Luke agarra o próprio cabelo, fechando os olhos brevemente.

— Por que você acharia que há alguma coisa acontecendo?

— *Por quê*? — Encaro-o. — Luke, você está falando *sério*? Por onde vou começar? Todas as vezes que você saiu com ela, só os dois. Todos aqueles recados em latim, dos quais você não queria falar comigo. E todo mundo ficou muito esquisito comigo no escritório... e eu vi vocês sentados juntos na mesa dela... e você mentiu na noite do Finance Awards... — Minha voz está começando a falhar. — Eu sabia que você não estava lá...

— Menti porque não queria *preocupar* você! — Luke parece mais abalado e com raiva do que eu jamais vi. — Meus funcionários estavam esquisitos com você porque eu mandei um e-mail para todos dizendo que ninguém, absolutamente *ninguém*, deveria falar de problemas da empresa com você. Sob pena de ser demitido. Becky... eu estava tentando proteger você.

Tenho uma súbita lembrança dele sentado à mesa no escuro, a testa franzida. Isso foi há semanas. Desde então, ele anda pensativo e ausente.

Mas, então, por que Venetia teria dito...

Por que ela teria...
— Ela disse que você ia me deixar para ficar com ela. — Agora minha voz está realmente tremendo. — Disse que você ainda iria querer visitar o bebê. — Tenho um soluço súbito.
— *Deixar* você? Becky, venha cá. — Luke me envolve nos braços com força e, de repente, estou enterrando a cabeça em seu peito, com lágrimas escorrendo em sua camisa. — Eu amo você — diz ele, com firmeza. — Nunca vou deixar você. Nem o pequeno Birkin.
Como foi que ele...
Ah. Ele deve ter encontrado minha lista de nomes.
— Agora é Armagedom — corrijo por entre os soluços. — Ou Pomodora. Foi o que eu disse à sua mãe.
— Excelente. Espero que ela tenha desmaiado.
— Quase. — Tento sorrir. Mas não posso. Tudo ainda está cru demais. Tive semanas e semanas de preocupação, imaginando e temendo o pior. Não consigo simplesmente estalar os dedos e agir com naturalidade de novo.
— Achei que eu seria mãe solteira. — Engulo em seco. — Achei que você a amava. Não sabia por que você estava tão esquisito. Tem sido horrível. Se você tinha problemas no trabalho, deveria ter me *contado*.
— Sei que deveria. — Ele fica em silêncio por um momento, pousando o queixo na minha cabeça. — Honestamente, Becky... tem sido bom ter um lugar para onde escapar daquilo tudo.
Levanto a cabeça e examino Luke. Ele parece sério. E cansado, percebo. Realmente, realmente cansado.

— O que está acontecendo? — Enxugo o rosto. — Qual é o problema? Você tem de me contar agora.

— O Arcodas.

— Mas eu achei que tudo ia muito bem! — respondo, confusa. — Achei que era por isso que você estava abrindo os escritórios novos.

— Eu gostaria de nunca ter me candidatado a trabalhar com eles. — Luke parece tão arrasado que sinto uma pontada de pavor.

— Luke, o que aconteceu? — pergunto, nervosa. — Vamos nos sentar. — Vou até a sala de estar de Fabia e afundo num fofo sofá de camurça.

— Um monte de coisas — diz Luke, me acompanhando. Ele ergue as sobrancelhas brevemente para as almofadas com "B" e "L", depois senta-se, pousando a cabeça nas mãos. — Você não quer saber.

— Quero. Quero saber tudo. Desde o começo.

— Tem sido um pesadelo. — Ele vira o rosto para mim. — O maior pesadelo é uma acusação de assédio.

— Assédio? — olho para ele, boquiaberta.

— Sally-Ann Davies. Lembra quem é?

— Claro. — Assinto. — O que aconteceu?

Sally-Ann trabalha para a empresa desde que conheço Luke. É bastante reservada, mas realmente doce e confiável.

— Houve... incidentes com ela e o Iain. Ela diz que ele deu em cima dela de modo agressivo e desagradável. Sally-Ann fez uma reclamação. E ele descartou, rindo.

— Meu Deus, que medonho — ofego. — Então... o que você...?

— Acredito cem por cento em Sally-Ann. — Luke parece totalmente resoluto.

Fico em silêncio. Minha mente voltou ao envelope pardo do escritório de Dave Sharpness. O dossiê que ele coletou sobre o Iain. Todos aqueles casos "abafados".

Será que devo contar a Luke?

Não. A não ser que seja necessário. Isso provocaria muitas perguntas incômodas, e ele poderia ficar com raiva ao saber do que fiz. De qualquer modo, picotei tudo que havia no envelope, portanto nem tenho mais as provas.

— É — digo lentamente. — Eu acreditaria nela, também. Então... o que o Iain disse?

— Nada que eu gostaria de repetir. — O rosto de Luke está tenso. — Ele a acusou de ter inventado a história para obter promoção. A opinião dele sobre as mulheres é um tanto execrável.

Franzo a testa, tentando pensar nas semanas anteriores.

— Foi quando você não pôde ir à minha aula de pré-natal?

— Aquilo foi o início, sim. — Ele massageia a testa. — Becky, eu não podia contar a você. Acredite, eu queria, mas sabia como você iria ficar chateada. E Venetia havia acabado de me dizer que você precisava ficar calma.

Ficar calma. É, esse plano realmente funcionou.

— Então o que aconteceu?

— Sally-Ann foi de um espírito incrivelmente generoso. Disse que não levaria adiante se fosse transferida para outra conta. Coisa que, obviamente, fizemos. Mas toda a companhia ficou chateada com isso. — Ele suspira. — Para ser honesto, tem sido difícil trabalhar com o Arcodas, desde o início.

— Iain é bizarro, não é? — digo, na bucha.

— Não é só ele. — Luke balança a cabeça. — É toda a ética. Todos eles são agressivos. — Uma sombra passa sobre seu rosto. — E agora... aconteceu de novo.

— Com Sally-Ann?

Luke balança a cabeça.

— Amy Hill, uma das nossas secretárias, foi reduzida às lágrimas por outro sujeito da equipe do Arcodas. Ele ficou numa fúria violenta, e ela disse que se sentiu fisicamente ameaçada.

— Está brincando.

— Eles andam na minha empresa como se fossem donos... — Luke solta o ar com força, como se tentasse manter o autocontrole. — Convoquei uma reunião e solicitei que o sujeito do Arcodas pedisse desculpas a Amy.

— E ele pediu?

— Não. — O rosto de Luke se retorce. — Ele quer que ela seja demitida.

— *Demitida?* — Estou estarrecida.

— Ele diz que ela é incompetente e que, se fizesse o trabalho direito, ele não precisaria pegar pesado. Enquanto isso, todos os meus funcionários estão em pé de guerra. Ficam me escrevendo e-mails de protesto, recusando-se a pôr a mão na conta do Arcodas, ameaçando se demitir... — Luke passa as mãos pelos cabelos, parecendo totalmente arrasado. — Como eu disse, é um pesadelo.

Afundo no sofá de Fabia, tentando absorver tudo isso. Não acredito que Luke andou por aí com todas essas preocupações durante tanto tempo. Sem dizer nada. Tentando me proteger.

Não tendo um caso, afinal de contas.

Percorro com o olhar seu rosto virado para o outro lado. Ele ainda poderia estar mentindo, ocorre-me. Mesmo que o negócio do Arcodas seja verdade. Ele poderia ainda estar se encontrando com Venetia. *Só está fazendo o jogo para manter você feliz* me passa pela cabeça pela milésima vez.

— Luke, por favor — digo, num jorro. — Por favor. Diga a verdade de uma vez por todas. Você anda se encontrando com ela?

— O quê? — Luke se vira para mim, pasmo. — Becky, achei que a gente tinha resolvido isso...

— Ela disse que você estava representando. — Torço os dedos, arrasada. — Tudo isso poderia ser só uma trama. Para... para me manter feliz.

Luke se vira para me encarar e segura minhas duas mãos, com força.

— Becky, nós não estamos nos encontrando. Nada está acontecendo. Não sei como posso dizer isso de modo mais claro.

— Então, por que ela disse que vocês estavam se encontrando?

— Não *sei*. — Luke parece no fim da linha. — Honestamente, não faço idéia do que ela estava falando. Olha, Becky, você vai ter de confiar em mim. Pode fazer isso?

Há um silêncio. A verdade é que não sei. Não sei se posso confiar mais nele.

— Quero uma xícara de chá — murmuro finalmente e me levanto.

Achei que tudo ficaria melhor depois de falarmos; quando deixássemos tudo às claras. Mas aqui está, claro como uma exposição num pódio. E eu ainda não sei em que acreditar. Sem encarar os olhos de Luke, vou até a cozinha e começo a abrir todos os armários de Fabia, construídos sob medida, procurando o chá. Meu Deus, esta deveria ser minha casa. E eu deveria *saber* onde está o chá.

— Experimente aquele — diz Luke, enquanto abro um armário cheio de panelas e bato a porta de novo com força, só que ela não bate porque o armário é caro demais e muito bem feito. — O de canto.

— Ah, certo. — Abro-o e acho uma caixa de saquinhos de chá. Ponho-os na bancada e me encosto nela, absolutamente sem energia. Enquanto isso, Luke foi até a gigantesca porta de vidro nos fundos e está olhando para o jardim, com os ombros rígidos.

Não era assim que eu havia planejado nosso encontro. Nem um pouco.

— O que você vai fazer em relação ao Arcodas? — pergunto finalmente, torcendo o barbante de um saquinho de chá. — Você não pode demitir a Amy.

— Claro que não vou demitir Amy.

— Então, quais são suas opções?

— Primeira opção: conserto as coisas — diz Luke, sem mover a cabeça. — Agüento o tranco, sacudo a poeira e dou a volta por cima.

— Até que a coisa aconteça de novo — digo.

— Exato. — Luke se vira, concordando sério com a cabeça. — Segunda opção: convoco uma reunião com o Arcodas. Digo na bucha que não vou permitir que meus funcionários sejam intimidados. Consigo um pedido de desculpas para Amy. Faço com que eles sejam razoáveis.

— E a terceira opção? — Dá para ver que existe uma, pela expressão dele.

— Terceira opção: se eles não cooperarem... — Ele pára por longo tempo. — Nós nos recusamos a trabalhar para eles. Rescindimos o contrato.

— Isso seria possível?

— Seria possível. — Ele aperta as palmas das mãos contra os olhos e esfrega. — Seria caro pra caralho. Há uma multa, caso a gente desista no primeiro ano. Além disso, abrimos escritórios em toda a Europa com base na força desse contrato. Deveria ser nosso admirável mundo novo. Nossa passagem para coisas maiores e melhores.

Posso ouvir o pesado desapontamento em sua voz. E, de repente, quero abraçá-lo com força. Foi tão empolgante quando a Brandon Communications ganhou a conta do Arcodas! Eles trabalharam duro para isso. Pareceu um tremendo prêmio.

— Então, o que você vai tentar fazer? — pergunto, hesitante.

Luke pegou um antigo quebra-nozes numa mesa lateral. Começa a girar o cabo, com o rosto sério.

— Ou então posso dizer aos meus funcionários que eles simplesmente têm de agüentar. Alguns podem ir embora, mas outros vão se submeter. As pessoas precisam dos empregos. Vão aceitar a merda.

— E terão uma empresa miserável.

— Uma empresa miserável e lucrativa. — Sua voz tem uma tensão da qual não gosto. — Nós estamos nisso para ganhar dinheiro, lembra?

De repente, o neném me chuta com força por dentro, e eu me encolho. Tudo está tão... dolorido! Eu. Luke. Toda a situação horrível.

— Você não quer isso.

Luke não move um músculo. Seu rosto está duro como pedra. Qualquer um que olhasse acharia que ele não havia concordado, que não tinha ouvido ou que não se importava. Mas eu sabia o que estava em sua cabeça. Ele ama a empresa. Adora quando ela está prosperando, bem-sucedida e feliz.

— Luke, os funcionários da Brandon Communications... — Dou um passo em direção a ele. — São sua *família*. Foram leais com você durante todos esses anos. Pense em como você se sentiria se Amy fosse sua filha. Você iria querer que o patrão dela se posicionasse. Quero dizer... você é o seu próprio chefe! O ponto é que você não *precisa* trabalhar para ninguém.

— Vou falar com eles. — Luke ainda está olhando para baixo. — Vou resolver isso. Talvez a gente consiga fazer com que tudo dê certo.

De repente, Luke põe o quebra-nozes de volta e levanta os olhos.

— Becky, se eu acabar cancelando o contrato com o Arcodas... não seremos quaquilionários. Você entende isso.

Sinto uma pontada. Foi bem empolgante quando tudo ia tão bem, e nós íamos conquistar o mundo e viajar em jatos particulares. E eu estava planejando comprar aquelas incríveis botas de salto agulha, de mil libras, de Vivienne Westwood.

Tanto faz. Há uma versão de cinqüenta libras na Topshop. Fico com ela.

— Talvez não agora. — Levanto o queixo, em desafio. — Mas seremos, quando você fizer seu próximo grande contrato. E enquanto isso... — Olho a fabulosa cozinha de grife ao redor. — Estamos indo muito bem. Podemos comprar uma ilha em outro ano. — Penso por um momento. — Na verdade, as ilhas estão completamente fora de moda. Nós não íamos querer uma.

Luke me encara por um momento, depois dá um riso fungado.

— Sabe de uma coisa, Becky Bloom? Você vai ser uma tremenda mãe.

— Ah! — Fico vermelha, tomada totalmente de surpresa. — Verdade? No bom sentido?

Luke atravessa a cozinha e pousa as mãos gentilmente na minha barriga.

— Esta pessoazinha tem muita sorte — murmura ele.

— Só que não sei nenhuma cantiga de ninar — digo, meio triste. — Não poderei fazer o neném dormir.

— As cantigas de ninar são superestimadas demais — reage Luke, cheio de confiança. — Eu lerei para ele matérias do *Financial Times*. Isso vai fazer com que ele apague.

Nós dois olhamos por um tempo para minha barriga enorme. Ainda não consigo aceitar direito que haja um neném dentro do meu corpo. Um neném que tem de sair... de algum modo.

Certo, não vamos entrar nisso. Ainda há tempo para inventarem alguma coisa.

Depois de um tempo, Luke levanta a cabeça. Tem uma expressão estranha, ilegível, no rosto.

— Então... diga, Becky — diz ele, em tom leve. — É Armagedom ou Pomodora?

— O quê? — Olho para ele, confusa.

— Hoje cedo, quando cheguei em casa e estava tentando descobrir para onde você havia ido, revirei suas gavetas tentando descobrir alguma pista... — Ele hesita. — E encontrei o Kit de Previsão de Sexo. Você descobriu, não foi?

Meu coração dá uma cambalhota gigantesca. Merda. Eu devia ter jogado o teste fora. Sou tão *idiota*!

Luke está sorrindo, mas posso ver um traço de dor em seus olhos. E, de repente, me sinto terrível. Não sei como pude planejar que deixaria Luke de fora de um momento tão importante. Nem sei mais direito por que estava desesperada para descobrir o sexo. Quem se importa?

Ponho minha mão na dele e aperto.

— Na verdade, Luke, eu não fiz o teste. Não fiz.

A expressão pensativa de Luke não muda.

— Qual é, Becky! Abre o jogo. Se só um de nós vai ficar surpreso, não parece haver muito sentido em esperar.

— Eu não fiz o teste! — insisto. — Honestamente! Demoraria demais, e era preciso tomar uma injeção...

Ele não acredita. Dá para ver pela cara. Nós vamos estar na sala de parto, e eles vão dizer: "É um menino!" ou sei lá o quê — e ele vai pensar: "Becky já sabia."

Um nó sobe de repente na minha garganta. Não quero que seja assim. Quero que a gente descubra ao mesmo tempo.

— Luke, eu *não* fiquei sabendo — digo, em desespero, com lágrimas ardendo nos olhos. — Eu realmente, honestamente, não fiz o teste! Eu não mentiria. Você tem de acreditar. Vai ser uma surpresa incrível... maravilhosa. Para *nós dois*.

Estou olhando para ele, todo o corpo tenso, as mãos apertando a saia. Os olhos de Luke examinam meu rosto.

— Certo. — Sua testa relaxa finalmente. — Certo. Acredito em você.

— E eu também acredito em você. — As palavras saem da minha boca sem aviso.

Mas, agora que digo, percebo que são verdadeiras. Eu poderia exigir mais provas de que Luke não está se encontrando com Venetia. Poderia mandar segui-lo de novo. Poderia ser totalmente paranóica e sofredora para sempre.

No fim, a gente precisa escolher se confia ou não em alguém. E eu escolho. Escolho.

Depois de um tempo, me afasto do Luke. Respiro fundo, tentando me recompor, e tomo umas duas xícaras de chá. Depois me viro para ele.

— Luke, por que Venetia disse que vocês estavam tendo um caso, se não estavam?

— Não faço idéia. — Luke parece confuso. — Você tem *certeza* absoluta que foi isso que ela quis dizer? Você não pode ter interpretado mal o que ela estava dizendo?

— Não! — retruco, irritada. — Não sou tão idiota assim! Foi totalmente óbvio o que ela quis dizer. — Rasgo um pedaço de toalha de papel de Fabia e assôo o nariz. — E, só para você saber, *não* vou fazer o parto com ela. Nem vamos a nenhum dos chás idiotas dela.

— Ótimo. — Luke assente. — Tenho certeza que podemos voltar ao Dr. Braine. Sabe, ele me mandou alguns e-mails, só para saber como você está.

— Verdade? Que doçura da parte dele...

A campainha toca, e eu levo um susto. São eles. Quase havia esquecido.

— Quem é? — pergunta Luke.

— É a *Vogue*! — respondo, agitada. — Todo o motivo para eu estar aqui! Para a sessão de fotos!

Vou rapidamente para o corredor — e, quando vejo meu reflexo no espelho, sinto uma pontada de consternação. Meu rosto está cheio de manchas; os olhos, injetados e inchados; o sorriso, tenso. Não me lembro dos caminhos dentro da casa. Esqueci totalmente minhas falas deliciosas. Nem consigo lembrar de onde são minhas *calcinhas*. Não posso fazer isso.

A campainha toca de novo. Duas vezes.

— Você não vai atender? — Luke me acompanhou até o corredor.

— Vou ter de cancelar! — Viro para ele, tristonha. — Olhe para mim. Estou um horror! Não posso sair assim na *Vogue*!

— Você vai ficar maravilhosa — responde ele, com firmeza, e vai até a porta da frente.

— Eles acham que a casa é nossa! — sibilo para ele, em pânico. — Eu disse que a gente morava aqui.

Luke me lança um olhar tipo "quem você acha que eu sou?", olha por cima do ombro e abre a porta.

— Olá! — diz ele, em seu tom mais confiante de chefe de uma empresa enorme e importantíssima. — Bem-vindos à nossa casa.

Os maquiadores deveriam receber o prêmio Nobel por ajudar na felicidade humana. Assim como os cabeleireiros E Luke também.

Passaram-se três horas, e a sessão acontece brilhantemente. Luke encantou todo o pessoal da *Vogue* assim que eles chegaram, e foi totalmente convincente enquanto mostrava a casa. Eles acham que a gente realmente mora aqui.

Estou me sentindo uma pessoa diferente. Certamente *pareço* uma pessoa diferente. As manchas na cara foram cobertas, e a maquiadora foi realmente um doce quanto a isso. Falou que tinha visto coisas muito piores e que pelo menos eu não estava entupida de cocaína. Nem havia atrasado seis horas. E pelo menos não tinha trazido nenhum cachorro idiota que ficava latindo o tempo todo. (Tenho a sensação de que ela não gosta muito das modelos.)

Meu cabelo parece totalmente fabuloso e brilhante, e trouxeram as roupas mais incríveis para eu usar, tudo num trailer que estacionaram do lado de fora. E agora estou parada na escadaria ampla, com um vestido Missoni, sorrindo enquanto a câmera clica, sentindo-me como Claudia Schiffer ou alguém assim.

E Luke está na base da escada, sorrindo encorajadoramente para mim. Esteve ali o tempo todo. Cancelou todo o resto das reuniões da manhã e participou da entrevista, e tudo. Disse que ter um neném colocava as coisas em perspectiva e que achava que a paternidade iria mudá-lo como pessoa. Disse que me achava mais linda agora do que nunca (o que é uma mentira completa, mas mesmo assim). Disse...

Pois é, disse um monte de coisas. E sabia quem pintou o quadro que estava sobre a lareira da sala de estar, quando perguntaram. Ele é brilhante!

— Vamos para fora agora? — O fotógrafo olha interrogativamente para Martha.

— Boa idéia. — Ela assente, e eu desço a escada, segurando com cuidado o vestido.

— Que tal se eu usasse o vestido Oscar de la Renta?

A estilista trouxe o vestido de noite roxo mais incrível, com uma capa, aparentemente feito para alguma estrela de cinema grávida usar numa estréia, mas ela nunca usou. Simplesmente *preciso* experimentá-lo.

— É, vai ficar espetacular com o fundo de grama. — Martha volta para os fundos do corredor e franze os olhos através da porta de vidro. — Que jardim incrível! Vocês mesmos fizeram o paisagismo?

— Sem dúvida! — Olho para o Luke.

— Contratamos uma empresa de jardinagem, obviamente — diz ele —, mas o conceito foi todo nosso.

— Isso mesmo — assinto. — Nossa inspiração foi meio que um casamento de Zen... com... estrutura urbana...

— O posicionamento das árvores foi crucial para o projeto — acrescenta Luke. — Nós as mudamos de lugar pelo menos três vezes.

— Uau. — Martha assente com inteligência e rabisca em seu caderno. — Vocês são mesmo perfeccionistas!

— Nós nos importamos com o design — diz Luke, sério. Em seguida, pisca rapidamente para mim, e eu tento não rir.

— Então vocês devem estar ansiosos para ver seu bebê ali no gramado. — Ela ergue os olhos com um sorriso. — Aprendendo a engatinhar... a andar...

— É. — Luke pega a minha mão. — Certamente.

Estou para acrescentar alguma coisa — mas de repente minha barriga se enrijece, como se alguém a tivesse apertado com as duas mãos. Isso vem acontecendo há um tempo, agora que penso — mas desta vez foi um bocado mais forte.

— Aaah — digo, antes que possa me conter.

— O que foi? — Luke parece alerta.

— Nada — respondo depressa. — Então, devo colocar a capa?

— Vamos retocar a maquiagem — diz Martha. — E vamos distribuir uns sanduíches?

Vou pelo corredor, chego à porta da frente e paro. Minha barriga se enrijeceu de novo. É inconfundível.

— O que é? — Luke está me olhando. — Becky, o que está acontecendo?

Tudo bem. Não entre em pânico.

— Luke — digo o mais calmamente que posso. — Acho que estou em trabalho de parto. Já está acontecendo há um tempo.

Minha barriga se enrijece de novo, e começo a ofegar com respirações curtas, exatamente como fizemos na aula de pré-natal. Meu Deus, é incrível como estou enfrentando isso instintivamente.

— Há um *tempo*? — Luke vem até mim, parecendo alarmado. — Quanto tempo, exatamente?

Penso na primeira vez em que percebi as sensações.

— Umas cinco horas? O que significa que provavelmente estou com dilatação de... cinco centímetros, talvez?

— Dilatação de cinco centímetros? — Luke me encara. — O que isso significa?

— Significa que estou na metade do caminho. — Minha voz treme subitamente de empolgação. — Significa que vamos ter um neném!

— Jesus Cristo. — Luke pega rapidamente o celular e digita nele. — Alô? Serviço de ambulância, por favor. Depressa!

Enquanto ele dá o endereço, sinto-me subitamente trêmula nos joelhos. Isso só deveria acontecer lá pelo dia 19. Achei que ainda tinha três semanas.

— O que está acontecendo? — pergunta Martha, levantando os olhos de suas anotações. — Vamos fazer as fotos no jardim agora?

— Becky está em trabalho de parto — diz Luke, fechando o telefone. — Acho que temos de ir.
— Em *trabalho de parto*? — Martha larga o caderno e a caneta e se abaixa para pegá-los. — Ah, meu Deus! Mas ainda não está na hora, não é?
— Só deveria ser daqui a três semanas — diz Luke.
— Deve estar adiantado.
— Você está bem, Becky? — Martha me observa. — Precisa de algum remédio?
— Estou usando métodos naturais — respiro, segurando meu colar. — Esta é uma antiga pedra de parto maori.
— Uau! — diz Martha, escrevendo. — Pode soletrar maori?
Minha barriga se retesa de novo, e eu seguro a pedra com mais força. Apesar da dor, não consigo evitar uma sensação empolgada. Está certo, o parto *é* uma experiência incrível. Sinto que todo o meu corpo trabalha em harmonia, como se estivesse destinado a fazer isso desde sempre.
— Você preparou uma bolsa? — pergunta Martha, me olhando alarmada. — Você não deveria ter uma bolsa?
— Tenho uma mala — digo, ofegante.
— Certo — diz Luke, guardando o telefone. — Vamos pegar. Depressa. Onde está? E suas anotações para o hospital.
— Está... — paro. Está tudo em casa. Na nossa casa de verdade. — É... está no quarto. Perto da penteadeira. — Olho para ele num ligeiro desespero. Os olhos de Luke saltam com compreensão súbita.

— Claro — diz ele. — Bem... tenho certeza que podemos fazer uma parada, se precisarmos.

— Vou dar uma subidinha e pegar para você — diz Martha, solícita. — De que lado da penteadeira?

— Não! Quero dizer... é... na verdade, está ali! — Aponto para uma sacola Mulberry que vi subitamente no armário do corredor. — Esqueci, deixei ali para estar pronta.

— Certo. — Luke pega a sacola no armário, com algum esforço, e uma bola de tênis cai de dentro.

— Por que você vai levar bolas de tênis para o hospital? — pergunta Martha, perplexa.

— Para... é... massagem. Ah, meu Deus... — Aperto mais a pedra maori e respiro fundo.

— Você está bem, Becky? — pergunta Luke, ansioso. — Parece que isso está piorando. — Ele olha o relógio. — Cadê a porcaria dessa ambulância?

— Estão ficando mais fortes — consigo assentir através da dor. — Acho que já devo estar com uns seis ou sete centímetros de dilatação.

— Ei, a ambulância chegou. — O fotógrafo enfia a cabeça pela porta da frente. — Está parando.

— Vamos indo. — Luke estende o braço para mim. — Consegue andar?

— Acho que sim. Só um pouco.

Saímos pela porta e paramos no degrau de cima. A ambulância está bloqueando toda a rua, com a luz azul piscando e girando. Posso ver algumas pessoas olhando, do outro lado da rua.

É isso. Quando eu sair do hospital... estarei com um neném!

— Boa sorte! — grita Martha. — Espero que tudo corra bem!

— Becky, eu te amo. — Luke aperta meu braço com força. — Estou tão orgulhoso de você! Você está se saindo incrivelmente bem. Está tão calma, tão tranqüila...

— A sensação é totalmente natural — digo, com uma espécie de espanto humilde, como Patrick Swayze dizendo a Demi Moore como é o céu, no fim de *Ghost*. — É doloroso... mas lindo, também.

Dois paramédicos saem pelas portas de trás da ambulância e vêm na minha direção.

— Pronta? — Luke me olha.

— Ahã. — Respiro fundo e começo a descer a escada. — Vamos lá.

Dezoito

Ai. Não acredito. Eu não estava em trabalho de parto, afinal. Não tenho um neném nem *nada*.

Não faz nenhum sentido; na verdade, ainda acho que eles podem ter errado. Tive todos os sintomas! As contrações regulares e a dor nas costas (bem, uma sensação ligeiramente dolorosa), como diz no livro. Mas eles só me mandaram para casa e disseram que eu não estava em trabalho de parto, em pré-trabalho de parto nem nada que ao menos se aproximasse do parto. Disseram que não eram as verdadeiras dores do parto.

Foi tudo meio embaraçoso. Em especial quando pedi a epidural, e eles gargalharam. Não precisavam ter gargalhado. Nem telefonar para os amigos e contar. Eu *ouvi* aquela enfermeira obstetra, mesmo que ela estivesse sussurrando.

Isso também me fez repensar toda essa história de dar à luz. Quero dizer, se não foi o negócio de verdade... como, diabos, é o negócio de verdade? De modo que, depois de voltarmos do hospital, tive uma conversa longa e franca com Luke. Disse que havia pensado bem e chegado à conclusão de que eu não poderia fazer o parto, e que teríamos de arranjar outra solução.

Ele foi realmente um doce e *não disse* simplesmente: "Querida, você vai ficar ótima" (como aquele serviço de aconselhamento idiota). Disse que eu deveria me candidatar a todas as formas de alívio da dor que pudesse, independentemente do custo. Por isso contratei um reflexologista, uma massagista que trabalha com pedras quentes, uma aromaterapeuta, um acupunturista, um homeopata e uma doula. Além disso, passei a telefonar para o hospital todo dia, só para garantir que os anestesistas não ficaram todos doentes, não estão presos num armário nem nada parecido.

E joguei fora aquela pedra idiota do parto. Sempre achei que era besteira.

Passou-se uma semana — e nada aconteceu desde então, a não ser que estou maior e mais bamboleante que nunca. Fomos nos consultar com o Dr. Braine ontem, ele disse que tudo parecia bem e que o bebê estava na posição correta, o que era uma boa notícia. É. Boa notícia para o neném, talvez. Não para mim. Praticamente não consigo mais andar nem dormir. Ontem à noite acordei às três da madrugada e me sentia tão desconfortável que nem consegui ficar deitada na cama, por isso fui assistir a um programa na TV a cabo chamado *Partos na vida real: quando o trauma acontece.*

O que talvez tenha sido um erro, pensando bem. Mas, felizmente, Luke também estava acordado e fez uma xícara de chocolate quente para me acalmar, e disse que era improvável que a gente ficasse preso numa tempestade de neve com gêmeos quase nascendo e sem nenhum médico num raio de quilômetros. E que, pelo menos, saberíamos o que fazer, se isso acontecesse.

    Luke também não está dormindo bem, e é tudo por causa da situação com o Arcodas. Ele tem falado com os advogados todos os dias e consultado seus funcionários, e vem tentando interminavelmente marcar uma reunião com a diretoria do Arcodas para decidir tudo. Mas Iain cancelou duas vezes sem avisar — e depois viajou e desapareceu. De modo que nada está resolvido e, quanto mais isso demora, mais tenso o Luke fica. É como se nós dois estivéssemos com uma bomba-relógio, só... *esperando*.

    Nunca fui boa em esperar. Bebês, telefonemas, liquidações ou... qualquer coisa.

    A única coisa positiva agora é que Luke e eu estamos cerca de um milhão de vezes mais próximos do que estávamos há meses. Falamos de tudo na semana que passou. Sua empresa, planos para o futuro... numa noite, até pegamos todas as fotos da lua-de-mel e olhamos de novo.

    Falamos de tudo... menos de Venetia.

    Eu tentei. Durante o jantar, depois de termos voltado do hospital naquele dia, tentei dizer como ela realmente foi. Mas Luke simplesmente ficou incrédulo. Disse que ainda não acreditava que Venetia havia dito que os dois tinham um caso. Disse que eram apenas velhos amigos — e que talvez eu tivesse cometido um erro ou interpretado mal o que ela quis dizer.

    O que me deu vontade de jogar meu prato na parede

e gritar: "Até que ponto você acha que sou idiota?" Mas... não fiz isso. A coisa teria virado uma briga enorme, e eu realmente não queria arruinar a noite.

E desde então não puxei o assunto. Luke está tão atormentado que não consegui fazer isso. Como ele disse, nunca mais precisamos ver Venetia, se não quisermos. Ele cancelou o trabalho de RP com ela, o Dr. Braine me aceitou como cliente de novo e Luke prometeu que não fará nenhum plano de se encontrar com ela. Para ele, é um breve capítulo de nossa vida que se encerrou.

Só que... eu não consigo encerrar. Lá no fundo, continuo obcecada. Eu *não* me equivoquei. Ela *disse* que estava tendo um caso com o Luke. Quase arruinou nosso casamento — e agora simplesmente está numa boa.

Se eu pudesse simplesmente vê-la... se eu pudesse lhe dizer o que acho dela...

— Bex, você está trincando os dentes de novo — diz Suze, com paciência. — Pára com isso. — Ela chegou há meia hora, carregada de presentes de Natal feitos em casa, da feira escolar do Ernie. Agora traz uma xícara de chá de framboesa e um biscoito de Papai Noel com cobertura de açúcar e coloca sobre a bancada. — Você tem de parar de se estressar com Venetia. Não é bom para o neném.

— Para você está tudo certo! Você não sabe como ela é. Ninguém obrigou você a usar meias horrendas e disse que você não tem mais um casamento e que seu marido a estava abandonando...

— Olha, Bex. — Suze suspira. — Independentemente do que Venetia disse... quer ela tenha dito ou não...

— Ela disse! — Levanto os olhos, indignada. — Foi isso que ela disse, palavra por palavra! Você também não acredita?

— Claro que acredito! — diz Suze, recuando. — Claro. Mas, sabe, quando a gente está grávida, as coisas podem parecer piores do que são na realidade. A gente pode exagerar na reação...

— Não estou exagerando na reação! Ela tentou roubar meu marido! O que é, você acha que estou delirando? Acha que inventei tudo?

— Não! — diz Suze rapidamente. — Olha, desculpe. Talvez ela tenha dado em cima dele. Mas não conseguiu, não é?

— Bem... não.

— Então deixe para lá. Você vai ter um neném, Bex. *Isso* é que é importante, não é?

Suze parece tão ansiosa que não consigo lhe contar minha fantasia secreta de invadir o Centro Holístico de Maternidade sem me anunciar e contar a todo mundo exatamente a destruidora de lares, a falsa, que Venetia Carter é na realidade.

Então quero ver como ela ia parecer holística.

— Certo — digo finalmente. — Vou deixar para lá.

— Bom. — Suze dá um tapinha no meu braço. — Então, a que horas temos de sair?

Vou voltar à The Look hoje, mesmo que agora esteja oficialmente de licença-maternidade — porque vão abrir a lista de espera para a nova linha Danny Kovitz. Danny vai estar lá a partir do meio-dia, assinando camisetas para as pessoas que se inscreverem, e a loja já recebeu centenas de pedidos de informações!

A coisa toda subitamente virou uma novidade gigantesca — ajudada pelo fato de que um dia desses Danny foi fotografado num amasso com o novo ator de *Coronation Street*. De repente, todos os jornais publicaram a história, e recebemos um monte de publicidade. Danny apareceu até no *Morning Coffee* hoje cedo, para avaliar a moda de primavera (disse que todas as roupas eram medonhas, o que eles adoraram), e mandou todo mundo ir à The Look.

Rá! E a idéia de trazê-lo foi minha.

— Vamos daqui a uns minutinhos — digo, olhando o relógio. — Não há pressa. Eles não podem me demitir pelo atraso, podem?

— Acho que não. — Suze volta à pia, passa por nosso carrinho Guerreiro novo em folha, que está no canto, ainda na embalagem. Não havia espaço para ele no quarto do neném, e o corredor está atulhado com um Bugaboo (estava em oferta especial), além de um de três rodas, maneiro, que tem cadeirinha para carro integrada. — Bex, quantos carrinhos você encomendou?

— Alguns — digo vagamente.

— Mas onde você vai deixar todos eles?

— Tudo bem — garanto. — Vou arrumar um quarto especial para eles na casa nova. Vou chamá-lo de Quarto dos Carrinhos.

— Um Quarto de Carrinhos? — Suze me encara. — Você vai ter um Quarto de Sapatos e um Quarto de Carrinhos?

— Por que não? As pessoas não têm quartos suficientes. Talvez eu tenha um Quarto de Bolsas, também. Um pequenino... — Tomo um gole de chá de folhas de framboesa, que, segundo Suze, ajuda a acelerar o trabalho de parto, e me encolho por causa do gosto repulsivo.

— Epa, o que foi isso? — pergunta Suze, alerta. — Sentiu uma pontada?

Honestamente. É a terceira vez que ela pergunta sobre pontadas desde que chegou hoje cedo.

— Suze, ainda faltam duas semanas — lembro.

— Isso não quer dizer nada! Essas datas são uma conspiração dos médicos. — Ela me examina atentamente. — Você sente vontade de varrer o chão ou limpar a geladeira?

— A geladeira está limpa! — respondo, meio ofendida.

— Não, idiota! É o instinto do ninho. Quando os gêmeos estavam para nascer, eu peguei subitamente a mania de passar as camisas do Tarkie. E Lulu sempre começa a passar aspirador de pó na casa inteira.

— Aspirador? — Olho para ela, em dúvida. Não me imagino com uma ânsia de passar aspirador.

— Sério! Um monte de mulheres lava o chão... — Suze pára quando a campainha toca e pega o interfone. — Alô, residência dos Brandon! — Ela ouve por um momento, depois aperta o botão da entrada. — É uma entrega. Você está esperando alguma coisa?

— Aaah, estou! — Pouso minha xícara. — Devem ser minhas coisas do Natal.

— Presentes? Suze se ilumina. — Tem um para mim?

— Não são presentes. Decorações lindas. Foi esquisito demais. Ontem eu tive uma ânsia repentina, tipo *precisava* resolver todo o Natal antes do nascimento do neném. Por isso encomendei anjos novos para a árvore, uma vela do Advento e um presépio lindíssimo... — Mordo um pedaço de biscoito e mastigo. — Planejei tudo para a casa nova. Teremos uma árvore de Natal gigantesca no hall, e guirlandas em toda parte, e biscoitos de gengibre em forma de homenzinhos que podemos pendurar em fitas vermelhas...

A campainha toca, e vou até a porta. Abro-a e vejo dois homens segurando enormes caixas de papelão, além de um pacote gigantesco que devem ser as estátuas em tamanho real de Maria e José.

— Minha nossa! — diz Suze, olhando aquilo. — Você vai precisar de um Quarto de Enfeites de Natal, também.

Ei, não é má idéia!

— Oi! — Sorrio para os homens. — Deixem isso em qualquer lugar. Muito obrigada... — Rabisco a assinatura e me viro para Suze enquanto os caras saem de novo. — Preciso lhe mostrar as meias de Natal do neném...

Paro. Suze está olhando de mim para as caixas, e de novo para mim, com uma expressão estranha e animada.

— O que é?

— Bex, é isso — diz ela. — Você está arrumando o ninho!

Encaro-a.

— Mas eu não limpei nada.

— Cada mulher é diferente! Talvez você não limpe, e sim encomende coisas de catálogos! Foi tipo... um desejo súbito e realmente forte, contra o qual você não conseguia lutar?

— Foi! — Não posso evitar um som ofegante, de reconhecimento. — Exato! O catálogo passou pela porta... e eu simplesmente *precisava* encomendar as coisas. Não pude evitar!

— Aí está! — diz Suze, satisfeita. — Tudo faz parte do grande plano da natureza.

— Uau! — grito. Faço parte do grande plano da natureza.

— E você realmente não sente vontade de limpar nada? — acrescenta Suze curiosamente. — Nem de ajeitar?

— Não — respondo definitivamente. — Absolutamente nenhuma.

— É isso aí. — Suze balança a cabeça, maravilhada. — Cada gravidez é diferente.

Um novo pensamento me vem de súbito.

— Ei, Suze, se estou arrumando o ninho, talvez tenha o neném logo! Tipo esta tarde!

— Não pode! — diz Suze, consternada. — Não antes do seu chá! — Ela aperta a boca com a mão imediatamente.

Chá? Ela quer dizer... um chá-de-bebê?

— Você vai me dar um chá-de-bebê? — Não consigo evitar um sorriso de empolgação.

— Não! — responde Suze imediatamente. — Eu... não é... não era... eu não vou...

Seu rosto ficou de um vermelho vivo, e ela está enrolando uma perna na outra. Suze é uma péssima mentirosa.

— Vai, sim!

— Bem, está certo — diz ela num jorro. — Mas é *surpresa*. Não vou lhe contar quando é.

— É hoje? — pergunto imediatamente. — Aposto que é hoje!

— Não vou contar! — responde ela, toda agitada. — Pára de falar nisso. Finja que eu não disse nada. Anda, vamos.

Pegamos um táxi até a The Look — e, quando nos aproximamos, não acredito nos meus olhos. Isso é melhor do que eu poderia ter esperado, mesmo em um milhão de anos.

Há filas de pessoas virando o quarteirão, pelo que dá para ver. Devem ser centenas de pessoas, na maioria garotas de roupas coloridas, batendo papo em grupos ou em celulares. Todo mundo está segurando um balão de gás onde está escrito "The Look — Danny Kovitz", e há música tocando nos alto-falantes, e uma das garotas do RP está distribuindo garrafas de Diet Coke e pirulitos "Danny Kovitz".

Toda a atmosfera é de festa. Uma equipe de TV do *London Tonight* está filmando a cena, e um apresentador de rádio entrevista a primeira garota da fila, e, quando saio, vejo uma mulher se apresentando a uma garota jovem e alta como caçadora de talentos da Models One.

— Isso é *incrível* — ofega Suze ao meu lado.

— Eu sei! — Estou tentando parecer tranqüila, mas um riso gigantesco se espalha no meu rosto. — Anda, vamos entrar!

Lutamos para chegar ao começo da fila, e mostro meu passe ao segurança. Quando ele abre a porta para nos deixar entrar, posso sentir a pressão das garotas empurrando.

— Você viu aquela mulher? — Ouço vozes furiosas atrás, reclamando. — Ela simplesmente entrou! Por que ela acha que pode furar fila, só porque está grávida?

Epa, talvez a gente devesse ter entrado por uma porta lateral.

Lá dentro, há outra fila de garotas empolgadas, batendo papo. Ela serpenteia pelo departamento de Acessórios, passa por telas enormes mostrando a coleção de Danny e vai até uma mesa espelhada, *art déco*, atrás da qual Danny está sentado numa gigantesca cadeira tipo trono. Acima dele um estandarte diz EXCLUSIVO — CONHEÇA DANNY KOVITZ! E, na frente dele, três adolescentes com casacos militares idênticos e rabos-de-cavalo estão olhando para ele boquiabertas, num espanto completo, enquanto ele assina camisetas brancas e lisas para elas. Danny me vê e pisca.

— Obrigada — murmuro de volta, e lhe mando um beijo. Ele é um astro total, cem por cento.

Além disso, eu sabia que ele iria *adorar* tudo isso.

A uma pequena distância da mesa, Eric está sendo entrevistado por outra equipe de TV, e, quando me aproximo, ouço-o falando.

— Eu sempre senti com muita força que a The Look deveria pensar em iniciativas de design em conjunto... — está dizendo em tom importante. De repente me nota olhando. Ele pára, ruborizando ligeiramente, e pigarreia. — Deixe-me apresentar Rebecca Brandon, nossa chefe de Compras Pessoais, que deu origem à idéia.

— Oi! — Vou até a câmera com um grande sorriso de confiança. — Eric e eu trabalhamos em equipe neste projeto, que acho que anuncia um novo dia para a The Look. E todas aquelas pessoas que riam de nós podem *engolir suas palavras*.

Dou mais algumas declarações para o entrevistador, peço licença e deixo Eric com ele. Para minha perplexidade, acabo de ver Jess parada sem graça perto dos óculos escuros, sozinha, vestindo jeans e uma parca. Eu lhe falei sobre o lançamento de hoje — mas não sabia se ela viria.

— Jess! — chamo quando chego perto. — Você veio!

— Isso é incrível, Becky. — Jess está olhando a multidão ao redor. — Parabéns.

— Obrigada! — Sorrio. — Não é fantástico? Você viu todas as equipes de TV?

— Havia um cara do *Times* lá fora — diz Jess, assentindo. — E o *Standard*. A cobertura de mídia vai ser enorme. — Ela dá um sorrisinho. — Becky Brandon ataca novamente.

— E aí, como vão as coisas? Como estão os preparativos para o Chile?

— Ah, bem. — Jess dá um suspiro.

O negócio com Jess é que pode ser meio difícil dizer qual é o humor dela. (Esse é só o seu jeito, não estou sendo má nem nada.) Mas, quando olho, agora, acho que ela está genuinamente arrasada.

— Jess, o que há? — Ponho a mão em seu braço. — As coisas não vão bem.

— Não. Não vão. — Ela levanta os olhos e, para meu horror, vejo que seus olhos estão brilhando, trêmulos. — Tom desapareceu.

— *Desapareceu?* — pergunto, pasma.

— Eu não ia dizer nada. Não queria preocupar você. Mas ninguém o vê há dias. Acho que está de baixo astral.

— Por causa de sua ida?

Ela confirma com a cabeça, e sinto uma pontada de raiva do Tom. Por que ele tem de ser um chato tão obcecado consigo mesmo?

— Ele mandou uma mensagem de texto para os pais, dizendo que está em segurança. Pode estar em qualquer lugar. E Janice me culpa, claro.

— Não é sua culpa! Ele não passa de um... — E paro.

— *Você* tem alguma idéia de onde ele pode estar, Becky? — Sua testa está toda franzida. — Você o conhece a vida inteira.

Dou de ombros, sem saber. Conhecendo Tom, ele pode ter feito qualquer coisa. Pode ter ido ao ateliê de tatuagem e pedido que tatuem "Jess, não vá embora" nos órgãos genitais.

— Olha, ele vai aparecer — digo finalmente. — Ele não é completamente idiota. Provavelmente foi encher a cara em algum lugar.

— Ei, Becky. — Levanto a cabeça e vejo Jasmine vindo até nós, segurando uma braçada de echarpes e chapéus, as bochechas vermelhas do esforço.

— Ei, Jasmine! Não é incrível? Como estão as coisas lá em cima?

— Um tumulto só. — Ela revira os olhos. — Clientes em toda parte. Graças a Deus temos o pessoal extra.

— Não é chique? — Sorrio, mas Jasmine dá um muxoxo sem entusiasmo.

— Eu preferia como estava. Todas vamos ter de ficar até tarde hoje, sabe? Não tive um momento de sossego.

— Desse jeito, talvez a loja não vá à falência — ressaltou, mas Jasmine não parece impressionada.

— Pois é. — De repente, seu rosto salta em choque. Por um momento, ela fica sem fala. — Becky... você fez as sobrancelhas?

Eu já estava imaginando quando ela ia notar.

— Ah — respondo casualmente. — É, fiz. Ficou bom, não foi? — Aliso uma com o dedo.

— Onde você fez? — pergunta ela.

— Infelizmente não posso dizer — respondo, em tom lamentoso. — É meio segredo. Desculpe.

O queixo de Jasmine está estendido, em fúria.

— Diga onde você fez!

— Não!

— Jasmine! — Há uma garota chamando da escada rolante. — Você pegou aquelas echarpes para a cliente?

— Você descobriu onde eu faço, não foi? — pergunta ela, com ódio. — Deve ter me espionado.

— Como eu poderia ter feito isso? — respondo, inocente, olhando meu reflexo num espelho próximo. Minhas sobrancelhas estão *de fato* espetaculares, mesmo sendo eu que diga. É uma indiana em Crouch End que faz. Você vai à casa dela, e ela ajeita, arranca, e a coisa toda demora uma eternidade. Mas vale a pena.

— Jasmine! — a garota chama mais alto.

— Preciso ir! — Jasmine me lança um último olhar maligno.

— Então tchau — digo, animada. — Vou trazer o neném para vocês verem.

Jess esteve acompanhando toda a conversa, parecendo absolutamente perplexa.

— Que negócio é esse de sobrancelhas? — pergunta enquanto Jasmine se afasta, irritada.

Examino as sobrancelhas de Jess. São castanhas, peludas, e é óbvio que nenhuma pinça, escova ou pincel de sobrancelha jamais esteve perto delas.

— Um dia eu lhe mostro — digo, enquanto meu telefone começa a tocar. Pego-o e abro. — Alô?

— Oi — diz a voz de Luke em meu ouvido. — Sou eu. Soube que o lançamento é um sucesso gigantesco. Saiu no noticiário. Parabéns, querida!

— Obrigada! É bem incrível... — Dou alguns passos para longe de Jess e me viro atrás de um mostruário de lenços de chiffon com contas. — E então, quais são as últimas? — acrescento, em voz mais baixa.

— Tivemos a reunião. Acabo de sair dela.

— Ah, meu Deus. — Aperto o telefone com mais força. — E como foi?

— Não poderia ter sido pior.

— Tão bom assim, é? — tento brincar. Mas meu coração se encolheu. Eu esperava tanto que Luke pudesse salvar a situação!

— Não creio que alguém jamais tenha enfrentado o Iain antes. Ele não gostou. Meu Deus, eles são um punhado de bandidos desagradáveis. — Posso escutar a raiva na voz do Luke. — Acham que são donos do mundo.

— Eles são praticamente donos do mundo — desabafo.

— Não são donos de mim. — Luke parece decidido. — Nem da minha empresa.

— Então, o que você vai fazer?

— Vou falar com todos os funcionários esta tarde. — Ele pára, e eu o visualizo à sua mesa, em mangas de camisa, puxando a gravata para afrouxá-la. — Mas parece que vamos ter de rescindir o contrato. Não há como trabalhar com esse pessoal.

Então é isso. Todo o sonho do contrato com a Arcodas para conquistar o mundo terminou. Todas as esperanças e os planos de Luke foram arruinados. Sinto uma fúria crescente, avassaladora, contra Iain Wheeler. Como ele ousa tratar tão mal as pessoas e simplesmente se dar bem? Ele precisa que alguém o denuncie.

— Luke, preciso desligar — digo, com uma decisão súbita. — Vejo você mais tarde. À noite conversamos sobre isso.

Desligo. Em seguida, procuro rapidamente nos números de telefone e digito. Depois de quatro toques, há uma resposta.

— Dave Sharpness.

— Ah, oi, Sr. Sharpness — digo. — Aqui é Becky Brandon.

— Sra. Brandon! — Sua voz rouca se eleva. — Que prazer falar com a senhora de novo! Espero que esteja bem!

— É... bem, obrigada. — Duas garotas passam, e eu me esgueiro até um lugar vazio atrás de um mostruário de perucas.

— Há outro assunto em que podemos ajudá-la? — está perguntando Dave Sharpness. — A senhora gostará de saber que nossos agentes de vigilância passaram por um treinamento de reciclagem completo. E posso lhe oferecer vinte por cento de desconto em todas as investigações...

— Não! — interrompo-o. — Obrigada. — O que preciso é daquele dossiê que o senhor fez para mim. Eu o picotei. Mas agora... preciso dele. O senhor tem uma cópia que possa me arranjar?

Dave Sharpness dá um risinho gutural.

— Sra. Brandon, se eu pudesse contar o número de senhoras que conheço que destroem provas vitais num acesso de mal-estar. Então, quando o divórcio se aproxima, elas vão ao telefone perguntar se mantemos cópias...

— Eu não vou me divorciar! — digo, tentando manter a paciência. — Preciso dele por outro motivo. O senhor tem uma cópia?

— Bom. Normalmente, Sra. Brandon, eu teria uma cópia para lhe dar em uma hora. Mas... — ele pára.

— O que há de errado? — pergunto, ansiosa.

— Infelizmente houve um pequeno problema com a

instalação de depósito de segurança para clientes. — Dave Sharpness solta o ar. — Nossa gerente de escritório Wendy e um bule de café. Não entrarei em detalhes, mas alguns dos nossos arquivos estão... Bem, para ser direto, numa bagunça só. Tivemos de jogar boa parte fora.

— Mas eu preciso dele! Preciso de tudo que o senhor descobriu sobre Iain Wheeler. Sabe, o cara que o senhor pensou que era meu marido? Qualquer foto ou prova daqueles casos abafados... qualquer sujeira.

— Sra. Brandon, farei o máximo possível. Farei uma busca detalhada e verei o que consigo.

— E pode mandar por um motoboy o mais rápido possível?

— Farei isso.

— Obrigada. Agradeço realmente.

Desligo o telefone com o coração batendo rápido. Vou conseguir aquelas provas. E se estiver tudo arruinado... simplesmente encomendo outra investigação. Vamos derrubar Iain Wheeler.

Jess aparece de novo em meio à multidão, segurando um balão Danny Kovitz. Parece meio surpresa ao me ver escondida atrás das perucas.

— Oi, Becky — diz ela, quando apareço na multidão. — Acabo de ver Suze, e ela está experimentando umas cem coisas. Quer um chá?

— Na verdade, estou um pouco cansada — digo, quando uma cliente quase me dá uma cotovelada na barriga. — Acho que vou para casa logo e descansar. Só vou me despedir do pessoal.

— Boa idéia. — Jess assente vigorosamente. — Guarde as energias para aman... — Ela pára.

— Amanhã? — pergunto, perplexa. — O que vai acontecer amanhã?

— Quero dizer... para o neném. — Os olhos de Jess se desviam, evasivamente. — Para o parto. O que quer que seja.

O que, diabos, ela está...

E então percebo. Ela também sabe do segredo. Foi isso que deixou escapar!

Meu chá-de-bebê surpresa é amanhã!

CHÁ-DE-BEBÊ SURPRESA — ROUPAS POSSÍVEIS

1. Camiseta brilhante "Festa" cor-de-rosa, jeans de grávida, sapatos prateados

    Prós: Vou ficar linda

    Contras: Não vou parecer surpresa

2. Camisola e roupão, sem maquiagem, cabelo desgrenhado

    Prós: Vou parecer surpresa

    Contras: Vou parecer um horror

3. Roupa de ginástica Juicy Couture

    Prós: Vou parecer informal e, ao mesmo tempo, magra. Tipo uma celebridade de Hollywood descansando em casa

    Contras: Não consigo entrar numa roupa de ginástica Juicy Couture

4. Vestido com a bandeira inglesa "Ginger Spice" e peruca combinando, comprada em liquidação de verão, 90% de desconto

    Prós: Ainda não tive chance de usar

    Contras: Ninguém mais vai estar com uma roupa chique

KENNETH PRENDERGAST
Prendergast de Witt Connell
Conselheiros de Finanças
Forward House
High Holborn, 394. Londres WC1V 7EX

Sra. R. Brandon
Maida Vale Mansions, 37
Maida Vale
Londres NW6 0YF

5 de dezembro de 2003

Cara Sra. Brandon,

Obrigado por sua carta.

Não posso concordar com nenhum de seus pontos de vista e só vou responder dizendo que os investimentos não devem ser "divertidos".

Garanto que não mudaria de idéia se pudesse ver sua coleção de ímãs de geladeira de Audrey Hepburn. E duvido muito que eles — ou que qualquer parte de sua carteira de investimentos — irá "lhe render um milhão".

Atenciosamente,

Kenneth Prendergast
Especialista em Investimentos de Família

Dezenove

Se eu ao menos soubesse a que *horas* iria ter a surpresa!

São oito da manhã, e estou toda vestida, maquiada e pronta. No fim, escolhi um vestido trespassado cor-de-rosa e botas de camurça. Além disso, fiz as unhas ontem à noite, comprei algumas flores e arrumei o apartamento um pouquinho.

O melhor de tudo é que remexi em todas as minhas caixas de coisas até encontrar um cartão lindo que comprei uma vez em Nova York. Tem um bercinho nele, com minúsculos presentes arrumados em volta — e letras brilhantes dizendo "Obrigada por me darem um chá-de-bebê de surpresa, amigas!" Eu *sabia* que um dia iria precisar dele.

Também encontrei um cinza sombrio dizendo "Lamento saber de seus problemas profissionais", mas este eu rasguei. Cartão idiota.

Ainda não tive nenhuma notícia de Dave Sharpness. E não falei disso ao Luke, mesmo estando louca de vontade. Não quero lhe dar esperanças até saber que tenho provas.

Luke está na cozinha, tomando um café puro e forte antes de ir para o trabalho. Entro e olho para ele por um momento. Seu queixo está tenso, e ele está mexendo açúcar na xícara de expresso. Só faz isso quando precisa de um choque de cinco mil volts.

Ele me nota e indica o banco do bar do outro lado. Empoleiro-me e apóio os cotovelos no granito.

— Becky, precisamos conversar.

— Você está fazendo a coisa certa — respondo imediatamente. — E sabe que está.

Luke assente.

— Quer saber? Já me sinto livre. Eles estavam me oprimindo. Estavam oprimindo toda a empresa.

— Exato! Você não precisa deles, Luke! Não precisa andar atrás de uma empresa arrogante que acha que é dona do mundo...

Luke levanta a mão.

— Não é tão simples assim. Há uma coisa que preciso lhe dizer. — Ele pára, mexendo o café sem parar, o rosto concentrado. — O Arcodas não nos pagou.

— O quê? — Encaro-o, sem compreender. — Quer dizer... não pagou *nada*?

— Só um adiantamento, bem no início. Mas, desde então, nada. Eles nos devem... Bem, um bocado.

— Mas eles não podem deixar de pagar! As pessoas têm de pagar as contas! Quero dizer, é contra a...

Paro, ficando vermelha. Acabo de me lembrar de algumas contas de cartão de crédito enfiadas na gaveta da minha penteadeira, que talvez eu ainda não tenha pago *totalmente*.

Mas isso é diferente. Não sou uma gigantesca empresa multinacional, sou?

— Eles são conhecidos por isso. Estivemos caçando-os, ameaçando... — Luke coça a testa. — Enquanto ainda estávamos fazendo negócios, confiávamos em receber o dinheiro. Agora talvez tenhamos de processar.

— Bem, então processem! — digo, em desafio. — Eles não vão se livrar disso!

— Mas, nesse meio-tempo... — Luke levanta a xícara, em seguida pousa de novo. — Becky, para ser honesto, as coisas não estão fantásticas. Nós expandimos rápido. Pensando bem, rápido demais. Tenho empréstimos a pagar, salários... estamos sofrendo uma hemorragia de dinheiro. Até conseguirmos ficar de pé outra vez, o fluxo de caixa vai ser problemático.

— Certo. — Engulo em seco. *Hemorragia de dinheiro*. Deve ser a pior expressão que já ouvi. Tenho uma visão súbita e horrível de dinheiro jorrando de um buraco enorme, dia após dia.

— Teremos de pegar um empréstimo maior do que eu pensava para comprar a casa. — Luke se encolhe e toma um gole de café. — Isso talvez atrase as coisas por algumas semanas. Vou ligar hoje para o corretor. Devo ser capaz de resolver as coisas com todo mundo.

Ele termina de tomar o café, e noto uma funda ruga de tensão descendo por entre as sobrancelhas, que não estava ali antes. Sacanas. Eles lhe deram isso.

— Mesmo assim, você fez a coisa certa, Luke. — Seguro sua mão e a aperto com força. — E se isso significar perder um bocado de dinheiro, bem... e daí?

Espere só. Espere só, Iain Wheeler desgraçado.

Num impulso, desço do meu banco, vou para perto de Luke do outro lado do balcão e o abraço do melhor modo que posso. O neném é tão gigantesco que não tem mais espaço para ficar pulando, mas de vez em quando ele se espreme.

Ei, neném — telegrafo em silêncio. — *Não saia até que eu tenha meu chá-de-bebê, certo?*

Outro dia li que um monte de mães tem uma comunicação genuína com os bebês em gestação, por isso estou tentando lhe mandar uma mensagenzinha de encorajamento.

Amanhã estará ótimo. Que tal na hora do almoço?

Se você sair em menos de seis horas, eu lhe dou um prêmio!

— Eu deveria ter ouvido você, Becky. — A voz cansada de Luke me pega de surpresa. — Foi você que protestou contra o Arcodas. E jamais gostou do Iain.

— Eu o desprezo.

Não, não vou dizer qual é o prêmio. Espere para ver.

Há um toque na campainha, e Luke pega o interfone.

— Oi, pode trazer. É uma encomenda — diz ele.

Fico rígida.

— Um motoboy trouxe?

— É. — Ele veste o paletó. — Está esperando alguma coisa?

— Mais ou menos. — Engulo em seco. — Luke... talvez você queira ver este pacote. Pode ser importante.

— Não é mais roupa de cama, é? — Luke não parece entusiasmado.

— Não! Não é roupa de cama. É... — Paro quando a campainha toca. — Você vai ver. — Vou rapidamente até o corredor.

— Encomenda para a senhora; por favor, assine aqui — murmura o motoboy, quando abro a porta. Rabisco em sua prancheta eletrônica, pego a sacola e me viro, vendo Luke entrar no corredor.

— Luke, eu tenho uma coisa bem importante aqui. — Pigarreio. — Uma coisa que poderia... mudar a situação. E você precisa ter a mente aberta em relação a onde eu consegui...

— Você não deveria entregar isso a Jess? — Luke está franzindo a testa para a sacola.

— *Jess*? — Sigo o olhar dele e vejo, pela primeira vez, "Srta. Jessica Bertram" escrito na etiqueta.

Sinto um choque de frustração. Não é de Dave Sharpness, afinal de contas; é alguma coisa idiota para a Jess.

— Por que Jess está recebendo encomendas aqui? — digo, incapaz de esconder a frustração. — Ela não mora aqui!

— Quem sabe? — Luke dá de ombros. — Querida, preciso ir. — Ele passa o olhar pela minha barriga enorme. — Mas vou estar com o celular e o bip ligados. Se houver *algum* sinal...

— Eu ligo — assinto, revirando o envelope nos dedos. — E o que devo fazer com isto?

— Pode entregar a Jess... — Luke pára. — Qualquer hora dessas. Quando se encontrar com ela.

Espera um minuto. O modo exageradamente casual com que ele disse...

— Luke, você sabe, não sabe? — exclamo.

— Sei o quê? — Sua boca se retorce, cheia de suspeita, enquanto ele pega a pasta.

— Você *sabe*. Do... você sabe!

— Não faço idéia do que você está falando. — Luke parece com vontade de rir. — Por sinal, Becky, uma coisa que não tem nada a ver com isso... será que você poderia estar em casa por volta das onze da manhã? O sujeito do gás vai dar uma passada.

— Não vai, não! — Aponto para ele, meio acusando, meio rindo. — Você está armando para cima de mim!

— Divirta-se. — Luke me dá um beijo, em seguida sai pela porta e eu fico sozinha.

Demoro um tempo no corredor, só olhando para a porta. Quase gostaria de ir com Luke hoje, para dar apoio moral. Ele parece tão estressado! E agora tem de encarar todos os funcionários. E o pessoal das finanças.

Hemorragia de dinheiro. Meu estômago dá uma cambalhota desagradável. Não. Pára com isso. Não pense nisso.

Ainda faltam duas horas para as onze, então ponho um DVD do Harry Potter, para me distrair, e abro uma lata de Quality Street, só porque estamos na época das festas. Chegou à parte em que Harry vê os pais mortos no espelho, e estou pegando um lenço de papel, quando por acaso olho pela janela — e vejo Suze. Ela está parada à frente do prédio, no pequeno estacionamento perto do jardim, e está olhando direto para a janela.

Imediatamente me abaixo. Espero que ela não tenha me visto.

Depois de alguns instantes, levanto cautelosamente a cabeça de novo, e ela ainda está ali parada. Só que Jess também apareceu! Numa ligeira empolgação, olho o relógio. Dez e quarenta. Agora não falta muito!

A única coisa é que as duas parecem bastante perturbadas. Suze está gesticulando com a testa franzida, e Jess está assentindo. Devem ter algum problema. O que será? E nem posso ajudar.

Enquanto estou olhando, Jess pega o telefone. Ela digita, e, quando o telefone no apartamento toca, dou um pulo, culpada, e me afasto da janela.

Tudo bem. Aja de modo casual. Respiro fundo e pego o fone.

— Ah, oi, Suze! — digo, do meu modo mais natural. — Como vai? Provavelmente está em Hampshire, andando a cavalo, ou algum lugar assim.

— Como você sabia que era eu? — pergunta Suze, cheia de suspeitas.

Merda.

— Nós temos... identificador de chamadas — minto. — Então, como vai?

— Ótima! — diz Suze, parecendo totalmente abalada. — Na verdade, Bex, acabo de ler uma matéria sobre grávidas, e diz que você deveria fazer uma caminhada de vinte minutos todo dia, para a saúde. De modo que eu estava pensando que você deveria caminhar um pouco. Tipo... agora. Só uma volta no quarteirão.

Ela quer me tirar do caminho! Certo. O que vou fazer é concordar, mas não de modo tão óbvio.

— Uma caminhada de vinte minutos — digo, pensativa. — Parece boa idéia. Talvez eu faça isso.

— Não *mais* do que vinte minutos — acrescenta Suze, com pressa. — Só vinte minutos, exatamente.

— Certo! — digo. — Vou agora mesmo.

— Ótimo! — Suze parece aliviada. — É... vejo você... qualquer hora dessas!

— Tchau!

Vou rapidamente ao corredor, ponho o casaco e desço de elevador. Quando saio, Suze e Jess desapareceram. Devem estar escondidas!

Tentando parecer uma grávida normal dando uma caminhada de vinte minutos, vou até o portão, os olhos saltando para a direita e a esquerda.

Ah, meu Deus, acabo de ver Suze atrás daquele carro! E ali está Jess, agachada atrás do muro!

Não posso deixar que elas saibam que eu vi. Não posso rir. Mantendo a compostura, chego ao portão — quando vejo um cabelo castanho encaracolado, familiar, atrás de um arbusto de rododendro.

Não. Não acredito. Aquela é *mamãe*?

Saio pelo portão e estouro numa gargalhada, abafando o som com as mãos. Ando rapidamente pela calçada, encontro um banco na rua seguinte e folheio a revista *Heat*, que escondi no casaco para Suze não ver. Então, na marca de vinte minutos exatos, levanto-me e vou para casa.

Enquanto passo pelo portão, de novo não há sinal de ninguém. Entro e subo pelo elevador até o último andar, sentindo bolhas de antecipação. Chego ao nosso apartamento, ponho a chave na fechadura e giro.

— Surpresa! — Um coro de vozes me recebe quando escancaro a porta. E o estranho é que, mesmo esperando aquilo, sinto um choque genuíno ao ver tantos rostos amigos juntos. Suze, Jess, mamãe, Danny... e aquela é Kelly?

— Uau! — Largo a *Heat*, mesmo sem querer. — Que negócio...

— É o seu chá-de-bebê! — Suze está vermelha de prazer. — Surpresa! Enganamos você! Entre, tome um copo de Buck's Fizz...

Ela me leva à sala de jantar — e não acredito na transformação. Há balões de gás cor-de-rosa e azuis em toda parte, um bolo enorme num suporte de prata, e uma pilha de presentes, garrafas de champanhe no gelo...

— Isso é simplesmente... — Minha voz vacila de súbito. — É simplesmente...

— Não chore, Bex! — diz Suze.

— Tome alguma coisa, querida! — Mamãe põe um copo na minha mão.

— Eu sabia que não deveríamos fazer uma surpresa! — Janice parece alarmada. — Disse que seria um choque grande demais para o organismo dela!

— Surpresa em me ver? — Kelly veio até mim, o rosto brilhando de empolgação e maquiagem luminosa Stila.

— Kelly! — Envolvo-a com o braço que não está com a bebida. Conheci Kelly na Cúmbria, quando estava procurando Jess. Na época, eu estava ficando grávida e ainda nem sabia. Parece que foi há *anos*.

    Você ficou realmente surpresa, Bex? — Suze me olha, o rosto cheio de alegria contida.

    — Totalmente!

    E é verdade. Certo. Eu sabia que ia acontecer. Mas não tinha idéia de que alguém faria um esforço tão grande! Toda vez que olho ao redor noto mais alguma coisa, como os enfeites prateados com "é um menino" e "é uma menina" espalhados na mesa, ou sapatinhos pendurados em todos os quadros...

    — Você ainda não viu nada — diz Danny, tomando um gole de champanhe. — Vamos lá, todo mundo, em fila. Desabotoando os casacos. No três...

    Fico olhando, espantada, enquanto elas se arrumam como uma espécie de fila de coristas mal-ajambrada.

    — Um... dois... três!

    Todo mundo, desde mamãe até Jess e Kelly, abre os casacos. E por baixo todas estão usando camisetas Danny Kovitz, exatamente a que foi desenhada para a The Look. Só que a imagem é de uma mulherzinha grávida, como uma boneca. E embaixo está escrito:

ELA É UMA MAMÃE DELICIOSA
E NÓS A AMAMOS

Não consigo falar.

    — Ela está emocionada! — Mamãe vem cheia de agitação. — Sente-se, querida. Coma alguma coisinha.

— Ela estende um prato de minúsculas panquecas de pato chinesas. — São da Waitrose. Muito boas!

— Abra os presentes — instrui Suze, batendo palmas. — Depois vamos fazer jogos. Ei, todo mundo, sentem-se, Bex vai abrir os presentes... — Ela põe todos os embrulhos numa pilha à minha frente, depois bate um garfo em seu copo. — Bom, eu tenho um pequeno discurso a fazer sobre os presentes. Atenção!

Todo mundo se vira cheio de expectativa para Suze, e ela faz uma pequena reverência.

— Obrigada! Bom, quando eu estava planejando este chá-de-bebê, perguntei a Jess o que ela achava que deveríamos comprar para Becky. E Jess disse: "Não resta mais nada, ela já comprou Londres inteira."

Há uma gargalhada gigantesca, e eu sinto as bochechas ficando cor de beterraba. Certo, talvez eu tenha passado um pouco do limite. Mas o fato é que eu precisava. Quero dizer, vou estar ocupada demais para fazer compras depois do nascimento do neném. Provavelmente vou passar um ano sem chegar perto de uma loja.

— Então! — retoma Suze, os olhos brilhando. — Jess sugeriu que a gente fizesse coisas. E foi o que fizemos.

Elas *fizeram* coisas?

Ah, meu Deus, elas não fizeram paninhos de limpar neném, fizeram?

— Vamos começar com o meu. — Suze põe um embrulho retangular à minha frente e começo a rasgar o papel prateado em ligeira apreensão.

— Ah, uau — ofego ao ver o que é. — *Uau*.

Não são paninhos de limpar. É uma moldura exótica, feita de madeira pintada de creme, com espelhinhos minúsculos e madrepérola. Dentro, em vez de uma foto, há um desenho tosco de uma mulher segurando um bebê na frente de uma casa.

— Você pode colocar uma foto do neném — explica Suze. — Mas, por enquanto, desenhei vocês na frente da casa nova.

Olho o desenho com mais atenção e não consigo evitar uma gargalhada. A casa foi dividida em quartos, e cada um tem um rótulo: Quarto dos Carrinhos, Quarto das Fraldas, Quarto dos Batons, Quarto das Contas do Visa (no porão), Quarto das Antigüidades do Futuro.

Um Quarto das Antigüidades do Futuro! Na verdade, é uma idéia *brilhante*.

Quando abro os outros presentes, vou ficando totalmente abalada. O da Kelly é uma pequenina colcha de retalhos, com panos dados por todos os adoráveis amigos que fiz em Scully. O de Janice é um minúsculo macacão vermelho, de tricô, com "Primeiro Natal do Neném" bordado na frente. O de mamãe é o gorro e as botinhas de Papai Noel. O de Danny é o macacão esgarçado, de estilista, mais chique do mundo.

— Agora o meu — diz Jess, pondo o maior presente de todos à minha frente. Está embrulhado com uma colcha de retalhos de papéis de presente velhos e amarrotados, um deles impresso com as palavras "Feliz 2000!" — Tenha cuidado ao tirar o papel! — diz Jess, quando começo a desembrulhar. — Posso usar de novo.

— É... tudo bem! — Gentilmente tiro o papel e dobro. Há uma camada de papel de seda por baixo. Tiro-o e vejo uma caixa com cerca de sessenta centímetros de altura, feita de madeira clara e lisa. Perplexa, viro-a para mim. E não é uma caixa, afinal de contas. É um pequeno armário com duas portas e minúsculos puxadores de louça. E na frente está esculpido "Sapatos do Neném".

— O que... — Levanto os olhos.

— Abra. — O rosto de Jess está luzindo. — Anda!

Puxo a porta. E há prateleiras minúsculas, inclinadas e forradas de camurça. Numa delas há o menor par de botas de beisebol vermelhas que já vi.

É um Quarto dos Sapatos minúsculo.

— Jess... — Sinto lágrimas crescendo. — Você *fez* isso?

— Tom ajudou. — Ela dá de ombros, como se não desse importância a si mesma. — Nós fizemos juntos.

— Mas foi idéia de Jess — intervém Suze. — Não é brilhante? Eu *gostaria* de ter pensado nisso.

— É perfeito. — Estou totalmente zonza. — Olhem como as portas se encaixam... e como as prateleiras são esculpidas...

— Tom sempre foi bom com as mãos. — Janice encosta um lenço nos olhos. — Este pode ser o memorial dele. Provavelmente jamais teremos uma lápide.

— Janice, tenho *certeza* que ele não está morto... — começa Jess.

— Podemos gravar as datas de nascimento e morte dele na parte de trás — continua Janice. — Se você não se importar, Becky querida.

— É... bem, não — digo, incerta. — Claro que não.
— Ele não está morto, Janice! — Jess quase grita.
— Sei que não está!
— Bom, então onde está? — Janice afasta o lenço dos olhos, que ficaram manchados de sombra malva. — Você partiu o coração daquele garoto!
— Esperem! — Lembro subitamente. — Jess, eu recebi uma encomenda para você hoje. Talvez seja dele.

Vou rapidamente até o corredor e trago o pacote. Jess o abre e um CD cai. Nele está escrito simplesmente "Do Tom".

Todos ficamos olhando por um momento.
— É um DVD — diz Danny, pegando-o. — Ponha.
— É o testamento dele! — grita Janice, histérica. — É uma mensagem do além-túmulo!
— Não é do além-túmulo — reage Jess bruscamente, mas, enquanto ela vai até o aparelho de DVD, vejo que ficou pálida.

Ela aperta o play e se agacha no chão. Todos esperamos em silêncio enquanto a tela treme. Então, subitamente, ali está o Tom, diante da câmera, contra um céu azul. Está usando uma velha camisa pólo cinza e parece bem desgrenhado.
— Oi, Jess — diz ele, com ar importante. — Quando você vir isto, estarei no Chile. Porque... é onde estou agora.

Jess se enrijece.
— No *Chile*?
— No Chile? — berra Janice. — O que ele está fazendo no Chile?

— Eu te amo — está dizendo Tom — e vou para o outro lado do mundo, se for necessário. Ou mais além.

— Ah, isso é tão romântico! — suspira Kelly.

— Ele é um *panaca* idiota — diz Jess, batendo o punho na testa. — Eu só vou para lá daqui a três meses! Mas noto que seus olhos estão brilhando.

— Olhe o que encontrei para você. — Tom está segurando um pedaço de uma rocha preta brilhante diante da câmera. — Você vai adorar este país, Jess.

— Ele vai pegar cólera! — está dizendo Janice, agitada. — Ou malária! Tom sempre teve um organismo fraco.

— Posso trabalhar como carpinteiro — está dizendo Tom. — Posso escrever meu livro. Seremos felizes aqui. E se mamãe pegar no seu pé, simplesmente se lembre do que eu falei a você sobre ela.

— Falou a você? — Janice levanta a cabeça rapidamente. — O que ele falou?

— É... nada. — Jess aperta o pause rapidamente e tira o DVD do aparelho. — Mais tarde assisto ao resto.

— E então! — diz mamãe, alegre. — Ele está vivo, Janice querida. É boa notícia!

— Vivo? — Janice continua em histeria. — De que adianta estar vivo no Chile?

— Pelo menos está fora de casa, no mundo! — diz Jess, com paixão súbita. — Pelo menos está fazendo alguma coisa da vida! Sabe, ele andou deprimido, Janice. É exatamente disso que ele precisa.

— Eu sei do que meu filho precisa! — retruca Janice, indignada, enquanto a campainha toca. Levanto-me com dificuldade, feliz por ter uma desculpa para sair da linha de tiro.

— Só vou ver o que é... — Saio ao corredor e pego o interfone. — Alô?

— Tenho uma encomenda para a senhora — diz uma voz estalada.

Meu coração falha por um segundo. Uma encomenda. Tem de ser. Tem de ser. Quando aperto o interfone, mal consigo respirar. Estou dizendo a mim mesma para não ter esperanças, deve ser outro pacote para Jess, ou um catálogo, ou uma peça de computador para o Luke.

Mas, quando abro a porta, há um motoboy parado, vestido de couro, segurando um grande envelope almofadado, e já reconheço a letra de Dave Sharpness escrita com hidrocor preta e grossa.

Tranco-me na despensa de casacos e rasgo o envelope febrilmente. Há um envelope de papel pardo dentro, com "Brandon" escrito. Na frente há um Post-it grudado, com uma mensagem rabiscada. *Espero que ajude. Se precisar de mais alguma coisa, não hesite. Atenciosamente, Dave S.*

Abro — e está tudo ali. Cópias de todas as anotações, transcrições de conversas, fotos... Folheio com o coração martelando. Tinha esquecido quanta coisa eles haviam coletado sobre Iain Wheeler. Para uma agência de detetives de merda em West Ruislip, eles fizeram um trabalho fantástico.

Rapidamente guardo tudo de novo e vou até a cozinha fresca e vazia. Estou prestes a pegar o telefone quando ele toca, me fazendo dar um pulo.

— Alô?

— Alô, Sra. Brandon — diz uma voz masculina desconhecida. — Aqui é Mike Enwright, da Press Association.

— Ah, certo. — Olho para o telefone, perplexa.

— Eu só estava imaginando se a senhora poderia comentar os boatos de que a empresa de seu marido está afundando.

Sinto um tremor de choque.

— Ela não está afundando — respondo enfaticamente. — Não faço idéia do que o senhor está dizendo.

— A notícia que corre é que ele perdeu a conta do Arcodas. E o último boato é de que a Foreland Investment está indo pelo mesmo caminho.

— Ele não *perdeu* o Arcodas! — exclamo, furiosa. — Eles se separaram por motivos que não posso discutir. E, para sua informação, a empresa do meu marido continua forte como sempre. Mais forte ainda! Luke Brandon vem sendo cortejado por clientes de alto calibre durante toda a carreira, e sempre será. Ele é um homem de imensa integridade, talento, inteligência, beleza e... e percepção de vestuário.

Paro, respirando ofegante.

— Certo, então! — Mike Enwright está rindo. — Captei a idéia.

— O senhor vai citar tudo isso?

— Duvido. — Ele ri de novo. — Mas gosto da sua atitude. Obrigado por seu tempo, Sra. Brandon.

Ele desliga, e eu tomo um copo d'água, abalada. Tenho de falar com Luke. Ligo para sua linha direta e sou atendida ao terceiro toque.

— Becky! — Luke parece alerta. — Alguma coisa...
— Não, não é isso. — Olho para fora da porta da cozinha e baixo a voz. — Luke, a Press Association acaba de ligar. Queriam uma declaração sobre você... — engulo em seco — estar afundando. Disseram que a Foreland está abandonando vocês.
— Isso é besteira! — A voz de Luke explode de raiva. — Aqueles escrotos do Arcodas estão passando histórias para a imprensa.
— Eles não podem realmente prejudicar você, podem? — pergunto, temerosa.
— Não se eu puder fazer alguma coisa. — Luke parece decidido. — Acabaram-se as amenidades. Se eles querem brigar, vamos brigar. Vamos levá-los ao tribunal, se for necessário. Acusá-los de assédio. Expor todos eles.
Sinto um enorme jorro de orgulho ao ouvi-lo falar. Parece o Luke Brandon que eu conheci. Seguro, no controle da situação. E não correndo atrás de Iain Wheeler como um lacaio.
— Luke, eu tenho uma coisa para você. — Minhas palavras jorram. — Tenho um... material sobre o Iain Wheeler.
— O que você disse? — pergunta Luke, depois de uma pausa.
— Houve alguns casos antigos de assédio e intimidação que foram abafados. Tenho um dossiê inteiro sobre ele, bem aqui na minha mão.
— Você tem *o quê*? — Luke parece estarrecido. — Becky... o que você está falando?

Talvez eu não entre na história da contratação do detetive particular agora.

— Não pergunte como — digo depressa. — Simplesmente tenho.

— Mas como...

— Eu mandei não perguntar! Mas é verdade. Vou mandar por um motoboy para o escritório. Você deveria estar com seus advogados a postos para dar uma olhada. Há fotos, anotações, todo tipo de provas... Honestamente, Luke, se tudo isso vier à tona, ele está acabado.

— Becky. — A voz de Luke é incrédula. — Você me deixa constantemente espantado.

— Eu te amo — digo, num impulso. — Arrase com eles. — Desligo o telefone e empurro o cabelo para trás com as mãos suadas. Tomo alguns goles d'água, depois ligo para a empresa de motoboys que Luke usa normalmente.

Em cerca de meia hora o envelope estará com Luke. Só *gostaria* de ver a cara dele quando abrir.

— Oi, Bex! — Dou um pulo quando Suze chega lépida à cozinha. Sua expressão muda ao me ver. — Bex, você está legal?

— Estou... ótima! — Arranjo um sorriso rápido. — Só dando um tempinho.

— Agora vamos fazer os jogos! — Suze abre a geladeira e pega uma caixa de suco de laranja. — Adivinhe a Comida do Neném... Caçada ao Alfinete de Fraldas... Nomes de Bebês de Celebridades...

Não acredito no trabalho que ela teve para organizar tudo isso.

— Suze... muito obrigada — digo. — É tudo *incrível*. E minha moldura!
— Ficou legal, não foi? — Suze fica satisfeita. — Sabe, aquilo me inspirou de verdade. Estou pensando em recomeçar o negócio de molduras.
— Você deveria! — digo, entusiasmada. Suze fazia molduras fantásticas até ter filhos. Eram vendidas na Liberty e tudo!
— Quero dizer, se Lulu pode escrever livros de culinária, por que não posso fazer molduras? — está perguntando Suze. — As crianças não vão morrer se eu trabalhar algumas horas por semana, vão? Ainda serei uma boa mãe.

Posso ver a ansiedade em seus olhos. Culpo totalmente aquela vaca da Lulu. Suze nunca se preocupou em ser uma boa mãe até que a conheceu.

Certo. Hora da vingança.

— Suze... tenho uma coisa para você — digo, enfiando a mão na gaveta da cozinha. — Mas você não pode mostrar a Lulu, jamais. Nem contar a ela. Nem contar a ninguém.

— Não vou contar! — Suze fica intrigada. — O que é?

— Aqui.

Entrego a Suze a foto feita com teleobjetiva. Foi a única coisa que guardei do envelope original. É de Lulu na rua com os filhos. Ela parece bastante agitada — na verdade, parece estar gritando com um deles. Em suas mãos estão quatro barras de chocolate, que ela está distribuindo. Está segurando duas latas de Coca, também, e embaixo dos braços há um pacote gigante de batatas fritas.

— Não! — Suze parece quase abalada demais para falar. — *Não*. Isso aí são...

— Barras de chocolate. — Confirmo com a cabeça. — E batatas sabor queijo.

— E Coca! — Suze dá uma gargalhada gorgolejante e aperta a boca com a mão. — Bex, isso me fez ganhar o dia. Como foi que...

— Não pergunte. — Não consigo evitar um risinho também.

— Que vaca hipócrita!

— Bem... — Dou de ombros de um modo maduro, sem tripudiar. Não vou falar que eu sempre disse que ela era uma vaca.

Ou que as raízes de seus cabelos estão aparecendo. Porque isso seria sacanagem.

— Sabe, ela realmente pegava no meu pé. — Suze continua olhando a foto, incrédula. — Eu me sentia tão... *inferior*!

— Acho que você deveria fazer o programa de TV, afinal — digo. — Poderia levar essa foto.

— Bex! — Suze dá um risinho. — Você é maligna! Só vou guardá-la numa gaveta e olhar quando precisar de um ânimo.

De repente, o telefone toca na cozinha, e meu sorriso fica tenso. E se for a mídia outra vez? E se for Luke com mais notícias?

— Suze — digo casualmente —, por que não vai ver se todo mundo está bem? Volto para lá num minuto.

Claro. Suze assente e pega seu suco, os olhos ainda fixos na foto. Vou guardar isto em algum lugar seguro...

Espero até ela ter saído e a porta estar fechada com firmeza, depois me concentro e pego o telefone.

— Alô?

— Oi, Becky. — A voz familiar e aérea vem pela linha. — É Fabia.

— Fabia! — Relaxo, aliviada. — Como vai? Muito obrigada por deixar a gente usar a casa no outro dia. O pessoal da *Vogue* achou incrível! Você recebeu minhas flores?

— Ah, maravilhoso — diz Fabia vagamente. — É, recebemos as flores. Escute, Becky, acabamos de saber que vocês não vão poder pagar a casa em dinheiro vivo.

Luke deve ter ligado para o corretor e dito a ele. As novidades viajam depressa.

— Isso mesmo. — Assinto, tentando permanecer animada. — Houve uma ligeira mudança nas nossas circunstâncias, mas isso só deve nos atrasar umas duas semanas.

— É. — Fabia parece distraída. — O negócio é que decidimos fechar o negócio com os outros compradores.

Por um momento, acho que estou tendo alucinações.

— Outros compradores?

Nós não falamos dos outros compradores? Os americanos. Eles fizeram a mesma oferta de vocês. Na verdade, *antes* de vocês, de modo que, falando estritamente... — ela deixa no ar.

— Mas... vocês aceitaram nossa oferta! Disseram que a casa era nossa.

— É, bem. Os outros compradores podem agir mais depressa, portanto...

— Vocês só estavam embromando a gente esse tempo todo? — Estou tentando manter o controle.

— A idéia não foi minha. — Fabia parece lamentar. — Foi do meu marido. Ele gosta de ter uma segunda opção. De qualquer modo, boa sorte na procura da casa...

Não. Ela não pode estar realmente fazendo isso. Não pode estar deixando a gente na mão.

— Fabia, escute. — Enxugo o rosto úmido. — Por favor. Estamos prestes a ter um neném. Não temos para onde ir. Nosso apartamento foi vendido...

— Hum... é. Espero que tudo dê certo. Tchau, Becky.

— Mas e as botas Archie Swann? — Estou quase chorando de raiva. — Nós fizemos um trato! Você me deve uma bota! — Percebo que estou falando para o nada. Ela desligou. Ela não se importa.

Desligo o telefone. Lentamente vou até a geladeira e encosto a mão no aço frio, sentindo-me tonta. Não temos mais nossa casa dos sonhos. Não temos mais casa.

Levanto o telefone para ligar para o Luke. E paro. Ele já tem problemas demais no momento.

Dentro de algumas semanas, teremos de nos mudar do apartamento. Para onde vamos?

— Becky? — Kelly irrompe na cozinha, rindo. — Pusemos velas no seu bolo. Sei que não é seu aniversário, mas você tem de soprar agora!

— É! — Salto para a vida. — Estou indo.

De algum modo, consigo juntar meus pedaços enquanto sigo Kelly de volta à sala de estar. Lá, Danny e Janice estão jogando Adivinhe a Comida do Neném e anotando as respostas em folhas de papel. Mamãe e Jess estão olhando fotos de nenéns de celebridades.

— É Lourdes! — Está dizendo mamãe. — Jess, querida, você deveria *saber* mais coisas sobre o mundo.

— Purê de beterraba — diz Danny, como quem sabe das coisas, enquanto prova uma colherada de gosma roxa. — Só precisa de uma dose de vodca.

— Becky! — Mamãe levanta os olhos. — Está tudo bem, querida? Você fica saindo toda hora para atender o telefone!

— É, Bex, o que há? — A testa de Suze se franze.

— É...

Enxugo o lábio superior, que está molhado, tentando me manter firme. Nem sei por onde começar.

Luke está lutando para salvar a empresa. Está com uma hemorragia de dinheiro. Perdemos a casa.

Não posso dizer. Não posso estragar a festa; todo mundo está se divertindo tanto!

Conto... mais tarde. Amanhã.

— Está tudo ótimo! — Forço meu sorriso mais luminoso e mais feliz. — Não poderia estar melhor! — E vou soprar minhas velas.

Por fim, todo o chá e o champanhe foram bebidos, e os convidados saem gradualmente. Foi um *tremendo* chá-de-bebê. E todo mundo se saiu bem demais! Janice e Jess acabaram fazendo as pazes, e Jess prometeu cuidar do Tom no Chile e não deixar que os bandidos guerrilheiros o peguem. Suze e Kelly tiveram uma longa conversa enquanto jogavam Adivinhe a Comida do Ném, e terminou com Suze oferecendo a Kelly um trabalho de governanta durante seu ano de folga dos estudos. Mas a coisa realmente incrível é que Jess e Danny se deram bem! Danny começou a falar com ela sobre uma nova coleção que quer fazer, usando lascas de pedras — e agora ela vai levá-lo a um museu para ver alguns espécimes.

O motoboy chegou quando todo mundo estava comendo bolo, e o pacote foi embora. Mas não tive notícias de Luke. Acho que está falando com seus advogados, ou sei lá o quê. Por isso ele ainda não sabe sobre a casa, também.

— Você está bem, Becky? — pergunta mamãe, me dando um abraço junto à porta da frente. — Gostaria que eu ficasse aqui até Luke voltar para casa?

— Não, tudo bem. Não se preocupe.

— Bem, tenha um bom descanso esta tarde. Guarde a energia, querida.

— Vou guardar — assinto. — Tchau, mamãe.

O lugar fica silencioso e sem vida depois de todo mundo sair. Sou apenas eu e todas as coisas. Entro no quarto do neném, tocando gentilmente o berço feito à mão e o bercinho branco, de balanço. E o moisés com a cúpula de tecido, lindíssima. (Eu queria dar opções de acomodação para o sono do neném.)

É como um cenário. Só estamos esperando o personagem principal chegar.

Cutuco a barriga, imaginando se o neném está acordado. Talvez eu toque uma música para ele, que poderá ser um gênio musical quando nascer! Dou corda no móbile que encomendei do catálogo *Bebê Inteligente* e o encosto na barriga.

Neném, escute isso. É Mozart.
Acho.
Ou Beethoven, ou sei lá quem.

Meu Deus, agora confundi tudo. Estou olhando a caixa para ver se a música é de Mozart quando há um som fraco de algo caindo no corredor.

Cartões de Natal. Isso fará com que eu me sinta melhor. Abandonando o móbile *Bebê Inteligente*, vou até a porta de entrada, pego a enorme pilha de correspondências no capacho e bamboleio de volta ao sofá, folheando os envelopes.

E paro. Há um pequeno pacote escrito com letras nítidas, floreadas.

De Venetia.

Está endereçado a Luke, mas não me importo. Com mãos trêmulas, rasgo-o e encontro uma minúscula caixa de couro da Duchamp. Abro-a e há um par de abotoadoras de prata e esmalte. Por que ela está mandando abotoaduras para ele?

Um pequeno cartão creme cai, com um recado escrito na mesma letra.

L
Há quanto tempo! Nunc est bibendum?
V

Olho o bilhete, com o sangue disparando na cabeça. Todo o estresse do dia parece estar se concentrando num laser de fúria. Já estou cheia. Estou cheia. Vou mandar esse pacote de volta, devolver ao remetente...

Não. Vou devolver a ela. Eu mesma. Atordoada, pego-me de pé e apanhando o casaco. Vou encontrar Venetia e vou acabar com isso. De uma vez por todas.

Vinte

Nunca tive tanta vontade de dar um espetáculo na vida.

    Não demorei muito a descobrir Venetia. Telefonei para o Centro Holístico de Maternidade, fingindo que estou realmente desesperada para falar com ela e perguntando onde ela está. Depois de dizer que ela estava "indisponível", a recepcionista deixou escapar que ela está no Hospital Cavendish agora, numa reunião. Ofereceu-se para passar um bip para ela, já que ainda estou no sistema como paciente, mas falei rapidamente para não se incomodar, que na verdade estava me sentindo melhor. O que eles engoliram totalmente. Obviamente estão acostumados com grávidas espalhafatosas telefonando abaladas.

    Portanto, agora estou diante da Ala de Maternidade Particular do Hospital Cavendish, o coração disparado, segurando uma bolsa da The Look. Nela estão não apenas as abotoaduras, mas as meias elásticas, a pochete, cada bilhete que ela mandou para Luke, as brochuras e as anotações médicas de seu centro holístico idiota... até os brindes. (Foi um certo esforço colocar dentro o

Crème de la Mer; na verdade, eu tirei a maior parte e coloquei num pote de Lancôme. Mas Venetia não precisa saber disso.)

É como uma caixa de rompimento. Vou entregar e dizer muito calmamente: "Deixe-nos em paz, Venetia. Luke, eu e o neném não queremos nada com você." Depois disso, ela tem de perceber que perdeu.

Além disso, telefonei para o meu adorável professor de latim enquanto vinha para cá, e ele me ensinou um brilhante insulto em latim, que decorei. "Utinam barbari provinciam tuam invadant! — e significa "Que os bárbaros invadam sua província!"

Rá. *Isso* vai ensinar a ela.

— Alô? — Uma voz minúscula vem pelo sistema de interfone.

— Oi! — digo para a grade. — É Becky Brandon, uma paciente. — Não direi mais. Vou entrar e improvisar a partir daí.

A porta se destranca, e eu a empurro. Normalmente, este lugar é bem tranqüilo — mas hoje está cheio de atividade. As cadeiras estão cheias de mulheres em vários estágios de gravidez, batendo papo com seus companheiros e segurando panfletos intitulados "Por que escolher o Cavendish?" Duas enfermeiras estão caminhando rapidamente pelo corredor e falando sobre "operar" e "entalado", e eu *realmente* não gosto disso, e posso ouvir gritos de uma mulher, emanando de um quarto distante. Meu estômago se embola com aquele som, e luto contra a ânsia de cobrir os ouvidos com as mãos.

De qualquer modo, não era necessariamente um grito de agonia. Ela provavelmente só estava gritando porque não podia assistir à TV ou algo assim.

Vou até a mesa de recepção, ofegando.

— Oi — digo. — Meu nome é Rebecca Brandon e preciso falar com Venetia Carter agora mesmo, por favor.

— A senhora marcou hora? — pergunta a recepcionista. Não a vi de serviço antes. Tem cabelos grisalhos encaracolados, óculos numa corrente prateada, e modos bastante abruptos para alguém que lida com grávidas o dia inteiro.

— Bem... não. Mas é realmente importante.

— Infelizmente, Venetia está ocupada.

— Não me importo em esperar. Se a senhora pudesse lhe dizer que estou aqui...

— A senhora terá de ligar marcando consulta. — A recepcionista batuca no teclado como se eu nem estivesse ali.

Essa mulher está *realmente* passando dos limites. Venetia só está em alguma reunião idiota. E aqui estou eu, com praticamente nove meses de gravidez...

— A senhora não pode passar um bip para ela? — Tento permanecer calma.

— Só posso passar um bip se a senhora estiver em trabalho de parto. — A mulher dá de ombros, como se isso não fosse problema dela.

Encaro-a através de uma fina névoa de raiva. Vim aqui resolver as coisas com Venetia e não vou deixar que uma mulher de cardigã malva me impeça.

— Bem... eu estou em trabalho de parto! — ouço-me dizendo.

— A senhora está em trabalho de parto? — Ela me olha com ceticismo.

Ela não acredita, não é? Que desplante! Por que eu mentiria sobre uma coisa dessas?

— Estou. — Planto as mãos nos quadris. — Estou.

— Está tendo contrações regulares? — desafia ela.

— Desde ontem, a cada três minutos — contra-ataco. — E tenho dor nas costas, andei passando o aspirador de pó sem parar... e... e minha bolsa d'água estourou ontem.

Pronto. *Agora* diga que não estou em trabalho de parto.

— Sei. — A mulher parece meio abalada. — Bem...

— E só quero ver Venetia, mais ninguém — acrescento, aproveitando a vantagem. — Portanto, pode passar um bip imediatamente para ela, por favor?

A mulher está me espiando com os olhos apertados.

— Suas contrações estão vindo a cada três minutos?

— Ahã. — De repente, percebo que devo estar nesta área de recepção há pelo menos três minutos.

— Estou suportando em silêncio — informo com dignidade. — Sou cientologista.

— *Cientologista?* — ecoa ela, pousando a caneta e me encarando.

— É. — Sustento o olhar dela, sem me abalar. — É preciso falar com Venetia urgentemente. Mas se você não vai deixar uma mulher cuja bolsa d'água estourou ontem e que está sofrendo grande dor em silêncio... — Levanto a voz um pouco, de modo a ser ouvida por todas as grávidas.

— Certo! — A recepcionista percebe claramente que foi derrotada. — Pode esperar. — Ela examina a área de recepção apinhada. — Espere naquele quarto — diz finalmente, e indica um quarto onde está escrito Quarto de Trabalho de Parto Três.

— Obrigada! — dou um giro e vou para o Quarto de Trabalho de Parto Três. É um quarto grande, com uma cama de metal com aparência apavorante, um banheiro e até um DVD player. Mas sem frigobar.

Sento-me na cama e pego rapidamente a caixa de maquiagem. Todo mundo sabe que a primeira regra dos negócios é Parecer Bonita Durante os Confrontos. Ou, se não for, deveria ser. Ponho um pouco de blush e aplico batom — e estou praticando minha expressão mais férrea no espelho quando há uma batida à porta.

É ela. Com o mais gigantesco tremor de nervosismo, pego a Sacola do Rompimento e me levanto.

— Entre — digo, com o máximo de calma que posso, e um instante depois a porta se abre.

— Olá, querida! — Uma enfermeira afro-caribenha, de aparência alegre, entra rapidamente. — Sou Esther. Como está indo? As contrações ainda são densas e fortes?

— O quê? — Encaro-a. — É... não. Quero dizer, sim... — Paro, confusa. — Escute, eu realmente preciso falar com Venetia Carter.

— Ela está vindo — diz a enfermeira, em tom tranqüilizador. — Enquanto isso, vou preparar você.

Sinto uma pontada de suspeita. Eles não passaram o bip para Venetia, passaram? Estão tentando me sondar.

— Não preciso de preparo — digo educadamente. — Mesmo assim, obrigada.

— Querida, você vai ter neném! — A enfermeira solta uma gargalhada. — Precisa vestir uma camisola. Ou você trouxe uma camiseta? É preciso examiná-la, ver como está indo.

Preciso me livrar dessa mulher rapidinho. Ela aperta meu abdômen, e eu me encolho.

— Na verdade, já fui examinada! — digo lepidamente. — Por outra enfermeira. De modo que estou pronta...

— Outra enfermeira? Quem? Sarah?

— É... talvez. Não me lembro. Ela saiu de repente, disse que precisava ir ao teatro ou algo assim — pisco com inocência.

— Vou abrir um prontuário novo. — Esther balança a cabeça, suspirando. — Terei de examinar você outra vez.

— Não! — guincho antes que possa me conter. — Quero dizer... eu tenho fobia de exames. Disseram que eu poderia ter o mínimo de exames. Venetia entende Preciso realmente falar com Venetia, com mais ninguém. Na verdade, será que você poderia me deixar sozinha até ela chegar? Quero me concentrar em minha... em meu eu feminino interior.

Esther revira os olhos, depois vai até a porta e põe a cabeça para fora.

— Pam, temos outra paciente maluca da Venetia aqui. Pode passar um bip para ela?

— Certo — Ela volta para a sala. — Vamos passar um bip para Venetia. Só vou preencher isto. Então sua bolsa d'água estourou em casa?

— Ahã.

— A outra enfermeira disse até onde você chegou?

— Ah... quatro centímetros — digo aleatoriamente.

— Você está suportando a dor?

— Até agora, tudo bem — respondo, corajosa.

Há uma batida à porta, e uma mulher enfia a cabeça.

— Esther? Você pode vir aqui?

— Estamos com muito movimento hoje. — Esther pendura o prontuário na beira da cama. — Já volto. Desculpe.

— Tudo bem! Obrigada!

A porta se fecha atrás dela, e afundo de volta na cama. Por alguns minutos, nada acontece, e começo a zapear os canais da TV. Só estou imaginando se eles têm DVDs para alugar quando há outra batida à porta.

Desta vez, tem de ser Venetia. Pego a Bolsa do Rompimento, luto para ficar de pé e respiro fundo, me preparando.

— Entre!

A porta se abre, e uma garota de cerca de 20 anos olha para dentro, usando uniforme de enfermeira. Tem cabelos louros finos amarrados atrás e parece muito apreensiva.

— Ah, oi — diz ela. — Meu nome é Paula, e sou estudante de enfermagem. Você se importaria se eu entrasse e a observasse nos primeiros estágios do trabalho de parto? Eu agradeceria muito, muito mesmo.

Ah, pelo amor de Deus. Estou para dizer "Não, vá embora." Mas ela parece tão tímida e nervosa que não consigo fazer isso. Afinal de contas, posso me livrar dela quando Venetia chegar.

Claro. — Aceno. — Entre. Meu nome é Becky.

— Oi. — Ela dá um sorriso tímido enquanto vem na ponta dos pés e se senta numa cadeira no canto.

Por um ou dois minutos, nenhuma de nós diz nada. Voltei a me acomodar nos travesseiros e estou olhando o teto, tentando esconder a frustração. Cá estou, toda pronta para o confronto, e não há quem confrontar. Se Venetia não aparecer nos próximos cinco minutos, simplesmente vou embora.

— Você parece muito... serena. — Paula ergue os olhos depois de rabiscar em seu caderno. — Tem algum mecanismo particular para enfrentar a dor?

Ah, certo. Eu deveria estar em trabalho de parto. É melhor representar, caso contrário ela não terá o que escrever.

— Sem dúvida. — Assinto. — Na verdade, vou me mexer um pouquinho. Acho que isso realmente ajuda. — Levanto-me e ando ao redor da cama, balançando os braços para trás e para a frente, de modo profissional. Depois giro os quadris algumas vezes e faço um alongamento que aprendi no iogalates.

— Uau — diz Paula, impressionada. — Você é muito flexível.

— Fiz ioga — digo, com um sorriso modesto. — Acho que vou comer um KitKat. Só para manter o nível de energia elevado.

— Boa idéia — assente Paula. Enquanto pego a bolsa, posso vê-la anotando "Come KitKat", e embaixo "Usando ioga para alívio da dor". Em seguida, folheia o caderno para trás e levanta os olhos com simpatia. — Durante as contrações, onde é que a maior parte da dor se situa?

— E... só... em volta — digo vagamente, mastigando o KitKat. — Meio... aqui... e aqui... — Indico o corpo. — É difícil explicar.

— Você parece incrivelmente calma, Becky. — Paula está me olhando enquanto verifico os dentes no espelho de mão, em busca de migalhas de KitKat. — Nunca vi uma mulher tão controlada no trabalho de parto.

— Bem, sou cientologista — não resisto a dizer. — Por isso estou tentando me manter o mais quieta possível, obviamente.

— Cientologista! — Seus olhos se arregalam. — Isso é incrível. — Em seguida, franze a testa, alarmada. — Você não deveria estar em silêncio total?

— Sou do tipo que tem permissão para falar — explico. — Mas não grito nem nada.

— Uau. Sabe, não sei se já tivemos uma cientologista aqui! — Ela parece bastante animada. — Você se importa se eu contar a umas duas colegas?

— Vá em frente! — assinto, distraída.

Enquanto ela sai depressa, embolo o papel do KitKat e jogo no lixo, frustrada. Isso é idiota. Venetia não vem, não é? Eles nunca vão passar o bip para ela. E eu nem estou mais no clima para falar com ela. Acho que vou para casa.

— Ela está aqui! — A porta é escancarada, e toda uma multidão de jovens enfermeiras entra no quarto, lideradas por Paula. — Esta é Rebecca Brandon — diz ela ao grupo em voz baixa. — Está com dilatação de quatro centímetros e usando ioga para lidar com a dor. Como é cientologista, está se mantendo bem quieta e calma. Mal dá para saber que ela está com contrações!

Todas estão me encarando como se eu fosse um animal extinto. Quase sinto pena de deixá-las na mão.

— Na verdade, acho que talvez seja um alarme falso. — Pego a bolsa e visto o casaco. — Vou para casa. Muito obrigada pela ajuda...

— Você não pode ir para casa! — diz Paula, com um risinho. Ela consulta meu prontuário e assente. — Foi o que pensei Rebecca, sua bolsa d'água estourou. Você se arrisca a ter uma infecção! — Ela tira meu casaco e pega a bolsa. — Vai ficar aqui até esse bebê sair!

— Ah — digo, encalacrada.

O que faço agora? Será que devo dizer que inventei que a bolsa estourou?

Não. Elas vão achar que sou totalmente lunática. O que vou fazer é esperar até que me deixem a sós e sair de fininho. É. Bom plano.

— Ela pode estar em transição — está dizendo uma das estudantes, com ar de conhecedora. — Elas freqüentemente querem ir para casa nesse estágio. Ficam bastante irracionais.

— Rebecca, você realmente precisa colocar uma camisola do hospital. — Paula está me examinando, ansiosa. — O neném pode estar a caminho. Como estão as contrações? Mais rápidas? Posso examinar você?

— Ela exigiu um mínimo de monitoramento e exames — cantarola outra estudante, olhando meu prontuário. — Quer tudo natural. Acho que deveríamos trazer uma enfermeira-chefe, Paula.

— Não, não! — digo rapidamente. — Quero dizer... eu gostaria de ser deixada a sós um pouco. Se não houver problema.

— Você é muito estóica, Rebecca — diz Paula, pousando a mão com simpatia no meu ombro. — Mas não podemos deixá-la sozinha! Você nem tem um acompanhante para o parto!

— Vou ficar bem, honestamente. — Tento parecer casual. — Só uns minutos. É... parte das minhas crenças. A mulher em trabalho de parto precisa ficar sozinha a cada hora, para fazer um cântico especial.

Andem. Desejo, em silêncio. Só me deixem sozinha...

— Bem, acho que devemos respeitar suas crenças — diz Paula, em dúvida. — Tudo bem, vamos sair por um tempo, mas, se você sentir *qualquer coisa* se mexendo, aperte a campainha.

— Farei isso! Obrigada!

A porta se fecha, e eu afundo, aliviada. Graças a Deus. Vou sair deste lugar assim que a barra ficar limpa. Pego a bolsa e o casaco e abro uma fresta na porta — mas duas enfermeiras ainda estão paradas ali fora. Fecho-a rapidamente outra vez, tentando não fazer barulho. Terei de esperar mais uns instantes. Elas devem se afastar logo, e eu vou sair correndo.

Não acredito que estou nesta situação. Nunca deveria ter dito que estava em trabalho de parto. Nunca deveria ter fingido que minha bolsa estourou. Meu Deus, é uma lição. Nunca mais vou fazer isso, nunca.

Depois de um pouco mais de tempo, olho o relógio. Três minutos se passaram. Acho que vou verificar o corredor de novo. Pego o casaco... mas antes que possa me esgueirar para fora, a porta se abre de novo.

— Ah, meu Deus, Bex! — Suze irrompe num jorro de cabelos louros e casaco Miu Miu bordado. — Você está bem? Vim assim que soube!

— *Suze*? — Encaro-a, atônita. — O que...

— Sua mãe está vindo — diz ela, ofegante, jogando o casaco longe e revelando a camiseta da Mamãe Deliciosa de Danny. — Estávamos todas juntas num táxi quando recebemos a notícia. Janice está pegando umas revistas e bebidas, e Kelly disse que vai esperar na recepção...

— Mas como...

Não entendo. Será que Suze é paranormal ou algo assim?

— Liguei para o seu celular, e a mulher que atendeu disse que era da maternidade do Cavendish. — Suze está falando sem parar, agitada. — Disse que você tinha deixado o telefone na recepção e que estava em trabalho de parto! Todo mundo pirou! Dissemos ao motorista para dar a volta, e eu cancelei o jantar que íamos ter... — Ela pára abruptamente ao notar minha aparência. — Ei, Becky, por que está segurando o casaco? Está tudo bem?

— Rebecca está se saindo fantasticamente! — diz Paula. Ela entra no quarto e tira o casaco gentilmente das minhas mãos. — Quatro centímetros de dilatação e não precisou de nada para a dor!

— Não precisou de nada para a dor? — Suze fica abalada. — Bex, achei que você ia pedir uma epidural!

— Ah... — engulo em seco.

— Mas não quis vestir a camisola hospitalar — acrescenta Paula, reprovando.

— Claro que não quis! — diz Suze, indignada. — Elas são medonhas. Bex, você trouxe sua bolsa? Não se preocupe, vou comprar uma camiseta para você. E precisamos de música aqui, e talvez algumas velas... — Ela olha ao redor, criticamente.

— Ah... Suze... — Minha barriga está um feixe de nervos. — Na verdade...

— Toc toc! — Há uma voz nova à porta. — Aqui é Louisa! Podemos entrar?

Louisa? Isso não pode estar acontecendo. É a aromaterapeuta que contratei para o parto. Como, diabos, ela...

— Sua mãe não perdeu tempo: ligou para todo mundo da sua lista, só para garantir que todos soubessem! — Suze ri de orelha a orelha. — Ela é tão eficiente! Todos estão vindo.

Não agüento. Tudo está andando depressa demais. Louisa já pegou alguns frascos de óleo e está esfregando algo com cheiro de laranja na minha nuca.

— Pronto! — diz ela. — A sensação é boa?

— Ótima — consigo dizer.

— Becky! — A voz aguda de mamãe soa do lado de fora do quarto. — Querida! — Ela entra num rompante, segurando um buquê de flores e um saco de papel cheio de croissants. — Sente-se! Vá com calma! Onde está sua epidural?

— Ela está se virando sem! — diz Suze. — Não é incrível?

— *Sem*? — Mamãe fica pasma.

— Rebecca está usando ioga e técnicas de respiração para enfrentar a dor — diz Paula, com orgulho. — Não é, Rebecca? Ela já está com quatro centímetros!

— Querida, não passe por isso. — Mamãe agarra meu braço, parecendo à beira das lágrimas. — Aceite o alívio da dor! Tome os remédios.

Sinto a língua grudada no fundo da boca.

— Bom, isto é óleo de jasmim — diz a voz suave de Louisa junto ao meu ouvido. — Vou esfregar em suas têmporas...

— Becky! — diz mamãe, ansiosa. — Está ouvindo?

— Talvez ela esteja tendo uma contração! — exclama Suze, pegando minha mão. — Becky, respire...

— Você consegue, querida! — O rosto de mamãe está se franzindo cada vez mais, como se ela é que estivesse em trabalho de parto.

— Concentre-se no neném. — Os olhos de Paula se fixam nos meus. — Concentre-se nesse seu bebê lindo que vem para o mundo.

— Olhem. — Finalmente encontro minha voz. — Eu... o negócio é que eu não estou em trabalho de parto...

— Becky, você *está*. — Paula põe as mãos nos meus ombros.

— Bex, conserve sua energia! — Suze enfia um canudinho na minha boca. — Tome um pouco de Lucozade. Você vai se sentir melhor! — Desamparada, sugo a bebida enjoativa e paro quando ouço passos rápidos se aproximando. Conheço aqueles passos. A porta se abre, e desta vez é Luke, pálido, os olhos escuros e tensos enquanto examina a sala.

— Graças a Deus. Graças a *Deus* não cheguei tarde demais... — Ele parece quase sem fala quando vem até mim, junto à cama. — Becky, eu te amo tanto... tenho tanto orgulho de você...

— Oi, Luke — digo debilmente.

Agora, que eu faço?

O negócio é que, em vários sentidos, este é o parto perfeito.

Passaram-se vinte minutos, e o quarto está cheio de gente. Felicity, a reflexologista, chegou e está manipulando meus dedos dos pés. Maria, a homeopata, está separando algumas pílulas para eu tomar. Louisa está arrumando queimadores de óleos essenciais em todo canto.

Tenho mamãe e Suze sentadas de um dos lados, e Luke do outro. Estou com uma flanela na testa, um spray de água na mão e estou usando uma camiseta comprida e larga que Suze e mamãe me enfiaram praticamente à força. Estou relaxada, há música tocando, estou me virando sem epidural...

Só há um probleminha. Ainda não consegui a coragem para contar a ninguém.

— Becky, você gostaria de um pouco de gás e ar? — Paula está se aproximando com uma máscara presa a um tubo. — Só para tirar um pouquinho da dor.

— É... — Hesito. Vou parecer grosseira se recusar. — Bom, tudo certo. Obrigada!

— Respire no momento em que sentir a contração começando — instrui Paula, me entregando a máscara. — Não deixe para muito tarde!

— Certo! — Ponho a máscara sobre o nariz e inspiro fundo. Uau. Isso é *fantástico*! Parece que acabei de tomar uma taça de champanhe!

— Ei. — Tiro a máscara e dou um sorriso beatífico para Luke. — Isso é bem legal. Você deveria experimentar.

— Becky, você está se saindo incrivelmente. — Ele aperta minha mão com força, sem afastar os olhos de mim. — Está tudo bem? Tudo vai segundo seu plano de parto?

— É... a maioria das coisas! — digo, evitando o olhar dele e sugando um pouco mais de gás com ar. Ah, meu Deus. Tenho de dizer a ele. Tenho. — Luke... — Inclino-me para a frente, um pouco de pilequinho por causa do gás com ar. — Escute — sussurro no ouvido dele. — Eu não vou ter o neném.

— Querida, não se preocupe. — Luke acaricia minha testa. — Ninguém está com pressa. Demore o quanto for necessário.

Na verdade... esse é um pensamento. Quero dizer, o bebê vai sair *em algum momento*, não é? Eu poderia ficar aqui, não dizer nada, beber Lucozade e assistir à TV. E, com o tempo, alguma coisa vai acontecer, e eles vão dizer: "Becky ficou em trabalho de parto durante duas semanas, coitadinha!"

— Por sinal, falei com o Dr. Braine — acrescenta Luke. — Ele está vindo de Portland.

— Ah! — Tento não esconder a consternação. — Ótimo!

Em desespero, respiro de novo o gás com ar, tentando bolar um plano. Talvez o banheiro tenha uma janela e dê para eu fugir por ela. Ou eu poderia dizer que quero andar no corredor e talvez encontre um bebê recém-nascido e possa pegá-lo emprestado rapidinho...

— Achei que você ia fazer o parto com Venetia Carter. — Paula pára de anotar. — Ela não está vindo? — Paula olha para o relógio. — Se não, uma das enfermeiras terá de examinar você logo. Está sentindo alguma pressão, Becky?

— Ah... um pouco, sim!

Ela *não faz* idéia.

— Pegue. — Louisa me dá um pote de óleo para cheirar. — Sálvia, para o estresse.

— Então, Paula, alguma vez o trabalho de parto anda... para trás? — pergunto casualmente, tentando esconder a súbita fagulha de esperança.

— Não. — Paula ri. — Mas algumas vezes parece que vai acontecer isso!

— Rá, rá! — Junto-me a ela no riso e afundo de novo nos travesseiros, inalando a sálvia para o estresse. O que preciso é de um óleo essencial para dizer às pessoas que não estou em trabalho de parto e que todos têm de ir para casa.

Há uma batida à porta, e Suze levanta os olhos.

— Ah. Deve ser Jess. Ela disse que estava a caminho.

— Entre! — diz Paula. A porta se abre. E congelo.

É Venetia. Está usando jaleco cirúrgico com o cabelo enfiado num gorro verde, e parece totalmente glamourosa e importante, como se salvasse vidas todo dia.

Vaca.

Por um instante, Venetia parece bem chocada, também, mas quase imediatamente vem até a cama, com um sorriso profissional nos lábios.

— Becky! Não fazia idéia de que a paciente para quem haviam me chamado era você. Deixe-me dar uma olhada e ver como você está...

Ela tira o gorro verde, e o cabelo cai radiante pelas costas.

— Luke, há quanto tempo ela chegou? Ponha-me a par do que está acontecendo.

Ela está fazendo tudo de novo. Está me excluindo. E tentando enfeitiçar Luke.

— Deixe-me em paz! — exclamo, furiosa. — Não sou mais sua paciente, e você não vai olhar coisíssima alguma, muito obrigada.

De repente, não me importo se estou em trabalho de parto. Ou se estou fingindo o trabalho de parto. Ou sei lá o quê. Não é tarde demais, ainda posso ter meu grande confronto. Enquanto todo mundo fica boquiaberto, jogo fora a máscara de gás e ar e me levanto na cama.

— Suze, pode me dar aquela bolsa, por favor? — peço, com voz trêmula. — A sacola embaixo da cama.

— Pronto! Aqui. — Suze me entrega a sacola. — É ela? — acrescenta no meu ouvido.

— Ahã — assinto.

— Vaca.

— Boa idéia, Becky! — está dizendo Paula num tom animado e inseguro. — Manter-se levantada vai ajudar o neném a descer...

— Venetia, tenho uma coisa para devolver.

Minha voz está ligeiramente engrolada, culpa daquele gás idiota. E fico sorrindo o tempo todo, o que é meio irritante. Mas, de qualquer modo, ela vai captar a mensagem.

— Luke não quer isso.

Enfio a mão na bolsa e jogo as meias elásticas. Elas caem no chão, e todo mundo olha.

Ah. Estou meio confusa.

— Quero dizer... isso. — Jogo com força a caixa das abotoaduras, que acerta Venetia na testa.

— Ai! Merda! — Ela segura a cabeça.

— Becky! — censura Luke.

— Ela ainda está dando em cima de você, Luke! Ela lhe mandou um presente de Natal! — De repente, me lembro do latim. — Uti... barberi... — Minha língua fica tropeçando. — Nam... quero dizer, tui...

Porra.

Latim é uma língua idiota.

— Querida, você está delirando? — Mamãe parece ansiosa.

— Becky, não faço idéia do que você está falando. — Venetia parece com vontade de rir.

— Só nos deixe em paz. — Estou tremendo de raiva. — Deixe a mim e ao Luke *em paz*.

— Você me mandou o bip — lembra Venetia, e pega o prontuário com Paula, que está nervosa. — Bom, em que pé estamos com este bebê?

— Não mude de assunto! — berro. — Você disse que estava tendo um caso com Luke. Tentou me deixar louca.

— Um *caso*? — Venetia arregala os olhos. — Becky, Luke e eu somos apenas velhos amigos! — Ela dá seu riso prateado. — Desculpe, Luke. Percebo que Becky tem um problema comigo. Mas eu não fazia idéia de que ela era *tão* possessiva...

Venetia parece totalmente razoável, ali parada com seu uniforme de autoridade de medicina. E eu sou a grávida transtornada e bêbada com uma camiseta enorme.

— Ven, está tudo certo — diz Luke, parecendo desconfortável. — Escute, Charles Braine vem supervisionar. Talvez você devesse... sair.

— Isso mesmo. — Venetia assente com ar de conspiração para Luke, e eu sinto uma pontada de fúria incandescente.

— Luke, não deixe ela se livrar numa boa! Ela disse que vocês eram amantes! Disse que você ia me abandonar para ficar com ela!

— Becky...

— É *verdade*. — Lágrimas de raiva escorrem pelo meu

rosto. — Ninguém acredita em mim, mas é verdade! Ela disse que, no minuto em que vocês dois se virem de novo, era apenas uma questão de quando e onde. Disse que os dois ficaram inebriados um com o outro, e que foi como Penélope e... alguém. Otelo.

— Penélope e Odisseu? — Luke me encara.

— É! Isso aí. E que vocês eram feitos para ficar juntos. E que eu não tinha mais um casamento... — Enxugo o nariz com a manga da camiseta. — E agora está fingindo que eu sou uma psicótica totalmente alucinada...

Algo mudou nos olhos de Luke.

— Penélope e Odisseu? — pergunta ele, com uma tensão na voz. — Ven?

Há um silêncio incômodo.

— Não sei do que ela está falando — diz Venetia, em tom afável.

— Quem são Penélope e Odisseu? — sussurra Suze no meu ouvido, e dou de ombros, desamparada.

— Venetia. — Luke olha diretamente para ela. — Nós nunca fomos Penélope e Odisseu.

Pela primeira vez, vejo Venetia hesitar. Não diz nada, apenas olha para Luke com uma espécie de desafio. Como se quisesse dizer: fomos sim.

Certo, eu *preciso* saber.

— Luke, quem são Penélope e Odisseu?

Estou realmente esperando que não seja um cara de RP e uma obstetra que se juntaram depois que a esposa foi retirada de cena.

— Odisseu deixou Penélope para fazer uma longa viagem — responde Luke, os olhos ainda grudados nos de Venetia. — A Odisséia. E Penélope esperou fielmente por ele. Durante vinte anos.

— Bem, ela não esperou você fielmente! — diz Suze, apontando o dedo indignado para Venetia. — Ela teve casos em tudo que é canto!

— Venetia, você disse a Becky que estávamos tendo um caso? — A voz estrondeante de Luke faz todo mundo pular. — Você disse que eu ia deixá-la para ficar com você? Você tentou destruir a confiança dela?

— Claro que não — responde Venetia friamente. Seus olhos estão duros, mas noto que o queixo treme ligeiramente.

— Ótimo. — O tom de Luke ainda é de desprezo. — Bem, vamos deixar tudo claríssimo de uma vez por todas. Eu nunca teria um caso com você, Venetia. Eu não teria um caso com ninguém. — Ele se vira para mim e segura minhas mãos. — Becky, não há absolutamente nada entre mim e Venetia, independentemente do que ela possa ter dito. Nós namoramos durante um ano. Na adolescência. Só isso. Certo?

— Certo — sussurro.

— Como vocês romperam? — pergunta Suze, com interesse, depois fica vermelha quando todo mundo olha para ela. — É relevante! — diz, na defensiva. — As pessoas devem ser abertas em relação aos relacionamentos passados! Tarkie e eu sabemos *tudo* sobre os casos antigos um do outro. Se você *contasse* a Bex, em vez de... — Ela pára.

— Talvez você esteja certa — assente Luke. — Becky, talvez eu devesse ter explicado o que aconteceu entre nós.

Como terminou. — Seu rosto se retorce rapidamente.
— Venetia teve um pânico de gravidez.

— Ela estava *grávida*? — Sinto-me enjoada com o pensamento.

— Não! Não. — Luke balança a cabeça vigorosamente. — Ela achou que poderia estar, por pouco tempo. Mas, de qualquer modo, isso... clareou as coisas. E nós terminamos.

— Você entrou em pânico. — Subitamente a voz de Venetia está latejando, como se não pudesse controlar uma raiva enterrada há muito. — Você entrou em pânico, Luke, e nós perdemos o melhor relacionamento que eu já tive. Todo mundo tinha inveja de nós em Cambridge. Todo mundo. Nós éramos perfeitos juntos.

— Nós não éramos perfeitos! — Ele a encara, incrédulo. — E eu não entrei em *pânico*...

— Entrou! Você não pôde suportar o compromisso! Ficou apavorado.

— Não fiquei apavorado! — grita Luke, exasperado. — Eu percebi que você não era a pessoa com quem eu queria ter filhos. Nem com quem passar o resto da vida. E foi por isso que terminei!

Venetia parece ter levado um soco. Por alguns segundos, fica sem fala — então seus olhos se concentram em mim com tamanha agressividade que eu me encolho.

— E ela *é*? — pergunta, com um gesto selvagem. — Essa *coisinha* desmiolada, consumista... é com ela que você vai passar o resto dos dias? Luke, ela não tem profundidade! Não tem cérebro! Só se importa com as compras, as roupas... e as amigas...

O sangue sumiu do meu rosto, e fico meio trêmula. Nunca ouvi tanto veneno.

Olho para Luke. Suas narinas estão abertas, e uma veia lateja na cabeça.

— Não ouse falar assim de Becky. — A voz é tão metálica que até eu fico meio apavorada. — Não ouse.

— Qual é, Luke! — Venetia dá um risinho de zombaria. — Admito que ela é bonita...

— Venetia, você não sabe do que está falando — diz Luke, cortando-a.

— Ela é mais do que frívola! — grita Venetia. — Ela não é nada! Por que, *diabos*, você se casou com ela?

Há um ofegar generalizado no quarto. Ninguém se move durante uns trinta segundos. Luke parece meio atordoado por lhe fazerem uma pergunta tão explícita.

Meu Deus, o que será que ele vai dizer? Talvez diga que foi por causa da minha maravilhosa capacidade culinária e das minhas respostas espirituosas.

Não. É improvável.

Talvez diga...

Para ser honesta, estou meio travada. E se *eu* estou travada, Luke também deve estar.

— Por que eu me casei com Becky? — ecoa ele finalmente, numa voz tão estranha que subitamente acho que ele também deve estar se perguntando, e percebendo que cometeu um erro terrível.

De repente, me sinto meio fria e meio apavorada.

E Luke ainda não falou.

Ele vai até a pia e se serve de um copo d'água, enquanto todo mundo olha, nervoso. Por fim se vira.

— Você já passou algum tempo com Becky?

— Eu já! — diz Suze, como se fosse ganhar um prêmio. Todo mundo se vira para ela, que fica vermelha. — Desculpe — murmura.

— Na primeira vez que vi Becky Bloom... — Ele pára, com um sorriso minúsculo nos lábios. — Ela estava perguntando ao responsável pelo marketing de um banco por que eles não produziam talões de cheques com capas de cores diferentes.

— Está vendo? — Venetia balança a mão, impaciente, mas Luke nem se abala.

— No ano seguinte, eles *produziram* talões de cheque com capas de diferentes cores. Os instintos de Becky não se comparam aos de ninguém. Becky tem idéias que ninguém tem. Sua mente vai a lugares onde a de ninguém vai. E algumas vezes tenho sorte de acompanhá-la. — Os olhos de Luke encontram os meus, suaves e calorosos. — É, ela faz compras. É, ela faz coisas malucas. Mas me faz rir. Faz com que eu *desfrute* a vida. E eu a amo mais do que qualquer coisa no mundo.

— Eu te amo também — murmuro, com um nó na garganta.

— Ótimo — diz Venetia, com o rosto pálido. — Ótimo, Luke! Se você quer uma desmiolada, superficial...

— Você não faz idéia, porra, então cala a porra dessa boca! — Subitamente, a voz de Luke é como uma metralhadora. Mamãe abre a boca para protestar contra aquela linguagem, mas ele está tão lívido que ela fecha de novo, nervosa. — Becky tem muito mais princípios do que você jamais teve. — Ele está olhando para Venetia com desprezo. — Ela é corajosa. Ela coloca as outras pessoas à frente de si própria. Eu não poderia ter passado por estes últimos dias sem ela. Vocês provavelmente sabem do problema que minha empresa está passando no momento... — Ele olha para Suze e mamãe.

— Problema? — Mamãe fica alarmada. — Que tipo de problema? Becky não contou!

— Eu sabia que havia alguma coisa. — Suze ofega. — Eu sabia. Todos aqueles telefonemas. Mas ela não queria dizer o que era...

— Eu não queria estragar a festa. — Fico vermelha quando todos se viram para mim. — Todo mundo estava se divertindo tanto... — Paro, percebendo que ainda não contei a ele. — Luke... tem outra coisa. Nós perdemos a casa.

Quando digo as palavras, sinto uma onda de frustração esmagadora de novo. A linda casa da nossa família se foi.

— Está brincando. — O rosto de Luke fica sombrio, em choque.

— Eles vão vender para outra pessoa. Mas... tudo bem! — De algum modo, forço um sorriso luminoso. — Podemos alugar um apartamento. Estive olhando na internet, vamos encontrar um fácil, fácil...

— Becky. — Posso ver nos olhos dele também. Nossos sonhos destruídos.

— Eu sei. — Pisco para conter as lágrimas. — Vai ficar tudo bem, Luke.

— Ah, Becky. — Olho e vejo que Suze também está praticamente em lágrimas. — Fique com nosso castelo na Escócia. A gente nunca usa!

— Suze não consigo evitar um risinho —, não seja boba.

— Vocês vêm morar com a gente, querida! — Entoa mamãe. — Não vão alugar um apartamento horroroso! E quanto a *você*, mocinha... — Ela se vira para Venetia, o rosto vermelho de ultraje. — Como ousa perturbar minha filha quando ela está em trabalho de parto?

Merda.

Eu havia esquecido que estava em trabalho de parto.

— Meu Deus, claro! — Suze aperta a boca com a mão. — Bex, você não deu um pio! Você é incrível!

— Querida, você é uma tremenda estrela. — Luke está absolutamente impressionado. — Tudo isso, e você está em trabalho de parto!

— Ah... é... não é nada! — Tento parecer modesta. — É que ..

— Não é nada? É incrível. Não é? — Luke apela às estudantes de enfermagem.

— Ela é bem especial — concorda Paula, que esteve acompanhando boquiaberta a discussão com Venetia. — Por isso nós a estávamos observando.

— Especial, é? — pergunta Venetia subitamente. Ela se aproxima e me olha de cima a baixo, os olhos estreitados. — Becky, quando, exatamente, foi sua última contração?

— É... — pigarreio. — É... foi... agora mesmo.

— Ela é cientologista — intervém Paula, ansiosa. — Está administrando a dor em silêncio. É maravilhoso de se ver.

— *Cientologista?* — ecoa Luke.

— É meu novo hobby! — digo, animada. — Não contei?

— Eu nunca soube que você era cientologista, Bex! — diz Suze, surpresa.

— É o pessoal do Reverendo Moon? — Pergunta mamãe a Luke, alarmada. — Becky entrou para o pessoal do Reverendo Moon?

— Ora, ora. — Os olhos de Venetia brilham. — Vamos dar uma olhada em você, Becky. Talvez este bebê esteja pronto para nascer.

Afasto-me levemente. Se ela me examinar, estou basicamente morta.

— Não seja tímida! — Venetia está avançando para mim, e em pânico corro para o outro lado da cama.

— Olhem essa mobilidade! — está dizendo, admirada, uma das estudantes.

— Anda, Becky...

— Vá embora! Me deixe em paz! — Pego a máscara de gás e começo a respirar fundo dentro dela. Assim está melhor. Meu Deus, deveríamos ter um tanque deste negócio em casa.

— Chegamos! — A porta se abre e todo mundo vê Danny irromper, seguido de Jess. — Nós perdemos?

Jess está usando sua camiseta do "Ela é uma mamãe deliciosa e nós a amamos", combinando com a de Suze. Danny está usando uma blusa curta, de cashmere azul, com "Ela é uma vaca ruiva e eu a odeio" impresso em cáqui na frente.

— Cadê o neném? — Danny olha ao redor com olhos

brilhantes, absorvendo a cena tensa. Seus olhos se acendem ao ver Venetia. — Ei, quem convidou a Dra. Cruela?

Luke está olhando o slogan na blusa de Danny. Subitamente dá uma risada de compreensão.

— Vocês são tão *infantis* — diz rispidamente Venetia, que também viu a blusa. — Todos vocês. E se a pequena senhorita Becky está realmente em trabalho de parto, então eu...

— Ah! — berro. — Ah! Estou vazando!

Meu Deus, é a sensação mais esquisita. Alguma coisa, em algum lugar, simplesmente arrebentou — e uma poça d'água está se formando aos meus pés. Não consigo parar.

— Meu Deus! — diz Danny, cobrindo os olhos. — Certo... informação *demais*. — Ele segura o cotovelo de Jess. — Venha, Jess, vamos beber alguma coisa.

— Sua bolsa estourou — diz Paula, perplexa. — Achei que isso havia acontecido ontem.

— Pode ter sido a pré-bolsa — anuncia outra estudante, parecendo toda menininha e satisfeita consigo mesma. — E esta pode ser a pós-bolsa.

Estou em choque. Minha bolsa estourou.

Isso significa... que estou em trabalho de parto.

Estou genuinamente, realmente, em trabalho de parto.

Ai. Ah, meu Deus. Vamos ter um neném!

— Luke. — Agarro-o em pânico total. — Está acontecendo!

— Eu sei, querida. — Luke alisa minha testa. — E você está se saindo incrivelmente...

— Não! — gemo. — Você não entende! — Paro, subitamente sem fôlego.

O que foi isso?

Sinto como se alguém tivesse apertado minha barriga, e depois apertado mais, e em seguida apertado com mais força ainda, mesmo que eu estivesse implorando para parar.

Isso é que é uma contração?

— Luke... — Minha respiração está subitamente entrecortada. — Não sei se consigo fazer...

Agora está mais apertado ainda, e estou quase ofegando, as mãos segurando o antebraço de Luke.

— Você vai ficar bem. Vai ser maravilhosa. — Ele está acariciando minhas costas ritmicamente. — O Dr. Braine já vem. A vaca ruiva está indo embora. Não está, Venetia? — Ele não afasta os olhos dos meus.

A contração parece ter acabado. A sensação de aperto sumiu. Mas sei que vai voltar, como aquele cara apavorante da Hora do Pesadelo.

— Acho que, afinal de contas, vou querer uma epidural — engulo em seco. — E logo.

— Claro! — diz Paula, aproximando-se depressa. — Vou passar um bip para o anestesista. Você fez muito bem em suportar durante tanto tempo, Becky.

— ... *ridículo*... — ouço a última palavra de algum xingamento baixinho de Venetia antes de ela fechar a porta com um estrondo.

— Que vaca! — diz Suze. — Vou contar a *todas* as minhas amigas grávidas a vaca que ela é.

— Ela foi embora. — Luke me beija na testa. — Acabou. Sinto muito, Becky. Sinto muito mesmo.

Tudo bem — digo automaticamente.

E, na verdade... é sincero.

Já sinto que Venetia é irrelevante, e vai se afastando de nós como fumaça. O que importa é Luke e eu. E o neném.

Ah, meu Deus, outra contração já está começando. Toda essa baboseira de trabalho de parto não passa de dor. Pego a máscara de gás, e todas as estudantes de enfermagem se reúnem em volta, me encorajando enquanto começo a inalar.

— Você consegue, Becky... fique relaxada... respire...

Anda, neném. Quero conhecer você.

— Você está se saindo muitíssimo bem... continue respirando, Becky.

Claro que você consegue. Venha. Nós dois conseguimos.

Vinte e Um

É uma menina.

É uma menininha, com lábios de pétala amarrotada, um tufo de cabelos escuros, mãozinhas minúsculas encostadas nas orelhas. Durante todo aquele tempo, era ela que estava ali. E é esquisito, mas, no minuto em que a vi, simplesmente pensei: é *você*. Claro que é.

Agora está deitada num berço de plástico ao lado da minha cama, usando um estupendo macacão Baby Dior branco. (Eu queria experimentar algumas roupas diferentes só para ver o que caía melhor nela, mas a enfermeira ficou meio séria comigo e disse que nós duas precisávamos dormir.) E estou aqui só olhando para ela, meio tonta por causa da noite turva, observando cada movimento de sua respiração, cada aperto dos dedos.

O parto foi...

Bem, foi o que eles chamam de "direto e fácil". O que *realmente* me faz pensar. Para mim, pareceu um trabalho bem complicado, duro e sangrento. Mas tudo bem. Certas coisas é melhor deixar num borrão. Partos e contas do Visa.

— Oi. Você está acordada. — Luke levanta a cabeça na poltrona em que esteve cochilando e coça os olhos. Está barbado, o cabelo desgrenhado e a camisa toda amarrotada.

— Ahã.

— Como ela está?

— Bem. — Não consigo evitar um sorriso lambendo meu rosto quando a olho de novo. — Perfeita.

— Ela *é mesmo* perfeita. Você é perfeita. — O rosto dele tem uma espécie de euforia distante enquanto me olha, e sei que Luke está revivendo a noite passada.

No fim, só Luke ficou no quarto, e todo mundo saiu para esperar. E então foram para casa, porque o Dr. Braine disse que iria demorar um bocado até que alguma coisa acontecesse. Mas não demorou! Era uma e meia da madrugada quando ela nasceu, com os olhos brilhantes e alertas, de cara. Vai ser uma garota festeira, eu sei.

Ainda não tem nome. A lista que fiz está descartada no chão ao lado da cama. Fiz ontem à noite quando a enfermeira perguntou como iríamos chamá-la — mas todos os nomes em que pensei são errados. São... simplesmente errados. Até mesmo Dolce. Até Tallulah-Phoebe.

Há uma batida suave à porta. Ela se abre muito devagar, e Suze enfia a cabeça. Está segurando um gigantesco buquê de lírios e um balão de gás cor-de-rosa.

— Oi — sussurra ela, e, quando seu olhar pousa no berço, ela aperta a boca com a mão. — Ah, meu Deus, Bex, olha isso! Ela é linda.

— Eu sei. — Sem aviso, lágrimas brotam nos meus olhos. — Eu sei que é.

— Bex? — Parecendo ansiosa, Suze vem correndo até a cama com um farfalhar de flores. — Você está bem?

— Estou ótima. Só... — Engulo em seco, enxugando o nariz. — Eu não fazia idéia.

— O quê? — Suze senta-se na beira da cama, o rosto cheio de pavor. — Bex... foi realmente medonho?

— Não, não é isso. — Balanço a cabeça, lutando para encontrar as palavras. — Eu não fazia idéia de que iria me sentir tão... feliz.

— Ah, é, isso. — O rosto de Suze se ilumina, como se lembrasse. — É mesmo. Veja bem, isso não dura para sempre... — Ela parece pensar de novo e me dá um abraço apertado. — É incrível. Parabéns. Parabéns, Luke.

— Obrigado. — Ele sorri. Mesmo parecendo em pandarecos, Luke está reluzindo. Olha para mim, e sinto um aperto no coração. É como se tivéssemos um segredo juntos, que ninguém mais pode realmente entender.

— Olha os *dedinhos* dela! — Suze está se curvando sobre o berço. — Olá, querida! — E levanta os olhos. — Ela já tem nome?

— Ainda não. — Ajeito-me nos travesseiros, encolhendo-me um pouco. Estou me sentido bem amassada depois da noite passada. Mas o bom é que o efeito da epidural ainda não passou totalmente, e já me deram uma dose de analgésicos.

A porta se abre de novo, e mamãe aparece. Ela já conheceu o neném, às oito da manhã, quando chegou com brioches e café quente numa garrafa térmica. Agora está cheia de bolsas de presentes, e papai vem atrás.

— Papai... conheça sua neta! — digo.

— Ah, Becky querida, parabéns. — Papai me dá o abraço mais gigantesco e mais apertado do mundo. Depois olha no berço, piscando um pouco mais do que o normal. — Bom. Olá, velhinha.

— Aqui estão algumas roupas para você, Becky querida. — Mamãe levanta uma enorme bolsa de viagem, cheia de roupas, e põe numa cadeira. — Eu não sabia o que você ia querer, de modo que saí catando...

— Obrigada, mamãe. — Abro o zíper e tiro um grosso cardigã que não uso há uns cinco anos. Depois vejo outra coisa. Um brilho familiar, azul-claro, com contas, uma maciez de veludo.

Minha echarpe. Minha preciosa echarpe Danny and George. Ainda me lembro do instante em que pus os olhos nela.

— Ei, olha! — Tiro-a, tendo cuidado para não arrancar nenhuma conta. Não uso há anos, também. — Lembra disso, Luke?

— Claro que lembro! — O rosto de Luke se suaviza ao ver. Depois acrescenta, totalmente cara-de-pau: — Você comprou para sua tia Ermintrude, pelo que lembro.

— Isso mesmo — assinto.

— Uma tragédia ela ter morrido antes de poder usar. O braço dela caiu, não foi?

— A perna — corrijo.

Mamãe esteve ouvindo essa conversa, perplexa.

— Tia o quê? — pergunta ela, e não consigo evitar um risinho.

— Uma velha amiga — responde Luke, enrolando a echarpe no meu pescoço. Ele a olha por um momento, numa espécie de espanto, depois olha o neném. — Quem imaginaria...

— Eu sei. — Manuseio a ponta da echarpe. — Quem imaginaria?

Papai ainda está totalmente fixado na neném. Pôs um dedo no berço, e ela enrolou a mão minúscula nele.

— Então, velhinha — está dizendo ele. — Como vamos chamar você?

— Ainda não decidimos — respondo. — É tão difícil!

— Eu trouxe um livro para você! — diz mamãe, procurando em sua bolsa. — Que tal Grisabella?

— *Grisabella*? — ecoa papai.

— É um nome lindo! — diz mamãe na defensiva, pegando o *1.000 nomes de meninas* e colocando na cama. — Incomum.

— Ela vai ser chamada de Grisa no play! — retruca papai.

— Não necessariamente! Podem chamar de Bella... ou Grizzy...

— *Grizzy*? Jane, você ficou *louca*?

— Bom, de que nome você gosta? — pergunta ma mãe, afrontada.

— Eu estava pensando em... quem sabe... — papai pigarreia. — Rapsódia.

Olho para Luke, que murmura *Rapsódia* com tamanha expressão de dúvida e horror, que sinto vontade de rir.

— Ei, tive uma idéia — entoa Suze. — Os nomes de frutas já estão batidos demais, mas não o de ervas. Vocês podiam chamá-la de Rosmaninha!

— Rosmaninha! — Mamãe fica pasma. — Era melhor chamar de Pimenta em Pó! Bom, eu trouxe um pouco de champanhe para molhar a cabecinha dela... Não é cedo demais, é? — Ela pega uma garrafa, junto com um pedaço de papel. — Ah, sim, e peguei um recado do corretor de imóveis de vocês. Ele telefonou enquanto eu estava no apartamento, e eu lhe disse poucas e boas. Falei: "Há um bebê recém-nascido sem-teto no Natal por sua causa, rapaz." Isso o fez parar! Ele disse que queria pedir desculpas. Depois começou a falar uma bobagem sobre vilas em Barbados! Imagine só. — Ela balança a cabeça.

— Bom, quem quer champanhe? — Ela pousa a garrafa e começa a procurar nos armários embaixo da televisão.

— Não sei se eles têm taças de champanhe — digo.

— Ora, pelo amor de Deus! — Mamãe estala a língua e se levanta de novo. — Vou falar com a camareira.

— Mamãe, não *tem* camareira aqui.

Só porque temos menus chiques e televisores, mamãe acha que este lugar é alguma espécie de Ritz-Carlton.

— Vou arranjar alguma coisa — diz mamãe com firmeza, e vai até a porta.

— Quer ajuda? — Suze fica de pé. — Eu tenho mesmo de ligar para o Tarkie.

— Obrigada, Suzie! — Mamãe sorri para ela. — E, Graham, pegue a máquina fotográfica no carro. Eu esqueci de trazer.

A porta se fecha atrás de papai — e Luke e eu ficamos sozinhos de novo. Com nossa filha.

Meu Deus, que pensamento estranho! Ainda não acredito direito que temos uma filha.

Conheça nossa filha, Rosmaninha Salsa Cebolinha e Alho.

Não.

— E então. — Luke passa a mão pelos cabelos desgrenhados. — Dentro de duas semanas seremos sem-teto.

— Vamos morar na rua! — digo, em tom leve. — Não faz mal.

— Acho que você esperava se casar com alguém que pudesse colocar um teto sobre sua cabeça, não é?

Ele está brincando — mas há um sarcasmo em sua voz.

— Ah, bem — dou de ombros, olhando a mão da neném se abrir como uma pequena estrela-do-mar. — Terei mais sorte na próxima.

Há silêncio, e eu levanto os olhos. Luke parece genuinamente abalado.

— Luke, estou brincando! — Seguro a mão dele. — Luke, vamos ficar bem. Vamos fazer um lar onde quer que estejamos.

— Vou arranjar uma casa para nós — diz ele, quase com ferocidade. — Becky, vamos ter uma casa maravilhosa, prometo...

— Sei que vamos. — Aperto sua mão com força. — Mas, honestamente, não importa.

Não estou dizendo isso só para dar apoio. (Mesmo eu sendo uma esposa que dá *muito* apoio.) Realmente não parece importar. Neste momento, estou me sentindo numa espécie de bolha. A vida real está do outro lado, a quilômetros de distância. Só importa a neném.

— Olha! — digo, quando ela boceja de repente. — Só tem oito horas de vida e já sabe bocejar! Que inteligência!

Durante um tempo, ficamos olhando para o berço, abestalhados, esperando que ela faça outra coisa.

— Ei, talvez um dia ela seja primeira-ministra! — digo baixinho. — Não seria chique? Podíamos fazer com que ela fizesse tudo que a gente quisesse!

— Mas ela não fará. — Luke balança a cabeça. — Se a gente disser uma coisa, ela vai fazer exatamente o contrário.

— Ela é tão rebelde! — Passo o dedo pela testa minúscula.

— Ela tem vontade própria — corrige Luke. — Olhe o modo como está nos ignorando agora. — Ele senta na cama. — Então, *como* vamos chamá-la? Grisabella não.

— Nem Rapsódia.

— Nem Salsa. — Ele pega o *1.000 nomes de meninas* e folheia.

Enquanto isso, estou apenas olhando o rosto adormecido da neném. Um nome fica saltando na minha cabeça toda vez que a olho. É quase como se ela estivesse me dizendo.

— Minnie — digo em voz alta.

— Minnie — ecoa Luke, experimentando. — Minnie Brandon. Sabe, eu gosto. — Ele ergue os olhos com um sorriso. — Gosto mesmo.

— Minnie Brandon. — Não consigo deixar de sorrir de volta. — Parece bom, não é? Senhorita Minnie Brandon.

Que recebeu este nome por causa da sua tia Ermintrude, obviamente, não é? — Luke ergue as sobrancelhas.

Ah, meu Deus! Isso nem havia me ocorrido.

— Claro! — Não consigo deixar de rir. — Só que ninguém vai saber, além de nós.

A honorável Minnie Brandon, ministra do Reino.

A Srta. Minnie Brandon estava radiante dançando com o príncipe, usando um vestido de baile Valentino...

Minnie Brandon virou o mundo de cabeça para baixo...

— É — assinto — esse é o nome dela. — Inclino-me sobre o berço e vejo seu peito subindo e descendo a cada respiração. Então aliso seu tufo de cabelos e beijo a bochecha minúscula. — Bem-vinda ao mundo, Minnie Brandon.

Vinte e Dois

E aconteceu. Os Karlsson se mudaram para nosso apartamento. Toda a nossa mobília foi empacotada e retirada. Somos oficialmente sem-teto.

Mas não de verdade, porque mamãe e papai vão nos hospedar por um tempo. Como mamãe disse, eles têm muito espaço, e Luke pode pegar o trem na estação de Oxshott, e ela pode ajudar a cuidar de Minnie, e podemos jogar bridge toda noite depois do jantar. E tudo é verdade, menos a parte de jogar bridge. De jeito nenhum. Nunca. Nem com as cartas de bridge da Tiffany que mamãe me comprou como suborno. Ela fica dizendo que é "divertidíssimo" e que "hoje em dia todo mundo joga bridge". Tá bom.

De qualquer modo, estou ocupada demais cuidando de Minnie para ficar sentada jogando bridge. Estou ocupada demais sendo *mãe*.

Minnie já tem quatro semanas e é a própria festeira. Eu sabia que seria. Sua hora predileta é uma da madrugada, quando começa a falar "ra ra ra", e eu luto para me levantar da cama, sentindo que tinha caído no sono há três segundos.

Além disso, ela gosta bastante das três da madrugada. E das cinco. E de alguns horários no meio. Para ser honesta, toda manhã me sinto completamente de ressaca e arrasada.

Mas o lado positivo é que a TV a cabo funciona a noite toda. E Luke costuma acordar para me fazer companhia. Ele escreve e-mails, e eu assisto a *Friends* com o volume baixo, e Minnie mama como se fosse um bebê esfomeado, carente, que não se alimentou há apenas uma hora.

O negócio com os bebês é que eles realmente sabem o que querem. O que eu respeito tremendamente. Tipo: Minnie simplesmente não gosta do berço feito à mão, afinal de contas. Fica toda chateada e se retorcendo, o que é uma pena, considerando que custou quinhentas pratas. Nem ficou impressionada com o berço de balanço, nem com o Moisés, nem mesmo com os lençóis Hollis Franklin de quatrocentos fios. O que mais gosta é de ficar aninhada no colo de alguém dia e noite. E, em segundo lugar, vem meu velho berço portátil que mamãe pegou no sótão. É todo macio e com aparência de usado, mas bem confortável. Por isso devolvi todos os outros e consegui que me devolvessem parte do dinheiro.

Devolvi o Posto de Troca de Fraldas Tenda de Circo, também. E o Bugaboo e o Guerreiro. Na verdade, um monte de coisas. Não precisamos delas. Nem temos uma casa para colocar tudo aquilo. E dei todo o dinheiro a Luke, porque... bem, queria ajudar. Nem que fosse só um pouquinho.

A boa notícia é que as coisas estão melhorando um pouco para o Luke. E a melhor parte de tudo é que Iain

Wheeler perdeu o emprego! Luke não perdeu tempo — um dia depois de termos Minnie, ele fez uma visita aos chefes de Iain, junto com seu advogado, e eles tiveram uma "conversa rápida", como disse Luke. A próxima coisa que soubemos foi que Iain Wheeler estava anunciando sua decisão de sair do Arcodas. Passou-se quase um mês, e Gary, que sabe dessas coisas, disse que ele ainda não recebeu uma oferta de trabalho. Aparentemente porque todo mundo ouviu os boatos sobre algum dossiê incriminador contra ele. *Rá!*

Mas Luke não quer trabalhar com o Arcodas, mesmo sem o Iain. Diz que a atitude deles é detestável como sempre. E ainda não recebeu nenhum dinheiro. Acabou de fechar mais três escritórios no resto da Europa, e as coisas andam bem tensas. Mas... ele está bem. Está pensando positivo, planejando novas propostas, novas estratégias. Algumas vezes falamos sobre elas à noite, e eu digo tudo que penso. E, de algum modo, a conversa sempre passa para Minnie e como ela é incrível, linda e maravilhosa.

E agora estou na entrada de veículos da casa de mamãe, balançando Minnie no colo, olhando os homens da entrega descarregarem as nossas coisas. A maior parte foi para um depósito, mas obviamente havia alguns objetos essenciais que precisávamos trazer.

— Becky! — Mamãe se aproxima segurando uma pilha enorme de revistas. — Onde vou pôr isso, querida? No lixo?

— Não é lixo! — protesto. — Talvez eu queira ler! Não podem ficar no nosso quarto?

— Ele está meio cheio... — Mamãe olha as revistas e parece tomar uma decisão súbita. — Acho que vamos ter de passar o quarto azul para vocês, também.

— Certo — assinto. — Obrigada, mamãe.

Não desistimos da casa sem luta. Luke telefonou para Fabia, para implorar, e eu também, e o corretor. Mas eles assinaram o contrato com o outro casal dois dias depois do nascimento de Minnie. O único ponto positivo, minúsculo, foi que peguei de volta minhas botas Archie Swann, depois de mandar uns cinco e-mails ameaçadores a Fabia. Caso contrário, realmente o tempo iria fechar.

— Mais sapatos. — Um cara da entrega passa carregando uma enorme caixa de papelão. — Aquele armário já está cheio, a senhora sabe.

— Tudo bem! — diz mamãe rapidamente. — Comecem a encher o quarto azul. Vou mostrar...

— Como está indo? — Luke aparece em mangas de camisa, carregando minha bola de Pilates e duas caixas de chapéu.

— Ótimo — assinto, vendo outro entregador trazer minha maleta de produtos de beleza. — Isso é esquisito, não é?

— É bem esquisito. — Ele me envolve com o braço, e eu me aninho em seu ombro. A noite passada foi mais esquisita ainda, com toda a mobília atulhada no furgão e só um grande apartamento vazio cheio de caixas. Mais ou menos às quatro da madrugada, Minnie não queria dormir, por isso dei corda em seu móbile com o "Acalanto" de Brahms e a coloquei no *baby-bag*. Luke envolveu nós duas com os braços e meio que dançamos na sala, ao luar.

Eu nunca havia percebido que aquela música era uma valsa.

— Luke! — Papai se aproxima de nós, segurando uma pilha de correspondências. — Você recebeu uma carta.

— Alguém é muito eficiente — diz Luke, surpreso. — Não dei este endereço a muita gente. — Ele olha o logotipo na parte de trás. — Ah. É de Kenneth Prendergast.

— Fantástico! — finjo entusiasmo e faço uma careta para Minnie.

Luke rasga o envelope e examina o texto. Depois de um segundo, lê com mais atenção.

— Não acredito — diz lentamente. Por fim, levanta a cabeça e me olha, incrédulo. — É sobre você.

— Eu?

— Há uma carta em duplicata, na correspondência, para você também. Como diz Kenneth, é um assunto muito importante, por isso queria contatar nós dois.

Ah, é exatamente disso que eu preciso. Cartas de reclamação do Kenneth.

— Ele me odeia! — digo defensivamente. — A culpa não é minha. Eu só disse que ele tinha a mente estreita...

— Não é isso. — A boca de Luke se retorce num sorriso. — Becky... parece que você me venceu.

— O quê? — pergunto, atônita.

— Um dos seus investimentos rendeu excepcionalmente bem. Para ser honesto, não sei se Kenneth pode enfrentar essa notícia.

Eu sabia. *Eu sabia* que iria vencer.

— O que é? — pergunto, empolgada. — O que rendeu bem? São as Barbies, não são? Não: o casaco Dior.

— O site chicbolsasonline.com vai ser vendido. Você vai ganhar uma grana preta.

Pego a carta e passo os olhos por ela, absorvendo palavras aqui e ali. *Lucro de três mil por cento... extraordinário... impossível de ser previsto...*

Uh-uh! Eu venci o Luke!

— Então: eu sou a pessoa financeiramente mais astuta desta família? — Levanto os olhos, em triunfo.

— Suas Antigüidades do Futuro ainda são uma pilha de merda sem valor — diz Luke, mas ele está rindo.

— E daí? Mesmo assim venci! Você tem um monte de dinheiro lindo, querida! — Beijo a testa de Minnie.

— Quando ela tiver 21 anos — intervém Luke.

Honestamente, Luke é muito chato! Quem quer esperar até os 21 anos?

— Bom, veremos isso — murmuro no ouvido dela, puxando a manta sobre sua cabeça para que Luke não ouça.

— Certo! — Mamãe aparece à porta da frente, segurando uma xícara de chá. — Seu quarto está praticamente cheio, mas acho que será necessário um bocado de arrumação. Está uma bagunça.

— Sem problema — grita Luke. — Obrigado, Jane! — Mamãe desaparece dentro de casa outra vez, e ele pega a bola de Pilates. — Então, vamos começar?

Odeio separar coisas. E arrumar. Como posso me livrar disso?

— Na verdade, sabe, pensei em levar Minnie para passear — digo casualmente. — Acho que ela precisa de um pouco de ar puro. Ela ficou dentro de casa o dia inteiro...

— Boa idéia — assente Luke. — Vejo vocês depois.

— Vejo você depois! Tchau, papai! — aceno com a mãozinha de Minnie enquanto Luke desaparece dentro de casa.

Nunca havia percebido, mas ter um neném é simplesmente a *melhor* desculpa. Para qualquer coisa!

Ponho Minnie em seu carrinho, toda enrolada aconchegante, e enfio o Nonó ao lado, para lhe fazer companhia. Acho que Minnie gosta um bocado do Nonó. E do Nonó Duplo, que Jess deu.

Estamos usando o carrinho cinza, antiquado, que comprei na feira de bebês. Em primeiro lugar porque me apressei um pouco demais ao devolver todos os outros, e em segundo porque mamãe acha que é o melhor para sustentar as costas de Minnie, "não como esses modernos". Estou planejando mandar pintar de cor-de-rosa assim que puder — só que não é fácil encontrar um pintor de carrinhos de bebê na temporada de festas de fim de ano.

Enrolo-a na linda manta rosa e branca que os pais de Luke lhe deram quando nos visitaram no Natal. Foram tão doces! Trouxeram um cesto de bolinhos e nos convidaram para ficar na casa deles (só que Devon é meio longe) e disseram que Minnie era a neném mais linda que já tinham visto. O que mostra o bom gosto que têm. Diferentemente de Elinor, que nem visitou ainda e só mandou para Minnie uma horrenda boneca antiga, de porcelana, com cachos e olhos assustadores, como algo saído de um filme de terror. Vou leiloar no e-Bay e colocar o dinheiro na conta de Minnie.

Visto meu novo casaco Marc Jacobs, que Luke me deu de Natal, e amarro a echarpe Denny and George no pescoço. Tenho usado-a desde que saí do hospital. De algum modo, não sinto vontade de usar nenhuma outra echarpe no momento.

Eu sempre *soube* que ela seria um bom investimento.

Há uma pequena fileira de lojas perto da casa de mamãe e papai, e sem intenção vou até lá. Não porque esteja planejando fazer compras nem nada. Só porque é um bom passeio.

Quando chego ao jornaleiro, tudo está quente, luminoso e acolhedor, e me pego entrando com o carrinho. Minnie caiu no sono, e vou até a parte de revistas. Poderia comprar uma para mamãe, ela vai gostar. Já estou pegando o *Boa dona do lar* quando minha mão congela. Ali está a *Vogue*.

Um exemplar novo em folha da *Vogue*. Com uma chamada em azul berrando AS MAIS DELICIOSAS FUTURAS MAMÃES DE LONDRES.

Com as mãos agitadas, pego-a, arranco o suplemento de viagem grátis e folheio as páginas.

Ah, meu Deus! É uma foto minha, enorme! Estou na escadaria, com o vestido Missoni, e a legenda diz: "Rebecca Brandon, guru de compras e esposa do empresário de RP Luke Brandon, está esperando seu primeiro bebê."

Moradora de Maida Vale, o estilo da ex-apresentadora de TV Becky Brandon é óbvio em todo o seu palacete de seis quartos. Ela própria projetou os estonteantes quartos de bebê "dele" e "dela", sem poupar despesas. "Só o melhor, para o meu neném", diz ela. "Nós en-

comendamos os móveis com uma tribo de artesãos da Mongólia."

Viro a página — e há outra foto minha, sorrindo no quarto de fada-princesa, as mãos pousadas na barriga. Um grande box diz: "Tenho cinco carrinhos de bebê. Acho que não é demais."

Becky está planejando um parto natural na água, com flores de lótus, e está sob os cuidados da famosa obstetra Venetia Carter. "Venetia e eu somos boas amigas", diz Becky, entusiasmada. "Temos uma grande ligação. Talvez eu a convide para ser madrinha."

Tudo isso parece ter acontecido há séculos. Num mundo diferente.
Enquanto olho para o lindo quarto de bebê, não consigo deixar de sentir uma pontada. Minnie teria adorado, sei que teria.
Pois é. Um dia ela terá um quarto lindo. *Melhor* até do que aquele.
Levo a *Vogue*, ponho-a no balcão, e a vendedora levanta os olhos de sua revista.
— Oi! — digo. — Gostaria de levar esta, por favor.
Há um novo mostruário no canto com uma placa dizendo "Presentes" — e enquanto a vendedora destranca a caixa registradora, vou dar uma olhada. São principalmente molduras, pequenos vasos e broches estilo anos 1930.

— Você já esteve aqui antes, não? — diz a vendedora, enquanto examina minha revista. — No Natal, você vinha o tempo todo.

O tempo todo. Honestamente. As pessoas exageram.

— É que acabo de me mudar de novo para aqui perto. — Dou-lhe um sorriso amigável. — Meu nome é Becky.

— Nós notamos você. — Ela põe a *Vogue* num saco plástico. — Chamamos você de A Garota d... — Ela pára, e eu me enrijeço. O que ela ia dizer?

— Ssh! — diz a outra vendedora, ficando vermelha e cutucando a primeira.

— Não se preocupem, eu não me importo! — E jogo o cabelo para trás, casual. — Vocês me chamam de... A Garota da Echarpe Denny and George?

— Não. — A vendedora fica inexpressiva. — Chamamos de A Garota do Carrinho Horroroso.

Ah.

Bem. Não é *tão* horroroso. E espere só até estar pintado de cor-de-rosa. Vai ficar totalmente fabuloso.

— São três libras, por favor — diz ela, e estende a mão. E já estou para pegar a bolsa quando vejo um mostruário de colares de quartzo rosa aninhados em meio aos outros presentes.

Aah. Adoro quartzo rosa.

— Estão em liquidação — diz a vendedora, seguindo meu olhar. — São lindos.

— Certo. É — assinto, pensativamente.

O negócio é que a gente deveria estar apertando o cinto neste momento. Tivemos uma grande conversa quando voltamos do hospital, falando de fluxo de caixa, dívidas e coisas assim. E concordamos que, até que o negócio do Luke esteja mais estável, não iríamos comprar nada desnecessário.

Mas eu queria um colar de quartzo rosa há séculos. E este custa só quinze pratas, o que é uma pechincha. E mereço uma pequena recompensa por ter ganhado a competição de investimentos, não é?

Além disso, posso usar meu novo cheque especial online da Indonésia, do qual Luke não sabe.

— Vou levar um — digo, num impulso, e pego o cordão de contas rosas iridescentes.

Se Luke encontrar, vou dizer que é um brinquedo educativo. Que a mãe tem de usar no pescoço.

Entrego o cartão Visa, digito meu número pin e ponho a sacola com a *Vogue* na bandeja do carrinho. Depois enfio meu lindo colar embaixo da manta de Minnie, onde ninguém possa ver.

— Não conte ao papai! — murmuro no ouvido dela.

Ela não dirá uma palavra.

Quero dizer, obviamente, ela não sabe falar. Mas, mesmo que soubesse, sei que ficaria quieta. Minnie e eu já temos uma ligação especial.

Empurro o carrinho para fora da loja e olho meu relógio. Não há pressa para voltar, em especial se ainda estiverem arrumando as coisas. De qualquer modo, Minnie vai querer mamar logo. Vou àquele café italiano onde eles não se incomodam com isso.

— Vamos tomar uma bela xícara de café? — Viro o carrinho para lá. — Só você e eu, Min.

O CHÁ-DE-BEBÊ DE BECKY BLOOM

Quando passamos pelo antiquário, vislumbro meu reflexo e não consigo evitar um pequeno tremor. Sou uma mãe empurrando um carrinho. Eu, Becky Brandon (*née* Bloom), sou mãe.

Entro no café, sento-me a uma mesa e peço um cappuccino descafeinado. Então, gentilmente, tiro Minnie do carrinho, aninhando sua cabeça macia. Desenrolo a manta rosa e branca e sinto um jorro de orgulho quando duas senhoras idosas olham da mesa ao lado e começam a falar uma com a outra.

— Que coisinha linda! — e — Que roupa chique! — e — Você acha que é um cardigã de cashmere de verdade?

Minnie começa a fazer seus ruídos fungados que dizem "Cadê a comida?", e eu dou um beijo em sua bochechinha. Sou a Mãe com o Neném mais Fabuloso do Mundo. E vamos curtir de montão. Eu sei.

Bambino

King's Road, 975
Londres SW3
... para crianças de todas as idades ...

5 de janeiro de 2004

Srta. Minnie Brandon
The Pines
Elton Road, 43
Oxshott
Surrey

Cara Srta. Brandon,

Parabéns por ter nascido!

Nós, da Bambino, estamos felicíssimos em comemorar sua chegada ao mundo — e gostaríamos de marcar isso com uma oferta especial. Portanto, convidamos você a participar do Clube Bambino com um Cartão de Crédito Ouro.

Como sócia com Cartão de Crédito Ouro, você terá direito a:
- tardes de estréia exclusivas para experimentar nossos novos brinquedos (com uma atendente para tomar conta!)
- um suco grátis a cada visita
- 25 por cento de desconto na primeira farra de compras com seu Cartão Ouro
- festa de Natal anual para todos os portadores de Cartão Ouro

... e muito mais!

A participação não poderia ser mais simples. A mamãe ou o papai só precisa preencher o formulário anexo — e a princesinha Minnie terá seu primeiro cartão ouro!

Estamos ansiosos por notícias suas.

Atenciosamente,

Ally Edwards
Gerente de Marketing

Este livro foi composto na tipologia
Bernhard Modern, em corpo 13/16, e impresso em
papel off-set 90g/m², no Sistema Cameron da
Divisão Gráfica da Distribuidora Record.